Das Buch

Ein Vorstandsmitglied der Hamburger Northus Versicherung wird tot aufgefunden. Es ist der dritte Selbstmord eines Top-Managers innerhalb der letzten beiden Jahre. Der milliardenschwere Investor Dr. Karl Eismann ist alarmiert. Sein Instinkt sagt ihm, dass sein Ziel, Aufsichtsratsvorsitzender zu werden, in Gefahr ist. Er engagiert den Kölner Privatdetektiv Alexander Dembski. Dieser nimmt Ermittlungen auf, um einen etwaigen Zusammenhang zwischen den Selbstmorden oder gar eine Verbindung zum Versicherungskonzern aufzudecken.

Der Autor

Peter Holmstoel ist Däne und lebt seit seiner Geburt in Deutschland. Der Betriebswirt arbeitet seit beinahe dreißig Jahren in verschiedenen Funktionen für die Versicherungswirtschaft, hiervon über zehn Jahre in der Kriminalitätsbekämpfung.

Für Erik und Ole

Der Auftrag

Vor neun Jahren hatte Dr. Karl Eismann den Firmensitz der Eismann-Capital GmbH von Köln nach Frankfurt verlegt. Eigens hierzu hatte er einen der panoramaprägenden Wolkenkratzer gekauft und den Großteil der vierundfünfzigsten Etage zu seinem persönlichen Arbeitsbereich umbauen lassen.

Er stand vor den bodentiefen Fenstern seines Büros und sah hinunter auf die Straßen. Die Pkw, Busse, Motorräder und alles, was die Fahrbahnen entlangkriechen konnte, rollten los, bis sie im Verkehrschaos der Großstadt stecken blieben und nur noch schleichend vorankamen. »Willkommen im Berufsverkehr«, bedauerte er die der Rushhour ausgesetzte arbeitende Bevölkerung. Er ging zu seinem Schreibtisch und fuhr den Rechner hoch. Wie jeden Morgen warf er einen Blick in die neusten Nachrichten der Onlinemedien. Beim beiläufigen Überfliegen der Artikel sprang ihm ein Name ins Auge. »Stand da nicht gerade Northus?«, er scrollte ein paar Absätze zurück bis zur Überschrift: »Northus Versicherung – Vorstand begeht Selbstmord.« Eismann beugte sich in Richtung des Monitors und rieb sich die Stirn. »Verdammt, warum erfahre ich das aus der Zeitung?«, war sein erster Gedanke. Als Aufsichtsratsmitglied des Versicherungskonzerns hatte er ganz klar die Erwartung, derartige Nachrichten persönlich mitgeteilt zu bekommen, und zwar bevor die Presse es verbreitet. Dies umso mehr, da es bereits der dritte Selbstmord eines Top-Managers innerhalb der letzten beiden Jahre war.

In den ersten Zeilen erfuhr Eismann, dass Dr. Hans-Jacob Engeli sich am vergangenen Samstag das Leben genommen hatte. Ungeduldig las er den Artikel zu Ende. »Dilettantisch«, er schüttelte den Kopf. Kein *Wie*, kein *Warum*, kein Hinweis auf die früheren Todesfälle. Nur inhaltsleerer Text. Und die Archivbilder des Opfers samt dessen Familie interessierten ihn nicht die Bohne.

Unbeherrschter, als es eigentlich seine Art war, riss er die Tür zum Vorzimmer auf. »Schick Fichte, Wagner und Hentschel zu mir. Böhm soll um zehn Uhr kommen. Dann benötige ich die Telefonnummer der Detektei aus Köln, die wir vor einigen Jahren einmal engagiert hatten.«

»Guten Morgen Karl«, begrüßte ihn Sonja, die gerade ihren Mantel aufhängte.

»Ich sag ihnen Bescheid, allerdings weiß ich nicht, ob sie schon hier sind.«

Ohne ein weiteres Wort zu verlieren, drehte er sich um, ging zurück in sein Büro und suchte in verschiedenen Pressemeldungen nach Details zum Tod des Vorstandes.

Es dauerte nicht lange, bis seine Sekretärin ihm einen Notizzettel auf den Tisch legte: »Hier ist die Nummer, die du haben wolltest.«

»Wo bleiben die Abteilungsleiter?«

»Karl, die kommen sicher gleich. Es ist erst Viertel nach acht.«

Eismann griff zum Hörer und tippte die Zahlen ins Telefon, die auf dem Zettel standen. Es klingelte. Er trommelte mit den Fingerspitzen auf die Schreibtischunterlage. Niemand nahm den Anruf entgegen. Am liebsten hätte er den Hörer auf das Telefon geknallt, aber er beherrschte sich. Generell versuchte er, emotionales Gehabe zu vermeiden. Insbesondere im Berufsleben hatte es – seiner Ansicht nach – nichts zu suchen.

Endlich, Fichte klopfte an den Türrahmen: »Frau Moll sagte, es wäre eilig.«

Hinter seinem Schreibtisch sitzend, zeigte er auf die Sitzgarnitur: »Nehmen Sie Platz.«

Im Vorzimmer waren jetzt weitere Stimmen zu hören. Ungeduldig spähte Eismann durch die leicht geöffnete Tür: »Ihr könnt euch später unterhalten!« Das Gespräch verstummte und die Abteilungsleiter traten ein.

»Setzen Sie sich.« Eismann erhob sich und ging auf die Wartenden zu. Etwa einen Meter vor ihnen blieb er stehen und stemmte seine Hände in die Hüften. »Ein Vorstandsmitglied der Northus hat sich umgebracht«, begann er und beobachtete seine Mitarbeiter. Er hatte eine Form von Reaktion erwartet, aber alle drei sahen nur zu ihm hoch. Er fuhr fort: »Wagner, ich benötige eine Fundamental- und Chartanalyse der Northus-Aktie sowie eine grobe Prognose zu den erwarteten Kursverläufen der europäischen Versicherungswerte für die kommenden Tage. Müssen wir aktiv werden? Sind vielleicht Anlagen umzuschichten oder abzusichern?«, und an die Leiterin der Research Abteilung gewandt: »Hentschel, erstellen Sie mir eine Management-Summary der bisherigen Auswertungen über den Versicherer. Lassen Sie mir Kopien sämtlicher uns vorliegender Unterlagen aus den vergangenen drei Jahren zukommen und finden Sie Informationen, die im Zusammenhang mit dem aktuellen Selbstmord stehen. Stöbern Sie in Pressearchiven oder wo auch immer. Es muss sich doch auch irgendwo etwas über die beiden früheren Fälle finden lassen.«

Nahezu regungslos notierte sie sich Stichworte und legte den Block samt Bleistift auf den Tisch.

»Frau Fichte, fertigen Sie eine Risikoauswertung an. Ich will wissen, welche Auswirkungen der erneute Suizid für uns haben kann. Müssen wir reagieren, vielleicht mit einer Pressemitteilung oder einer Info an unsere Kunden?« Mit einem kaum wahrnehmbaren Kopfnicken signalisierte sie, dass sie verstanden hatte, was von ihr erwartet wurde.

Dr. Eismann sah seine Mitarbeiter an: »Das hat jetzt Priorität. Sie können gleich damit anfangen. Wie Sie wissen, ist der

Versicherer eines unserer Kerninvestments, das nahezu jeder unserer Kunden im Depot hat. Liefern Sie mir schnellstmöglich Ergebnisse. Binden Sie notfalls Kollegen aus Ihren Abteilungen ein.« Die Angestellten verließen sein Büro.

Dr. Eismann war wieder allein und wählte die Telefonnummer der Detektei.

****

Am selben Morgen in Köln: Das Schrillen des Weckers ließ fast die gesamte Zweizimmer-Wohnung in der Südstadt erbeben, so kam es Alexander zumindest vor. Es war erst acht Uhr dreißig und er ärgerte sich, den Wecker auf eine so frühe Zeit gestellt zu haben. Mehr schlecht als recht quälte er sich aus dem Bett, schlurfte ins Badezimmer und stolperte dabei fast über seine Sporttasche, die er nach dem letzten Training einfach im Flur hatte stehen lassen. Nach einer schnellen und wenig gründlichen Rasur stellte er sich in die Dusche, drehte das heiße Wasser soweit auf, dass es ihm fast schon wehtat. Er hoffte, damit den Kater aus seinem Körper zu verjagen. Unter dem dampfenden Wasserstrahl sah er die neue Arbeitswoche auf sich zukommen, was seiner Laune nicht sonderlich zuträglich war. Jetzt gab es keinen Weg zurück ins Bett. Sein Schädel brummte. Er hatte das Gefühl, dass ein kleines Männchen fortwährend die Innenseite seines Kopfes mit einem Presslufthammer traktiert. Zwei Schmerztabletten später war es nicht viel besser und genervt dachte Alexander an die TV-Werbung, in der die Schmerzen immer im Nu verschwanden. Selbst das feste Massieren seiner Schläfen brachte keine Linderung. Okay, ihm war schon klar, die Nachwirkungen einer durchzechten Nacht sind mit Geduld zu behandeln; derartige Beschwerden hatte er ja nicht zum ersten Mal. Die Erfahrung hatte ihn gelehrt, dass er den Tag überstehen und testweise heute oder spätestens morgen Abend erneut ein Kölsch trinken würde. Was blieb ihm also anderes übrig, als sich mit einem Pochen im Schädel anzuziehen und sich auf den Weg ins Büro zu machen.

Bevor er seine Wohnung verließ, hielt er kurz seine Hand über Mund und Nase und hauchte einen festen Atemstoß aus. So sehr er sich auch bemühte, konnte er in seiner Atemluft keinen Restalkohol riechen. Dennoch schob er sich prophylaktisch einen Streifen Kaugummi zwischen die Zähne.

Im Café Beckmann, das etwa auf halber Strecke lag, holte er sich einen extrastarken Kaffee sowie zwei belegte Brötchen. Trotz seiner Kopfschmerzen flirtete er mit Luisa, die seit Jahren im Café arbeitete. Sie war eine Kölner Frohnatur, etwas jünger als er und sah verdammt gut aus. Einfach gesagt, er stand auf sie. Seit langem hatte er vor, sie um ein Date zu bitten und war sich auch sicher, dass sie nicht nein sagen würde; zumindest trug sie keinen Ehering. Außerdem hatte er sie vor ein paar Jahren an Weiberfastnacht in einer Kneipe getroffen, wo es zu einer innigen Knutscherei gekommen war, die sie jedoch, zu seinem großen Bedauern, zu vorgerückter Stunde mit den Worten »heute bleibt es beim Küssen und ich gehe jetzt alleine nach Hause«, beendet hatte.

Luisa schien sich über seinen Zustand zu amüsieren. Als sie ihm den Kaffee reichte, meinte sie nur: »Nun sei mal nicht so wehleidig. Hiervon kriegst du keinen Kater.«

Bereits als Jugendlicher hatte Alexander in der Detektei seines Vaters gearbeitet. Maxwell Wilhelm Dembski hatte die Firma in beinahe vier Jahrzehnten aufgebaut und ein florierendes Unternehmen geschaffen. Wie die meistens Jungs fand auch Alexander die Detektivarbeit aufregend und spannend. Nach der Ausbildung zum Mechaniker stieg er bei seinem Vater mit ein und lernte von ihm die Handgriffe, die ein Detektiv für seinen Job beherrschen musste. Vor fünf Jahren hatte der alte Herr die Detektei auf seinen Sohn übertragen und sich selbst aus dem

Arbeitsalltag zurückgezogen. Anfangs knüpfte der Sohn an die Erfolge seines Vaters an. Alexander war ein cleverer Kerl und ein begnadeter Detektiv. Aber auf Dauer langweilte es ihn, Ehebetrügern nachzuspionieren oder krankgeschriebene Arbeitnehmer bei einer Nebentätigkeit zu fotografieren. Der anfängliche Elan verflog. Das Geschäft lief zunehmend schlechter. Er tat nicht mehr als nötig, um den Laden so gerade über Wasser zu halten. Große Ansprüche hatte er ohnehin nie gehabt.

Jetzt saß Alexander in seinem Büro und ging die liegengebliebene Post der letzten Tage durch. Neben der monatlichen Telefonrechnung fand er zwei Briefe, die von ihren Formulierungen her offenkundig von älteren Herren geschrieben waren. Die Ehemänner baten um einen zeitnahen Anruf in einer dringenden, sehr vertraulichen Angelegenheit. Derartige Schreiben kannte er. Entweder hatten die Männer weitaus jüngere Frauen und wollten wissen, ob diese fremdgingen, oder sie planten, sich in naher Zukunft von ihren, dann meist älteren, Ehepartnerinnen scheiden zu lassen. In solchen Fällen suchten sie die Hilfe eines erfahrenen Detektivs, der ihren Partnerinnen hinterherspionierte. Die beiden Anfragen landeten unbeantwortet in der runden Ablage. Alexander hatte einfach keine Lust auf diese Art von Job.

Kurz nach zehn erschien Vanessa. Sie studierte in Köln Kunstgeschichte – vermutlich seit Gründung der Universität – und wusste allerlei, für ein Detektivbüro unnütze Dinge, über Impressionismus und Expressionismus. Montag und Donnerstag waren ihre offiziellen Bürotage. Wobei weder sie selbst noch ihr Chef das so genau nahmen. Beide hatten einen Deal miteinander, einfach und simpel: Fünfzehn Stunden die Woche je fünfzehn Euro. Alexander war froh, sie als Mitarbeiterin für seine kleine Detektei gewonnen zu haben. Er sagte immer: »Vanessa, du hast zwei wichtige Aufgaben: Sorge dafür, dass die

Kaffeemaschine rund um die Uhr läuft und halte mir die nervigsten Mandanten vom Hals.«

Bevor sie ihren Parka aufhängte, steckte sie ihren Kopf in sein Büro. »Moin Chef, gestern mal wieder zu tief ins Glas geschaut? Du siehst ganz schön verkatert aus.«

»Die Dame bequemt sich also auch schon zur Arbeit. Das wird auch höchste Zeit«, konterte er. »Wie war dein Wochenende? Hattest du Zeit, dich um dein Studium zu kümmern?«

»Komm, frag erst gar nicht.« Sie ging in die Küche, schmiss die Kaffeemaschine an und wollte gerade die Milch aus dem Kühlschrank holen, als das Telefon klingelte. Ihr Chef pflegte, um diese Zeit nicht ranzugehen, daher warf sie die Kühlschranktür zu und lief zu ihrem Arbeitsplatz. Der Anruf kam aus der Mainmetropole. Vanessa erkannte es an der im Display aufleuchtenden Nummer. »Alex, hast du am Wochenende eine Perle aus Frankfurt kennengelernt? Hier ist jemand am Telefon für dich.« Sie wartete nicht auf eine Antwort, sondern nahm den Hörer ab. »Detektei Dembski, mein Name ist Vanessa Treber. Was kann ich für Sie tun?«

»Eismann. Geben Sie mir Herrn Dembski.«

»Worum geht es denn?«

Dr. Eismann war kurz angebunden. »Das bespreche ich mit Herrn Dembski.«

Vanessas verzog ihr Gesicht und legte die Hand auf die Muschel. Sie rief in die Richtung des Büros ihres Chefs: »Es ist wieder so ein nerviger Anrufer.« Sie stellte das Telefonat zu Alexander durch.

»Dembski, was kann ich für Sie tun?«

»Eismann, sind Sie Maxwell Dembski?«

»Nein, ich bin sein Sohn Alexander.«

»Kann ich ihren Vater sprechen?«

»Nein, mein Vater hat sich zur Ruhe gesetzt. Ich leite jetzt die Detektei.«

Der Anrufer schien kurz nachzudenken und fuhr dann fort: »Okay, ich kenne ihren Vater. Vor einigen Jahren hatte er für mich mal was erledigt. Wenn Sie an einem Auftrag interessiert sind, lasse ich Sie heute Nachmittag um halb drei abholen.«

»Ja …«, bevor Alexander weitersprechen konnte, hatte der Anrufer aufgelegt.

Alexander sah seine Mitarbeiterin verdutzt an, die sich in den Türrahmen zu seinem Büro gestellt und versucht hatte, das Telefonat zu belauschen. »Was für ein Idiot. Soll er doch am Telefon sagen, was er von mir will. Solche Typen stehlen unsere kostbare Zeit.«

»Na Chef, ich weiß nicht, entspann dich mal. Der wird schon einen Grund haben. Außerdem hast du eh nichts zu tun«, womit sie mal wieder den Nagel auf den Kopf getroffen hatte.

Punktgenau um vierzehn Uhr dreißig fuhr eine silberfarbene Mercedes S-Klasse vor dem Büro vor. Der Wagen parkte in der zweiten Reihe – es gab mal wieder keine freien Parkplätze. Die Hintertür öffnete sich und ein kleiner, stämmiger Mann stieg aus. Mit festen Schritten bewegte er sich direkt auf den Eingang der Detektei zu, betrat das Ladenlokal, schaute flink zunächst Vanessa, dann Alexander an. »Sind Sie Herr Dembski?«, fragte der Fremde.

»Ja, der bin ich. Kommen Sie rein, setzen Sie sich.«

»Das würde ich gerne, aber Herr Dr. Eismann wartet auf Sie. Er hat mich gebeten, Sie abzuholen. Ich würde Sie gerne zu ihm bringen.«

Sowohl Vanessa als auch Alexander kam die Situation surreal vor. Sie schauten sich wortlos an. Alexander nickte und folgte, ohne weitere Fragen, der Aufforderung des Mannes. Beim Hinausgehen zog er sich seine Jacke über und warf seiner Mitarbeiterin einen kurzen Blick zu, sagte aber nichts.

Nachdem sie in den Wagen eingestiegen waren, bat der Fremde den Chauffeur loszufahren. Danach wandte er sich zum Detektiv: »Verzeihen Sie mir, ich habe mich nicht vorgestellt. Mein Name ist Olaf Böhm, ich bin Dr. Eismanns persönlicher Assistent.«

Alexander sah ihn an. Er hatte nicht die geringste Vorstellung, was das für ein Job war. »Weshalb will ihr Chef mich denn treffen?«

Scheinbar konnte oder wollte Böhm die Frage nicht beantworten. Er bat um Geduld und darum, das Gespräch mit Eismann abzuwarten.

»Können Sie mir wenigstens verraten, wohin wir fahren?« Alexander beobachtete ihn. Er war schon ein kauziger Kerl, wie er da im Sitz der Limousine zu versinken schien und seine Füße so gerade den Boden des Wagens berührten.

»Sicher, wir fahren zum Museum für Ostasiatische Kunst.«

Der Detektiv schaute verdutzt. »Was wollen wir denn da? Das Museum ist doch montags geschlossen.«

Böhm antwortete höflich, mied jedoch eine eindeutige Aussage. »Machen Sie sich bitte keine Sorgen, Dr. Eismann wird Sie bestimmt nicht mit einem kulturellen Anliegen belästigen. Zumindest denke ich das. Er ist jedenfalls kein Sammler alter chinesischer Vasen.«

Alexander war keinen Deut schlauer. Was blieb ihm somit anderes übrig, als abzuwarten.

Die Limousine fuhr nach kurzer Zeit auf das Museumsgelände, wo der Chauffeur den Wagen auf einem der hinteren Parkplätze abstellte. Die beiden stiegen aus und Böhm forderte Dembski auf, ihm zu folgen. Er führte den Detektiv außen um das Gebäude herum zum Aachener Weiher, wo zwei durchtrainiert aussehende Männer in hellgrauen Anzügen standen. Im selben Moment, in dem Alexander die Verkabelung der Hörgeräte in ihren Ohren erblickte, kam einer der beiden einige Schritte auf ihn zu.

Dembski blieb umgehend stehen. »Die sind harmlos«, winkte Böhm ab, »nur ärgern sollte man sie nicht.« Er gab dem Mann ein Zeichen, worauf dieser wieder ein paar Schritte zurückging. Etwa fünfundzwanzig Meter entfernt sah Alexander einen weiteren Mann auf einer Parkbank sitzen. Sein Haar war ebenso weiß, wie das Gefieder der im Weiher herumschwimmenden Schwäne, die dieser zu beobachten schien.

Böhm deutete Alexander an, alleine weiterzugehen. Der Mann hatte den Detektiv offenbar gehört, jedenfalls erhob er sich von der Bank, drehte sich um und kam ihm entgegen. Er war äußerlich das genaue Gegenteil von Böhm, hochgewachsen, hager, ein wenig drahtig, auf jeden Fall elegant. Seine Kleidung war stilvoll, maßgeschneidert, die Manschettenknöpfe dezent und die Krawatte vermutlich aus gefalteter Seide. Die Bügelfalten seiner dunkelblauen Hose ähnelten messerscharfen Linien, gezeichnet wie mit einem Lineal. Alexander schätze ihn auf Ende fünfzig, höchstens Anfang sechzig. Für sein Alter hatte er unerwartet volles Haar. Die hohen Wangenknochen und ein markantes Kinn sowie ein scharfer Nasenrücken gaben dem Gesicht seine Kontur. Es waren aber die hellblauen Augen, die seinen Charakter erahnen ließen. Eingebettet in tiefen Augenhöhlen und geschützt von kräftigen Brauen strahlten sie, wie die Blicke eines Jägers, der von einem Berggipfel über die vor ihm liegende Weite sieht. Wäre der Mann ein Tier gewesen, stünde Alexander einem Falken gegenüber.

****

»Sie sind also Herr Dembski«, stellte der Mann fest und reichte seinem Gegenüber zur Begrüßung die Hand.

Es war ein zupackender Händedruck, in den Alexander hineingriff, während er, um etwas zu sagen, die Feststellung des Mannes mit einem kurzen, »ja, der bin ich«, bestätigte.

»Mein Name ist Karl Eismann, aber das wissen Sie ja wohl. Vielen Dank, dass Sie so kurzfristig Zeit haben.« Nach diesem Satz ließ der Mann die Hand des Detektivs wieder frei und lud ihn mit einer Geste ein, mit ihm zur Bank zu gehen und sich zu setzen.

»Ich muss zugeben, Herr Dr. Eismann, Ihr Anruf hat mich neugierig gemacht. Einen Anruf aus Frankfurt, mit der Bitte um ein tagesgleiches Treffen in Köln, erhalte ich nicht jeden Tag.« Alexander versuchte, möglichst gelassen zu wirken, was ihm nicht sonderlich gut gelang. Vermutlich lag das an der Aura seines Gegenübers. Schon in Kindheitstagen war er Personen begegnet, die durch ihre bloße Anwesenheit eine ungeheure Präsenz ausstrahlten; Menschen mit einem immensen Charisma, die immer der zentrale Punkt waren und wie Magnete wirkten. Diese Anziehungskraft spürte er jetzt. War es was Gutes oder war es was Schlechtes, was er empfand? Er konnte es nicht sagen. »Wie sind Sie überhaupt auf mich gekommen? In Frankfurt gibt es doch auch jede Menge private Ermittler.«

»Das mag schon sein«, sagte Eismann und ließ seinen Blick dabei über den Weiher schweifen. »Ich hatte vor etlichen Jahren mit Ihrem Vater zu tun. Es war ein Auftrag, den er zu meiner Zufriedenheit erledigt hatte. Daher bestand für mich kein Anlass, eine andere Detektei zu kontaktieren. Und bis zu unserem Telefonat wusste ich nicht, dass Ihr Vater sich zur Ruhe gesetzt hat und Sie die Firma übernommen haben. Wissen Sie, Herr Dembski, ich kenne Sie ebenso wenig, wie irgendeinen Detektiv in Frankfurt. Ich hatte lediglich Ihre Telefonnummer und Sie sind jetzt hier.«

Das war nachvollziehbar. Wenn Alexander auch nicht den Hauch einer Ahnung hatte, um was für einen Auftrag es sich damals gehandelt hatte. Er hätte Eismann fragen können, aber das erschien ihm unprofessionell. Er würde lieber auf seinen Vater zugehen. Mit etwas Glück würde dieser sich erinnern oder in alten Unterlagen nachsehen.

»Herr Dembski«, sagte Eismann, »sind Sie grundsätzlich an einem Auftrag interessiert?«

Die Antwort kam zögerlich, da ihm unklar war, um was für einen Job es sich handelte: »Ja …«

Bevor er seinen Satz zu Ende führen konnte, wurde er unterbrochen: »Dachte ich mir. Andernfalls wären Sie nicht hierhergekommen.«

»Haben Sie mir denn eine Wahl gelassen? Schließlich werde ich nicht jeden Tag von einer Limousine abgeholt und zu einem Treffen chauffiert.« Die innere Anspannung und Neugierde von Alexander nahm zu. Dennoch wollte er nicht zu bereitwillig erscheinen und sagte nach kurzer Überlegung: »Unabhängig davon, es kommt darauf an, was ich für Sie tun soll. Sobald ich das weiß, werde ich mich entscheiden.« Er beobachtete den Mann, wie dieser sich aufrichtete und tief einatmete, während er den Detektiv ansah.

Dr. Eismann zog die Augenbrauen zusammen und schob sein Kinn ein wenig nach vorne. »Es geht um Recherchearbeiten.«

Sekunden vergingen. Der Detektiv hatte keine konkreten Vorstellungen, um was für Arbeiten es sich genau handelte, aber Recherchearbeiten hätte er als Letztes erwartet. Das klang nicht spannend, sondern nach langweiliger Routine. Ob Eismann vielleicht eine jüngere Freundin hatte oder sich von seiner Frau scheiden lassen wollte? Eventuell hatte er auch einen Freund. Alexander wusste es nicht. Jedenfalls arbeitete er momentan an keinem Fall und hatte Zeit ohne Ende. Außerdem breitete sich mal wieder ein kleines Vakuum auf seinem Konto aus, noch nicht kritisch, aber ein Zahlungseingang wäre schon nicht schlecht. Er konnte nichts mit dem Namen Karl Eismann anfangen und erinnerte sich auch nicht, vor vielen Jahren mit ihm telefoniert zu haben. Was er allerdings ahnte, war, dass Eismann entweder enorm reich, sehr mächtig oder vermutlich beides war. Ein Mann, der innerhalb von wenigen Stunden von Frankfurt nach Köln kommt, hier mit Chauffeur, Assistent und zwei Leibwächtern auftaucht, war ein außergewöhnlicher Mandant und somit würde es sich voraussichtlich um keine gewöhnliche Recherche handeln, nahm er an.

»Recherchearbeiten«, wiederholte Alexander. »Grundsätzlich kann ich das für Sie erledigen. Aber das ist jetzt keine allzu detaillierte Auftragsbeschreibung. Ein bisschen präziser darf es gerne sein.«

Eismanns Gesichtsausdruck blieb ernsthaft, wobei seine Augen sofort nach den Schwänen zu suchen schienen. »Herr Dembski, wissen Sie, wer ich bin und was ich mache?«

»Nein, Ihren Namen habe ich heute Vormittag am Telefon zum ersten Mal gehört.«

»Ich bin Inhaber und Geschäftsführer der Eismann-Capital GmbH. Über diese Firma verwalte ich mein eigenes Vermögen sowie die Gelder einiger sehr wohlhabender Menschen. Diskretion und Reputation sind in diesem Geschäft mindestens so wichtig, wie die Rendite der Kapitalanlagen. Daher habe ich keinerlei Interesse an Publicity. Kann ich auf Ihre Verschwiegenheit zählen?«

Vertraulichkeit, Verschwiegenheit – wie oft hörte Alexander solche oder ähnliche Worte von seinen Mandanten. Nicht nur Priester, Ärzte und Rechtsanwälte mussten schweigen können. Seine Antwort kam daher wie auf Knopfdruck: »Selbstverständlich können Sie das. Ich bin es gewohnt mit vertraulichen Informationen umzugehen. In meinem Job ist das eine Grundvoraussetzung. Andernfalls könnte ich den Laden dicht machen.«

Das hatte den Finanzmogul offenkundig überzeugt, denn er sagte: »Dann will ich mal zur Sache kommen.« Er legte die Hände auf seine Oberschenkel, exakt auf die Bügelfalten seiner Hose, und fuhr nach einer kurzen Pause fort: »Wie wahrscheinlich ist es, dass drei Manager aus einem Unternehmen sich innerhalb von zwei Jahren umbringen?«

Die Worte *Manager*, *Unternehmen* und *Umbringen* rüttelten an Alexanders Detektivinstinkt. Er hatte sich bisher nicht mit Selbstmordstatistiken befasst, so blieb ihm nur sein oft genutztes Bauchgefühl. »Mir sind keine Statistiken bekannt. Ich halte es aber für ausgesprochen unwahrscheinlich. Zumal bei Managern finanzielle Not oder dergleichen als Motiv ausscheiden dürften. Auch mit Blick auf ihre Position dürfte es sich um recht gefestigte Persönlichkeiten handeln. Man sollte meinen, dass solche Menschen meistens ein ziemlich ausgelastetes und sorgenfreies Leben führen. Es klingt auf jeden Fall merkwürdig.«

»Ich sehe das genauso«, sagte Eismann und fügte zur Verdeutlichung ein paar Zahlen hinzu: »Grob gerechnet stirbt in Deutschland jedes Jahr ein Prozent der Bevölkerung. In Wirklichkeit sind es etwas mehr. Und von diesem einen Prozent hat sich wiederum ein Prozent selbst umgebracht. Mit anderen Worten: Von zehntausend Menschen bringt sich einer um. Überträgt man diese Werte auf die Anzahl Manager der Northus Versicherung, dann sind drei Selbstmorde in so kurzer Zeit statistisch gesehen, nahezu unmöglich. Und am vergangenen Wochenende hat sich Herr Dr. Hans-Jacob Engeli, ein Vorstandsmitglied, angeblich das Leben genommen. Er ist damit der Dritte von insgesamt zwei Vorständen und einem Aufsichtsratsmitglied, der den Freitod gewählte hat. Ich kenne nicht seine Gesundheitsakte. Aber die beiden vorherigen Selbstmörder hatten, soweit ich informiert bin, keine nennenswerten Erkrankungen. Was genau mit Herrn Engeli passiert ist, vermag ich nicht zu sagen. Ich weiß lediglich, was heute Morgen in einer Pressemitteilung stand.«

Alexander erinnerte sich dunkel, vor längerer Zeit etwas über einen Selbstmord bei einem Versicherer in der Zeitung gelesen zu haben. Damals hatte er der Sache keine große Bedeutung beigemessen, vielleicht auch, weil ihm der Sportteil wichtiger erschien.

»Ich will Sie engagieren, damit Sie herausfinden, was hinter den Selbstmorden steckt«, präzisierte Eismann sein Anliegen. Wobei er seinen Blick von den Schwänen abwandte und den Detektiv genau beobachtete.

Dembski, der das spürte, sah ihn ebenfalls an und fragte: »Welche Veranlassung haben Sie, eine Detektei mit Recherchen in Bezug auf die Selbstmorde zu beauftragen? Heutzutage gibt es doch bei zweifelhaften Todesfällen polizeiliche Untersuchungen und ärztliche Befunde, die die genaue Todesursache feststellen. Glauben Sie, dass etwas Entscheidendes übersehen wurde?«

»Ich habe weder Einblick in die aktuelle Polizeiakte noch in die Arztberichte und will mir daher kein Urteil erlauben. Aber wäre es nicht nachvollziehbar, alles nach dem äußeren Bild zu beurkunden? Warum sollte die Polizei an einem Selbstmord zweifeln, wenn niemand Zweifel sät? Wenn alles auf eine suizidale Tat hindeutet? Wenn selbst die Angehörigen und Freunde der Opfer keine Fragen stellen? Und was will ein Arzt anderes tun, als den Tod festzustellen? Kein Arzt wird jemals wissen, ob ein Mensch freiwillig von einer Brücke gesprungen ist oder gestoßen wurde und den Toten wird niemand mehr fragen können. Der Arzt wird nur den Tod attestieren und die Sterbedokumente ausfüllen. Ihre Aufgabe ist es, die Motive der Selbstmörder zu finden. Niemand legt sich grundlos vor einen fahrenden Zug oder jagt sich ohne jeden Anlass eine Kugel in den Kopf. Suchen Sie nach den Motiven, wo immer Sie hoffen, welche zu finden. Gab es vielleicht Krankheiten, Schulden, abartige sexuelle Neigungen oder war einer von ihnen gar pädophil? Wurde jemand erpresst? Mir ist es vollkommen egal, ob sich irgendwelche ethischen oder moralischen Abgründe auftun. Mir ist es auch egal, wie Sie das anstellen. Ihre Ermittlungsmethoden interessieren mich nicht. Ihr Bericht wird nicht in den sozialen Medien landen. Sollte es jedoch eine, wie auch immer geartete, Verbindung zwischen den Taten oder zur Northus Versicherung geben, will ich genauestens darüber informiert werden. Wenn Sie irgendetwas finden, was mit dem Versicherer zu tun hat, dann bohren Sie tief und gehen der Sache auf den Grund, damit absolut alles ans Licht kommt und keine Fragen unbeantwortet bleiben.«

»Und wenn ich nichts finde? Was dann?«

Dr. Eismann stellte sich vor den Detektiv und sah ihn mit dem kalten Blau seiner Augen an. »Sie werden etwas finden. Denn wenn es keine Gründe für die Selbstmorde gibt, dann waren es Morde.« Er presste für einen Moment seine Kieferknochen aufeinander. »Herr Dembski, mir liegt eine Bitte verschiedener Anteilseigener des Versicherungskonzerns vor. Im nächsten Jahr soll ich den Vorsitz des Aufsichtsrats übernehmen. Ich bin geneigt, dieser Bitte Folge zu leisten. Allerdings muss ich vorher wissen, und davon mache ich meine Zusage abhängig, ob es irgendeine Verknüpfung zwischen den Todesfällen der Manager und deren Arbeit für den Northus Konzern gegeben hat.«

Alexander legte seinen Kopf in den Nacken und zog die Schultern leicht nach oben. »Sie glauben es gibt einen Zusammenhang zwischen den Selbstmorden?«

»Das hat nichts mit Glauben zu tun, Herr Dembski. Sollte es einen Zusammenhang geben, der während meiner Amtszeit als Vorsitzender des Aufsichtsrats publik wird und der auch noch die Northus Versicherung tangiert, wäre das mit einem riesigen Reputationsschaden für mich und meine Firma verbunden. Ich will jedes diesbezügliche Risiko ausschließen. Im März kommenden Jahres findet die nächste Hauptversammlung statt. Auf dieser soll ich zum Vorsitzenden gewählt werden. Man erwartet von mir aber bereits bis Anfang Juni ein klares Zeichen, ob ich die Funktion übernehmen werde. Falls ich nicht zur Verfügung stehe, hat der Wahlausschuss des Aufsichtsrats noch Zeit bis Oktober, einen anderen Kandidaten zu finden. Eine solche Personalie wird nicht wie ein Klassensprecher gewählt, daher ist Eile geboten. Ich muss bis spätestens Ende Mai wissen, ob die Selbstmorde miteinander in Verbindung stehen und wenn ja, welchen Zusammenhang es gibt und ob die Northus davon berührt ist. Sie haben also ab heute knapp sechs Wochen Zeit, die nötigen Recherchen durchzuführen.«

Alexander schwieg. Er war sich fast sicher, dass er den Auftrag annehmen würde. Ein gewisses Maß an Zweifel konnte er nicht ausblenden, denn bisher hatte er meistens in Nullachtfünfzehn-Fällen ermittelt. Und dass diese Sache eine ganze Nummer größer war, davon war er fest überzeugt.

»Herr Dembski, Sie bekommen eine Anzahlung von einer halben Million Euro sowie zwanzigtausend Euro Spesen. Weitere Spesen gibt es gegen Rechnung. Bei Vorlage Ihres Berichts bis zum einunddreißigsten Mai erhalten Sie eine zweite Zahlung in derselben Höhe.« Dr. Eismann wusste um die Wirkung solcher Geldbeträge und fragte daher eher rhetorisch: »Sind Sie mit diesen Konditionen einverstanden?«

Jetzt hatte sich jeder Zweifel in Luft aufgelöst und Alexander war zugleich vollkommen perplex. Eine ganze Million, falls er rechtzeitig Ergebnisse lieferte. Selbst wenn er es nicht schaffen würde, bekäme er immer noch fünfhunderttausend Euro, was für ein wahnsinniger Betrag. Alleine die Spesen hätten schon gereicht. Seit Gründung der Detektei hatte es kein solches Angebot gegeben. Er konnte und wollte es sich nicht im Entferntesten leisten, diesen Auftrag abzulehnen. Seine Neugierde, aber viel mehr die außerordentlich hohe Bezahlung, ließen nur eine Antwort zu: »Einverstanden, ich übernehme den Fall.«

»Prima Herr Dembski, das freut mich.« Die Anspannung wich aus Eismanns Gesicht. »Ich schlage vor, dass wir uns alle vierzehn Tage treffen und Sie mir von den Fortschritten Ihrer Arbeit Bericht erstatten.«

Alexander nickte und sagte: »Ja«.

Die Männer besiegelten ihre Abmachung mit einem Handschlag.

»Wahrscheinlich werden Sie auf Unterstützung angewiesen sein. Herr Böhm steht Ihnen zur Verfügung. Er kann bis auf Weiteres in Köln bleiben. Sie können auf ihn zugreifen und über ihn Kontakt zu meinem Büro aufnehmen.« Dr. Eismann drehte sich in die Richtung seines Assistenten und winkte diesen herbei. Wie ein Soldat folgte er umgehend dem Kommando des Generals und kam angelaufen. »Herr Böhm, Herr Dembski wird die nächsten sechs Wochen für uns arbeiten. Ich habe ihm Ihre vollumfängliche Unterstützung zugesagt.«

Böhm verzog keine Miene, sondern reichte dem Detektiv lediglich seine Visitenkarte. »Rufen Sie an, wenn Sie mich brauchen. Ich kann jederzeit nach Köln kommen und vor Ort bleiben.«

Wieder an Alexander gewandt fragte Eismann: »Dann ist soweit alles klar, oder haben Sie noch Fragen?«

Alexander schüttelte den Kopf.

»Gut, dann höre ich von Ihnen«, bedankte sich Eismann.

Das Gespräch war zu Ende. Der Detektiv stand auf und begab sich auf den Weg zum Parkplatz. Nach ein paar Schritten drehte er sich um und suchte den Blick seines Auftraggebers. »Herr Dr. Eismann, denken Sie, es handelt sich um Mord?«

Am eiskalten Blau der Augen des Finanzmoguls erkannte er sofort die Antwort: »Ja!«

Die ersten Ermittlungen

Der Wagen stand noch genau da, wo Alexander ihn vor einer halben Stunde verlassen hatte. Vermutlich aus Langeweile oder aus Pflichtbewusstsein kratzte der Chauffeur die an der Windschutzscheibe klebenden Kadaver der zermatschten Insekten ab. Er schien den Detektiv nicht bemerkt zu haben. Etwas enttäuscht von der fehlenden Aufmerksamkeit bat Alexander im vornehmsten Tonfall: »Fahren Sie mich bitte zurück in mein Büro.«

Trocken, in akzentfreiem Hessisch bekam er die Antwort: »Entschuldigen Sie Herr Dembski, ich warte auf Herrn Dr. Eismann. Wenn Sie möchten, rufe ich Ihnen gerne ein Taxi.«

In seinem Büro schloss der Detektiv hinter sich die Tür ab. Er wollte ungestört bleiben. Auf dem Tisch stand noch die halbvolle Tasse mit dem Kaffee. Ohne lange zu überlegen, kippte er die kalte Brühe in einem Schluck runter und setzte sich an den Schreibtisch. Er lehnte sich in seinem Stuhl zurück, verschränkte die Arme hinter dem Kopf, streckte seine Beine aus und sah zur Decke. Zu viele wirre Gedanken galt es zu sortieren. Eines war ihm aber jetzt schon klar, der übliche Schlendrian, den er in den letzten Jahren hatte walten lassen, würde ein Ende haben müssen. Dem neuen Auftrag hatte er sich voll und ganz zu widmen. An Motivation würde es ihm nicht mangeln. Endlich ein spannender Fall und ein unglaubliches Honorar. Er war ungeduldig und stand in den Startlöchern. Allerdings hatte er überhaupt keinen Plan, wie er die Sache angehen sollte. Es würde diesmal nicht ausreichen, Personen heimlich aus dem Auto heraus zu fotografieren oder ein paar Nachbarn über das Freizeitverhalten seiner Zielperson auszufragen.

Bisher lagen ihm kaum Informationen vor. Es betraf die Northus Versicherung und er kannte lediglich den Namen des zuletzt verstorbenen Managers. Mehr hatte er nicht. Höchstens den Hinweis, dass es sich in drei Todesfällen angeblich um Suizide gehandelt hatte. Wobei dies nicht viel wert war, denn genau diese Todesart zog sein Auftraggeber in Zweifel.

Alexander suchte nach einem Einstieg. Er brauchte etwas, in das er sich reinwühlen konnte. Sowas wie den ersten Puzzlestein, einfach eine Idee. Nach Stichworten im Internet zu suchen, schien ihm kein erfolgversprechender Start. Auch hatten die toten Manager ihre Wohnsitze sehr wahrscheinlich nicht in Köln. Der Hauptsitz des Versicherungskonzerns war in Hamburg. Vor Ort dürfte somit nichts in Erfahrung zu bringen sein. Was Besseres, als auf das Angebot seines Auftraggebers einzugehen, und dessen Assistenten um Unterstützung zu bitten, fiel ihm nicht ein. Der Detektiv spekulierte darauf, dass Eismann über weiteres Wissen verfügte, das er der Kürze des Treffens geschuldet, am Aachener Weiher nicht kundgetan hatte. Herr Böhm würde ihm diese Informationen hoffentlich besorgen. So griff er zum Telefon und wählte die Nummer, die auf dessen Visitenkarte stand.

Schon nach dem ersten Klingeln schallte ihm ein, »Olaf Böhm«, durch den Hörer entgegen.

»Hallo, hier ist Dembski. Ich würde gerne auf unser Gespräch von heute Nachmittag zurückkommen. Ich könnte Ihre Unterstützung gut gebrauchen.«

»Wie gesagt, ich stehe Ihnen zur Verfügung. Die Prüfung der Selbstmorde hat für meinen Chef eine außergewöhnlich hohe Priorität. Binden Sie mich vollumfänglich in die anstehenden Arbeiten ein. Allerdings hatte ich bisher keine Berührungspunkte mit dem Tätigkeitsfeld eines Detektivs.«

»Das macht nichts. Sie sollen ja nicht gleich Fingerabdrücke auswerten und Gespräche heimlich abhören.«

»Was kann ich denn für Sie tun?«

»Ich brauche Informationen über die Northus Versicherung und von den Selbstmördern. Haben Sie Unterlagen oder zusätzliches Material? Ich suche nach etwas, um in den Fall einzusteigen.«

»Ja, das lässt sich arrangieren. Wir haben einen Ordner, in dem das Wesentliche aus den letzten Jahren zusammengetragen wurde. Ich bitte Dr. Eismanns Sekretärin, eine Kopie anzufertigen. Sie kann die Unterlagen einscannen und sie Ihnen heute noch per E-Mail zusenden.«

»Prima, das ist erstmal ein Anfang«, bedankte sich Dembski.

Kurze Zeit später rief Alexander seinen Vater an. Als Maxwell den Namen seines Sohnes im Display erblickte, freute er sich. »Schön, dass du anrufst.«

»Ich habe dir was zu erzählen, Papa …«, Alexander informierte ihn über die Geschehnisse des Tages, die Begegnung mit Eismann, den vermeintlichen Selbstmorden und dem daraus resultierenden Auftrag. Die Höhe des Honorars ließ er unerwähnt. Am Ende seines Berichts bat er seinen Vater, die alten Akten und Auftragsbücher durchzusehen und nach einer früheren Mandatierung von Eismann oder einem Mitarbeiter aus dessen Firma zu suchen, »… der Vorgang muss schon eine Zeit lang her sein. Mindestens fünf Jahre. Eismann wusste nicht, dass du dich zur Ruhe gesetzt hast. Vielleicht betraf der Auftrag irgendwelche Kapitalanlagen?«

Auf Anhieb konnte Maxwell den Namen des Finanzmoguls nicht zuordnen. Er versprach aber, sobald wie möglich in seinen alten Unterlagen nachzuschauen und sich zu melden.

Nachdem sein Vater aufgelegt hatte, schaltete Alexander den Computer an. In seinem Mailpostfach las er: »Akte Northus, Absender Sonja Moll, Eismann-Capital GmbH.« Die erbetenen Unterlagen aus Frankfurt waren da. Das ging schneller, als er erwartet hatte. Er speicherte die anhängenden Dateien auf einem USB-Stick, steckte diesen in seine Hosentasche, fuhr den Rechner runter und verließ das Büro. Zu Hause angekommen, stellte er sich zunächst in die Dusche. Das heiße Wasser lief über seinen Rücken und er ließ den Tag gedanklich Revue passieren. Heute Morgen hatte er sich noch zur Arbeit gequält und wenige Stunden später den größten Auftrag an Land gezogen, mit dem die Detektei jemals betraut worden war. Angst hatte er vor der Aufgabe nicht. Seit einer Schießerei, bei der er einen Mann getötet hatte, gelang es ihm meistens, jegliche Furcht auszublenden. Zumindest redete er sich das ein. Nein, es war Respekt. Er hatte nicht den blassesten Schimmer, auf was er sich da einließ. Trotzdem war ihm klar, die Geschichte würde kein Selbstgänger werden. Mit einer Flasche Rotwein und dem Laptop setzte er sich aufs Sofa. Er konnte es kaum abwarten, die Dateien aus Frankfurt zu öffnen.

Sämtliche Unterlagen waren mit nachvollziehbaren Dateinamen und Datum versehen, was einen schnellen Überblick erleichterte. Alexander beschloss, chronologisch vorzugehen. Er fing mit den ältesten Schriftstücken an.

Astrid Zielke hatte sich nördlich von Hamburg, kurz vor Reinfeld, auf die Bahngleise gelegt und vom RE 8, dem Regionalzug, der auf dem Weg nach Travemünde war, überfahren lassen. Angeblich hatte sie weder an Depressionen noch an einer lebensbedrohlichen Krankheit gelitten. Auch war über Verwerfungen in ihrem persönlichen Umfeld nichts bekannt. Die Polizei hatte ihr Auto unweit der Bahngleise gefunden. Ein Abschiedsbrief oder Ähnliches war nie aufgetaucht. Anhaltspunkte für ein Fremdverschulden waren nicht ersichtlich und mangels weiterer Hinweise wurde die Akte letztendlich mit dem Vermerk *Suizid* geschlossen. Den polizeilichen Ermittlungen zufolge hatte sich das tragische Geschehen im Mai vor zwei Jahren ereignet. Als Vorständin für Finanzen und Kapitalanlagen war Frau Zielke bis zu ihrem Tod für die Anlagestrategie des Versicherers verantwortlich. Unter ihrer Regie war das Portfolio weiter diversifiziert worden. Sie hatte infolge der niedrigen Zinsen in den europäischen Märkten behutsam erste Positionen in Übersee, insbesondere in den USA, aufgebaut. Sie hinterließ einen Mann und einen Sohn. Ihre Nachfolgerin wurde Frau Dr. Verena Goldner, die zuvor eine ihrer Bereichsleiterinnen gewesen war.

Henrik-Christian Poulsen war der zweite mutmaßliche Selbstmörder. Er war bis vor vier Jahren Vorstandsvorsitzender eines Schweizer Aviation-Konzerns mit Sitz in Genf gewesen. Nach seinem altersbedingten Ausscheiden aus dem Vorstand des Flugzeugherstellers war er in der Schweiz geblieben und hatte sein Aufsichtsratsmandat für die Northus von dort weiter wahrgenommen. Den Zeitungsartikeln zufolge war er in Kopenhagen geboren und im Juli vergangenen Jahres verstorben. Neben seiner Ehefrau hinterließ er zwei Kinder und einen Enkel. Die Selbsttötung kam für alle Familienmitglieder vollkommen unerwartet. Laut eines Auszuges aus der polizeilichen Ermittlungsakte hatte er sich am Schreibtisch sitzend erschossen. In dem Augenblick, als die Kugel in seine rechte Schläfe eindrang und nahezu zeitgleich an der anderen Seite des Kopfes, wenige Zentimeter über dem linken Ohr, ausgetreten war und einen miniaturähnlichen Krater aufgerissen hatte, war sein Oberkörper nach vorne gekippt. So fand ihn seine Sekretärin, Frau Williams, als sie zum Wochenbeginn ins Büro kam. Die an der Tatwaffe gefundenen Fingerabdrücke, die Schmauchspuren an seiner Hand sowie ein Abschiedsbrief deuteten auf Selbstmord hin. Seitens der Polizei hatte es keinerlei Zweifel am Tathergang gegeben, selbst wenn das Motiv im Dunkeln blieb. Es gab nicht mal Gerüchte über eine Krankheit, Spielsucht oder moralische Verfehlungen.

Zum Selbstmord von Dr. Engeli gab es keine Neuigkeiten. Auf der Homepage des Versicherers war sein Lebenslauf eingestellt. Demnach wurde er in Schaffhausen geboren und wäre am dreizehnten September neunundvierzig Jahre alt geworden. Vor fast acht Jahren wurde er in den Vorstand berufen. Er war für das Auslandsgeschäft zuständig, was im Wesentlichen die Vertriebsaktivitäten außerhalb Deutschlands umfasste.

Die halbe Nacht verbrachte Alexander mit dem Studium der Dateien. Es waren alles mehr oder weniger nichtssagende Zeitungsberichte, vereinzelte Auszüge aus Polizeiakten sowie Nachrichten und Pressemitteilungen aus der Kommunikationsabteilung des Versicherers. Zumindest festigte sich der Eindruck, dass die Selbstmörder sich gekannt hatten. Im Rahmen der Hauptversammlung fand ein jährliches Treffen sämtlicher Aufsichtsratsmitglieder und Vorstände der Northus Versicherung statt. Mehr war den Unterlagen nicht zu entnehmen. Alexander beschloss, mit seinen Recherchen in Hamburg anzufangen. Zuerst wollte er der Versicherung einen Besuch abstatten und sich mit Leuten aus dem beruflichen Umfeld der verstorbenen Vorstände unterhalten. Weil er schlecht selbst beim Versicherer anrufen und sich als Detektiv, der in Selbstmordfällen ermittelt, vorstellig werden konnte, musste Eismanns persönlicher Assistent ihm erneut helfen.

****

Am nächsten Morgen rief Alexander bei Böhm an, »darf ich Sie ein weiteres Mal um Unterstützung bitten?«

»Ja, selbstverständlich«, antwortete dieser in einem eher formellen Tonfall. »Was kann ich für Sie tun?«

Alexander fasste seine ersten Erkenntnisse aus der Durchsicht der Unterlagen zusammen: »Die Selbstmörder haben sich gekannt, das scheint festzustehen. Ich will der Versicherungsgesellschaft einen Besuch abstatten und hören, was die Mitarbeiter von Zielke und Engeli zu sagen haben. Die beiden hatten doch sicherlich Sekretariate sowie einen persönlichen Stab oder zumindest einen Assistenten? Können Sie ein zeitnahes Treffen in

Hamburg arrangieren? Vielleicht besteht auch die Möglichkeit, kurz mit Zielkes Nachfolgerin zu sprechen.«

Böhm versprach umgehend, einen Kontakt zum Versicherungsunternehmen herzustellen und sich um einen Termin zu kümmern. Eine knappe Stunde später rief er zurück. »Herr Dr. Eismann hat mit dem Vorstandsvorsitzenden, Herrn Dr. Junghans, telefoniert. Dessen Sekretärin hat bereits für den kommenden Donnerstag ein Treffen mit den Sekretärinnen von Frau Zielke und Herrn Dr. Engeli sowie einem der Assistenten festgemacht. Frau Dr. Goldner konnte sie nicht erreichen, sie hat aber eine Nachricht hinterlegen lassen. Melden Sie sich bitte übermorgen um zehn Uhr bei Frau Rosenberg, ich schicke Ihnen ihre Telefonnummer. Ach, und bevor ich es vergesse, Herr Dr. Junghans würde Sie vorab gerne sprechen.«

»Vielen Dank«, Alexander ließ eine kurze Pause und fuhr dann fort: »Hätten Sie die Möglichkeit, an den Gesprächen teilzunehmen?«

»Grundsätzlich lässt sich das einrichten.« Böhm wirkte verunsichert, »wie kann ich Ihnen denn vor Ort helfen?«

»Nun, Sie sind der persönliche Assistent von Dr. Eismann. Das ist eine Funktion, die Türen öffnet und sie wird sicherlich die Gesprächsbereitschaft der Mitarbeiter fördern. Und um ehrlich zu sein, ich habe überhaupt keine Ahnung vom Versicherungsgeschäft. Die könnten mich jederzeit aufs Glatteis führen. Außerdem hören vier Ohren mehr als zwei.«

»Das mag wohl zutreffen. Was halten Sie davon, wenn ich nachher nach Köln komme? Ich nehme den nächsten Zug. Dann besprechen wir alles Weitere heute Nachmittag bei Ihnen im Büro. Wäre das okay für Sie?«

»Gerne. Melden Sie sich, sobald Sie hier sind.«

Wie angekündigt stand Böhm am späten Nachmittag in der Eingangstür der Detektei. Entgegen Alexanders Befürchtungen wirkte er bestens gelaunt. Mit entgegengestreckter Hand und einem: »Kommen Sie rein, wir sind alleine«, ging Alexander auf seinen Gast zu und lud ihn ein, das Büro zu betreten. Dieser fixierte den Detektiv, schien ihn zu mustern, ergriff zur Begrüßung dessen Hand und sagte mit fast schon kindlicher Neugierde: »Herr Dembski, ich bin ganz gespannt auf die vor uns liegenden Ermittlungen.«

»Na …«, sagte Alexander, »…, wenn Sie da mal nicht zu hohe Erwartungen an die Detektivarbeit haben. Aber nehmen Sie doch erst einmal Platz, ich hole uns einen Kaffee«, und wies mit seinem Daumen in Richtung des Besuchertisches, neben dem zwei überdimensionierte, ein wenig verranzte Ledersessel standen.

Erst nachdem Alexander mit dem Kaffee aus der Küche kam, setzte sich Böhm lässig in einen der Sessel. Er sah erschrocken aus, als er tief in der Polsterung einsank. Ruckartig ergriff er die Armlehnen und hielt sich fest. Sobald er ausbalanciert war, rutschte er ein ganzes Stück nach vorne, bis er soweit auf der Kante saß, dass seine Füße fest auf dem Boden standen.

»Sorry, die Dinger müssten mal aufbereitet werden«, entschuldigte sich Dembski. »Nur leider kenne ich keinen Polsterer hier in der Südstadt.« Alexander stellte die randvoll gefüllten Kaffeekrüge auf den Tisch, holte Milch und Zucker und ließ sich selbst behutsam in den Ledersessel nieder. »Danke, dass Sie so kurzfristig nach Köln gekommen sind.«

»Gern geschehen. Mein Chef bat mich, Sie zu unterstützen, also freue ich mich auf unsere Zusammenarbeit.« Böhm trank erst einen kleinen Schluck vom Kaffee und goss dann etwas Milch nach.

Alexander war sich unsicher, ob sein Gast das ernst meinte oder ob er nicht eher vom Auftrag seines Chefs genervt war. Letztendlich war es ihm aber egal. Böhm saß in seiner Detektei und er hatte jemanden vor sich, der ihm helfen sollte, einen zielführenden Einstieg in die anstehenden Ermittlungen zu finden.

Zunächst interessierte sich Alexander dafür, ob es, außer bei der Hauptversammlung, irgendwelche Berührungspunkte zwischen Dr. Eismann und den Selbstmördern gegeben hatte.

Böhm konnte ihm nicht viel dazu sagen. Er wusste lediglich von einem Treffen mit Poulsen, das vor einigen Jahren im Frankfurter Büro stattgefunden hatte. Inwiefern es im Zusammenhang mit Aufsichtsratsangelegenheiten stand, entzog sich seiner Kenntnis. Auch hatte er sich bisher nur wenig mit den drei Todesfällen befasst. Alles in allem lagen ihm keine Informationen vor, die Dembski nicht bereits aus den gestern zur Verfügung gestellten Dateien entnommen hatte.

»Das hilft Ihnen jetzt nicht wirklich weiter«, schlussfolgerte Eismanns Assistent etwas verlegen aber durchaus zutreffend. Er lehnte sich vorsichtige ein Stückchen in Richtung des Tisches und griff mit ausgestreckten Fingern nach dem Henkel des Kaffeekrugs. Dabei hielt er mit der anderen Hand die Lehne des Sessels fest umklammert.

»Sagen Sie mal …«, bat Alexander, »… in den Dateien, die ich gestern erhielt, fand ich Auszüge aus polizeilichen Ermittlungsakten. Wie sind sie an die gekommen?«

»Vermutlich über einen Rechtsanwalt oder Angehörige der Selbstmörder. Ich denke aber, über einen Anwalt, der um Akteneinsicht gebeten hat.« Böhm lehnte sich wieder zurück und fragte: »Wie geht es denn jetzt weiter? Wir haben doch nichts?«, und wartete offenkundig auf einen genialen Ermittlungsansatz des Detektivs.

Diesen Gefallen konnte Dembski ihm nicht tun. »Das werden die Gespräche bei der Versicherungsgesellschaft in Hamburg zeigen.« Er führte seinen Gedanken zu Ende: »Unser Problem ist, dass wir noch nicht wissen, ob es überhaupt einen Verbrecher gibt.« Er starrte in die verdutzten Augen von Böhm, der schnell nach dem immer noch recht vollen Krug griff und dann wieder zum Detektiv sah.

»Herr Böhm, das Problem ist, wir wissen nicht, ob ein Zusammenhang zwischen den Selbstmorden existiert. Mit anderen Worten, wir wissen nicht, wonach wir suchen und wir wissen nicht, ob es überhaupt etwas gibt, das wir finden können.«

Offenkundig hatte Böhm sich ein Quäntchen mehr kriminalistischer Raffinesse erhofft. »Okay, da haben Sie wohl Recht.«

»Kopf hoch, das Detektivbusiness ist keine akademische Disziplin«, räumte Alexander ein. »Unsere Aufgabe ist es, zunächst nach Indizien zu suchen. Üblicherweise lassen sich diese an drei verschiedenen Stellen finden. Im Arbeitsumfeld der Opfer, in deren privatem Umfeld, und beim Tathergang.«

»Was meinen Sie mit Tathergang?«, Böhm runzelte die Stirn.

»Letztendlich geht es um atypische Vorgänge, nennen Sie es der Einfachheit halber Fehler, die ein Täter bei seiner Tat begeht. Lassen Sie es mich versuchen zu erklären: Nehmen Sie an, ein Rechtshänder würde sich erschießen und sein Leichnam wird mit der Waffe in der linken Hand gefunden.« Ohne auf eine Antwort zu warten, folgte ein weiteres Beispiel. »Oder stellen Sie sich vor, ein Haus brennt nieder und Zeugen berichten von mehreren zeitgleichen Brandherden an unterschiedlichen Stellen im Gebäude. Beides sind atypische Merkmale, die darauf hindeuten, dass es nicht mit rechten Dingen zuging. Und unsere Aufgabe ist es, nach solchen Auffälligkeiten zu suchen. Und die werden wir finden, sofern die Manager keine Selbstmörder waren.«

Vorsichtig nickend und wieder besser gelaunt fragte Böhm: »Was ist denn der Unterschied zwischen der Arbeit eines Detektivs und der Polizei? Würde die Polizei nicht genauso vorgehen?«

»Die Polizeiarbeit ist wesentlich umfangreicher und basiert zum Teil auf wissenschaftlichen Prinzipien.« Alexander überlegte, wie er es am verständlichsten formulieren sollte: »Der Detektiv ist in den meisten Fällen nur am Ergebnis interessiert. Wer hat wen betrogen, wer hat gelogen, wer ist der Täter und so weiter. Der Polizist muss darüber hinaus herausfinden, warum und wie es zum Verbrechen kam. Er benötigt für die strafrechtliche Verfolgung und ein späteres Gerichtsurteil das Motiv und den genauen Tathergang einschließlich der gesamten Planungen, um auch den Vorsatz beweisen zu können, sonst kommt es womöglich nicht zum Strafverfahren oder noch ärgerlicher, die Gerichtsverhandlung geht verloren. Um es mit einem Bild aus der Schachwelt zu erklären, der Detektiv ist zufrieden, wenn er weiß, welche Figur den König matt gestellt hat. Der Polizist muss die hohe Kunst beherrschen, eine Schachpartie rückwärts zu spielen. Er muss jeden Zug bis zum Schachmatt ermitteln. Insofern ähnelt die Detektivarbeit den Ermittlungen der Polizei, ist aber insgesamt nicht so umfassend.«

»Und diese Weisheiten haben Sie aus dem dritten Band Tipps und Tricks für Detektive?«, frotzelte Böhm und konnte sich ein Grinsen nicht verkneifen.

»Die Quellen meines umfassenden Detektivwissens verrate ich nicht. Aber Spaß beiseite, ich kann Ihre Hilfe wirklich gut brauchen.«

»Daher nehmen Sie mich ja auch mit nach Hamburg. Sie hoffen also, bei der Northus auf einen ersten Hinweis zu stoßen?«

»Mit etwas Glück, ja«, sagte Alexander und lehnte sich entspannt zurück.

»Ihr Wort in Gottes Ohr. Wie gesagt, ich komme gerne mit. Aber erwarten Sie von mir keine Zauberkunststücke. Ich bin der Lehrling und Sie der Meister.«

Wie Recht er doch hatte. Alexander konnte sich ein Lachen nicht verkneifen. Aus Sicht des Detektivs gab es keine weiteren Themen zu besprechen. Um mal auf andere Gedanken zu kommen, schlug er deshalb vor, am frühen Abend essen zu gehen. Böhm willigte ein, wollte aber vorher ins Hotel. So verabredeten sie sich um sieben Uhr im Brauhaus Päffgen in der Friesenstraße.

****

Wie abends zuvor besprochen, trafen sich die beiden Männer am Kölner Hauptbahnhof. Die Abfahrt des Zuges war für kurz nach zwölf Uhr vorgesehen. Dembski und Böhm hatten Platzreservierungen im Großraumwagen der ersten Klasse. Sie warfen ihr Gepäck in die Ablage über den Sitzen und kamen sich bei der anschließenden Platzwahl etwas in die Quere. Der Detektiv überließ seinem Begleiter den Fensterplatz. Ihm selbst war es egal. Er legte keinen gesonderten Wert darauf, mit dem Rücken zur Fahrtrichtung, sich die vorbeifahrenden Landschaften anzusehen.

Nach der Abfahrt des Zuges meldete sich Frau Moll. Sie hatte für die beiden Herren Zimmer im Atlantic gebucht. Die Mitarbeiter der Eismann-Capital GmbH schienen stilbewusst zu reisen. Jedenfalls waren ein Erste-Klasse-Ticket und ein Fünf-Sterne-Hotel für Böhm nichts Außergewöhnliches. Alexanders Anmerkung, dass dies doch recht nobel sei, quittierte er lediglich mit: »Ist bei uns üblich.« Ansonsten verlief der erste Teil der Zugfahrt schweigsam, beide hatten sich vom Schaffner eine Tageszeitung geben lassen. Alexanders Exemplar enthielt im Sportteil umfassende Berichte von den gestrigen Partien in der Champions League.

»Wie sehr interessieren Sie sich für Fußball?«, wollte er von seinem Sitznachbarn wissen.

»Ein wenig. Gab es denn was Besonderes?«

»Madrid hat gegen Juventus gewonnen. Und raten Sie mal, wer die Tore geschossen hat.«

»Ronaldo?«, war Böhms zögerliche Antwort.

»Ja, alle beide. Er hat damit in dieser Saison schon sechzehn Treffer erzielt und als erster Spieler in zehn aufeinanderfolgenden Champions League Spielen getroffen. Ich schätze, Real wird den Cup erneut gewinnen.«

»Haben die nicht schon letztes Jahr Juventus im Finale geschlagen?«

»Das war doch ein drei oder vier zu eins. Hat Ronaldo in dem Spiel nicht auch zwei Tore geschossen?«

Böhm faltete seine Zeitung zusammen und blickte gelangweilt zum Detektiv.

Etwas unbeholfen entschuldigte sich Dembski: »Ich wollte Sie nicht mit Fußball zutexten.«

»Schon gut. Dem heutigen Wirtschaftsteil fehlt es an interessanten Neuigkeiten und das Feuilleton ist wenig inspirierend. Wir können uns gerne unterhalten.«

Alexander hatte das eindringliche Gefühl, keinen adäquaten Fußballexperten neben sich sitzen zu haben und wechselte das Thema. »Was ganz anderes, Herr Böhm. Haben Sie sich schon mal eingehend mit dem Phänomen Selbstmord befasst?«

»Wie meinen Sie das? Ich hatte bisher nicht vor, mein Leben zu beenden. Ein paar Jahre hätte ich gerne noch.«

»Wir sollen doch drei Selbstmordfälle prüfen. Da gibt es bestimmt jede Menge Fragen, denen wir nachgehen könnten. Ich denke dabei an die Häufigkeit von Selbstmordversuchen bei Menschen im Alter der betroffenen Manager. Zugrundeliegende Krankheitsbilder, auslösende Symptome, dauernde sowie spontane Selbsttötungsabsichten. Wäre es etwa ungewöhnlich, wenn nicht mindestens einer der Verstorbenen bereits einen oder mehrere Suizidversuche hinter sich hatte? Wahrscheinlich ist es gar nicht so einfach, sich umzubringen.«

»Ganz ehrlich, Herr Dembski, damit habe ich mich bisher nie beschäftigt. Außer meiner persönlichen Meinung kann ich nichts dazu sagen. Die Vorgehensweisen der drei Opfer waren zumindest zielführend, um nicht zu sagen, todsicher. Das schließt natürlich keine früheren Fehlversuche mit Tabletten oder aufgeschnittenen Pulsadern aus. Wir müssten wohl einen Psychologen fragen. Aber vermutlich haben Sie Recht, ich könnte mir zum Beispiel vorstellen, dass ein Selbstmörder mit seinem Tod eine Botschaft senden will. Ich stelle mir eine solche Tat wie einen letzten, lauten Hilfeschrei vor. Was allerdings ein Dilemma wäre, denn ein erfolgreicher Selbstmord schließt jede Hilfe per se aus. Allerdings könnte auch ein körperliches Leiden wie eine unheilbare oder schmerzhafte Krankheit Grund dafür sein.«

»Ihren Gedanken mit dem Hilfeschrei finde ich interessant. An wen würde sich denn ein solcher Schrei richten? Was denken Sie?«

»Jetzt nageln Sie mich bitte nicht fest. Das war doch nur so eine Vermutung. Aber können Selbstmordphantasien nicht durch verschmähte Liebe, Ablehnung, Ausgrenzung oder fehlende Anerkennung entstehen, womöglich auch Erpressung oder irgendeine andere Art von Druck? Und will man dann nicht demjenigen, der das verursacht, durch seinen Tod ein Zeichen geben, ihn vielleicht sogar bestrafen?«

Alexander stopfte die Zeitung in die Tasche seines Vordersitzes. »Das hört sich plausibel an. Wenn wir das weiterspinnen und unterstellen, dass es zwischen den Selbstmorden und der Versicherungsgesellschaft einen Zusammenhang gibt, hätte dann nicht zumindest eines der Opfer diesen Zusammenhang bei seiner Tat aufzeigen müssen?«

Offensichtlich fing Böhm an nachzudenken: »Sie meinen, einen Hinweis in einem Abschiedsbrief oder ganz makaber, durch einen Selbstmord am Hauptsitz des Versicherers in Hamburg? Vielleicht ein Sturz aus dem Fenster einer oberen Etage oder so?«

»Ja, genau sowas in der Art. Aber keiner der Manager ist vom Dach der Northus Versicherung gesprungen oder hat sich im Treppenhaus erhängt und von einem Brief, in dem er den Versicherungskonzern einer Untat beschuldigt ist nichts bekannt.«

»Dann würde der Umkehrschluss aber eine Verbindung zur Versicherung ausschließen?« Böhm sortierte seine Gedanken, um diese besser zu erläutern: »Unser Job dürfte doch erledigt sein, wenn wir herausfinden, dass die drei schwer krank waren oder in den letzten Jahren Selbstmordversuche verübt haben oder sie in einem Abschiedsbrief auf Zerwürfnisse außerhalb der Firma hingewiesen haben?«

»In der Theorie stimme ich Ihnen zu. Aber mein Gefühl sagt mir, dass wir nicht so einfach davonkommen. Da steckt mehr dahinter.«

Der Rest der Bahnfahrt verlief unspektakulär. Entgegen Alexanders Erwartungen fuhr der Zug pünktlich im Hamburger Hauptbahnhof ein – die Wandelhalle war voll mit Reisenden, die sich entlang der Gleise drängten. Mit dem Taxi ging es weiter zum Hotel, in dem der Detektiv ein komfortables Zimmer mit Blick auf die Außenalster bezog.

****

Alexander hatte sein erstes Brötchen mit einer dicken Scheibe Käse belegt und wollte gerade reinbeißen, als Böhm sich zu ihm an den Tisch setzte. Dessen *Guten Morgen*, klang verschlafen und schlecht gelaunt. Seine Mimik verriet, dass er an keiner Kommunikation interessiert war. Dembski ließ ihn in Ruhe und widmete sich seinem Frühstück.

Nach mehreren Tassen Kaffee, ein paar Gläsern Orangensaft, Brötchen und Rührei gingen beide zurück auf ihre Zimmer, wobei Alexander sich im Vorbeigehen ein in der Lobby ausliegendes Exemplar der Hamburger Morgenpost schnappte. Um kurz vor halb zehn verließen sie das Hotel und stiegen in eines der wartenden Taxis. Sie waren froh, bei dem nasskalten Wetter trocken und warm transportiert zu werden.

Der Taxifahrer wandte sich zu Böhm. »Wo soll es hingehen?«

»Zur Hauptverwaltung der Northus Versicherung bitte.«

»Oh, Sie sind wieder ansprechbar«, schoss es aus Alexander, der sich im selben Moment über das Gesagte ärgerte. Er war nicht darauf aus, Böhm zu provozieren.

»Ja, ja, schon gut. Ich brauch eben morgens länger, bis ich sozialverträglich bin. Stören Sie sich bitte nicht daran. Es ist nicht böse gemeint.«

Auf der Fahrt blätterte Alexander durch die Zeitung. Sein Blick verfing sich in einer eher unauffälligen Überschrift.

»Vorstand – Tod durch Erhängen!« Er überflog den Artikel. *Dr. Engeli … Manager … Selbstmord …* das war es dann schon mit den wesentlichen Informationen. Zumindest war jetzt bekannt, wie er starb.

Der Vorstandsvorsitzende Dr. Junghans warf seinen Besuchern einen misstrauischen Blick zu. »Meine Herren, was kann ich für Sie tun?«

Dembski erläuterte ihm die Hintergründe für den Besuch, dem Interesse von Dr. Eismann, einen möglichen Zusammenhang zwischen den Todesfällen zu prüfen.

»Herr Dr. Eismann vermutet einen Zusammenhang zwischen den Selbstmorden?« Dr. Junghans war sichtlich überrascht. »Den beiden Polizisten, die am Montag vorstellig wurden, ist jedenfalls nichts aufgefallen. Sie wollten nur kurz seinen Arbeitsplatz inspizieren, es handelte sich angeblich um reine Routine. Sie sind dann auch recht schnell wieder gegangen.«

»Er zieht es zumindest in Erwägung«, begründete Dembski die Entscheidung seines Auftraggebers. »Unabhängig vom Vorgehen der Ermittlungsbehörden oder deren Einschätzung, drei Suizide von Managern eines Unternehmens innerhalb von zwei Jahren sind schon ungewöhnlich.«

Darüber schien Dr. Junghans bisher nicht nachgedacht zu haben. »Selbst wenn ich Eismanns Bedenken nachvollziehen könnte, auf Anhieb vermag ich überhaupt keine Verbindung zwischen den Fällen zu erkennen.« Junghans überlegte kurz, faltete seine Hände wie zum Gebet. »Frau Zielke war für die Finanzen zuständig und Herr Engeli verantwortete das Auslandsgeschäft. Hier gibt es naturgemäß nur wenige Überschneidungen. Und in Bezug auf Herrn Poulsen sehe ich höchstens eine Verbindung mit dessen Aufsichtsratsmandat.«

»Eismann bewertet das anders.«

»Das sagten Sie bereits. Sonst wären Sie ja wohl auch nicht hier. Also, was genau möchten Sie wissen?«

Dembski zögerte. »Hat sich eines der Opfer vor seinem Tod, mit Drohungen oder in Verzweiflung an Sie gewandt?«

»Wollten Sie mir etwas unterstellen?« Junghans war sichtlich über die Frage erbost.

Alexander hob seine Hände, um zu beschwichtigen. »Nein, nein, so war das nicht gemeint. Manchmal kann es vorkommen, dass Selbstmörder ihre Tat ankündigen oder die Tat sich zumindest abzeichnet.«

Der Vorstandsvorsitzende lehnte sich zurück und sah den Detektiv eindringlich an. »Da gab es nichts Außergewöhnliches, mir ist jedenfalls nichts aufgefallen. Die beiden haben sich bis zu ihrem Tod vollkommen normal verhalten. Ich kenne niemanden, der von den Unglücken nicht überrascht wurde.«

Alexander rieb sich die Hände. »Dann beschreiben Sie doch bitte mal Herrn Dr. Engeli. Wie haben Sie ihn wahrgenommen?«

»Umsatzstark.« Junghans drehte seinen Kopf für einen Moment in Richtung Fenster. »Ja ich glaube, diese Eigenschaft beschreibt ihn am ehesten.«

»Umsatzstark?« Alexander betonte die erste Silbe, zog seine Augenbrauen zusammen und beugte sich ein Stück nach vorne. »Sonst nichts? Sie beschreiben einen soeben verstorbenen Menschen, den Sie seit Jahren kennen, mit nur einem Wort?«

Der CEO nahm einen der vor ihm liegenden Kugelschreiber und fing an, diesen zwischen seinen Fingern zu drehen. »Nun, er hat das ihm anvertraute Ressort exzellent und zielstrebig entwickelt. Seine Arbeit war in den Kennzahlen unserer Bilanz ablesbar.«

Dembski schüttelte den Kopf. »Ihr Kollege stirbt und Sie beschreiben ihn mit den Adjektiven eines Arbeitszeugnisses.«

Dr. Junghans fühlte sich sichtlich unwohl, ließ Dembskis Feststellung aber unkommentiert. Der Detektiv bohrte nach: »Wie war denn Dr. Engeli als Mensch? Beschreiben Sie ihn doch mal.«

»Wir hatten keinerlei private Berührungspunkte.« Junghans drückte mehrmals auf den Druckknopf des Kugelschreibers. »Er war sachlich und ergebnisorientiert.«

»Na kommen Sie …«, bohrte Dembski weiter, »… was war er denn für ein Typ?«

»Kein sonderlich sympathischer, wenn es das ist, worauf Sie hinauswollen.« Der CEO versuchte seine Aussage sogleich zu versachlichen: »Wobei betont werden muss, dass man sich auf Vorstandsebene mit gegenseitigem Respekt begegnete. Seine Arbeitsweise war sehr autark, wenn Sie verstehen, was ich meine.«

»Mit anderen Worten, Engeli gehörte zu der Sorte Mensch, die nach oben buckelt und nach unten tritt?«

»Das haben Sie gesagt.« Dr. Junghans legte den Kugelschreiber wieder hin und beugte sich nach vorne. »Verstehen Sie mich bitte nicht falsch, er war ein ausgezeichneter Manager, der mit seinem Wirken messbar zum Unternehmenserfolg beitrug. Seit er die Verantwortung für das Auslandsressort übernommen hatte, prosperierte das Geschäftsfeld. Dies ist gerade jetzt von elementarer Wichtigkeit, denn die Ergebnisse der Kapitalanlagen in den europäischen Märkten brechen uns seit der Niedrigzinspolitik der Europäischen Zentralbank weg und wir benötigen die Erträge aus dem Ausland, um unsere Aktionäre zufrieden zu stellen. Das operative Geschäft hat an Bedeutung gewonnen. Insofern habe ich über gewisse Führungsschwächen hinweggesehen.«

»Ich verstehe. Er war ein erfolgreiches Arschloch. Und Sie wären mit dem Klammerbeutel gepudert gewesen, wenn Sie einen immerfort kackenden Goldesel geschlachtet hätten.«

»Sie mögen wohl Metaphern. Haben Sie weitere Fragen?«

»Blenden wir mal Herrn Dr. Engeli aus. Was können Sie uns über Frau Zielke erzählen?«

»Frau Zielke …«, wiederholte Junghans den Namen und lehne sich zurück, »… sie war ein ganz anderer Mensch. Ich würde sie als nahbar, ja sogar als harmoniebedürftig und empathisch beschreiben. Im Gegensatz zu Herrn Engeli war sie ausgesprochen beliebt in der Belegschaft.«

»Und wie beurteilen Sie ihre Arbeitsweise?«

»Ruhig, unauffällig und regelmäßig im oberen Drittel der Erwartungen.«

»Sie meinen, sie hat ihre Ziele stets erfüllt.«

Jetzt musste Dr. Junghans schmunzeln, »ja, so würde ich es im Arbeitszeugnis formulieren.«

Alexander verkniff sich ein Lächeln. »Können Sie sich vorstellen, warum Frau Zielke sich umgebracht hat?«

»Nein, überhaupt nicht. Ihr Tod hat mich absolut überrascht.« Er legte seine flache Hand an die Wange. »Ich glaube für jeden, der sie einigermaßen kannte, geschah dies vollkommen unerwartet. Es waren zwar ein paar Gerüchte im Umlauf, aber denen habe ich keinen Glauben geschenkt. Sie verschwanden ebenso schnell, wie sie gekommen waren. Jedenfalls sind mir im Nachgang keine plausiblen Gründe bekannt geworden, die eine solche Tat rechtfertigen oder erklären würden. Aber wer sieht schon die dunklen Stellen der Seele eines Menschen?«

»Herr Dr. Junghans, bevor wir mit weiteren Mitarbeitern sprechen, hoffe ich auf Ihr Einverständnis.« Dembski warf Böhm kurz einen Blick zu. »Wir benötigen Einblick in die dienstlichen Unterlagen der beiden Vorstände. In erster Linie denke ich dabei an die Kalender und die Dokumente zu den Reiseplanungen sowie deren persönliche Notizen. Außerdem hätte ich gerne die Privatanschriften von Frau Zielke und Herrn Dr. Engeli. Möglicherweise werden wir zu einem späteren Zeitpunkt mit den Angehörigen in Kontakt treten. Darüber hinaus wäre ich Ihnen dankbar, wenn Sie mir sagen, welche Polizeidienststelle sich mit dem aktuellen Selbstmord befasst, beziehungsweise wie der Polizist hieß, mit dem Sie gesprochen haben.«

Der Manager kniff seine Augen zu schmalen Schlitzen zusammen und spannte seine Lippen an. Ein rumschnüffelnder Detektiv würde unnötig für Gerede und schlimmstenfalls für

Unruhe im Unternehmen sorgen. Andererseits kam der Auftrag von Dr. Eismann. Und er hatte keine Lust, die Angelegenheit bis in den Aufsichtsrat eskalieren zu lassen, dies umso weniger, da er die Macht von Eismann nicht einschätzen konnte. Junghans verschränkte seine Arme vor der Brust und klang nicht sonderlich begeistert. »Sie wollen ja eine ganze Menge. Ich bin grundsätzlich einverstanden. Allerdings möchte ich klarstellen, dass hier zwingend Vertraulichkeit geboten ist. Außerdem gibt es vermutlich einen Wermutstropfen. Die persönlichen Notizen werden Sie nicht einsehen können. Jeder Mitarbeiter und ebenso die Vorstände haben ein privates Laufwerk auf dem IT-Server, dieses wird spätestens innerhalb einer Woche nach dem Ausscheiden irreversibel gelöscht, so auch im Todesfall.« Er wartet auf das Commitment der beiden Herren.

Mit einem kurzen Nicken signalisierte Dembski sein Einverständnis und auch Böhm gab sein Okay zur geforderten Vertraulichkeit.

»Ich werde anweisen lassen, Ihnen umfassend Zugang zu den benötigten Unterlagen zu gewähren.« Junghans sah seine beiden Gäste an. »War es das dann?« Frau Rosenberg bat er um einen Ausdruck der privaten Kontaktdaten der verstorbenen Vorstände sowie einer Kopie von den Visitenkarten der Polizisten. Er versprach, dass sie die Informationen heute noch raussuchen und den Herren zukommen lassen würde.

Für das nächste Gespräch wurden Dembski und Böhm in einen kleinen Konferenzraum gebeten. Dort stellte sich Silke Pütz als Zielkes ehemalige Sekretärin vor. Sie arbeitete jetzt als Teamassistentin für den Bereich Industriegeschäft. Marion Esser war die Sekretärin von Dr. Engeli und Jan Grunow dessen Assistent.

Zunächst wollte Dembski wissen, ob ihnen im Vorfeld der Selbstmorde etwas Ungewöhnliches am Verhalten der Todesopfer aufgefallen sei. Alle drei schüttelten vehement die Köpfe. »Niemals«, war Frau Pütz die erste, die sich äußerte. Esser und Grunow pflichteten ihr sofort bei. Keiner von ihnen konnte sich erklären, warum es zu diesen Taten gekommen war. Soweit sie wussten, waren weder Dr. Engeli noch Frau Zielke krank oder verschuldet. Von familiären Zerwürfnissen war ihnen ebenfalls nichts bekannt.

»Ist Ihnen denn überhaupt nichts aufgefallen? War vielleicht einer der beiden Vorstände mal länger krank oder fiel für ein paar Wochen ohne ersichtlichen Grund aus?«, fragte Dembski. »Es muss doch irgendetwas gegeben haben? Zwei Menschen, mit denen Sie täglich zu tun haben, bringen sich um und niemand aus dem näheren Umfeld will etwas bemerkt haben?«

»Nein«, kam es fast zeitgleich von den beiden Frauen.

»Was tuscheln denn die Kollegen?«, wollte Böhm wissen. Auch diese Frage wurde nicht beantwortet, sondern erntete nur ein Achselzucken.

»Wollen Sie mir ernsthaft weismachen, dass zwei Vorstände Selbstmord verüben und es im Unternehmen keinerlei Gerede gibt? Das glauben Sie doch selbst nicht«, setzte Dembski energisch nach.

Die Frauen warfen sich nervöse Blicke zu und überkreuzten ihre Arme.

»Meine Damen, Herr Böhm und ich versprechen, dass nichts von dem, was hier im Raum gesprochen wird, nach außen dringt.«

Mit einem kleinen Räuspern zog Böhm die Aufmerksamkeit auf sich. »Wir benötigen Ihre Hilfe, bitte. Es ist nicht nur wichtig für Ihren Arbeitgeber. Denken Sie auch an die Angehörigen der Opfer.«

Bei Zielkes ehemaliger Sekretärin löste sich die Nervosität. Sie wandte sich zur Absicherung ihrer Kollegin zu, die mit einem kurzen Nicken ihre Zustimmung signalisierte.

Die Stimme von Frau Pütz begann zu zittern: »Man hat mir damals ein Verhältnis mit meiner Chefin unterstellt.«

»Und das soll der Grund für Frau Zielkes Selbstmord gewesen sein?« Dembski sah sie an und schüttelte den Kopf.

»Ja«, brach es urplötzlich in Tränen aus ihr heraus. »Das stimmt aber alles nicht. Es hätte fast meine Ehe ruiniert. Können Sie sich vorstellen, wie es ist, wenn im Unternehmen hinter Ihrem Rücken getuschelt wird und man Ihnen Worte wie Lesbe oder Schlimmeres hinterherruft? Selbst wenn ich eine wäre, wir leben doch in einer Zeit, in der jeder nach seiner Façon glücklich werden darf. In der Kantine drehten sich einige von mir weg und auf den Fluren fingen Kollegen an, gemein zu grinsen, wenn sie mir entgegenkamen. Es haben sich natürlich nur wenige daran beteiligt, aber ich mochte nicht mehr zur Arbeit gehen. Und sogar meine Nachbarn haben das mitbekommen. Ich konnte es nicht mal von meiner Familie fernhalten.«

Esser nahm sie in den Arm und gab ihr ein Papiertaschentuch.

»Und was ist mit Ihnen Frau Esser?«, fragte Böhm.

»Sie können sich doch vorstellen, dass ich Angst vor einem ähnlichen Gerücht habe.«

Grunow nahm die beiden Frauen in Schutz. »Ich kann meinen Kolleginnen nur beipflichten. Der firmeninterne Mob sucht sich seine Story. Das kann sich schon zu einem Spießrutenlauf ausweiten.«

»Und wie war Dr. Engeli als Vorgesetzter?«

»Na ja …«, meinte Pütz, »… Sie finden nicht viele Kollegen, die etwas für ihn übrighatten. Wahrscheinlich sorgt sein Tod bei dem einen oder anderen sogar für Glücksgefühle.«

»Das ist treffend formuliert, Silke«, stimmte ihr Frau Esser zu.

»Werden Sie mal bitte konkret«, bat der Detektiv.

»Ein Tyrann«, sagte Esser und ballte ihre Hände zu Fäusten. »Er hat es genossen, uns zu schikanieren. Er war ein Unmensch.«

»Weshalb haben Sie nichts unternommen? Sie hätten sich dem Betriebsrat anvertrauen oder sich intern auf eine andere Stelle bewerben können. In so einem großen Konzern gibt es doch immer offene Stellen?«

»Sie haben ja keine Ahnung.« Frau Esser schüttelte den Kopf. »Was glauben Sie, wie ein interner Wechsel abläuft, die reden alle miteinander. Und der Betriebsrat, den können Sie in der Pfeife rauchen. Der ist bestens informiert und unternimmt nichts. Letztendlich sind sie bei solchen Vorkommnissen auf sich alleine gestellt. Jeder, der nicht betroffen ist, hält sich da raus und hofft, mit der ganzen Sache nicht in Verbindung gebracht zu werden. Die gehen alle in Deckung. Und solange die Zahlen stimmen, krümmt auch der Vorstandsvorsitzende keinen Finger. Der spricht bestenfalls mit Engeli und wir bekommen dann noch mehr Druck.«

»Und warum haben Sie nicht gekündigt und sich einen neuen Job gesucht?«

»Sie haben gut reden. Einige haben sich wegbeworben. Aber das ist gar nicht so einfach. Die freien Stellen für Vorstandssekretärinnen können Sie in Hamburg an einer Hand abzählen. Und dann werden die jüngeren Bewerberinnen bevorzugt. Die sind fast immer mehrsprachig, wobei ich Englisch gar nicht als Fremdsprache dazu zähle, und kennen sich besser mit den neuen Softwareanwendungen aus. Die meisten von uns können sich eine Kündigung nicht leisten. Wir sind doch wirtschaftlich abhängig. Und denken Sie mal an die Probezeit und alles was passieren kann, wenn sie woanders hingehen. Viele von uns haben ein Haus oder eine Wohnung abzubezahlen, Kinder die studieren und jede Menge anderer finanzieller Verpflichtungen. Und die Sozialleistungen in so einem großen Unternehmen sind auch nicht schlecht. Irgendwie hält man es aus und fügt sich der Situation.«

So recht konnte Dembski sich das beschriebene Drama nicht vorstellen, was nicht daran lag, dass ihm das erforderliche Mitgefühl fehlte, er hatte etwas Vergleichbares nur nie erlebt. Na gut, der Umgangston in seiner Ausbildungszeit war hin und wieder ruppig, aber die Kollegen hatten alle ihr Herz am rechten Fleck. Und in der Detektei arbeitete er zusammen mit seinem Vater, dem die Gutmütigkeit fast schon aus den Ohren herausquoll. Und Vanessas Chef war ohnehin der allerbeste, da war er sich sicher.

»Wie kamen Sie denn mit der Situation unter ihrem Chef klar, Herr Grunow?«

Der Vorstandsassistent zupfte verlegen an seiner Krawatte. Perfekte Frisur, exakter Seitenscheitel, der Anzug war wohl nicht von der Stange und die Schuhe rahmengenäht. Seinem Äußeren nach war er ein BWL- oder Jura-Student mit sage und schreibe ein bis zwei Jahren Berufserfahrung. Er lief vermutlich dem weit verbreiteten Irrglauben hinterher, dass eine Assistententätigkeit ihn unweigerlich, wie von Zauberhand, in die hohen Sphären einer Managerkarriere katapultieren würde.

Die großen Konzerne wirkten wie Magnete auf solche Möchtegern-Unternehmenslenker. Sie wurden von ihnen angezogen, wie die Motten vom Licht. Und dann saugten die Unternehmen sie aus. Nur die Besten der Besten schafften den erhofften Sprung. Der Rest blieb im Sieb der unternehmerischen Bedeutungslosigkeit hängen. Einige ergatterten mit Glück eine Stelle als Referats- oder Gruppenleiter und machten es sich im Speck der Firma gemütlich. Nachdem sie desillusioniert erkannt haben, dass ihre Karriereleiter nur über eine oder zwei Sprossen verfügte, hörten sie auf, teure Anzüge zu kaufen, ihr Schuhwerk hatte zunehmend bequeme Gummisohlen und die Krawatten blieben im Kleiderschrank hängen.

»Ich habe mich mit der Situation arrangiert. Drei Jahre Assistent und dann in eine Führungsposition wechseln. Das ist eine überschaubare Zeit, in der ich Herrn Dr. Engeli ertragen hätte. Er war kein Sympathieträger, soweit habe ich ihn kennengelernt. Aber Vorzeichen für einen Selbstmord sind mir nicht aufgefallen.«

»Ja klar, ist nachvollziehbar. Hört sich nach einem Plan an.« Alexander war Grunows Einstellung fremd. Enttäuscht vom Inhalt der Aussagen versuchte er, auf eine andere Art an verwertbare Informationen zu gelangen. »Die Kalender und Reisedaten der Vorstandsmitglieder werden doch zu Nachweisgründen archiviert?«

Pütz bejahte dies.

»Dann hätte ich gerne eine Aufstellung sämtlicher Termine und Dienstreisen von Dr. Engeli und Zielke aus den vergangenen sechs Jahren. Falls noch vorhanden, bräuchte ich auch Kopien von den persönlichen Notizen der beiden.«

Die Sekretärinnen wirkten entrüstet. »Wissen Sie, was das für eine Arbeit ist?« Die Tonlage von Frau Pütz wurde höher und sie fing an, schneller zu sprechen: »Um Himmels willen, das ist kistenweise Material, die Zeit haben wir nicht. Wie stellen Sie sich das vor?«

Dembski wollte nicht erwähnen, dass er im Prinzip schon das Einverständnis hierzu von Junghans hatte. »Ja, das ist mir klar. Mir reichen Kopien aus den Onlinekalendern. Falls die Vorstände einen Taschenbuchkalender pflegten, bräuchte ich diese ebenfalls in Kopie. Frau Pütz, Sie haben doch bestimmt einen Werkstudenten, der das für Sie erledigt?«

»In welcher Traumwelt leben Sie?«, fuhr Frau Esser empört dazwischen. »Für Dr. Engeli waren wir nichts anderes als lebende Kostenbelastungen. Die Bilanz des Unternehmens wäre nicht so schäbig, wenn wir leistungsgerecht bezahlt werden würden, pflegte er zu sagen. Er hätte nie und nimmer einen Studenten oder eine Aushilfskraft eingestellt. Ne, der hat uns lieber an den Wochenenden ins Büro zitiert.«

Grunow versuchte, die aufgebrachte Stimmung zu beruhigen. Er schlug vor, ein paar Auszubildende um Unterstützung zu bitten: »Heute schaffen wir das aber nicht, bis Montag oder Dienstag ist das machbar.«

Das Gespräch war beendet. Die beiden Damen und der Assistent ließen Dembski und Böhm alleine im Konferenzraum zurück.

Böhm schien Zweifel zu haben. »Was meinen Sie, an dem Gerücht ist doch nie und nimmer was dran? Ein Verhältnis zwischen Sekretärin und Chef, okay. Aber hier glaube ich das nicht.«

Dembski sah es genauso. »Ne, das glaube ich auch nicht. Ein unterstelltes Verhältnis, wie in diesem Fall auch noch zwischen zwei Frauen, ist ein Selbstgänger für jede Gerüchteküche. Junghans hatte es ja bereits angedeutet. Wenn das einmal ins Laufen kommt …«

»Wäre denn Erpressung als Motiv denkbar?« Böhm schien es für denkbar zu halten.

»Da bin ich nicht sicher. Frau Pütz wirkte aufrichtig, so zumindest mein Eindruck. Ich denke eher nicht, dass wir es hier mit einer amourösen Affaire oder Sex im Büro zu tun haben. Aber lassen Sie uns dennoch den Punkt festhalten. Vielleicht ergibt sich was.«

»Vermutlich haben Sie Recht, sonst wären bestimmt auch Fotos und E-Mails im Umlauf. Irgendein Kollege hätte die beiden zusammen gesehen und heimlich fotografiert oder gefilmt«, stimmte Böhm zu. »Aber wozu die Kopien der Kalender und Reisedaten?«

»Ich will nach Überschneidungen in den Terminen von Engeli und Zielke suchen. Vielleicht finden sich auch Hinweise auf Poulsen.« Dembski rieb sich den Haaransatz und runzelte die Stirn. »Was Besseres ist mir nicht eingefallen.«

Frau Dr. Verena Goldner empfing die beiden Herren in ihrem Büro. Dembski war überrascht, eine so attraktive Frau vor sich zu sehen. In seiner Vorstellung waren Frauen in einer solchen Führungsposition und dazu noch in einem Versicherungsunternehmen weit über fünfzig, bieder und langweilig. Er schätzte sie auf höchstens Ende dreißig, vielleicht drei, vier Jahre älter als er selbst.

»Herr Junghans hat mir Ihren Besuch angekündigt. Kommen Sie, lassen Sie uns etwas essen. Ich lade Sie ein. Sie haben doch

Hunger? Sind Sie mit der Kantine einverstanden? Im Gästekasino war so kurzfristig kein Platz mehr frei.«

Beim Essen erzählte Dr. Goldner von der momentanen Stimmung im Unternehmen. »Die meisten Kollegen sind über den Selbstmord von Engeli überrascht. Ich selber war auch erschrocken, vor allem, weil sich zwei Jahre zuvor meine Vorgängerin, Frau Zielke das Leben genommen hat.«

Auch, wenn Dembski die Antwort auf seine Frage kannte, er stellte sie trotzdem: »War Dr. Engeli beliebt? Mochten ihn die Kollegen?«

»Na kommen Sie meine Herren, Sie haben doch schon mit dem einen oder anderen Mitarbeiter gesprochen.« Dr. Goldner überlegte kurz und fuhr dann fort: »Wie formuliere ich es jetzt am besten? Sie finden hier kaum jemanden, der sich nicht über das Ausscheiden meines Kollegen freut. Mehr möchte ich dazu nicht sagen.«

»Ja, wir sprachen eben mit Frau Pütz und Frau Esser. Warum ist Frau Pütz nicht Ihre Sekretärin? Sie leitete doch das Sekretariat Ihrer Vorgängerin.«

»Oh, bitte denken Sie jetzt nichts Schlechtes über sie. Sie ist eine hervorragende Mitarbeiterin.« Die Vorständin griff zum Salzstreuer und sah die beiden Männer an. »Es ist bei uns nicht ungewöhnlich, dass ein nachrückender Vorstand seine bisherige Sekretärin mitnimmt. Das soll auf gar keinen Fall Frau Pütz disqualifizieren.«

»Und was hat es mit dem Gerücht auf sich?«, fragte Alexander.

»Sie meinen ihr angedichtetes Verhältnis mit Frau Zielke?« Frau Dr. Goldner ahnte, woran Dembski dachte. »Meine Herren, hier in der Direktion arbeiten über siebentausend Menschen. Es gibt kaum einen Tag, an dem nicht irgendein obskures Gerücht in die Welt gesetzt wird. Nie und nimmer hatten die beiden ein Verhältnis. Das hätte zu keiner der Damen gepasst. Das war absoluter Blödsinn. Irgend so ein Idiot hat es einfach rausposaunt. Hätten wir herausgefunden, wer das war, hätte die Person sich einen neuen Job suchen können.«

»Wie gut kannten Sie eigentlich Herrn Poulsen?«, fragte Böhm.

Dr. Goldner legte ihr Besteck zur Seite und sah die beiden Männer an. »Was hat Poulsen denn mit der ganzen Sache zu tun?«

»Nichts, außer, dass er sich erschossen hat«, brachte Böhm es auf den Punkt.

Als keine weiteren Erläuterungen folgten, sagte sie, dass sie ihn, bevor sie Finanzvorstand wurde, kennengelernt und hin und wieder gesprochen hatte. »Schließlich war er damals Mitglied des Aufsichtsrats.«

Nach dem Mittagessen begleitete sie die beiden Herren zum Ausgang, gab Dembski ihre Visitenkarte und verabschiedete sie mit den Worten: »Bitte lassen Sie es mich wissen, wenn ich noch etwas für Sie tun kann oder Sie weitere Fragen haben.«

Auf dem Rückweg ins Hotel schlug Böhm vor, er würde zurück nach Frankfurt fahren. »Oder benötigen Sie mich weiterhin hier in Hamburg?«

»Nein, das Gespräch mit der Polizei kann ich alleine führen. Ich komme auf Sie zu, wenn ich erneut Ihre Unterstützung brauche.«

****

»Bitte fahren Sie mich zum Landeskriminalamt am Bruno-Georges-Platz«, bat Alexander den Taxifahrer. Der Detektiv hatte tags zuvor telefonisch um einen Termin bei Kommissar Sommer gebeten. Er war einer der beiden Polizisten, die mit Dr. Junghans gesprochen hatten. Glücklicherweise arbeitete er heute Nachmittag im Dezernat und fand Zeit für ein Treffen.

Der Beamte am Empfangsschalter saß in einer Kabine, vermutlich aus Sicherheitsglas. Er schob Alexander durch einen Schlitz am unteren Rand der Scheibe das Besucherformular entgegen. »Füllen Sie das aus und geben es mir zusammen mit Ihrem Personalausweis zurück. Herr Sommer wird Sie gleich abholen.« Mit ausgestrecktem Arm und Zeigefinger deutete er auf eine lieblose Ansammlung hellgrüner Plastikstühle. »Sie können dort drüben warten.«

Ein Mittfünfziger mit kräftiger Statur, schütterem Haar und Brille tauchte am Empfang auf und unterhielt sich mit dem Polizisten im Glaskasten. Einige Wortfetzen drangen bis zur Sitzecke durch, wobei Alexander glaubte, seinen Namen vernommen zu haben. Der Mann kam näher. »Sie sind Herr Dembski?«, und ohne Alexanders Antwort abzuwarten: »Guten Tag, ich bin Torsten Sommer.« Er reichte dem Detektiv zur Begrüßung die Hand. »Kommen Sie mit in mein Büro, dort können wir uns ungestört unterhalten.« Der Kommissar führte ihn zu den Aufzügen und fuhr mit ihm ein paar Stockwerke hoch. Auf der vierten Etage angekommen, gingen die beiden durch monoton wirkende, lang gestreckte Flure. Wie die meisten Polizeiwachen roch das ganze Gebäude nach Behörde. Mit jedem Atemzug inhalierte Alexander unfreiwillig den Geruch von verschlissenen PVC-Böden und ranzigem Bohnerwachs. In den wenigen offenen Zimmern waren Möbel mit verschlissenem Furnier und vergilbte Vorhänge an den Fenstern zu erkennen. Selbst die stellenweise abblätternde Raufasertapete hätte vor Ewigkeiten eines Neuanstrichs bedurft. Der Renovierungsstau war erheblich, mehr noch als in seiner Detektei.

Die Wände hier haben seit mindestens zwanzig Jahren keine neue Farbe gesehen, dachte Alexander. Und die ständig flackernden Neonleuchten würden mir nach einem Tag auf den Sack gehen, war er sich sicher. Dembski hatte großen Respekt und zugleich Mitleid mit der Polizei. Die Jungs und Mädels halten für alles und jeden ihren Kopf hin, sind aber die Ersten, bei denen gespart wird, wenn die öffentliche Hand mal wieder knapp bei Kasse ist. Irgendwie schon ein undankbarer Job.

Der Kommissar führte seinen Besucher in ein mit Akten vollgestopftes Büro. Der vermutlich täglich gebrauchte, überdimensionierte Kaffeekrug auf dem Schreibtisch sah aus, als ob er schon seit längerer Zeit keine Spülmaschine mehr gesehen hatte. Auf dem kleinen Besuchertisch stand eine alte, offene Dose mit Keksen – scheinbar vom Discounter. Dembski wollte lieber nicht darüber nachdenken, seit wann die da schon rumstand. Auch wagte er keinen Blick auf das Haltbarkeitsdatum. Er hätte wohl das Gesundheitsamt informieren müssen, Alexander schmunzelte innerlich.

»Bedienen Sie sich«, lud Sommer seinen Gast mit einer Geste ein, als er wahrnahm, wie dieser auf die Plätzchen starrte.

Alexander wusste nicht, ob das als Scherz gemeint war. Jedenfalls hatte er keine Lust, das prähistorische Gebäck auszuprobieren. Er war schließlich kein Paläontologe und lehnte dankend ab.

»Wenn Sie schon keine Kekse mögen, wie wäre es dann mit einem frischen Kaffee, vielleicht einen Latte macchiato?«, Sommer lächelte schief. »Und bevor Sie ablehnen, für Gäste haben wir saubere Tassen.«

Dembski lachte. »Ja gerne, ein Kaffee wäre gut.«

Als der Polizist kurz darauf mit zwei Bechern zurückkam, äußerte Alexander sein Anliegen: »Herr Sommer, ich bin hier wegen des Selbstmordes von Dr. Engeli. Sie hatten diesbezüglich ein Gespräch mit dem Vorstandsvorsitzenden der Northus Versicherung. Dr. Junghans gab mir Ihre Kontaktdaten.«

»Ja, wir waren wegen des Suizides bei ihm. Weshalb wollen Sie mit mir darüber sprechen?«

»Nun, ich nehme an, Sie dürfen nicht viel dazu sagen. Aber sind Sie sicher, dass es sich um Selbstmord handelt?«

»Warum fragen Sie? Haben Sie Zweifel?«

»Das weiß ich noch nicht.« Der Detektiv hob die Schultern. »Ein Aufsichtsratsmitglied der Versicherung hat mich um

Ermittlungen gebeten. Ich prüfe derzeit, ob es einen Zusammenhang zwischen den drei Selbstmorden gibt.«

Sommer schien schlagartig Interesse am Gespräch zu finden. Er beugte sich ein Stück über den Schreibtisch, wobei er sich mit seinen Unterarmen auf der Tischplatte abstützte, und sagte mit leichtem Erstaunen: »Mir sind nur zwei Suizide bekannt.«

Die Hamburger Polizei hatte bisher keine Kenntnisse von Poulsens Freitod. Dies war insoweit erklärbar, da Selbstmorde, die sich in Genf ereignen außerhalb des Zuständigkeitsbereichs des LKA liegen.

»Ich bin am Anfang meiner Ermittlungen und kann Ihnen noch nicht viel sagen. Aber drei derartige Fälle innerhalb von zwei Jahren in einem Unternehmen sind ausgesprochen ungewöhnlich. Wissen Sie Näheres zum Selbstmord von Herrn Dr. Engeli? In der Zeitung war zu lesen, dass er sich erhängt hat.«

»Ja, in seiner Garage. Ein Abschiedsbrief liegt vor. Der war zwar kurz, aber ein Graphologe hat die Schrift mit einem älteren Brief an seine Frau verglichen. Es gibt keinen Zweifel, die Handschrift ist eindeutig von ihm. Hinweise auf ein Fremdverschulden fanden wir nicht, weder äußere Verletzungen noch Spuren eines Kampfes. Die Garage war picobello aufgeräumt. Nach Aktenlage besteht kein Anlass für umfassendere Untersuchungen.«

»Und wie geht es jetzt weiter? Unternehmen Sie gar nichts mehr?« Alexander stellte seinen Kaffee auf den Tisch und sah den Polizisten fragend an.

Sommer zuckte mit den Schultern. »Der Gerichtsmediziner wird sich den Leichnam bestenfalls routinemäßig angucken, aber ich denke nicht, dass er was findet.«

»Was heißt routinemäßig?«

»Damit meine ich, dass Prof. Hagendorn oder einer seiner Mitarbeiter den Sarg öffnet, einen Blick auf den Verstorbenen wirft und den Tod bestätigt. Das ist das übliche Verfahren bei einem zweifelsfreien Suizid.«

»Und bei nicht zweifelsfreien Fällen?«

»Herr Dembski …«, Sommer sah den Detektiv an, »… dafür muss erstmal ein Anfangsverdacht für eine Straftat vorliegen. Dann bringen wir die Leiche in die Rechtsmedizin und leiten über die Staatsanwaltschaft ein Todesermittlungsverfahren ein. Und nur in solchen Fällen wird eine umfassende Obduktion vorgenommen.« Der Kommissar drehte sich um und griff zu einer Akte, die hinter ihm im Regal stand. »Kommen Sie, ich zeige Ihnen die Fotos vom Tatort.«

Auf den Aufnahmen war eine aufgeräumte Garage ohne Auto zu erkennen. Ein umgestoßener Hocker lag auf dem Boden und in der Mitte hing der tote Körper des Versicherungsvorstandes, dessen Kopf war zur Seite weggeknickt. Er hatte sich eingenässt, die erschlafften Muskeln hatten seinen Exkrementen freien Lauf gelassen.

Dr. Engeli hatte ein Abschleppseil benutzt. Er musste es an einem in der Decke montierten Haken befestigt haben. Danach hatte er sich wahrscheinlich auf den Hocker gestellt und die Schlinge um seinen Hals gelegt. Und zum Schluss brauchte er nur noch den Hocker umzustoßen. Nicht sonderlich spektakulär, aber effektiv. Viele Selbstmörder wählten diesen Weg. Engeli hatte sich für einen anthrazitfarbenen Anzug als Totenkleid entschieden. Dabei hatte er die oberen Knöpfe des hellblauen Hemdes offengelassen, um Platz für den Strang zu schaffen. Die Füße steckten in schwarzen Lederslippern und baumelten nur zwei Handbreit über dem Boden. Selbst im Tod ein Spießer, ging es Alexander durch den Kopf. Aber es war wohl die typische Arbeitskleidung eines Versicherungsvorstandes.

Nach dem Betrachten der Fotos äußerte Dembski den Wunsch, mit dem zuständigen Pathologen zu sprechen.

Sommer sah ihn entgeistert an. »Das ist jetzt ein Scherz?«

»Nein«, entgegnete ihm Dembski, »ich will seine Meinung hören.«

»Sie wissen, dass die ärztliche Schweigepflicht nicht mit dem Tod endet?«

»Das ist mir schon klar. Bis eben wussten Sie aber auch nichts von Poulsens Selbstmord in Genf.«

»Zugegeben, der dritte Suizid hat mich überrascht ...«

Dembski unterbrach den Polizisten: »Außerdem wäre ich bereit, Sie über die Ergebnisse meiner künftigen Untersuchungen auf dem Laufenden zu halten.«

Der Kommissar sah grübelnd aus dem Fenster: »Einverstanden, ich spreche mit der Staatsanwältin. Aber eins ist dann klar, wenn Sie Hinweise auf einen Zusammenhang zwischen den Selbstmorden finden oder sich sonstige Zweifel am Freitod ergeben, informieren Sie mich.«

Alexander ließ nicht locker: »Also besorgen Sie mir den Termin?«

»Nun ja, wir werden erstmal hören, was die Staatsanwältin sagt. Ohne ihre Einbindung geht gar nichts. Möglicherweise kann ich Prof. Hagendorn dann bitten, sich mit Ihnen zu unterhalten. Aber versprechen kann ich nichts. Ohne konkreten Auftrag wird der Arzt Ihnen jedenfalls nichts erzählen. Lassen Sie mich ein paar Telefonate führen und sehen, was sich arrangieren lässt.«

Es dauerte nicht lange und Dembski erhielt eine Kurznachricht vom Kommissar: »Montag, neun Uhr. Treffen vor dem Institut für Rechtsmedizin. Ich warte dort auf Sie.«

****

Heute konnte Alexander nicht mehr viel tun. Er überlegte, nach Hause zu fahren oder unplanmäßig das Wochenende in Hamburg zu verbringen. Der Wäscheservice des Hotels würde zumindest für ein paar saubere Socken sorgen. Er entschloss sich, zu bleiben. In Köln hätte er nicht am Fall arbeiten können und mit etwas Glück, so spekulierte er, bekäme er am Montag oder Dienstag die erbetenen Unterlagen vom Versicherer.

Ein Gedanke ließ ihn seit gestern nicht los. Ihm schwirrte ständig Frau Dr. Goldner durch den Kopf. Er war sich nicht sicher, ob es ihr Aussehen oder ihre steile Karriere war, die ihn mehr faszinierte. Jedenfalls hatte er ihren letzten Satz nicht vergessen: »Bitte lassen Sie es mich wissen, wenn ich noch etwas für Sie tun kann oder Sie weitere Fragen haben.« Ja, sie konnte noch etwas für ihn tun.

Alexander kramte ihre Visitenkarte aus seiner Geldbörse, griff zum Handy und wählte ihre Nummer. Sein Anruf landete bei ihrer Sekretärin. Nach einer kurzen Rücksprache mit der Chefin stellte diese das Telefonat durch. »Hallo Herr Dembski, was kann ich für Sie tun?«

»Frau Dr. Goldner, Sie haben mir gestattet, Sie anzurufen, wenn ich weitere Fragen habe«, fing er etwas planlos an. »Es hört sich vermutlich merkwürdig an, aber ich würde gerne wissen, wie Ihre Karriere verlief.« Er erwartete eine abwehrende Haltung auf seine Frage, zumal er sie mit seinem aktuellen Fall selbst nicht in Verbindung hätte bringen können. Zu seiner Verwunderung geschah das Gegenteil.

»Klar, gerne«, sagte sie. »Stellen Sie mir alle Fragen, die Sie wollen. Aber wären Sie mir sehr böse, wenn ich jetzt kein Telefoninterview mit Ihnen führen will? Wie wäre es mit heute Abend? Hätten Sie Zeit? Wir könnten zusammen essen gehen.«

Obwohl Dembski das Gefühl nicht loswurde, dass Dr. Goldner gerade die Gesprächsführung übernahm, war er doch mit ihrem Vorschlag mehr als einverstanden: »Klar, sehr gern. Heute Abend passt.«

»Prima, dann hole ich Sie um acht Uhr im Hotel ab. Sie wohnen doch im Atlantic? Ist es okay für Sie, wenn ich ein Restaurant auswähle?«

Was blieb ihm anderes übrig, als erneut »Ja« zu sagen. Er kannte sich in Hamburg nicht aus und hätte ohnehin nicht gewusst, wo man gut essen gehen konnte. Außerdem wäre er sich nicht sicher gewesen, ob er ein förmliches Business-Lokal oder eher ein Restaurant mit Candle Light hätte auswählen sollen.

»Gut. Treffen wir uns in der Lobby. Dann bis nachher«, verabschiedete sie sich mit freundlichem, aber kurzgebundenem Tonfall und legte auf.

Bis zum Treffen war reichlich Zeit. Zeit, die man nutzen konnte. Das Alsterufer lag vor der Tür, also zog Alexander seine Sportsachen an und lief eine Runde um den Binnensee. Sport half ihm, Klarheit in seine Gedanken zu bringen. Er war in guter Kondition und schaffte, trotz der vielen ihm entgegenkommenden Spaziergänger, Fahrradfahrer und Gassi gehenden Hundebesitzer, die knapp siebeneinhalb Kilometer in etwas über einer Dreiviertelstunde. Zurück im Hotel verschwand er für ein paar Minuten im Badezimmer. Zum späten Nachmittag hin spazierte er durch die Stadt, setzte sich in ein Café und beobachtete Touristengruppen dabei, wie sie das Hamburger Rathaus fotografierten. Das prachtvolle, gräulich-weiße Gebäude mit seinem grünen Dach lud förmlich dazu ein, von Japanern, Amerikanern, Spaniern und Menschen aus aller Welt geknipst zu werden. »Wie sehen wohl die digitalen Fotoalben dieser Urlauber aus?«, versuchte er sich vorzustellen. Fotos von der Alsterfontäne, vom Rathaus, dem Hamburger Michel, der Elbphilharmonie und all den anderen touristischen Highlights. Nur die nächtlichen Erlebnisse auf der Reeperbahn werden in kein Album geklebt. Von Suff und Huren will man im nüchternen Zustand nichts mehr wissen.

Gegen sechs Uhr kehrte er ins Hotel zurück und legte sich für ein kleines Nickerchen aufs Bett. Um kurz vor acht – er hatte sich frisch gemacht und umgezogen – verließ er sein Zimmer und nahm die Treppe Richtung Lobby, wo er sich mit Blick auf den Eingangsbereich niederließ und gespannt auf seine Verabredung wartete. Als er Dr. Goldner sah, war er erneut von ihrer Schönheit fasziniert – sportlich, schlank, leuchtende Augen und blondes, nackenlanges Haar. Eine bezaubernde Frau, verpackt in einem raffinierten dunkelbraunen Anzug. Er stand auf und ging ihr entgegen. Bevor er etwas sagen konnte, überfiel sie ihn mit einem charmanten Lächeln. »Essen Sie gerne Portugiesisch? Ich kenne ein nettes Restaurant im Portugiesenviertel.«

»Ja … Das heißt, eigentlich nein. Ich habe es bisher noch nie probiert.«

Für einen winzigen Moment sah sie ihm direkt in die Augen. »Na, dann lernen Sie heute was Neues kennen.«

Ein Taxi fuhr die beiden zu einem kleinen Restaurant in der Nähe der Landungsbrücken. Bereits am Eingang vernahm Alexander den Duft mediterraner Speisen. Es war ein Aromamix von frischem Fisch und Gewürzen wie Nelken, Oregano und Thymian. Die Gäste wirkten ausgelassen und bei bester Laune. Die Stimmung war leger, wenn nicht sogar familiär.

Zu Alexanders Bedauern stand auf jedem der wenigen freien Tische ein kleines Pappschild, mit der Aufschrift *reserviert*. Ein Kellner kam auf sie zu. »Guten Abend, haben Sie einen Tisch bestellt?«

»Ja, auf den Namen Goldner.«

Der Kellner warf einen Blick auf eine Liste, durchstrich einen handschriftlichen Vermerk und führte sie zu ihrem Platz an der Wand, direkt neben der mit Weinkaraffen und portugiesischen Souvenirs dekorierten Bar.

Trotz arbeitsamer Hektik schien alles in dem Restaurant seine Ordnung zu haben. Das Personal schwirrte geschickt mit Tellern, Flaschen und Gläsern zwischen den eng aneinander stehenden Tischen umher. Schnell brachte der Kellner die Speisekarten sowie einen Zettel mit den tagesaktuellen Empfehlungen. Neben deftigem Spanferkel, Fisch und verschiedenen Meeresfrüchten gab es ein Gericht, welches Alexander sonderbar erschien: *Carne de porco à Alentejana,* eine Kombination aus Venusmuscheln und Schweinefleisch mit Kartoffeln und Koriander.

»Kommen Sie, Herr Dembski, was halten Sie von Arbeitsteilung? Sie suchen den Wein aus und ich bezahle das Essen?« Für

Alexander war es ungewohnt, von einer Frau eingeladen zu werden, aber er widersprach ihr nicht und entschied sich für einen kräftigen portugiesischen Rotwein, dazu eine Flasche Wasser.

Zum Essen bestellte Dr. Goldner eine Vor- und Hauptspeise, auf das Dessert verzichtete sie. Dembski stellte sich ein Menü aus drei Gängen zusammen, wobei er als Hauptgang die sonderbar klingende Empfehlung der Tageskarte mit den Venusmuscheln wählte. Nach wenigen Minuten kam der Kellner mit Brot, Aioli, Oliven, Gläsern und den Getränken. Er füllte die Wassergläser, öffnete den Rotwein und bat den Detektiv, diesen zu verkosten. Nachdem Alexander eine zustimmende Geste machte, goss er den Wein ein. Frau Dr. Goldner hob ihr Weinglas, schaute Dembski dabei in die Augen und sagte in einem vertraulichen Tonfall: »Ich bin Verena.«

Alexander verlor sich im Blau ihrer Augen. Ihm lief ein wohliger Schauer über den Rücken und er merkte, wie seine sonst durchaus präsentable Souveränität dabei war zu schwinden. Er fühlte sich im Bann der Frau, die ihm gegenüber saß. Er sah sie an, spürte, dass er rot wurde, und sagte verlegen: »Alexander.«

»Hattest du die letzten Tage Zeit, dir Hamburg anzusehen?«

»Nicht wirklich. Außer Joggen an der Außenalster und einer Tasse Kaffee in der Nähe des Rathauses habe ich nicht viel gesehen.«

»Das ist schade. Hamburg ist eine tolle Stadt. Hier gibt es viel, was sich lohnt. Wenn du Zeit hast oder nochmal nach Hamburg kommst, kann ich dir das eine oder andere zeigen«, bot sie ihm an. »Aber sag mal, du wolltest mich doch was fragen?« Sie wirkte neugierig.

»Stimmt«, Dembski besann sich. Er wollte sie was fragen. Tatsächlich verspürte er im Augenblick wenig Lust, am aktuellen Fall zu arbeiten. Viel schöner erschien ihm der Gedanke, mit Verena den Abend zu verbringen und sich bei nächster Gelegenheit von ihr die Stadt zeigen zu lassen. Nur konnte er ihr das schlecht sagen. Schließlich hatte sie Recht. Er hatte wirklich eine Frage. »Ja, das ist richtig«, fing er an. »Deine Karriere hat mich beeindruckt. Wie bist du in so kurzer Zeit Vorstand geworden? In meiner versicherungsfremden Welt sind Versicherungsvorstände alt, grau, langweilig und auf keinen Fall so attraktiv wie du.«

Verena fühlte sich erkennbar geschmeichelt und schilderte ihren Werdegang. Nach der Promotion hatte sie als Vorstandsassistentin beim Vorgänger von Dr. Junghans angefangen. Zweieinhalb Jahre später, als der langjährige Leiter der Abteilung Kapitalanlagen Ausland in den Ruhestand ging, hatte sie seinen Posten übernommen. Keine vier Jahre danach kündigte ihr Bereichsleiter. Er war abgeworben worden. Kurz darauf hatte Frau Zielke Verena Goldner auf die frei gewordene Stelle befördert. Im letzten Jahr, nachdem Tod Zielkes, hatte man unternehmensintern nach einem Nachfolger gesucht. Neben Verena war nur der Bereichsleiter Finanzen in die engere Wahl gekommen. Schließlich setzte sie sich in den Gesprächen mit dem Aufsichtsrat durch. »Et voilà, so einfach läuft das manchmal.«

»Aber war das alles nur Glück und Zufall? Ein Ruhestand, eine Kündigung und ein Todesfall sind doch nicht die einzigen Voraussetzungen, um in den Vorstand berufen zu werden? Was unterscheidet denn eine exzellente von einer guten Kapitalanlegerin?«

Verenas Ansicht nach waren es ihre umfassenderen Kenntnisse von den verschiedenen nationalen und internationalen Anlageformen. Insbesondere gelang es ihr, um ein paar zehntel Prozentpunkte günstigere Konditionen bei den Banken und Investmentfirmen auszuhandeln. Ihr Konkurrent hatte diesbezüglich weniger Verhandlungsgeschick.

»Sind denn ein paar Zehntel so entscheidend?«

»Alexander, wenn du zehn Milliarden Euro anlegst, dann spielt das schon eine Rolle. Stell dir vor, die Kosten liegen bei null Komma drei oder bei null Komma fünf Prozent. Eine Marge von null Komma zwei Prozent entspricht bei einer solchen Anlagesumme zwanzig Millionen Euro. Und das Jahr für Jahr.«

Erstmalig wurde ihm bewusst, über welche Unsummen Geld Versicherungsgesellschaften verfügten und es für ihre Kunden anlegen mussten. Er wollte sie gerade fragen, ob die Northus zu den größeren Gesellschaften gehört, als der Kellner mit den Vorspeisen kam und die Weingläser nachfüllte. Alexander wünschte Verena guten Appetit und freute sich auf seine *Abacate à moda da Funchal*, mit Thunfisch gefüllte Avocados.

Sie waren mit dem ersten Gang fertig. Verena klemmte ihrer Serviette unter den Tellerrand und meinte: »So, jetzt bist du umfänglich über meine Karriere informiert und weißt, was ich mache«, und mit einem kleinen Augenzwinkern forderte sie ihn auf: »Nun sag mir mal, womit beschäftigt sich ein Detektiv den ganzen Tag. Ist das ein gefährlicher Job?«

Alexander spöttelte ein wenig: »Wenn du das wissen willst, dann lies mal Sherlock Holmes. Ein Detektiv ist ein wahrer Held, der im Verborgenen arbeitet und geheimnisvolle Rätsel löst. Er lebt ständig in großer Gefahr und kämpft gegen mächtige Gegner.« Er sah Verena in die Augen. Sie amüsierte sich. Alexander wollte sie aber nicht zu sehr auf den Arm nehmen oder albern wirken. »Nein, ehrlich gesagt ist der Job unspektakulär. Der Alltag besteht aus observieren, fotografieren, recherchieren und oft sind Gespräche zu führen. Einfach gesagt, Spuren und Beweise suchen und jede Menge Büroarbeit. Das hat nichts mit dem zu tun, was du aus den Fernsehkrimis kennst.«

»Na komm, so eintönig wird es schon nicht sein? Es geht sicherlich nicht immer um Mord oder Entführung, aber Berührung zur Kriminalität wirst du doch ab und an haben?«

»Zum Glück nur selten«, sagte Alexander. »Meistens sind es Angestellte, die sich krankschreiben lassen und einem Nebenjob nachgehen. Oder untreue Ehemänner und Ehefrauen, die ich observiere. Meine häufigsten Auftraggeber sind Personalchefs größerer Firmen und betrogene Ehepartner.«

»Oh, das mit den krankfeiernden Arbeitnehmern kenne ich. Hin und wieder überprüfen wir die auffälligsten Blaumacher. Wir sind als Arbeitgeber sehr human. Meistens gibt es lediglich eine Abmahnung.« Verena hob ihr Weinglas, trank einen Schluck und schaute in die braunen Augen des Detektivs. »Aber erzähl mir doch mal von den untreuen Ehefrauen. Das würde mich interessieren. Spionierst du denen hinterher und guckst dabei durch Schlüssellöcher?« Sie fing seinen Blick ein. »Komm, erzähl mal, was siehst du so, wenn du untreue Damen heimlich beobachtest?«

Alexander errötete. Er konnte seine Verlegenheit nicht verbergen. Er wollte ihrem Blick standhalten, was ihm jedoch misslang. Zu gerne hätte er ihre Gedanken gelesen. Flirtete sie oder spielte sie mit ihm? Er war am Zug. Irgendetwas musste er auf ihre Frage antworten. Es fiel ihm nichts Besseres ein als: »Detektive haben eine Schweigepflicht und dürfen darüber nicht sprechen.« Prompt ärgerte er sich über diesen dämlichen Satz.

»Feigling, traust dich nur nicht«, setzte sie keck hinterher und genoss es, das kleine Duell mit den tiefen Blicken gewonnen zu haben.

Der Hauptgang kam. Das Essen schmeckte und der Wein leerte sich. Verena bestellte eine weitere Flasche. »Oder hast du heute noch vor, mit dem Auto zu fahren?«, fragte sie, wartete jedoch nicht auf eine Antwort. »Aber was mich wirklich interessiert, was hast du die letzten Tage in Hamburg gemacht, wenn du schon so gut wie nichts von der Stadt gesehen hast?«

»Na, gestern war ich bei euch in der Firma und heute beim Landeskriminalamt.«

»Was wolltest du denn bei der Polizei?«

»Ich ermittle doch wegen des Selbstmordes deines Kollegen und wollte wissen, ob es irgendwelche Erkenntnisse zu seinem Tod gibt.«

»Und?«

»Nach deren Aussage war es Selbstmord. Wahrscheinlich werden keine weiteren Ermittlungen durchgeführt.«

»Was meinst Du mit wahrscheinlich?«

»Man wartet die Obduktion ab. Der Gerichtsmediziner wird sich den Leichnam angucken.«

»Oh, das war mir nicht klar. Werden alle Selbstmörder obduziert?«

»Nein. So wie ich den Kommissar verstanden habe, bestätigt der Gerichtsmediziner nur der guten Ordnung halber den Tod. Obduziert werden demnach nur die Wenigsten. Am Montag, nach meinem Termin am Institut für Rechtsmedizin kann ich dir Genaueres sagen.«

Verena legte ihren Kopf leicht zur Seite und fragte: »Was machst du denn da?«

»Ich spreche mit dem Pathologen. Hoffentlich bestätigt er mir, dass es sich beim Tod von Dr. Engeli um einen gewöhnlichen und zweifelsfreien Suizid handelt. Mit etwas Glück hat er auch Zielke untersucht. Ich will halt mal hören, was er sagt.«

»Aber warum interessieren dich die Selbstmorde? Was genau sollst du denn herausfinden?«

»Ich bin beauftragt worden, zu prüfen, ob es einen Zusammenhang gibt. Drei Selbstmorde in einer Firma in so kurzer Zeit sind schon merkwürdig. Oder findest du das nicht?«

»Ach komm, lass uns nicht über Tote reden, dafür ist der Abend zu nett. Erzähl mir lieber was von dir«, wechselte sie das Thema. »Hast du Familie, wo fährst du im nächsten Urlaub hin und wie gefällt dir das Restaurant?«

»Für die Langfassung nehmen wir uns lieber mehr Zeit, daher kurz und knapp: Ich bin geschieden, mein Sohn heißt Kai und nach dem tollen Essen hier werde ich bestimmt nach Portugal in den Urlaub fahren.«

»Fein, dann bin ich jetzt umfassend informiert. Und du hast nichts ausgelassen?« Sie lächelte. »Es freut mich, dass dir das Essen hier gefällt. Ich kenne noch andere lohnenswerte Restaurants. Wenn du bis Montag in Hamburg bleibst, dann lass uns doch am Wochenende was zusammen unternehmen. Wir könnten ausgehen oder uns ein wenig die Stadt angucken.«

»Klar, gerne. Ich bleibe auf jeden Fall bis Montag.«

Nachdem er sein Dessert gegessen hatte und beide noch einen Espresso getrunken hatten, bat Verena um die Rechnung. Alexander bedankte sich für die Einladung.

»Willst du zurück ins Hotel? Komm, ich nehme dich mit, wir fahren mit dem Taxi am Atlantic vorbei.«

Unweit vom Restaurant war ein Taxistand. Beide stiegen hinten im Wagen ein. Ein paar Minuten später hielt das Auto vor der Hotelauffahrt. Bevor Alexander ausstieg, drehte sich Verena zu ihm und gab ihm einen kurzen Abschiedskuss auf die Wange: »Danke für die angenehme Begleitung. Melde dich. Ich hab am Wochenende Zeit. Würde mich freuen, von dir zu hören. Ich schicke dir meine private Handynummer.«

Alexander hatte nicht mal im Entferntesten ans Wachwerden, geschweige denn ans Aufstehen gedacht, als sein Handy vibrierte. Es lag auf dem Nachttisch und war auf stumm geschaltet, aber das Rappeln durch den Vibrationsalarm war laut genug. Kurz darauf vibrierte es erneut. »Verdammt! Darf man nicht mal am Wochenende ausschlafen«, fluchte er im Halbschlaf und ärgerte sich, das Teil nicht komplett ausgeschaltet zu haben. Er raffte sich auf, um zu sehen, welcher Spinner es wagte, ihn zu fast nächtlicher Stunde zu wecken.

Seine Laune verbesserte sich in Windeseile. Es waren Nachrichten von Verena. Sie hatte ihm ihre privaten Kontaktdaten geschickt und die zweite SMS lautete: »Gehe gleich eine Runde joggen. Könnte dich gegen neun Uhr abholen. Sollen wir zusammen frühstücken und uns dann Hamburg ansehen?«

»Ja«, war seine umgehende Antwort, »werde in der Lobby auf dich warten.«

Und wieder sah die Frau, die ihn im Hotel abholte, umwerfend aus. Und nach ihrem gestrigen Treffen wirkte ihr strahlendes Gesicht, welches sie ihm zur Begrüßung schenkte, einen Hauch vertrauter.

»Komm, direkt hinter dem Atlantic ist die Lange Reihe. Da finden wir bestimmt ein gutes Frühstück oder möchtest du lieber hier im Hotel …«

»Nein, nein …«, unterbrach er sie, »… lass uns gerne woanders hingehen.«

Sie zupfte ihm am Ärmel und machte mit ihrem Kopf eine kleine Bewegung in Richtung Hotelausgang: »Na komm, dann mal los. Wenn wir Glück haben, finden wir irgendwo einen Platz in der Sonne.«

Es war eines dieser typischen Frühstücke, wie Alexander es schon oft gegessen hatte – langweilig, aber eine passable Nahrungsgrundlage für den Start in den Tag. Heute war das anders. Er hätte wohl auch einen Teller lauwarmer Innereien mit Begeisterung verschlungen, solange nur Verena ihm gegenüber saß und er sie ansehen durfte. Er war geradewegs dabei, sich in sie zu verknallen. Was heißt, er war dabei? Er hatte sich schon in sie verknallt. Es war nicht nur ihre Schönheit, welche ein Flattern vieler kleiner Schmetterlinge in seinem Bauch verursachte, sondern auch ihr Lächeln, der Tonfall ihrer Stimme, der Duft ihres Parfums, ihre Art sich zu bewegen. Einfach alles, was sie ausmachte.

Sie hätten vom Frühstück direkt zum Mittagessen übergehen können, so lange saßen sie im Restaurant und ließen es sich gut gehen. Verena erzählte von ihrer Kindheit in Travemünde und dem Umzug nach Lübeck, als ihre Eltern dort eine Wohnung kauften. Ihr Vater wollte in die Stadt ziehen, vermutlich, weil er näher an seinem Arbeitsplatz wohnen wollte, das tägliche Pendeln war ihm zu viel – er arbeitete damals bei Dräger. Kurz nach dem zehnten Lebensjahr kam sie schließlich aufs Gymnasium, dem Katharineum. Nach einem überdurchschnittlich guten Abitur ging sie für ein Jahr nach Australien. »Nicht sehr originell, aber Down Under war damals in«, klang es fast wie eine Entschuldigung. »Während meiner Backpacker-Tour lernte ich Patrick kennen und wäre fast dageblieben. Aber tief in mir spürte ich, dass es nicht das war, was ich wollte, und so kehrte ich nach

Deutschland zurück und schrieb mich an der Uni ein.« Irgendwann wechselte sie das Thema und schlug vor: »Mensch Alexander, du kennst ja kaum etwas von Hamburg. Wäre ich nicht eine schlechte Stadtführerin, wenn ich dir nicht ein bisschen von der City zeige?«

Das Wochenende über wich der Detektiv der Vorständin nicht von der Seite. Sie der Guide, er der Tourist. Am Nachmittag schlenderten sie entlang der Alster, spazierten durch die Innenstadt, liefen in Richtung Hafen zu den Landungsbrücken und sehen sich sämtliche Sehenswürdigkeiten an: Elbphilharmonie, Michel und Speicherstadt. Sie holten zwei Tickets für eine Hafenrundfahrt, die sie raus bis zu den großen Pötten brachte, und zum Abschluss bummelten sie über die Reeperbahn – Verena zufolge – die schmutzigste Saufmeile Deutschlands.

Der Verdacht

Pünktlich um neun Uhr traf Alexander mit dem Taxi beim rechtsmedizinischen Institut ein. Sommer stand auf dem Parkplatz und hatte den Kragen seiner Jacke hochgeschlagen und die Hände in der Hosentasche – der Wind war kalt, aber es war trocken. Er gab ihm ein Zeichen, zu ihm zu kommen.

»Guten Morgen Herr Sommer.«

»Moin, Moin«, begrüßte ihn der Kommissar. »Ihnen ist hoffentlich klar, dass Sie unter normalen Umständen nicht in das rechtsmedizinische Institut rein können?«

»Aber …«, bevor der Detektiv aussprechen konnte, fiel ihm der Polizist ins Wort.

»Machen Sie sich keine Sorgen, das klappt schon. Wie gesagt, ich habe mit der Staatsanwaltschaft telefoniert und Prof. Hagendorn ist einverstanden. Kommen Sie, er erwartet uns.«

Die beiden gingen zum Eingang der Klinik, wo ein hochgewachsener, kantiger Mann im grünen Krankenhauskittel, ihnen die Tür öffnete.

»Hallo Torsten, schön dich zu sehen«, begrüßte der Mann den Polizisten.

»Hallo Guido, hier bringe ich dir deinen Besucher«, erwiderte der Kommissar und wies mit seiner Hand auf Dembski.

Der Rechtsmediziner musterte Alexander, »Sie sind demnach der Detektiv aus Köln, der sich für eine Hamburger Leiche interessiert« und reichte ihm zur Begrüßung die Hand.

»Ja«, sagte Alexander ein wenig zögerlich. »Ich hätte da einige Fragen zu einem Selbstmord«, fiel er mit der Tür ins Haus.

Im kernigen Gesicht des Professors zeichnete sich ein vorahnungsvolles Grinsen ab. »Na, dann kommt mal rein«, bat er die beiden. In seinem Büro wandte er sich an Dembski: »Ich will sehen, was ich für Sie tun kann. Normalerweise sind Privataudienzen nicht üblich, aber aufgrund der Bitte von Herrn Sommer mache ich mal eine Ausnahme. Sagen Sie es aber nicht weiter, sonst stehen hier demnächst jeden Morgen alle möglichen Verrückten vor meiner Tür. Davon gibt es mehr, als Sie denken. Die werden von einer Leichenkammer angezogen, wie Fliegen von einem stinkenden Hundehaufen«, Prof. Hagendorn hielt inne, »Sie wissen, was ich meine.«

»Ich kann es mir zumindest gut vorstellen. Ich werde schon nichts sagen«, versprach Dembski, dem bei den Worten des Professors ein mulmiges Gefühl beschlich.

Im Büro angekommen, gab der Mediziner dem Polizisten ein Formular, das dieser unterschrieb und sich dann wieder dem Detektiv zuwandte. »Herr Dembski, ich habe Herrn Hagendorn soeben mein Einverständnis gegeben, Sie mit in die Pathologie zu nehmen. Er wird Ihre Fragen beantworten. Das bleibt aber bitte unter uns. Mein Dienstherr muss nichts davon wissen, okay?«

»Klar, geht in Ordnung«, Dembski blickte Sommer erstaunt an. »Aber können wir das Gespräch denn nicht hier im Büro führen?«

»Nein …«, hielt der Mediziner ihm entgegen, »… sämtliche Antworten auf Ihre Fragen befinden sich im Keller. Dort liegen die Fallakten.«

Den Blick auf den Polizisten gerichtet fragte der Detektiv: »Kommen Sie denn nicht mit?« Sommer schüttelte den Kopf. Ungläubig wiederholte Dembski sein Anliegen: »Wäre es nicht besser, wenn Sie Herrn Prof. Hagendorn begleiten und ich hier bleibe?«

Der Kommissar sah zu Boden, kratzte sich am Ohr und wich aus: »Gehen Sie mal schön alleine mit. Ich warte dann solange draußen auf dem Parkplatz. Die Gerichtsmedizin ist kein Ort, an dem ich mich freiwillig aufhalte. Und im Augenblick gibt es keine Ermittlungen, die mich dazu zwingen.«

Alexander bekam vom Arzt ein Paar Einmalhandschuhe, einen grünen Kittel, eine Maske für Mund und Nase, Gummiüberzüge für die Schuhe und eine OP-Haube in die Hand gedrückt. »Bitte ziehen Sie die Sachen an, sonst holt sich noch einer unserer toten Patienten einen Schnupfen.« Dembski zog seine Augenbrauen hoch und sah, ohne es zu merken, mit leicht geöffnetem Mund zum Professor. »Entschuldigen Sie«, sagte Hagendorn, »der wissenschaftliche Humor ist nicht jedem sofort zugänglich.« Der Pathologe zuckte mit den Schultern. »Die Kleidung dient Ihrem eigenen Schutz. Es kommt immer wieder vor, dass wir hier Leichen mit ansteckenden Krankheiten haben. Und schmutzig machen wollen Sie sich doch auch nicht, oder?«

»Na toll«, erwiderte Alexander zögerlich. Ebola, Lassa, Marburg und Dengue waren die ersten Begriffe, die ihm einfielen. Außer, dass es Viren waren, wusste er so gut wie nichts über diese Krankheiten und hoffte inständig, dass sie nicht in Hamburg vorkamen.

Nachdem Dembski die Sachen angezogen hatte, machten die beiden Männer sich auf den Weg in den Keller.

»Waren Sie schon mal in einer Pathologie?«, wollte der Professor wissen.

»Nein, bisher nicht.«

»Zu Lebzeiten kommen die meisten Normalsterblichen da auch nicht so oft hin.« Der Arzt griff in die Außentasche seines Kittels und holte eine kleine Dose hervor, die er dem Detektiv hinhielt. »Schmieren Sie sich etwas von der Eukalyptussalbe unter die Nase. Es mildert den Leichengeruch. Man gewöhnt sich zwar daran, aber für einen Anfänger ist es im wahrsten Sinne des Wortes oft zum Kotzen. Und den Mageninhalt von Lebenden mag ich mir nicht ansehen. Gegen den Anblick einer Leiche gibt es leider keine Salbe. Damit werden Sie klarkommen müssen. Aber Tote haben Sie bestimmt schon mal im Fernsehen oder in der Geisterbahn gesehen«, scherzte er.

Im Keller blieben sie vor einer Stahltür stehen. »Hier sind die Unterkünfte unserer Gäste. Die Räumlichkeiten können mit jedem Eishotel konkurrieren«, sagte der Professor und öffnete die Tür.

Vor ihnen lag eine etwa fünfundzwanzig Meter lange, weiß gekachelte Halle. Der Fußboden fiel um wenige Zentimeter zur Mitte hin ab, wo alle paar Meter ein Abfluss im Boden angebracht war. Die Abflüsse waren mit strebenförmigen Metallplatten bedeckt, vergleichbar einem kleinen Gullydeckel. Auf der rechten Seite standen Edelstahltische sowie Rollcontainer mit Schubladen. Dazwischen ragten Wasserhähne aus der Wand, an denen Schläuche festgeschraubt waren. Sie ähnelten denen, die man normalerweise für die Gartenarbeit verwendet. Weiter hinten befanden sich zwei Rolltische, ebenfalls aus Edelstahl, die offensichtlich zur Ablage und zum Transport der Leichen vorgesehen waren. Am Ende der Halle war eine Tür einen Spalt weit geöffnet, durch die Glasscheibe konnte man in einen ebenfalls weiß gekachelten Raum sehen.

Es war aber die linke Seite der vor ihm liegenden Halle, die Alexanders Blick magisch anzog. Dort starrte er auf eine Reihe zwanzig nah aneinanderliegender Stahltüren. Er bekam eine Gänsehaut, denn er wusste zu genau, was sich hinter diesen Türen verbarg.

»Bitte nach Ihnen«, forderte Hagendorn den Detektiv auf, einzutreten.

Dembski kam es vor, als stünde er im Kühlhaus einer Brauerei. Die Temperatur schätzte er auf weit unter zehn Grad. Trotz der Salbe vernahm er den stechenden Geruch von Formaldehyd.

»Willkommen in meinem Arbeitsreich. Darf ich Ihnen meine Mitarbeiter vorstellen? Sie scheinen immer zu schlafen und was das Beste ist, sie widersprechen mir nicht!« Hagendorn zeigte auf die Türreihe an der linken Wand.

Der Professor näherte sich der Tür mit der Aufschrift Nummer sieben. Alexander ahnte, was er gleich zu sehen bekommen würde. Ihm war mulmig zumute, doch er war auf den Anblick einer Leiche gefasst. Hagendorn zog am Hebel der Stahltür und öffnete die Kühlkammer. Es dauerte nur Sekunden, bis ein Ekel erregender Gestank in Alexanders Nase strömte. Ein Brechreiz stieg seine Speiseröhre empor und löste unweigerlich einen Würgereflex aus. Nur mit Mühe konnte er seinen Mageninhalt bei sich halten. Er hatte mit vielem gerechnet, nicht jedoch mit dem süßlich beißenden Verwesungsgeruch, der sich mit dem Gestank von altem Fleisch mischte und ihm entgegenschlug.

»Konzentrieren Sie sich und unterdrücken Sie das Würgen«, hörte er den Arzt sagen.

Schlagartig verkrampfte Dembski, wobei er die Augen unweigerlich fest zusammendrückte. Flach und so behutsam, wie er nur konnte, atmete er durch die Nase. Er wollte sich unter keinen Umständen übergeben. In der ersten gefühlten halben Minute versuchte er, nur den Eukalyptusgeruch der Salbe wahrzunehmen. Einige Atemzüge später war das Schlimmste überstanden. Es gelang ihm, das Frühstück an seinem Bestimmungsort zu halten. Langsam löste sich seine Verkrampfung. Als er seine Augen wieder öffnete, war der üble Gestank zwar nicht verflogen, aber den Würgereiz hatte er unter Kontrolle.

Der Pathologe hatte seinen Gast genau beobachtet. Die leichte Entspannung war ihm anzumerken, denn offenkundig hatte er wenig Lust auf den Anblick des halbverdauten Essens seines Besuchers. Behutsam fragte er: »Ist alles okay? Fühlen Sie sich wohl?«

Ein leise gehauchtes »Ja« war als Antwort zu vernehmen.

Hinter der Kammer mit der Nummer sieben lagen, in einer Art Hochbett, drei Leichen. Alle mit den Füßen in Richtung Tür. Am linken Fuß hatte man jedem Toten eine Schnur um den großen Zeh gebunden, an der ein kleiner Zettel hing. Prof. Hagendorn schaute sich den Zettel am unten liegenden Leichnam an und sagte: »Das ist Dr. Engeli.« Er zog das Schubfach heraus. Der Verstorbene lag, zugedeckt von einem hellgrauen Leinentuch, auf einer wannenartigen Edelstahlplatte. Dembski fing an, sich vorzustellen, wie die Leiche unter dem Tuch aussah, da bat ihn der Professor, einen der Rolltische, die an der Wand standen, zu holen. Etwas verwundert folgte der Detektiv den Anweisungen des Arztes: »Stellen Sie ihn parallel neben das geöffnete Schubfach und dann helfen Sie mir, die Wanne anzuheben. Engeli muss darauf. Aber Vorsicht, es ist schwer.«

Die Bitte war dem Detektiv nicht geheuer, aber es nützte nichts. Er half, die Edelstahlwanne mit dem toten Körper auf den Rolltisch zu hieven.

Nachdem Prof. Hagendorn den Tisch samt Leiche zur Seite gerollt hatte, schob er das leere Schubfach wieder zurück in die Kühlkammer und schloss die Tür zu den beiden anderen Toten. »Kommen Sie, der Sezierraum wartet auf uns.«

Der Leichnam wurde in den dahinterliegenden Raum gebracht, der wesentlich kleiner war, als die Halle mit den Kühlkammern. In der Mitte befanden sich zwei, fest im Boden eingelassene, Seziertische. An deren Enden waren Edelstahlbecken mit Wasserhähnen angebracht, daneben standen Rollwagen, auf denen das fein säuberlich sortierte Obduktionsbesteck lag. An der Decke hingen OP-Lampen und unter jedem Tisch befand sich ein Abfluss.

Der Verstorbene wurde an die Seite des ersten Seziertisches gerollt. Beim Wegziehen des hellgrauen Tuches sagte der Professor: »Begrüßen Sie mit mir Herrn Dr. Hans-Jacob Engeli, ehemaliger Versicherungsvorstand und Familienvater.«

Dembski, der abgesehen von seinen eben stark in Anspruch genommen Riechnerven, mit Sicherheit nicht sonderlich empfindlich war, fühlte sich beim Anblick der Leiche unwohl. Er hatte schon früher Tote gesehen, aber dieser hier hatte vor mehreren Tagen seinen letzten Atemzug getan. Die Spuren des Todes waren deutlich zu erkennen. An den abhängenden Körperpartien zeigten sich gräulich-violette Verfärbungen. Der Verwesungsgeruch war bestialisch. Er mochte sich nicht vorstellen, wie es ohne die Eukalyptussalbe riechen würde.

»Die Leichenflecken zeigen die Stellen, an denen das Blut abgesunken ist«, erklärte der Rechtsmediziner. »Die Leichenstarre hat nachgelassen, was darauf hindeutet, dass unser Patient seit mehr als achtundvierzig Stunden tot ist. Wenn Sie wollen, können Sie mal auf einen der Totenflecke drücken, aber feste. Bei frischen Leichen kann man die wegdrücken, bei unserem Kollegen hier sollte das nicht mehr gehen.«

Dembski trat einen Schritt vom Toten zurück und versuchte, seinen Aufenthalt in der Leichenkammer zu verkürzen. »Herr Prof. Hagendorn, ich bin nicht so sehr an der Leiche interessiert, sondern wollte Ihnen nur ein paar Fragen zur Todesursache stellen. Ist es sicher, dass es sich um Selbstmord handelt?«

Der Gerichtsmediziner schien auf diese Frage gewartet zu haben. Er konnte ein kurzes Grinsen nicht unterdrücken: »Das weiß ich, das hat mir Herr Sommer bereits erzählt. Ich werde Ihre Fragen mit dem größten Vergnügen beantworten. Aber dazu müssen wir die Leiche zuerst obduzieren.«

»Ne, das ist jetzt nicht Ihr Ernst«, war der einzige Satz, den der Detektiv herausbekam. Er wagte es nicht, sich vorzustellen, dass der Professor die Untersuchung in seiner Gegenwart durchführen würde. Trotz der Kälte fing er an der Innenseite seiner Hände an zu schwitzen. Irgendwie hoffte Alexander, dass es sich um einen Scherz handelte, wobei es ihm nicht gelang, seinen inneren Ekel vollständig zu unterdrücken.

»Oh doch!«, sagte Prof. Hagendorn, der um die Wirkung einer Obduktion wusste. »Medizinstudenten übergeben sich oft am ersten Tag, an dem sie an einer Leiche arbeiten. Einige wechseln daraufhin sogar das Studienfach. Es klingt makaber, aber der Tod ist das Natürlichste auf der Welt. Wir alle haben ihn vor uns. Und wenn Sie Abscheu und Ihr Unbehagen beiseitelegen, ist die wissenschaftliche Betrachtung des Sterbens ein hochinteressantes Phänomen. Die meisten Kulturen befassen sich viel mehr mit dem Tod, als mit der Geburt. Ist das nicht merkwürdig? Nichts ist so mystisch wie die in unserem Körper ablaufenden Prozesse, nach dem letzten Herzschlag und die wohl nie zu beantwortende Frage, nach dem Verbleib der Seele. Wissen Sie, es gibt sogar Mystiker, die behaupten, das Gewicht der Seele gemessen zu haben. Die haben Sterbende kurz vor und kurz nach dem Eintritt des Todes gewogen. Sage und schreibe zwanzig Gramm soll die Seele wiegen. Jeder mag ja glauben, was er will. Mit dem Tod beginnt jedenfalls der Zerfall und irgendwann kommen die Maden und Würmer und schlagen sich ihre Bäuche voll. Und nur weil es die sterbliche Hülle eines Menschen ist, schreckt der Anblick ab. Es sind wohl jahrtausendalte Urängste, die in uns stecken. Bei manchen verschmelzen diese sich mit Neugierde und Faszination, was schlechthin die Grundvoraussetzung für meinen Job ist. Letztendlich liegt hier nichts anderes als ein Berg aus Fleisch und Knochen auf dem Tisch. Jeder Metzger beschäftigt sich täglich damit. Und sobald es alt ist und stinkt, nennt er es dry age und verkauft es für teures Geld. Apropos, wenn Sie mal Lust auf ein saftiges Steak haben, ich kenne da ein tolles Restaurant in der Innenstadt.«

Ein erneutes Würgegefühl breitete sich in Dembskis Magengegend aus.

»Lassen Sie uns anfangen, desto schneller sind Sie hier wieder raus«, forderte der Professor den Detektiv auf, näher heranzutreten. »Kommen Sie Herr Dembski, helfen Sie mir, den Leichnam auf den Seziertisch zu heben.«

»Na kommen Sie. Wir drei …«, womit Prof. Hagendorn Dr. Engeli mit einschloss, »… haben eine Aufgabe vor uns. Der Patient wird nicht von alleine auf den Obduktionstisch hüpfen. Sie müssen mit anpacken.«

»Wie denn?«, wollte Alexander wissen. Angewidert von der Aufforderung des Arztes trat er einen Schritt zurück und verschränkte seine Arme hinter dem Rücken.

Der Mediziner schlug seine Hände auf die Oberschenkel und lachte. »Herr Dembski, da müssen Sie jetzt durch. Da führt kein Weg dran vorbei. Sie packen ihn an den Füßen und ich nehme ihn an den Schultern. Dann einmal anheben und auf dem Tisch wieder ablegen.« Hagendorn sah den Detektiv prüfend an. »Das schaffen Sie.«

Alexander überwand seinen inneren Schweinehund und griff mit jeder seiner Hände ein Bein des Toten. Was blieb ihm auch anderes übrig. Eine Wahl hatte er nicht. Durch die dünnen Einweghandschuhe fühlten sich die Leiche kalt, hart und fettig an. Fast wie ein großes, schweres Stück Speck oder feuchtes Wachs.

Der Arzt zählte: »Eins, zwei, drei.« Mit einem kräftigen Ruck hoben sie den Körper auf den Seziertisch.

»Fangen wir mit der äußeren Leichenschau an«, sagte der Professor. »Laut Polizeiakte soll es sich um einen Fall von Erhängen handeln.« Er wies auf die Spuren am Hals, die von ihrer Breite her auf eine dickere Schnur oder ein Seil hindeuteten. Die Abdrücke waren am hinteren Teil des Halses etwas höher als im vorderen Bereich. »Insofern wäre eine derartige Strangulation durchaus möglich. Sollte es sich so zugetragen haben, ist der Mann entweder durch Ersticken gestorben, weil der Strick durch Druck auf den Kehlkopf die Luftröhre zusammengepresst hat oder durch Kompression, insbesondere der Halsschlagadern, wodurch die Sauerstoffversorgung des Gehirns unterbunden worden ist.«

Andere Todesmerkmale waren am Hals nicht zu erkennen. »Lassen Sie uns den Körper auf weitere äußere Auffälligkeiten untersuchen«, sagte der Mediziner.

»Welche denn?«

»Tätowierungen oder Piercings wären jetzt nicht von Interesse, aber zum Beispiel unnatürliche Merkmale und Verletzungen wie Stiche, Schürfungen oder Schwellungen«, erklärte Hagendorn.

Trotz der Aufforderung des Professors, den Körper näher in Augenschein zu nehmen, hielt sich Dembski erkennbar mit der Spurensuche zurück. Der Anblick des Leichnams ließ ihn erschauern und wirkte zugleich faszinierend, aber er empfand absolut kein Bedürfnis, den Toten anzufassen oder näher zu inspizieren. »Ich will hier kein Medizinstudium absolvieren und wäre froh, wenn ich in die weiteren Arbeiten nicht aktiv eingebunden werde.«

»Sie sind mir aber ein Teamworker«, amüsierte sich der Gerichtsmediziner. »Ein wenig Unterstützung wäre jetzt angebracht. Schauen Sie sich zumindest die Beine an. Gucken Sie nach sichtbaren Verletzungen, wie Wunden und Hämatome. Sehen Sie auch zwischen den Zehen und unter den Nägeln sowie unter den Füßen nach. Gibt es dort zum Beispiel Stichverletzungen, zu erkennen an kleinen punktartigen Flecken?«

»Unter den Füssen und zwischen den Zehen?«

»Ja. Es gibt Stellen am Körper, an denen Injektionsstiche nicht sofort augenscheinlich sind. Noch unauffälliger ist das Spritzen unter der Zunge oder im After.«

»Sie wollen doch nicht …«

»Nein«, sagte der Arzt und hob seine Hände. »Keine Panik, ich will ja nicht, dass Sie mir hier umkippen. Sie kümmern sich um die Beine, den Rest übernehme ich.«

Der anfängliche Widerwille des Detektivs ließ nach. Er assistierte, so gut er konnte, und schaute sich interessiert die Füße des vor ihm liegenden Toten an. »Ich kann hier nichts Auffälliges feststellen«, sagte Alexander nach einer dann doch gründlichen Ansicht der unteren Gliedmaßen des Verstorbenen.

»Dito, Herr Kollege«, sagte Hagendorn, der den Schädel auf seine pathologische Beweglichkeit und Blutantragungen untersucht hatte. Es folgten die Ohren, Augen, Nase und Mund. Auch hier waren keine punktuellen Blutungen oder andere Verletzungen zu finden. Ebenso waren der Oberkörper, die Genitalien und die knöcherne Stabilität des Toten ohne verdächtige Besonderheiten.

Abgesehen von den Spuren am Hals zeigte sich ein vollständiger Normalbefund. »Es gibt somit keine weiteren äußerlichen Auffälligkeiten an unserem Freund hier«, fasste der Professor das Zwischenergebnis zusammen und fing an, den oberen Teil des hinteren Nackens, entlang der Spuren am Hals, abzutasten. »Das ist komisch.« Er hielt inne und drückte mit seinem

Daumen fester auf die eben zuvor abgetastete Stelle. »Das hätte ich nicht erwartet.« Er nahm den Finger wieder weg und sah zum Detektiv. »Ich diagnostiziere eine Verschiebung der Dornfortsätze am zweiten Halswirbel.«

»Und was heißt das?«

»Das Genick ist gebrochen.«

»Warum ist das komisch? Engeli hat sich doch erhängt. Wäre das nicht sogar zu erwarten gewesen?«

»Theoretisch wäre ein Genickbruch denkbar, kommt aber so gut wie nie vor«, dozierte der Professor und erläuterte etwas präziser: »Ein Genick bricht nicht so ohne Weiteres. Früher, als Menschen am Galgen hingerichtet wurden, kam es gelegentlich zu einem Bruch des Genicks, besser gesagt, des zweiten Halswirbels. Dies aber nur, wenn der Delinquent, im wahrsten Sinne des Wortes, weit über einen Meter durch eine Falltür fiel, bis der Strick den Fall abrupt abbremste, was dann zur Fraktur des Halswirbels führte. Herr Engeli fiel aber nicht durch eine Falltür, sondern hing an der Decke seiner Garage. Die ist nicht viel höher als zwei Meter vierzig, wenn überhaupt. Der Strick war somit nicht länger als fünfzig Zentimeter. Zumindest der Teil, der vom Haken in der Decke herabhing. Diese Fallhöhe ist eindeutig zu niedrig für einen Genickbruch. Herr Dr. Engeli starb nicht durch den Strang, sein Genick muss vorher gebrochen gewesen sein!«

Die beiden Männer blickten sich mehrere Sekunden erstaunt an. Dembski fasste als erster seine Gedanken zusammen: »Also war es kein Selbstmord, sondern Mord?«

»Das ist eine juristische Auslegungssache, Herr Kollege. Damit befassen sich die Polizei und die Gerichte. Ich kann nur die Todesursache feststellen, nicht aber den Tathergang. Und die Todesursache dürfte hier die Fraktur des Halswirbels sein. Der lässt sich kaum mit der vermuteten Strangulationsart erklären.«

»Was glauben Sie, wie das Erhängen mit der Fraktur zusammenhängt?«

»Keine Ahnung, vermutlich aber gar nicht. Das wäre spekulativ. Ich nehme an, dass er zunächst den Genickbruch erlitten hat und dann aufgehängt wurde.«

»Also doch Mord?«

»Wie gesagt, das herauszufinden ist Aufgabe der Ermittlungsbehörden. Ich möchte es nicht ausschließen. Wahrscheinlich ist es sogar Mord. Aber mit absoluter Sicherheit lässt sich das nicht sagen. Theoretisch kann er sich selber aufgehängt haben.«

»Wie meinen Sie das? Stirbt man denn nicht mit einem Genickbruch?«

»Meistens, aber eben nicht immer«, erklärte der Mediziner. »In den fünfziger Jahren gab es einen deutschen Torwart in England, der trotz eines Genickbruchs das englische Cup-Finale zu Ende gespielt hat.«

Alexander wirkte verblüfft, auch wenn er die Geschichte mit dem Torwart schon mal gehört hatte, seine Anspannung stieg.

»Eine gute Nackenmuskulatur kann ausreichen, den Kopf zu stützen, um somit phasenweise die Funktion des Genicks zu ersetzen«, erklärte der Arzt. »Das liegt aber bei Dr. Engeli nicht vor. Ich würde mal sagen, unser Toter war ein untertrainierter Bürohengst, der Sport eher aus dem Fernsehen kannte. Fitnessstudios oder regelmäßiges Joggen waren ihm fremd«, Hagendorn kniff dem toten Engeli an den Bizeps und rüttelte am Muskel. »Schauen Sie ihn sich an. Der hat eine Muskulatur wie ein nasser Lappen.«

Der Professor zog den hinter ihm stehenden Rollwagen näher heran und griff zu einem Skalpell. »Jetzt lassen Sie uns der guten Ordnung halber die innere Leichenschau durchführen. Mal sehen, was wir so finden.«

Alexander ahnte, was der Professor vorhatte. Er hoffte auf eine Antwort, die nicht seiner Erwartung entsprach. »Was meinen Sie mit innerer Leichenschau?«

»Herr Dembski, das ist der spektakuläre Teil meiner Arbeit, der Sie im schlechtesten Fall zum Vegetarier macht, sofern Sie nicht schon einer sind? Sind Sie Vegetarier?«

Alexander konnte kaum glauben, was der Arzt ihn gerade gefragt hatte. Mit offenstehendem Mund sah er den Mediziner erschrocken an. »Sie wollen doch nicht …«

»Doch ich will! Sorry, falsch formuliert, ich muss. Oder sollte ich sagen, wir müssen?«

Hagendorn musterte seinen Besucher. Er versuchte, die Standfestigkeit des Detektivs abzuschätzen, und beschloss nach kurzer Überlegung: »Sie wirken robust. Wir machen weiter.«

Dembski, wiederholte seine Frage, glaubte aber nicht, das Unabwendbare noch abwenden zu können: »Was meinen Sie mit innerer Leichenschau?«

»Was denkt denn der Herr Detektiv?«, fragte ihn der Arzt, um sofort mit einer Erklärung fortzufahren: »Im Sinne eines Eliminationsverfahrens werden alle denkbaren Todesursachen, eine nach der anderen, ausgeschlossen bis eine übrig bleibt. An der ist unser lieber Dr. Engeli dann gestorben. Ist doch eigentlich ganz einfach. Und hierzu schneiden wir jetzt den Leichnam auf und sehen uns die Organe an.«

Dembski wurde es flau, er war angewidert. Die Farbe in seinem Gesicht wurde von einer Blässe vertrieben, die der Gesichtsfarbe eines Toten in nichts nachstand. Unbeholfen, leicht flehend, fragte er den Arzt: »Können Sie dabei nicht auf mich verzichten?«

»Doch kann ich«, antwortete dieser spontan und sichtlich amüsiert. »Aber Sie sind zu mir gekommen und haben mich um Informationen gebeten. Sollen wir aufhören?«

Leise, kaum hörbar kam ein, »nein, dann machen wir eben weiter«, aus Alexanders Mund.

»Das schaffen Sie schon.« Der Arzt gab seinem Gast einen Stups an den Oberarm. »Ohne Ihr Drängen wären wir nie so weit gekommen. Jetzt lassen Sie uns das auch zu Ende bringen. Wir werden nur die häufigste Ursache prüfen.«

Nicht sonderlich vom Vorhaben begeistert fragte Dembski: »Ist das Krebs?«

»Nein, die meisten Menschen sterben an Herz-Kreislauf-Erkrankungen, zumindest in Deutschland.« Der Professor fokussierte das Licht der OP-Lampe auf den Oberkörper der Leiche, setzte das Skalpell ein kleines Stück unterhalb des linken Schlüsselbeins – nahe der Schulter – an und führte einen glatten Schnitt bis zum Brustbein durch. Denselben Vorgang wiederholte er auf der rechten Seite, sodass beide Schnitte sich in der Mitte trafen und führte sodann das Skalpell vom Brustbein, bis runter zum Bauchnabel. Wie dünne Linien zeichneten sich die Schnitte auf der Haut ab. »Medizinische Laien wundern sich oft, dass kein Blut aus der Wunde fließt. Aber der Kerl ist mausetot, der gesamte Kreislauf steht still, da fließt kein Tropfen mehr.« Der Arzt legte das Skalpell zurück auf den Rollwagen und griff zu einem rustikaleren Werkzeug.

Dembskis versuchte zu schlucken, sein Mund schien völlig ausgetrocknet, doch die Neugierde überwog den Ekel. Widerstrebend und gebannt zugleich beobachtete er jeden Arbeitsschritt des Mediziners. Die Haut samt der anhängenden Fettschicht wurde vom knöchernen Brustkorb des Leichnams gelöst. Anschließend schnitt Hagendorn mit einer Rippenschere von unten beginnend, entlang der Grenze zwischen dem Knorpel und dem Knochen, mittig durch die oberen Rippenpaare. Mit einem Spreizer wurde der Brustkorb so weit geöffnet, dass die Organe frei lagen. Der Arzt verzichtete auf eine Lehrstunde, in der er dem Detektiv die einzelnen Organe und deren Funktionen erläuterte. Lunge, Leber, Herz und Magen hätte Alexander auch ohne weitere Hilfe erkannt.

Innerhalb kürzester Zeit hielt der Professor das Herz in der Hand. In geübter Professionalität sah er sich die Blutpumpe von allen Seiten an, um sie dann mit wenigen, routinierten Schnitten zu zerlegen, damit sich auch das Innere einer Begutachtung unterziehen ließ. Nach der Untersuchung kommentierte der Arzt: »Das Organ ist weder vergrößert noch verdickt. Die Herz-

Kranz-Gefäße sind frei, keine Spur von Verkalkungen. Nichts ist verengt oder verstopft. Die Durchblutung hat einwandfrei funktioniert. Keine Auffälligkeiten an den Herzklappen. Ein Infarkt oder eine kardial bedingte Kreislauferkrankung sind auszuschließen.« Er sah den erstaunt wirkenden Detektiv an und fuhr aufmunternd fort: »Das Herz ist vollkommen gesund, mit dem Teil hätte Engeli locker einhundert Jahre alt werden können.« Vorsichtig legte er den Herzmuskel in eine der auf dem Rollwagen stehenden Edelstahlschalen und sah danach zu Dembski. »Ich gehe nicht davon aus, eine andere Todesursache als den Genickbruch zu finden. Sie sind eingeladen, der weiteren Obduktion beizuwohnen. Wollen Sie sich die nächsten Tage mit Erinnerungen an die Öffnung des Schädels und der Bauchhöhle bereichern lassen? Sie wüssten dann auch, was er als Letztes gegessen hat.«

Der Gesichtsausdruck des Detektivs war dem Professor Antwort genug. »Das deute ich mal als ein Nein. Die Untersuchungen führe ich dann nachher mit meinem Kollegen durch. Wir sehen uns dabei auch die toxikologischen Werte an und zur Sicherheit werde ich den Leichnam röntgen lassen.«

Die Obduktion war für Dembski zu Ende. Er war erleichtert und bat den Arzt um eine kurze Nachricht, falls sich neue Erkenntnisse ergäben. Prof. Hagendorn begleitete seinen Gast zurück ins Büro, wo Alexander sich seines Kittels, der Gummiüberzüge für die Schuhe, seiner OP-Haube, der Maske und der Einmalhandschuhe entledigte.

»Ehrlich Herr Dembski, Sie haben sich ausgesprochen tapfer geschlagen. Das erste Mal an einer Leiche zu arbeiten ist schwer. Viele Neulinge gehen spätestens dann raus, wenn ich das Skalpell ansetze. Chapeau, das haben Sie gut gemacht.«

»Danke Herr Professor, auch wenn mir Ihr Humor anfangs nicht zugänglich war, den Tag werde ich so schnell nicht vergessen. Ich hätte da aber noch eine Frage.«

»Nur zu, was wollen Sie wissen?«

»Erinnern Sie sich an die Obduktion von Frau Zielke?«

Der Arzt überlegte kurz und schüttelte seinen Kopf. »Nein, helfen Sie mir auf die Sprünge.«

»Frau Zielke war ebenfalls Vorstand bei der Northus Versicherung und hat sich angeblich von einem Regionalzug überfahren lassen. Das muss irgendwo auf der Strecke zwischen Hamburg und Reinfeld passiert sein.«

»Kann ich nicht definitiv sagen. Wir haben nur wenige Selbstmörder, die sich vor die Bahn werfen oder Ähnliches. Meistens analysieren wir in solchen Fällen nur die toxikologischen Werte. Sie können sich sicherlich vorstellen, wie ein vom Zug überfahrener menschlicher Körper aussieht.«

»Ich will es mir lieber nicht vorstellen. Könnten Sie dennoch in Ihren Unterlagen mal nachschauen?«

Der Arzt versprach, einen Blick in die Aufzeichnungen zu werfen und sich zu melden, falls er etwas finden sollte. Allerdings würde er die Informationen an Kommissar Sommer weiterleiten. Dieser möge dann nach eigenem Ermessen den Detektiv informieren.

Dembski dankte dem Professor für dessen Auskunftsbereitschaft, stellte aber gleichzeitig klar: »So schnell möchte ich nicht nochmal in ein gerichtsmedizinisches Institut.«

»Gern geschehen«, lachte der Pathologe und reichte seinem Besucher zum Abschied die Hand. »Solange Sie nicht liegend eingeliefert werden …«

Als Alexander auf halbem Weg zur Ausgangstür war, rief der Professor ihm bestens gelaunt hinterher: »Herr Sommer ist bei seinem ersten Besuch schon vor der Leichenkammer zusammengeklappt. Das haben Sie aber nicht von mir gehört.«

Ein heftiger Wind schlug Alexander ins Gesicht. Der Kommissar saß in seinem Auto und blätterte in einer Zeitung. Erst als der Detektiv an die Scheibe des Wagens klopfte bemerkte ihn der Polizist.

Dembski hatte noch nicht auf dem Beifahrersitz Platz genommen, als Sommer sich einen Spruch nicht verkneifen konnte: »Gefiel Ihnen der Humor des Professors?«

Alexander sparte sich die Antwort. Stattdessen blickte er kurz auf sein Handy, er hatte eine Nachricht erhalten. »Die Unterlagen liegen morgen früh für Sie am Empfang bereit. Gruß Rosenberg.«

»Kommen Sie. Wenn Sie möchten, fahre ich Sie in die Stadt«, bot Sommer an.

Noch benommen von der Obduktion bat Dembski nur darum, möglichst schnell ins Hotel gebracht zu werden. Ihm waren die nachhaltigen Eindrücke aus der Leichenkammer und dem Sezierraum anzusehen. Er wollte alleine sein und seine Ruhe haben.

Sommer versuchte, sein Mitgefühl auszudrücken. »Das kann einen ganz schön umhauen, wenn vor einem ein toter Mensch aufgeschnitten wird.«

»Wussten Sie, was er mit mir vorhatte?«

»Ich war mir nicht sicher, aber ich kenne ihn. Er ist ein Freund von meinem Bruder. Sei es drum, Sie haben es überlebt.«

»Ihnen scheint es ähnlich ergangen zu sein?«

»Ja, aber mittlerweile nimmt es mich nicht mehr so mit«, meinte der Kommissar. »Beim ersten Mal wurde mir schlecht. Ich bin aufs Klo gerannt und hab mir die Seele aus dem Leib gekotzt. Ich habe tagelang kein Fleisch sehen können.« Sommer erinnerte sich noch gut an die damaligen Worte des Professors: »Bisher kannte ich Polizisten nur mit grüner Uniform, du bist der Erste mit einem grünen Gesicht. Aber jetzt haben wir zum Glück blaue Dienstkleidung. Ist schon ein innovativer Laden, bei dem ich arbeite.«

Auf der Fahrt zum Hotel wollte der Polizist wissen: »Lassen Sie mal hören, was hat die Obduktion denn ergeben?«

Ohne lange zu überlegen sagte Dembski: »Das Genick von Dr. Engeli war gebrochen und nach Aussage von Prof. Hagendorn ist das ungewöhnlich.«

Sommer nahm seinen Blick von der Fahrbahn und sah zu Dembski. »Wie darf ich das verstehen?«

»Wenn ich ihn richtig verstanden habe, ist ein Selbstmord unwahrscheinlich.«

»Wie bitte?« Der Polizist war hörbar verblüfft, »was meinen Sie damit?«

»Der Professor will Mord nicht ausschließen.«

****

In der Nacht von Montag auf Dienstag schlief der Detektiv ausgesprochen schlecht. Alpträume plagten ihn. Der Gestank der Leichenkammer umhüllte seine nächtlichen Gedanken, in denen er unter einem groben Leinentuch auf einer Bahre in der Kühlkammer der Pathologie lag. Alles um ihn herum war dunkel. Er war bei vollem Bewusstsein, konnte sich jedoch nicht bewegen. Es kam ihm vor, als habe er eine Vollnarkose verpasst bekommen, nur dass er nicht schlief. Seine Sinne waren geschärft. Er spürte das kalte Metall, auf dem er lag und jeder Atemzug füllte seine Lunge mit formaldehydgetränkter Luft. Er versuchte zu blinzeln, doch seine Augen blieben offen. Sie waren trocken und fühlten sich verdorrt und runzelig an. Von Weitem hörte er näherkommende Stimmen. Jemand hatte die an der Decke hängenden Neonleuchten im Vorraum angeschaltet, denn ein schwacher Lichtschimmer durchbrach die Dunkelheit. Die Tür zu seiner Kühlkammer stand einen winzigen Spalt offen. Über sich erkannte er die Konturen einer weiteren Bahre. An beiden Seiten hing ein Stück hellgrauer Stoff herab. Er war nicht allein in diesem Kühlschrank. Die Stimmen wurden lauter. Er nahm erste Gesprächsfetzen wahr. Dann wurde die Tür mit einem Ruck aufgerissen. Die plötzliche Helligkeit blendete ihn. Seine weit geöffneten Augen waren dem grellen Licht schutzlos ausgeliefert. Wie kleine Pfeilspitzen drang es durch seine Pupillen und entfachte ein schmerzhaftes Feuerwerk auf den Zellen seiner Sehnerven. Eine Frau und ein Mann unterhielten sich. Dann wurde die Bahre, auf der er lag, herausgezogen, sein Körper auf einen Rolltisch bugsiert und in den angrenzenden Sezierraum geschoben. Er wollte sich bemerkbar machen, doch weder gelang es ihm, einen Ton aus seinem leicht geöffneten Mund zu bekommen, noch konnte er seine Glieder bewegen. Sein Hirn arbeitete auf Hochtouren. Das Geräusch, das er jetzt deutlicher wahrnahm, klang nach Operationsbesteck, das auf ein metallenes Tablett gelegt wurde. Die Bilder des toten Dr. Engeli gingen ihm durch den Kopf. Er sah, wie der Professor den Torso aufschnitt, die freigelegten Organe beiseiteschob und das Herz entnahm.

Ein immer lauter werdendes Geschrei bahnte sich durch seinen Gehörgang. Er lag starr auf dem Rücken, um ihn herum wurde es dunkler. Halb schlafend, halb wach öffnete er vorsichtig die Augen. Langsam erkannte er die Konturen der Decke im Hotelzimmer. Er fand sich schweißgebadet in seinem Bett wieder. Es war noch tiefste Nacht und offenbar hatte der Krach aus dem Nachbarzimmer ihn aus seinem Alptraum geholt. Normalerweise wäre er stinksauer geworden, aber diesmal dankte er den Streithähnen. Ein Pärchen war offenkundig in einen lautstarken nächtlichen Disput verfallen. Ein hysterischer Schrei, die Tür knallte ins Schloss. Dann kehrte die Stille zurück. Alexander wälzte sich den Rest der Nacht in seinem Bett hin und her, den Kopf voller Gedanken an die Erlebnisse in der Pathologie.

Am Morgen fühlte er sich mehr gerädert als ausgeschlafen. Mies gelaunt zwang er sich aus dem Bett. Ein grauer Himmel und Nieselregen taten ihr Übriges. Missmutig griff Dembski nach seinem Hemd, das er am Abend über den Stuhl geworfen hatte. Zögerlich roch er daran. Anders als in seinem Traum konnte er aber keinen Verwesungsgeruch daran feststellen. Selbst der Geruch im Bereich unter den Achselhöhlen war noch erträglich. Er zog die Sachen vom Vortag an und ging runter zum Frühstück.

Auf Fleisch, egal in welcher Form, hatte er weder Appetit, noch mochte er es sehen. Ein Käsebrötchen, etwas Rührei, unzählige Tassen schwarzen Kaffees und ein paar Gläser Orangensaft mussten bis zum Mittag den Hunger verdrängen.

Der Himmel klarte nicht auf. Das Wetter machte keine Anzeichen, besser zu werden, ganz im Gegenteil, der Regen hatte zugenommen. Doch es nützte nichts, er wollte heute die Kopien der Kalender und Reisepläne bei der Versicherung abholen. Schlecht gelaunt machte er sich auf den Weg.

Eine der Damen am Empfang zeigte hinter sich auf vier Kartons und überreichte dem Detektiv einen Briefumschlag, auf dem lediglich sein Name in Großbuchstaben stand. Im Kuvert befand sich, deutlich fühlbar, ein USB-Stick. Offensichtlich hatten die Sekretärinnen mitgedacht und sämtliche Unterlagen digitalisiert. Dembski steckte den ungeöffneten Umschlag in seine Jackentasche. Er versucht erst gar nicht, sich die Kartons unter die Arme zu klemmen. Sie waren zu groß.

»Entschuldigung«, sprach er die Dame an, »können Sie mir die Sachen postalisch zustellen lassen?«

Sie sah kurz zu ihm hoch und sagte pflichtbewusst: »Da muss ich eben in der Expedition anfragen.«

»Wenn möglich fragen Sie bitte, ob es als Expresssendung geht.«

Die Dame griff zum Telefon und wählte, soweit Dembski es erkennen konnte, eine hausinterne Kurzwahl. Er hatte keine Lust, das Telefonat zu belauschen, sondern sah stattdessen gelangweilt in den grauen Himmel und beobachtete die unzähligen Regentropfen, die auf den Vorplatz der Versicherung herunterfielen.

»Hören Sie …«, wandte sich die Dame wieder an den Detektiv, »… die Tagespost ist schon raus. Ein Mitarbeiter würde aber die Kartons heute Abend noch verschicken. Die Eilzustellung sollte dann morgen Nachmittag bei Ihnen ankommen. Sie müssen mir nur noch die Versanddaten geben.«

Dembski hinterließ die Adresse und bedankte sich. Anschließend bat er darum, dass man ihm ein Taxi rief.

Zurück im Hotel ging er auf sein Zimmer und kramte den Briefumschlag hervor. Der kleine Datenspeicher war mit einem Stück Tesafilm an einen Zettel geklebt. Seine Laune hellte sich auf, als er las: »Bist du in Hamburg? Hast du Lust, heute Abend mit mir auszugehen? Liebe Grüße Verena.« Alexander überlegte nicht lange, sondern beschloss, einen weiteren Tag in der Hansestadt dranzuhängen. Die Kartons würden erst morgen in Köln ankommen und das Telefonat mit Sommer konnte er ebenso gut aus Hamburg führen. Umgehend wählte er Verenas Nummer, um enttäuscht festzustellen, dass sie nicht ans Telefon ging. Es blieb ihm nur der Anrufbeantworter: »Klar, gehe gerne mit dir aus. Holst du mich heute Abend um acht im Hotel ab?«

Weil Alexander ohnehin das Handy in der Hand hielt, wählte er die Nummer des Kommissars, um zu hören, ob dieser etwas Neues zu berichten hatte. Und das hatte er: »Prof. Hagendorn sprach bei der pathologischen Untersuchung nicht von Mord, aber er ist vom Selbstmord abgerückt. Der Autopsiebericht attestiert jetzt Fremdverschulden als Todesursache.«

Zielkes Leichnam oder besser gesagt, den Fleischbrei, hatte Hagendorn ebenfalls untersucht. Laut Sommer wiesen die toxikologischen Werte beider Selbstmörder Spuren von Barbituraten auf. »Allerdings …«, so führte er aus, » … ist die Einnahme von Betäubungs- oder Beruhigungsmitteln ante mortem bei Selbstmördern nichts Ungewöhnliches. Man kann also nicht zwingend auf Mord schließen.«

»Sind Barbiturate denn nicht verschreibungspflichtig?«, hakte Dembski nach. »Und wissen Sie, ob es sich in beiden Fällen um das gleiche Barbiturat handelte?«

»Hierzu hat mir der Professor nichts gesagt. Aber das Zeug bekommen Sie nur auf Rezept.«

»Sind das denn nicht ausreichende Indizien, um weitere Ermittlungen aufzunehmen?«

»Ich kann Ihnen nur schwer widersprechen, Herr Dembski. Ich werde die neue Sachlage zu Papier bringen und mich mit der Staatsanwältin zusammensetzen. Es würde mich wundern, wenn wir jetzt nicht offiziell loslegen dürfen.«

»Ach noch was«, sagte Alexander und setzte sich aufs Bett. »Frau Zielke war doch angeblich mit dem Auto bis in die Nähe der Bahngleise gefahren. Kann man unter dem Einfluss von Barbituraten überhaupt Auto fahren?«

»Das ist wahrscheinlich eine Frage der Dosis«, vermutete Sommer. »Dürfen darf man es sicherlich nicht, aber ich denke, dass jemand, der sich umbringen will, nicht um Erlaubnis fragt. Ich nehme den Aspekt mit auf. Möglicherweise ergibt sich hierzu etwas in den kommenden Ermittlungen.«

Alexander war mehr als zufrieden. Es gab erste Erkenntnisse, die er seinem Auftraggeber vorzulegen vermochte. Gleichzeitig war ihm aber bewusst, dass er sich mit den Recherchen immer noch in einem frühen Stadium befand. Selbst wenn Dr. Engeli umgebracht worden war, ließ sich dadurch noch kein Zusammenhang zwischen den drei Todesfällen beweisen, geschweige denn eine Verbindung zum Versicherungskonzern. Seine Gedanken wurden durch ein kurzes Klingelzeichen seines Handys unterbrochen: »Ich hole dich um acht Uhr ab. Wie wäre es mit Kino? Bis nachher. LG Verena«, lautete die Kurznachricht, die im Display eingeblendet wurde.

****

Dembski stand am Hoteleingang, als ein Taxi vorfuhr, aus dem diese atemberaubende Frau ausstieg. Seine Knie wurden weich und sein Herz schlug schneller. Lässig mit Jeans, Sneakers, T-Shirt und einer schwarzen Motorrad-Lederjacke bekleidet, kam Verena strahlend auf ihn zu und begrüßte ihn mit einem Kuss auf jede Wange. Trotz des Regens ging für Alexander die Sonne auf, seine schlechte Laune war blitzartig verflogen.

»Komm, wir klauen einen Regenschirm und gehen zu Fuß zum Kino«, schlug sie vor und war bereits in der Lobby verschwunden, wo sie aus dem nächstbesten Ständer im Vorbeigehen einen Schirm stibitzte. Als sie ihn öffneten, konnten beide nicht anders, als in schallendes Gelächter auszubrechen. In fetten grünen Buchstaben auf grauem Grund war zu lesen: »Northus Versicherung – und Sie stehen nicht im Regen.«

»Ich wusste gar nicht, dass wir so hässliche Werbeartikel haben«, fasste Verena die Komik in Worte.

Alexander nahm den Schirm und hielt ihn so, dass beide bestmöglich vor dem Regen geschützt waren. Sie schmiegte sich eng an seine Seite. An der ersten roten Ampel fasste er seinen ganzen Mut zusammen und legte den Arm um seine Begleiterin, die im selben Moment noch näher an ihn heranrückte.

Die Filmplakate im Aushang des Kinos zeigten das Programm. Er hätte am liebsten den aktuellen Action-Blockbuster gesehen, hielt sich aber mit seinem Filmwunsch zurück.

»Wie wäre es mit der französischen Komödie?«, schlug sie vor. Er hatte bisher nichts von dem Film gehört und die Kinoplakate überzeugten ihn nicht wirklich. Aber bei Verena konnte er nur »Ja« sagen. Es dauerte noch etwas, bis die nächste Vorführung begann. Die Zeit bis zum Einlass in den Kinosaal nutzten sie, um Popcorn und Getränke zu kaufen.

Zweieinhalb Stunden später kamen die beiden bestens gelaunt aus der Filmvorführung. Verena hatte sich bei ihm untergehakt und vorgeschlagen, eine Kleinigkeit essen zu gehen. Alexander entdeckte einen Japaner auf der anderen Straßenseite. »Hast du Lust auf Sushi?«

Keiner von den beiden wollte den Abend so früh ausklingen lassen, daher trieb es sie in Richtung Reeperbahn. Verena schlug vor, ein Bier trinken zu gehen. In der erstbesten Kneipe fanden sie freie Barhocker an der Theke und bestellten zwei große Astra.

»Erzähl mal, wie es gestern im Institut für Rechtsmedizin gelaufen ist«, bat sie ihn, bevor der Kellner die frisch gezapften Pils servierte.

Ohne Details auszulassen, erzählte Alexander. Er berichtete von der Leichenhalle, dem widerwärtigen Gestank der Verwesung, dem toten Körper von Engeli, von der Obduktion, dem unvermuteten Genickbruch, den damit ungeklärten Todesumständen und dem Aufschneiden des Leichnams samt Entnahme des Herzens.

Verena verzog mehrmals ihr Gesicht und gestand, nie eine Leiche gesehen zu haben. »Und das hast du alles mitgemacht und ausgehalten? Wurde dir nicht übel?«

»Mitgemacht ja, aber ich konnte es kaum ertragen und musste mich fast übergeben. In der Nacht habe ich erbärmlich geschlafen, ständig nur Alpträume. Ich hab geträumt, ich läge lebendig aber vollkommen regungslos in einer Leichenhalle, alles roch nach Verwesung und ein Ärzteteam wollte mich sezieren.«

Verena nahm seine Hand und konnte sich ein kleines Lästern nicht verkneifen: »Du bist richtig tapfer, mein Held. Detektiv sein bedeutet doch nicht nur fremdgehende Ehefrauen durch Schlüssellöcher zu beobachten.«

»Gott sei Dank gibt es nur selten derart unschöne Ausnahmen. Aber von Leichenkammern und aufgeschnittenen Toten habe ich vorerst genug.«

»Welche unschönen Ausnahmen gab es denn sonst noch in deiner Detektivlaufbahn?«, fragte sie mit erkennbarer Neugierde.

»Ach weißt du, im Grunde genommen hatte ich bisher nur ein einziges Mal mit einem Toten zu tun. Bedauerlicherweise war ausgerechnet ich derjenige, der ihn erschießen musste.« Der Satz war noch nicht beendet, da ärgerte sich Alexander, ihn überhaupt ausgesprochen zu haben. Er sprach nicht gerne über den Vorfall, der sich fünf Jahren zuvor ereignet hatte. Zu oft war er damals von nahezu jedem aus seinem Umfeld darauf angesprochen worden und das nur, weil eine Zeitung von der Tat berichtet hatte.

»Du hast einen Menschen erschossen?«, fragte Verena mit aufgerissenen Augen.

»Ja, ich hatte keine andere Wahl. Er war ein führendes Mitglied einer Autoschieberbande. Ein Schwerkrimineller. Hätte ich nicht geschossen, wären mein Vater und ich vermutlich jetzt tot. Im Nachgang gab es sogar eine Verhandlung.« Alexander hoffte, mit dieser Kurzfassung ihre Neugierde gestillt zu haben.

Aber das Gegenteil war der Fall: »Erzähl, was genau ist passiert?«

»Ach komm Verena, das hat nichts mit dem aktuellen Fall zu tun und ist auch schon ein paar Jahre her. Lass gut sein, so stolz bin ich auf die Sache nicht. Ich rede nicht gerne darüber. Außerdem habe ich die Story bereits so oft erzählen müssen.«

Sein Abwehrversuch blieb erfolglos. »Du hast es so vielen erzählt, dann will ich auch wissen, was passiert ist. Wir sind doch gerade dabei uns kennenzulernen. Was hatte es mit der Autoschieberbande auf sich?«

Mit wenig Begeisterung begann Alexander: »Mein Vater und ich haben vor ein paar Jahren für eine Kölner Mietwagenfirma ermittelt. Die vielen Fahrzeugdiebstähle hatten den Inhaber fast in den Ruin getrieben. Sein Umsatz brach ein, die Versicherungen kündigten die Verträge oder erhöhten die Beiträge. Seine Kreditwürdigkeit verschlechterte sich. Mit anderen Worten, der arme Kerl bekam kaum noch Geld von der Bank. Unseren Ermittlungen zufolge war der Betreiber einer Hinterhofwerkstatt die zentrale Figur der Diebesbande. Wir haben gleich mit offenen Karten gespielt und uns dort als Detektive angekündigt, die aufgrund der vielen Autodiebstähle ermitteln und ihn deswegen zu sprechen wünschten. Er hat sofort eingewilligt, uns zu treffen.

Wir waren zwanzig Minuten vor dem verabredeten Zeitpunkt vor Ort. Mitten in einem Industriegebiet.« Alexander machte eine Pause und trank einen Schluck. Er war angespannt und wollte die alten Erinnerungen nicht erneut auffrischen.

»Und was passierte dann?«, drängte ihn Verena, weiterzuerzählen.

»Wir sind schnurstracks über einen Hinterhof zur Werkstatt marschiert. Auf dem Gelände standen einige recht neue Autos. Vermutlich gestohlen und für den schnellstmöglichen Verkauf hergerichtet. Ich erinnere mich heute noch exakt daran, dass mein Vater gerade dabei war, sich die Kennzeichen zu notieren, als ein Mann aus dem Bürocontainer kam und herumschrie: Wir Drecksdetektive sollten uns nicht in seine Geschäfte einmischen. Er drohte uns. Ich sehe den Typ noch genau vor mir. Ein ungepflegter dunkelhaariger Kerl mit stoppeligem Dreitagebart. Er trug einen Trainingsanzug. Seine Hände hatte er in den ausgebeulten Taschen der Jacke verborgen. Mein Vater hat dann irgendetwas gesagt wie, wir haben uns doch angekündigt, oder so. Scheinbar hatte der Arsch nur auf uns gewartet …«, Alexander überlegte kurz und ergänzte: »… um uns kalt zu machen.«

Verena hing an seinen Lippen, trotz des angeheiterten Zustands wollte sie jedes Detail wissen: »Wie kam es dazu, dass du ihn umgebracht hast?«

»Warte, da komme ich gleich zu. Jedenfalls zieht der Arsch plötzlich eine Hand aus der Jacke. Ich hab die Pistole sofort gesehen. Bevor ich meinen Vater warnen und selber in Deckung gehen konnte, fiel schon der erste Schuss. Ein lauter, die Luft durchdringender Knall. Es war ein bisschen, als ob die Zeit für den Bruchteil einer Sekunde stillsteht. Dann hallte das Echo des Knalls von den Wänden der umliegenden Gebäude wider. Ich war hinter einem Wagen in Deckung gesprungen. Was hätte ich auch sonst tun sollen? Im ersten Augenblick wusste ich nicht, ob ich getroffen war; das freigesetzte Adrenalin hätte wahrscheinlich jeden nur erdenkbaren Schmerz betäubt. Mein Vater lag ein Stück von mir entfernt hinter einem der anderen Autos. Ich blieb in Deckung, denn der Mann stand mit erhobener Waffe vor dem Bürocontainer. Dann hab ich meinen Revolver gezogen und bin zum Heck des Wagens gekrochen. Ich hatte wahnsinnige Angst, in sein Visier zu geraten. Also hob ich ganz vorsichtig den Kopf, um in die Richtung zu sehen, in der ich den Verrückten vermutete. Er muss mich genau in diesem Moment gesehen haben, denn es dauerte keine Sekunde bis er mich mit seiner Knarre anvisierte.« Alexander kippte den Rest seines Bieres in sich rein, wartete auf einen Blickkontakt mit dem Barmann und hob demonstrativ das leere Glas. »Entschuldige, Verena, möchtest du auch noch eins?«

Sie hatte, nachdem Alexander mit seiner Geschichte begonnen hatte, keinen einzigen Schluck getrunken. Ihr Glas war noch halbvoll. »Nein, erzähl weiter.«

Der Barmann nahm das leere Glas und ging zur Zapfanlage.

Alexander verzog seinen Mund: »Okay. Also, ich, so wahr, wie ich hier stehe, hab direkt in die Mündung seiner Waffe geguckt, sah das Mündungsfeuer und dann hab ich reflexartig meinen Kopf nach unten gezogen. Viel zu langsam, die Kugel hätte mich getroffen, verfehlte aber ihr Ziel. Der Mann war Gott sei Dank ein miserabler Schütze. Aber ich konnte den Einschlag hören. Direkt neben mir krachte das Geschoss dumpf in irgendein Autoblech. Ich war starr vor Angst. Ich hätte tot sein können. Dann hörte ich Schritte, der Typ forderte mich auf, rauszukommen. Er wüsste, wo ich mich verkrochen hätte. Mir war klar, dass ich nicht viel Zeit haben würde, bis der Kerl beim Auto angekommen wäre, hinter dem ich mich in Deckung gebracht hatte. Also legte ich mich so flach wie möglich auf den Bauch, um unter dem Auto hindurchspähen zu können. Ich sah ihn näherkommen. Meine Hände zitterten, aber ich habe versucht, den Revolver auf seine Beine zu richten. Dann habe ich die Luft angehalten und abgedrückt. Im nächsten Moment schrie der Typ auf. Der Idiot war getroffen. Ich traf sein linkes Schienbein, vermutlich knapp unter der Kniescheibe. Er fiel seitlich in den Dreck, die Pistole immer noch fest umklammert und mit einer beängstigenden Wut in den Augen. Mein Puls ging schlagartig in die Höhe und ich fing an, hastig zu atmen. Ich weiß noch, wie mein Herz gepocht hat. Ich hab jeden einzelnen Herzschlag gespürt. Aber für Angst war keine Zeit. Der Kerl war außer sich. Er hat mir direkt in die Augen gesehen. Mit einem Hass im Blick; das hab ich so noch nie erlebt. Ich war sicher, dass er erneut schießen würde.« Alexander machte eine Pause. Das Erlebnis nahm ihn immer noch sehr mit. »Der Kerl brüllte irgendwelche Sätze, die ich nicht verstand. Mit blutender Wunde drehte und wälzte er sich, um in eine aussichtsreiche Schussposition zu gelangen. Er hätte nur seinen Arm ausstrecken und abzudrücken brauchen. Ich lag immer noch flach auf dem Boden und hielt meine Waffe im Anschlag. Den Puls gefühlt auf zweihundert. Keine Chance, den Revolver nur ansatzweise ruhig halten zu können. Schweißperlen rannen mir von der Stirn in die Augen. Ich höre noch, wie der Hahn meiner Waffe mit einem metallischen Klicken einrastete, ich hob den Revolver, zielte zwischen seine Augen und holte tief Luft. Dann drückte ich ab. Das Geschoss traf ihn rechts in der Stirn.« Alexander senkte seinen Blick, starrte auf sein Bier und legte seine Hand auf das Glas. »Sein Kopf schlug ruckartig nach hinten. Dann kippte sein ganzer Körper in Zeitlupentempo, so kam es mir jedenfalls vor, nach vorne in den Dreck. Er war auf der Stelle tot.« Alexander sah zu Verena und trank einen Schluck.

»Ach du meine Güte«, äußerte sie ihr Entsetzen. »Natürlich musstest du ihn erschießen. Was blieb dir anderes übrig. Sonst hätte er euch umgebracht. Wie ging es dir danach? Warst du nicht fix und fertig?«

Alexander erzählte, wie er nach der Schießerei am ganzen Körper zu zittern begonnen hatte. Er hatte unter Schock gestanden.

»Meinen Vater hatte es erwischt. Der erste Schuss traf ihn in der oberen rechten Brust. Am Einschussloch und hinten am Schulterblatt verlor er Blut. Ich rief sofort den Notruf. Es verging nicht viel Zeit, bis die Sirenen ertönten. Drei Streifenwagen erschienen auf dem Werkstattgelände, kurz darauf kamen zwei Krankenwagen.«

»Und was war mit deinem Vater?«

»Er lag mehrere Tage im Krankenhaus. Aufgrund des immensen Blutverlustes benötigte er einige Blutkonserven. Die OP, in der Knochensplitter entfernt und die Wunde gereinigt wurde, verlief problemlos. Während dieser Zeit entschied er, den Detektivjob an den Nagel zu hängen. Er überließ mir den Laden und hat seitdem keinen Fall mehr übernommen.«

»Und, kamst du ins Gefängnis?«

»Nein, zum Glück nicht. Die Richterin erkannte auf Notwehr und brummte mir eine satte Geldstrafe wegen unerlaubten Waffenbesitzes auf. Ich hätte die Alte zu gerne gefragt, was sie an meiner Stelle getan hätte, aber mein Anwalt riet mir, die Klappe zu halten.«

»Wo hattest du die Waffe denn her? So einfach bekommt man doch keinen Revolver.«

»Von meinem Großvater. Sie lag bei uns zu Hause im Schrank. Vermutlich hatte er sie aus dem Krieg oder was weiß ich woher. Ich nahm sie immer mit, wenn es drohte, gefährlich zu werden. Zum Glück hatte ich sie damals mit dabei. Aber ehrlich gesagt, ich hab sie in all den Jahren nur dieses eine Mal gebraucht.«

Alexander blicke Verena an. »Können wir uns über etwas anderes unterhalten? Es belastet mich, einen Menschen erschossen zu haben. Selbst wenn er es verdient hat. Außerdem gibt es auch nicht viel mehr darüber zu erzählen.«

Verena beugte sich zu Alexander, gab ihm einen zärtlichen Kuss und schlug vor, woanders hinzugehen. Gegen zwei Uhr morgens landeten sie in einer Karaokebar mitten auf St. Pauli. Keiner von beiden stellte sich auf die Bühne, aber sie amüsierten sich über die verkannten Talente, die sich trauten, Oldies und alle möglichen Schlager zum Besten zu geben. Verena bestellte zwei *Cuarenta Y Tres* und flüsterte ihm ins Ohr: »Was schmeckt wohl süßer, der Likör oder ein Kuss von mir?«

Die Frage tat ihre Wirkung. Alexander ließ sich nicht ein zweites Mal bitten. Aus einem anfänglichen Kuss wurde, dank des vorhandenen Alkoholpegels und der guten Stimmung, eine leidenschaftliche Knutscherei. Verena behielt, so gut sie konnte die Contenance und verbot seinen Händen, allzu forsch auf Erkundungstour zu gehen.

Irgendwann schlug sie vor, langsam aufzubrechen. Als das Taxi am Hotel ankam, stieg Verena mit aus. Sie schaffte es mit einem einzigen Augenaufschlag und der zweideutigen Frage: »Sag mal, ich hab noch nie im Atlantic geschlafen, wie sind die Betten hier im Hotel?« Alexander nahm ihre Hand. Die beiden fuhren mit dem Aufzug auf die dritte Etage und verschwanden in seinem Zimmer mit Blick auf die Außenalster.

****

Es wurde langsam hell. Verena musste früh raus. Zu gern wäre sie noch geblieben und hätte noch einmal seine Nähe gespürt, aber die Vernunft siegte. Mit einem innigen Abschiedskuss, bei dem sie seine Hand erneut unter ihrem T-Shirt fühlte, verabschiedete sie sich. »Ruf mich an, ich muss los mein Süßer. Pass auf Dich auf und lass dich nicht auf irgendwelche Gangster ein.« Mit einem Augenzwinkern verließ sie das Zimmer.

Nachdem sie die Tür hinter sich geschlossen hatte, stand er auf. Er wollte unbedingt einen frühen Zug nach Köln erwischen, um im Büro zu sein, wenn die Postsendung eintraf, und musste vorher noch kurz in seine Wohnung, um ein paar frische Sachen anzuziehen, denn er hatte ursprünglich nicht damit gerechnet, fast eine ganze Woche in Hamburg zu bleiben und daher nur Kleidung für drei Tage mitgenommen. Liebestrunken von der letzten Nacht eilte er zum Hauptbahnhof und setzte sich in den nächsten ICE.

Auf der Fahrt rief er seine Mitarbeiterin an, erreichte aber nur ihren Anrufbeantworter. »Es gibt was zu tun, du wirst die Woche ausgelastet sein. Komm bitte heute ins Büro. Ich hoffe, ich kann auf dich zählen«, sprach er ihr aufs Band, ohne zu wissen, ob Sie überhaupt Interesse an Überstunden hatte.

Gegen Mittag schloss er die Tür zu seiner Wohnung auf. Haschgeruch schlug ihm entgegen. Die ganze Bude roch verqualmt. Im Wohnzimmer waren Stimmen zu hören. »Das gibt's doch nicht …«, Alexander spürte Wut in sich aufsteigen.
Sein Sohn hatte es sich mit zwei Freunden auf dem Sofa bequem gemacht und reichte gerade einen Joint weiter. »Sagt mal, spinnt Ihr, was soll der Scheiß!«, schrie er die Drei an. Die Jungs schreckten auf. Sie hatten sichtlich nicht mit Kais Vater gerechnet.

»Ich denke, du bist in Hamburg, Papa«, versuchte Kai, die Situation zu entschuldigen. Neben einem randvollen Aschenbecher standen eine halb geleerte Flasche Wodka sowie mehrere Dosen Bier auf dem Tisch.

»Und auch noch saufen!«, brüllte Alexander. Er war so wütend, dass es ihm egal war, ob die Nachbarn etwas mitbekamen. »Ihr hört jetzt umgehend mit dem Mist hier auf und räumt sofort alles auf. Und öffnet das scheiß Fenster, damit der Gestank hier rauszieht«, befahl er.

»Chill mal Papa, du hast doch auch mit fünfzehn gekifft.«

»Nein«, log er. »Meine Eltern hätten mich gevierteilt.«

Nach ein paar Minuten hatten die Jungs das Gröbste aufgeräumt. Kais Kumpanen verließen auf Zehenspitzen schleichend die Wohnung.

»Sag mal, Kai, seit wann hängt ihr hier ab.«

»Seit Sonntag, Papa. Mama hat die ganze Zeit genervt, darum bin ich zu dir gefahren. Ich habe ihr gesagt, du wärst einverstanden. Sie weiß nicht, was wir hier gemacht haben. Bitte erzähl ihr nichts davon.«

»Ist schon gut. Ich sage ihr nichts. Aber Kiffen muss echt nicht sein, oder?«

»Ja, ist angekommen Dad.«

»Schon gut Junge. Du bleibst heute Nacht bei mir und fährst morgen von hier aus zur Schule. Ich regle das mit Mama. Dafür räumst du aber noch ein bisschen auf. Ich will gleich ins Büro, komme aber rechtzeitig zurück und dann sollte es hier nicht mehr wie in einer Opiumhöhle riechen. Wir können nachher was essen gehen. Vorausgesetzt, du bist bis dahin wieder nüchtern. Und kipp den Wodka weg. Das ungeöffnete Bier kannst du in den Kühlschrank stellen.«

Steffi Schindler, Kais Mutter, war nach Alexanders Ansicht eine impertinente, dauernd nervende, dämliche Kuh. Und das hielt er noch für eine freundliche Umschreibung seiner Ex. Er gönnte ihr ihre Initialen, das zu Recht ungeliebte *SS*. Nahezu sein ganzer Freundeskreis sah das anders. Sie mochten Steffi und luden sie zu den üblichen Partys ein. Das führte immer dann zu Komplikationen, wenn Alexander mal wieder der Meinung war, ihr Vorhaltungen machen zu müssen. Auch wenn ihre Ehe nicht funktioniert hatte, und beide hatten ihren Teil dazu beigetragen, sie war immer eine gute und fürsorgliche Mutter gewesen.

Bis heute war ihm nicht klar, wie er sich vor fast achtzehn Jahren auf sie hatte einlassen können. Den alten Drachen, wie er sie oft nannte, und das durchaus wörtlich meinte, sah er an nahezu jedem zweiten Wochenende. Entweder brachte sie Kai zu ihm nach Köln, oder er holte ihn bei ihr in Bonn ab. Eins war aber sonnenklar: Die Tage mit seinem Sohn waren ihm wichtig. Er freute sich jedes Mal, wenn er zu ihm kam, auch wenn der Junge derzeit mitten in der Pubertät steckte und seine Launen ihm nicht immer Freude bereiteten. Spontane Besuche von Kai waren selten, obwohl er einen Schlüssel für die Wohnung hatte und jederzeit kommen durfte.

Seit Kai bei seiner Mutter wohnte, hatte Alexander wenig Einfluss auf dessen Erziehung, er konnte ihn halt nicht jeden Tag sehen und er war unzufrieden mit ihren pädagogischen Experimenten. »Kinder müssen sich frei entfalten«, beschwor sie ihre Methode. Für Alexander bedeutete dies nichts anderes als,

»Hauptsache, die blöde Kuh kümmert sich um nichts.« Aus seiner Sicht stand für Steffi in erster Linie ihre eigene Freiheit im Vordergrund. Egal wie oft er versuchte, mit ihr über die Erziehung zu sprechen, es schien sie nicht zu interessieren. Kai war ein gut geratener Junge, aber nach Alexanders Meinung bedurfte es eines stärkeren Regelwerks und vor allem, etwas mehr Fürsorge. *Hast du Kinder, hast du Sorgen. Hast du keine Kinder, hast du trotzdem Sorgen*, war so eine Art Motto, das er sich einzureden pflegte. Er erklärte die Kifferaktion für beendet, obwohl er ahnte, dass sein Sohn nicht auf Dauer die Finger von dem Zeug lassen würde. Allerdings war sich Alexander sicher, seiner ehemaligen Frau nichts von den berauschenden Machenschaften ihres Kindes zu erzählen.

Am späten Nachmittag erschien Vanessa, nicht sonderlich gut gelaunt, im Büro. Ihr Chef saß bereits an seinem Schreibtisch.

»Du rufst mich heute früh an und beorderst mich zur Arbeit. Kannst du dir nicht vorstellen, dass ich andere Sachen zu tun habe! Ich habe endlich wieder einen Freund und will es nicht direkt verbocken, nur weil ich hier rumhänge und Kaffee für dich kochen muss!« Sie knallte ihre Handtasche auf den Tisch.

Obwohl Vanessas Reaktion ihn nervte, versuchte er, sich nichts anmerken zu lassen und bemühte sich, freundlich zu bleiben. Denn wenn er jetzt nicht sein Mundwerk hielt – das wusste er – bekäme er richtig Stress mit ihr. Alexander zeigte auf die vier Pakete, die vor einer Stunde vom Eilboten zugestellt worden waren. »Die Unterlagen müssen schnellstmöglich ausgewertet werden und deswegen wäre es superlieb von dir, wenn du dir die nächsten Tage dafür Zeit nehmen könntest.«

Vanessa hob die Pakete kurz an und öffnete das Erste. »Sag mal, tickst du noch richtig? Das ist doch komplett verrückt. Hier im Karton sind mindestens zweitausend Kopien und die anderen Kartons sind genauso schwer.«

»Ich weiß, wäre es nicht viel Arbeit, hätte ich dich auch nicht gebeten, die nächsten Tage ins Büro zu kommen.« Ahnend, dass ein einfaches *Bitte* die Laune und vor allem die Arbeitsbereitschaft seiner Mitarbeiterin nicht wesentlich fördern würde, versprach er: »Falls die Auswertung gut klappt, spendiere ich dir einen Urlaub.« Er kannte Vanessa zu gut. Sie konnte ein Engel auf Erden sein, aber wenn sie einmal launisch wurde, halfen am besten kleine Präsente.

Vanessas Mimik schaltete im Bruchteil einer Sekunde von zickig auf aufmerksam. »Auch Karibik, Chef?«

»Ja, meinetwegen auch Karibik«, entfuhr es ihm, wobei er nicht im Geringsten wusste, was ihn ein solcher Urlaub kosten würde.

»Auch mit meinem neuen Freund?«, versuchte sie, mehr auszuhandeln.

»Jetzt halt mal die Füße still, sonst wird es bestenfalls ein Wochenende am Fühlinger See!«, beendete er die Verhandlungen und hoffte, von den Launen seiner Mitarbeiterin verschont zu bleiben. Auf die dämliche Diskussion hatte er jetzt absolut keine Lust und ging daher in sein Büro und schloss hinter sich die Tür. Aber, dass Vanessa wieder einen Freund hatte, war eine Neuigkeit, die ihn freute.

Als aus dem Vorzimmer keine weiteren Beschwerden zu vernehmen waren, rief Alexander seine Ex an. »Kann ich mit dir kurz über Kai sprechen?«

»Wenn es um unseren Sohn geht, nehme ich mir natürlich alle Zeit der Welt«, war Steffis Antwort, wobei sie sich hörbar bemühte, mit einem gestressten Tonfall zu sprechen.

»Kai kommt nach der Schule wieder zu dir. Wir wollten heute Abend zusammen ins Kino gehen, aber er schreibt am Freitag eine Klassenarbeit und hat alle nötigen Unterlagen zur Vorbereitung in Bonn«, log Alexander.

»Puhhh, dann muss ich wohl oder übel in meinem eng getakteten Terminkalender einige Umdisponierungen vornehmen«, sagte sie.

Damenzeitschriften lesen, Vorabendsoaps gucken und ein Friseurtermin, dachte Alexander – äußerte seinen Gedanken aber nicht. Er konnte einfach kein gutes Haar an ihr lassen. Um des Friedens willen verstellte er sich und sagte: »Du schaffst das. Du bist eine vorbildliche und fürsorgliche Mutter. Kai wird es irgendwann zu schätzen wissen. Er wird ungefähr um zwei Uhr zu Hause sein.«

»Wo du Recht hast, hast du Recht, Alexander. Hättest du das nur früher erkannt, hätte ich dich nicht verlassen müssen.«

»Steffi, das ist lieb von dir! Vielen, vielen Dank«, und wieder nutzte Alexander eine Notlüge: »Vanessa signalisiert mir soeben, dass ein Mandant im Vorzimmer auf mich wartet. Ich muss jetzt auflegen. Tschüss, meine Liebe.«

Nach dem launenhaften Arbeitsbeginn seiner Mitarbeiterin und dem für ihn nervtötenden Telefonat mit seiner Ex, fand Alexander, dass er zumindest den silbernen Empathieorden mit goldener Schleife verdient hätte. Alles lief mal wieder nach seinen Vorstellungen.

Noch wollte er sich nicht im Vorzimmer blicken lassen, wo Vanessa vermutlich mit dem Öffnen der Pakete und dem Sortieren der Unterlagen beschäftigt war. Wenn alles ausgepackt wäre, würde sie schon kommen und fragen, was zu tun sei, spekulierte er. Außerdem hatte er noch den USB-Stick, dessen Inhalt er zunächst auf seinen Rechner kopierte, um ihn sich gleich anzusehen. Vorher loggte er sich in seinen Online-Bankaccount ein. Mit einem lauten Freudenschrei goutierte er einen Zahlungseingang von fünfhunderttausend Euro. »Waaauuuuu«, rief er so laut, dass Vanessa umgehend in sein Büro gestürmt kam. Die zwanzigtausend Spesenvorauszahlung nahm er nur am Rande wahr. Jetzt fühlte er sich reich.

»Was schreist du hier rum?«

»Setzt dich mal«, bat er sie.

Verwundert schaute sie ihn an und ließ sich in einen der ausgeleierten Ledersessel fallen. »Was kommt denn jetzt?«

»Erzähl es nicht gleich an der ganzen Uni weiter, am besten behältst du es für dich. Ist quasi ein Dienstgeheimnis.«

Alexander hielt inne und beobachtete sie. Soweit er ihr Gesicht lesen konnte, las er jetzt: »Der Chef spinnt mal wieder.«

»Wenn es denn so wichtig ist, schweige ich wie ein Grab. Versprochen!« Um ihre Aussage zu untermauern, hob sie die rechte Hand und streckte Daumen, Zeigefinger und Mittelfinger parallel zueinander, »ich schwöre.«

Alexander konnte sich auf Vanessa verlassen. Sie war zwar redselig, aber vertrauliche Angelegenheiten aus dem Büro – da war er sich sicher – behielt sie für sich.

Er lehnte sich zurück und legte die Hände breit gespreizt vor sich auf den Schreibtisch. »Wir haben einen richtig fetten Auftrag, der uns in der nächsten Zeit Arbeit ohne Ende bereiten wird.«

Vanessa sah in verblüfft an. »Aha, und deshalb schreist du hier rum wie ein Affe und plusterst dich auf?« Sie schlug ihre Beine übereinander. »Es wird ja mal Zeit, dass du was zu tun kriegst. Dein ewiges Lotterleben muss ein Ende haben.«

Er versuchte, sich zu rechtfertigen: »Nicht nur der Auftrag ist fett, sondern auch das Honorar.«

»Daher also die Großzügigkeit mit der Karibikreise«, war ihre erste Reaktion. Sie kniff ihre Augen leicht zusammen und forderte prompt: »Dann gib mir eine Gehaltserhöhung.«

In diesem Moment wurde ihm klar, dass man unternehmerischen Erfolg nur in sehr eingeschränkter Dosierung an seine Belegschaft kommunizieren sollte. Er ärgerte sich, überhaupt das Wort Honorar erwähnt zu haben. Aber ganz Unrecht hatte sie nicht. Daher bot er ihr Folgendes an: »Vanessa, das mit der Karibikreise war durchaus ernst gemeint. Bis zum Jahresende verdopple ich deinen Stundenlohn. Dann verdienst du genug, um selber zu entscheiden, ob du deinen neuen Freund mit in die Karibik nimmst.« Nach einer kurzen Überlegung sagte er: »Oder ob du mit dem Geld was anderes machst.«

Vanessa strahlte. Ihre Augen leuchteten, wie Kinderaugen vor einem Tannenbaum, unter dem viele Geschenke lagen. Sie sprang aus dem Sessel und hüpfte vor Freude auf Alexander zu, umarmte ihn und gab ihm einen dicken Kuss auf die Wange. »Du bist der allerbeste Chef der ganzen Welt.«

Mit, »da sind wir wieder mal einer Meinung«, bedankte er sich und gegen den Kuss hatte er auch keine Einwände.

»Aber erzähl mal, was ist es denn für ein Auftrag?«

Alexander berichtete vom Treffen mir Dr. Eismann, von der Fahrt mit Böhm nach Hamburg, dem Termin beim Versicherer und dem Gespräch mit Kommissar Sommer. Die blutigen Details aus der Gerichtsmedizin und seine eher privaten Treffen mit Verena behielt er für sich. Auch sagte er nichts Weiteres über das Honorar.

»Wie schon gesagt, wir haben einen Berg Arbeit vor uns. Lass uns mal die Unterlagen inspizieren«, schlug er vor.

Die beiden gingen in das Ladenlokal, wo Vanessa den Inhalt eines Kartons auf dem Tisch gestapelt hatte.

Sie schaute zu Alexander: »Sag mal, was sind denn das für Kopien?«

»In den Kartons findest du die Kopien der Kalender und Reisepläne der letzten sechs Jahre von einer Frau Zielke und einem Herrn Engeli. Das sind, oder besser gesagt, das waren, die Vorstände der Northus Versicherung, die sich angeblich selbst umgebracht haben.« Auf Grundlage dieser Daten sollte Vanessa ein Bewegungsprofil erstellen. »Wir müssen wissen, wann und wo die beiden Manager waren. Von Bedeutung wären mögliche Überschneidungen, also Termine an denen sowohl Zielke als auch Engeli teilgenommen haben sowie Orte, die sie zusammen oder unabhängig voneinander besuchten, vielleicht auch gemeinsame Themen, mit denen sie sich beschäftigt haben. Und mit Glück findest du Informationen über einen Dänen namens Poulsen oder gar Treffen, bei denen er dabei war«, erklärte Alexander ihr die Aufgabe und gab ihr den USB-Stick mit dem Hinweis: »Vermutlich sind die ganzen Unterlagen auch hier drauf.«

»Alles klar, Chef. Dann lass mich mal machen«, sagte sie und setzte ihre zuvor begonnene Arbeit fort.

»Noch was«, unterbrach er sie. »Wir müssen mit dem Job bis Ende Mai fertig werden.«

»Warum?«

Alexander vermied es, ihr von der zweiten Zahlung zu erzählen – einen Jahresurlaub samt neuem Freund in der Karibik wollte er ihr nicht finanzieren – sondern sagte nur: »Das war eine Bedingung von Dr. Eismann.« Er ließ sie in Ruhe arbeiten und zog sich an seinen Schreibtisch zurück.

Er war jetzt über die Anfangsphase seiner Ermittlungen hinaus und hatte das Gefühl, auf der richtigen Spur zu sein. Substanzielle Verdachtsmomente hatten sich ergeben. Anders konnte er den von Hagendorn diagnostizierten Genickbruch nicht deuten. Nun überlegte er, wie es weitergehen könnte. Auf einen Zufallstreffer in den Unterlagen, die seine Mitarbeiterin auswertete, konnte er sich nicht verlassen. Und ob die Polizei etwas finden würde, darauf wollte er lieber nicht wetten. Sein größtes Wissensvakuum bestand in Bezug auf Poulsen. Daher hielt er es für die beste Idee, dessen Sekretärin oder Ehefrau aufzusuchen sowie nachzuforschen, in wieweit sein Selbstmord von der Schweizer Polizei untersucht worden war. Da er lediglich die Namen der beiden Damen kannte, jedoch nicht ihre Adressen oder Telefonnummern, beschloss er, im Internet nach ihnen zu recherchieren.

Über Eva Williams fand er keine brauchbaren Informationen, dafür aber über Mona Poulsen. Sie leitete eine Stiftung zur Förderung junger dänischer Künstler und war Kuratoriumsmitglied eines Museums auf Nordseeland. In einem Zeitungsartikel, dessen dänischen Inhalt er nicht verstand, las er eine Telefonnummer und E-Mail-Adresse. Spontan tippte er die Nummer in sein Handy, wobei er den Ländercode für Dänemark voranstellte. Es meldete sich eine Birthe Solvang. Glücklicherweise konnte sie Deutsch. Er fragte, ob Frau Poulsen zu sprechen wäre.

»Ja, Mona ist zu Hause. Wenn Sie kurz warten, hole ich sie.« Das Telefon wurde zur Seite gelegt. Er hörte wie jemand sich ein paar Schritte entfernte und einen Namen rief. Es war wohl Dänisch, er verstand nicht, was gesagt wurde.

Nach einer kurzen Weile vernahm er eine weibliche Stimme: »Guten Tag, hier ist Mona Poulsen«, hörte Alexander zu seiner Zufriedenheit.

»Guten Tag, Frau Poulsen, mein Name ist Alexander Dembski. Ich möchte mich in einer etwas heiklen Angelegenheit an Sie wenden.«

»Nur zu, was kann ich für Sie tun?«

»Herr Dr. Eismann, ein Aufsichtsratsmitglied der Northus Versicherung, und ein Bekannter Ihres verstorbenen Mannes, hat mich mit Untersuchungen beauftragt, zu denen ich Sie gerne persönlich sprechen möchte.«

»Um was genau geht es denn?« Die Dänin klang überrascht.

»Es ist mir etwas unangenehm, aber es gab bei der Versicherungsgesellschaft, für die Ihr Mann im Aufsichtsrat saß, zwei weitere Selbstmorde. Ich bin gebeten worden, herauszufinden, ob zwischen den Selbstmorden ein Zusammenhang besteht, und würde mich daher gerne mit Ihnen unterhalten.«

»Der Selbstmord meines Mannes ist kein Jahr her. Aber ich wüsste nicht, was ich Ihnen sagen könnte. Seine geschäftlichen Belange hat er immer für sich behalten. Das spielte sich alles in Genf ab. Wir sprachen selten über seine Arbeit.«

»Ich wäre Ihnen wirklich sehr dankbar, wenn Sie Zeit für ein Gespräch hätten. Ich komme gerne nach Kopenhagen. Vielleicht haben Sie persönliche Aufzeichnungen oder Notizen, die mit seiner Arbeit in Verbindung stehen und die ich einsehen darf?«

»Wenn Ihnen so viel an einem Gespräch gelegen ist, dann kommen Sie doch nächste Woche. Bis dahin schaue ich, ob ich was finde. Aber versprechen kann ich das nicht. Er pflegte sämtliche Unterlagen in der Schweiz aufzubewahren.«

Die Dänin gab dem Detektiv ihre Adresse und schlug vor: »Wie wäre es mit Donnerstag, am frühen Nachmittag, so um halb zwei? Mögen Sie Kaffee und Kuchen?«

»Sehr gerne Frau Poulsen, ich freue mich, Sie persönlich kennenzulernen.«

****

Die Auswertung der Unterlagen war in vollem Gange, Vanessa kam peu à peu voran.

Es ging auf Mittag zu. Alexander hatte seinen Vater vor ein paar Tagen gebeten, nachzuschauen, mit welcher Art von Recherche die Detektei Dembski seinerzeit von Dr. Eismann beauftragt worden war. Da sein Vater sich bisher nicht gemeldet hatte, rief er ihn an: »Sag mal Papa, hast du etwas über den ehemaligen Auftrag herausgefunden?«

»Ja mein Sohn, ich hätte dich auch noch deswegen angerufen. Ich wurde damals um eine Hintergrundrecherche zu einem gewissen Olaf Böhm gebeten. Das war irgend so eine Personalangelegenheit.«

»Und? Steht noch mehr in deinen Notizen?«, drängte Alexander.

»Ja, ja, nun warte mal. Sei nicht so hektisch. Hier stehen noch weitere Anmerkungen. Zum einen sollte ich seinen Lebenslauf prüfen und herausfinden, ob die Angaben der Wahrheit entsprachen, und zum anderen steht hier, dass du mit Eismann telefoniert und ihm die Ergebnisse mitgeteilt hast.«

»Ich soll mit ihm gesprochen haben? Daran kann ich mich überhaupt nicht erinnern. Wann war das denn?«

»Ich hab es in einem der älteren Auftragsbücher gefunden. Das war vor fast zwanzig Jahren. Du musst gerade mit deiner Lehre angefangen haben.«

»Wie dem auch sei. Eismann scheint es auch nicht mehr zu wissen, jedenfalls hat er nichts gesagt. Erinnerst du dich noch, warum er dich um die Recherche gebeten hatte? Sollte Böhm gefeuert werden, hatte er was ausgefressen?«

»Nein. Das musst du ihn schon selber fragen. Aber der Auftrag war, soweit ich weiß, recht unspektakulär. Es gab keine Auffälligkeiten. Sonst wüsste ich das bestimmt noch.«

»Danke, Papa, und grüß bitte Mama.«

Es war Zeit für einen Mittagsimbiss. »Vanessa, hast du Lust auf eine Portion Pommes? Ich lade dich ein.«

»Schon klar Chef, sei mal nicht so knauserig und lass uns zum Italiener gehen, ich hätte Appetit auf einen Salat.«

»Bin ich Krösus?«, fragte Alexander und verdrehte mit einem Lächeln auf den Lippen die Augen.

»Ja, wenn nicht du, wer denn sonst!«, konterte sie seine Frage.

»Na gut, dann komm. Aber zieh dir eine Jacke an, es sieht nach Regen aus.«

Beim Essen ließ sich Alexander über den aktuellen Stand der Auswertung informieren. Vanessa hatte etwa ein Viertel der Kopien überflogen und angefangen, die vorhandenen Daten zusammenzuführen. Demnach hatten sich Engeli und Poulsen jedes Jahr wenige Tage vor der Hauptversammlung getroffen.

»Und stell Dir mal vor, wo diese Treffen stattfanden.« Vanessa sah Alexander an und genoss, wie sie ihn offenbar mit dieser Aussage auf die Folter spannte. Er legte sein Besteck zur Seite und wurde sichtlich ungeduldig.

»Komm Vanessa, erzähl schon!«

»Also, wenn ich die Unterlagen richtig interpretiere, waren die jedes Jahr in Kopenhagen bei Poulsen.«

»Bei Poulsen zu Hause? Das ist ja der Hammer.«

»Ob bei ihm, weiß ich nicht, aber in Kopenhagen. Und weißt du was?«, fuhr sie fort, wobei sie neugierig beobachtete, wie ihr Chef erwartungsvoll auf seinem Stuhl hin und her rutschte.

»Nein, komm schon«, drängte er.

»Also …«, fing sie langsam an, »… diese Termine wurden im Kalender anders notiert, als die sonstigen Eintragungen.«

»Was soll das heißen?« Alexander trommelte mit den Fingerspitzen auf der Tischkante.

»Das will ich dir ja gerade erzählen.« Vanessa setzte sich aufrecht hin und begann in aller Ruhe: »Also, pass mal auf. In den Kalendereinträgen, die mit einer Dienstreise oder einem Meeting verbunden sind, steht immer ganz präzise der Grund für die Reise. Es wurde haarklein notiert, wo es hinging, also zum Beispiel die Stadt und das Hotel, wer teilnimmt, wo oder bei wem genau es stattfindet und mit welchem Verkehrsmittel die Anreise erfolgt. Aber bei den Treffen in Kopenhagen steht lediglich das Datum mit dem Vermerk *bei Poulsen*.«

»Sonst nichts? Bist Du sicher?«

»Nein, sonst nichts. Es steht da, genauso, wie ich es dir eben beschrieben habe.«

»Kann man sehen, über wie viele Jahre das so ging?«, bohrte Alexander nach.

»Alex, jetzt brems dich mal. Hexen kann ich nicht. Ich hab doch erst einen kleinen Teil der Unterlagen gesichtet. Im März vergangenen Jahres war das letzte Treffen und davor gab es eins im März vor zwei Jahren.«

»Dann bleib bitte an der Sache dran, das könnte eine ernstzunehmende Spur sein.«

Zurück im Büro ließ Alexander sich die besprochenen Termineinträge zeigen. »Was denkst du, könnten das private Termine in Dänemark gewesen sein?«

»Das ist gut möglich. Vielleicht waren sie befreundet und einer von ihnen hatte Geburtstag. Es kann doch tausend Gründe für ein jährliches Treffen geben.« Vanessa hob die Schultern und sah zu ihrem Chef hoch. »Du hast doch auch jedes Jahr feste Verabredungen mit deinen Freunden.«

Nach kurzer Überlegung beschloss Alexander, in Hamburg anzurufen. Wahrscheinlich existierten Vorschriften für die Terminsetzungen in den digitalen Kalendern der Geschäftsführung.

Ein anderer Grund war natürlich, dass er nach einem Vorwand suchte, um mit Verena zu telefonieren. Immerhin hatte er seit Stunden ihre Stimme nicht gehört. Dafür aber in jeder freien Minute Kurznachrichten verfasst und mit ihr gechattet.

Es war Glück, der Anruf landete nicht im Vorzimmer ihres Büros, sondern Verena ging selbst ans Telefon. »Schön, deine Stimme zu hören. Wie geht es dir?«, klang es sanft am anderen Ende der Leitung. Es folgten unzählige Zärtlichkeitsbekundungen bis sie berichtete, dass der Detektivbesuch am letzten Donnerstag das Gesprächsthema Nummer eins im ganzen Unternehmen war. Selbst ihre Vorstandskollegen beteiligten sich. Dr. Junghans hatte sich genötigt gesehen, einzugreifen, um den wildesten Gerüchten den Boden zu entziehen. In einer kurzen Mail hatte er den Gesamtvorstand über die Hintergründe informiert. Weiterhin hatte er darum gebeten, unbegründete Spekulationen zu unterlassen.

»Tratscht man denn über uns?« Alexander musste bei dem Gedanken schmunzeln.

»Herrgott«, amüsierte sie sich, »das würde das Fass zum Überlaufen bringen. Zum Glück hat uns niemand aus der Firma zusammen gesehen. Das gäbe ein Getuschel, zumal ich eisern darauf achte, dass die Kollegen nichts von meinem Privatleben mitbekommen. Was aber nicht bedeutet, dass ich dich nicht bald wiedersehen möchte.«

»Dann komm doch übernächstes Wochenende nach Köln«, schlug Alexander vor.

»Geht es nicht schon jetzt? Bis übernächstes Wochenende ist es noch so lange hin.«

»Das ist echt blöd«, bedauerte er. »Da ist Kai bei mir. Außerdem muss ich mich am Sonntag auf ein Gespräch mit Dr. Eismann vorbereiten.«

»Alexander, für das übernächste Wochenende notiere ich mir dick und fett *Köln* im Kalender. Und erzähl mir dann, wie es bei Eismann lief.«

»Apropos Kalender. Gibt es bei euch Vorschriften, wie Reisen in den Kalendern zu notieren sind?«

»Du meinst Dienstreisen? Nein, nur ungeschriebene. Falls mal ein Kollege krank wird oder die Reise aus einem anderen Grund nicht antreten kann, sollte seine Vertretung problemlos erkennen, um was für einen Termin es sich handelt. Und falls vorhanden, werden die Reiseunterlagen als Datei angehängt. Aber warum fragst du?«

»In den Einträgen von Engeli fanden sich zwei Termine, die anders waren. Es wurden weder ein Hotel oder eine Flugverbindung genannt. Auch stand dort nichts vom Grund für das Treffen. Es waren Verabredungen im Vorfeld der Aufsichtsratssitzungen, die mit dem Vermerk *bei Poulsen* versehen waren.«

»Merkwürdig. Es könnte sich um private Termine gehandelt haben. Aber ich wüsste nicht, was die beiden zu bereden hatten. Hast du mehr herausgefunden?«

»Nein, das war bisher das einzig Auffällige. Ist vielleicht nur ein Zufall. Sag mal, weißt du, ob die zwei befreundet waren?«

»Poulsen und Engeli? Never, das kann ich mir nicht vorstellen, Engeli hatte keine Freunde.«

****

Am nächsten Tag ging Alexander entgegen seinen Gewohnheiten ungewöhnlich früh ins Büro. Zu seinem großen Erstaunen saß seine Mitarbeiterin bereits am Schreibtisch und arbeitete sich durch die Unterlagen. Sie schien schon gut vorangekommen zu sein, dabei stand auf jedem Blatt weit mehr als nur ein Datum. Oftmals waren es die Kalendereintragungen einer Woche oder gar eines ganzen Monats. Soweit er auf den ersten Blick erkennen konnte, hatte Vanessa alle Kartons geöffnet und sämtliche Kopien fein säuberlich auf zwei höhere und mehrere kleine Stapel sortiert. Den Kalenderkopien war zu entnehmen, dass der

Arbeitsalltag eines Versicherungsvorstandes fast nur aus eng getakteten Terminen bestand, die sich nicht selten im Stunden- oder sogar Halbstundentakt aneinander reihten.

»Die haben an einem Vormittag mehr Termine, als ich in der ganzen Woche«, stellte sie erstaunt fest und rollte dabei mit den Augen. »Deren Tage bestehen nur aus Meetings.«

»So ist es Frau Kollegin, die müssen nicht arbeiten, sondern werden für das Entscheiden bezahlt. Wenn ich mir vorstelle, wie es wäre, nicht mehr nur dein Chef, sondern Detektiv-Vorstand zu sein …«

»Hej, du faule Socke, könntest du dich mal bitte auf die Arbeit hier konzentrieren. Du spinnst«, ermahnte sie ihn.

Er warf einen Blick auf die Papierstapel. »Mal ehrlich, Vanessa, das ist doch ein wirres Chaos, oder ist da irgendeine Systematik zu erkennen?«

»Oh Mann, Alex, du nervst gerade! Was meinst du, was ich die letzte Zeit gemacht habe? Stapel eins: Termine von Frau Zielke und Stapel zwei: Termine von Herrn Dr. Engeli. Und beide Stapel sind fortlaufend nach Datum geordnet. Ein paar Kopien sind aber noch in den Kartons.«

»Na, endlich macht sich deine ganze Studiererei bezahlt. Hör mal, was hältst du davon, wenn ich zum Bäcker gehe und uns etwas zu essen hole und du solange einen frischen Kaffee aufsetzt?«

»Gute Idee. Geh du ruhig zum Bäcker. Du störst mich hier eh mehr, als dass du mir hilfst. Bring mir bitte ein Frischkäse-Brötchen mit.« Und bevor die Tür hinter Alexander ins Schloss fiel, rief sie: »Übrigens, die Thermoskanne ist noch fast voll.«

Nachdem Vanessa die letzten Unterlagen sortiert hatte, Alexander war längst zurück, rief sie ihren Chef herbei und zeigte auf die zwei vor ihr liegenden Papierstapel: »Sieh mal, es gab nahezu keine gemeinsamen Treffen zwischen Zielke und Engeli. Die beiden sind sich nur bei den zweiwöchig stattfindenden Vorstandssitzungen und bei den Einberufungen durch den Aufsichtsrat begegnet.«

»Und warum sind die beiden Stapel so unterschiedlich hoch? Hast du dafür eine Erklärung?«

»Das dürfte einfach sein. Frau Zielke starb doch bereits vor zwei Jahren. Somit sind hier weniger Termine von ihr.«

Alexander schlug sich mit der flachen Hand auf den Hinterkopf.

»Da hättest du auch selbst drauf kommen können, gelle?«

»Aha«, kommentierte er ihre Erklärung. »Und das bringt uns weiter?«

»Was heißt hier aha?« Vanessa hob ihren Kopf und sah ihren Chef streng an. »Ich bin nicht fertig. Hör mir zu! Nur Engeli traf sich einmal im Jahr mit Poulsen. In keinem Termin von Frau Zielke taucht der Name Poulsen auf. Sie hatte offenbar keine Berührungspunkte mit dem Dänen. Und, wie schon gesagt, die Eintragungen dieser Termine bei Engeli sind merkwürdig.«

»Ich hab hierzu mit Verena telefoniert …«, sagte er und wurde prompt unterbrochen.

Vanessa wurde hellhörig, fasste sich an die Wange und fragte: »Wer ist Verena?«

»Das ist Frau Dr. Goldner«, sagte Alexander ein wenig geschwollen.

»Soso, der Herr Detektiv duzt eine Vorständin. Lass mich mal raten, sie ist sechzig, hat O-Beine, Warzen im Gesicht und trägt ein Gebiss.«

»Lenk nicht ab. Das tut jetzt hier absolut nichts zur Sache.«

Vanessa konnte sich ein Grinsen nicht verkneifen. »Da möchte einer was für sich behalten. Du bist doch wohl nicht verknallt? Werde gleich mal nach ihrem Namen im Internet suchen, würde wetten, es gibt jede Menge Fotos von ihr.«

Alexander wischte sich über den Mund. »Lass das mal. Konzentrier dich lieber auf deine Arbeit.« Er wollte von seinen privaten Interessen ablenken und kehrte zum eigentlichen Thema zurück: »Jedenfalls meinte Frau Dr. Goldner, dass die Reisetermine immer so notiert werden, damit eine mögliche Vertretung sofort erkennt, worum es geht. Das wäre ein ungeschriebenes Gesetz oder sowas.«

»Dann sind die Treffen in Kopenhagen womöglich privater Natur«, schlussfolgerte Vanessa.

»Vermutlich«, sagte Alexander und fragte: »Wie sollte die Auswertung der Unterlagen deiner Ansicht nach weitergehen?«

Vanessa schlug vor, die Termine um das Datum der jeweiligen Selbstmorde näher unter die Lupe zu nehmen und vor allem darauf zu achten, mit welchen Personen und mit welchen Arbeiten Zielke und Engeli sich zu diesen Zeitpunkten befasst hatten.

****

Freitagabend kam Kai zu seinem Vater. Bisher hatte Steffi ihn meistens in die Kölner Südstadt bis vor Alexanders Haustür chauffiert. Doch nachdem der junge Mann am Wochenende zuvor im Stande gewesen war, alleine nach Köln zu fahren, hatte seine Mutter den Bringservice eingestellt und ihren Sohn mit der S-Bahn auf Reisen geschickt. Kai zeigte zunächst wenig Begeisterung und war drauf und dran vehement zu protestieren, als Steffi ihm zwanzig Euro in die Hand drückte und meinte: »Kauf dir ein S-Bahnticket. Du bist alt genug, um selber zu fahren.« Der Unmut hielt aber nicht lange an, denn Kai freute sich, seinen Vater zu sehen und von dem Geld blieb gut die Hälfte übrig, was seiner Ansicht nach einer angemessenen Aufbesserung seines Taschengeldes entsprach.

Zugegeben, er war ein wenig angespannt, als er vor der Wohnung seines Vaters stand und klingelte. Ob die Geschichte mit dem Kiffen ein Nachspiel haben würde? Kai war sich nicht sicher, aber sein Vater war, eigentlich nicht nachtragend. Doch, als Alexander die Tür öffnete und sich erfreut und glücklich zeigte, seinen Sohn wieder bei sich zu haben war klar: Das Thema war erledigt.

»Komm rein, mein Junge und leg deine Sachen ins Schlafzimmer. Hast du Hunger? Am Chlodwigplatz hat ein neuer Burger-Laden aufgemacht.«

»Cool, Dad«, freute sich Kai und stellte seinen Rucksack in den Flur. »Wollen wir direkt los?«

Wie nicht anders zu erwarten, war das Restaurant proppenvoll. Die Leute drängelten sich schon vor der Tür. Es war der Beginn des Wochenendes und bei lauem Frühlingswetter zog es nicht nur die Kölner, sondern scheinbar auch sämtliche Bewohner der Vororte in die City. Alexander und Kai zwängten sich, so gut es eben ging, durch die Menge bis zur Bedientheke. Kai wusste sofort, auf was er Hunger hatte: »Papa, ich nehm einen Hot-Chili-Cheese-Burger.« Sein Vater bestellte sich einen klassischen Bacon-Burger und ein Bier. Als ihm die junge Bedienung hinter dem Tresen das Kölsch reichte, sah er den fragenden Blick seines Sohnes und orderte umgehend eine zweite Flasche. Kai strahlte übers ganze Gesicht. Mit Bier und Burger in der Hand suchten die zwei sich vor dem Laden eine Sitzgelegenheit und verzehrten ihr Abendessen.

Um die Laune und den gelungenen Start ins Wochenende nicht zu verderben, verzichtete Alexander auf alle Fragen in Bezug auf Schule oder kiffende Freunde. Stattdessen schlug er vor: »Hör mal, Kai, was hältst du davon, wenn wir morgen in die Stadt fahren und uns eine Playstation und ein paar Spiele kaufen?«

Kai sprang vor Begeisterung auf, wobei er fast seinen Burger verlor: »Echt, Dad? Super!«

Als Alexander am nächsten Morgen vom Brötchen holen zurückkam, war Kai bereits aufgestanden, geduscht und angezogen. So schnell war der Junge noch nie startklar gewesen, vor allem nicht, wenn es hieß, die Schule fängt gleich an.

»Können wir jetzt die Playstation holen?«, drängelte er seinen Vater voller Begeisterung.

Alexander drehte sich zu seinem Sohn, hob die Arme ein Stück und hielt die Handflächen nach außen. »Die Geschäfte öffnen um zehn. Lass uns erstmal frühstücken.«

Vor lauter Aufregung und Vorfreude bekam der Junge keinen Bissen runter und sah ungeduldig zu, wie sein Vater in Seelenruhe sein Frühstück aß.

Endlich war es soweit. »Komm, zieh dir die Jacke an, wir fahren dann los«, gab Alexander das Zeichen zum Aufbruch.

Kai sprang auf und blieb, bis sie im Kaufhaus ankamen, hibbelig und aufgeregt. Im Geiste ging er eine Liste mit den Spielen durch, die er unbedingt benötigte beziehungsweise gerne hätte. Schließlich standen sie in der Elektronikabteilung vor einem großen Stapel Spielkonsolen in verschiedenen Ausführungen. Sie entschieden sich für eine Variante mit einem Terabyte Speicher. Nach einigen Überlegungen wurden noch ein zweiter Controller sowie eine Handvoll Spiele, vor allem Ego-Shooter und Sportspiele gekauft. Wieder zu Hause angekommen, überließ es Alexander seinem Sohn, die Spielkonsole an den Fernseher anzuschließen und die erforderlichen Einstellungen vorzunehmen, die ein unbeschwertes Spielvergnügen versprachen. Währenddessen fühlte Alexander sich ungestört und telefonierte mit Verena, nach der er sich sehnte und die ihm einfach nicht mehr aus dem Kopf ging.

Irgendwann unterbrach ein lautes triumphierendes: »Papa, es läuft jetzt«, das Telefonat.

Verena, die das gehört hatte, freute sich für ihn: »Dann geh mal zu deinem Sohn. Ich glaube, ihr habt ein Männerwochenende vor euch.«

Es dauerte den halben Nachmittag, bis jedes Spiel einmal ausprobiert war und neue Spielernahrung herangeschafft werden musste – das Pizzataxi wurde gerufen.

Bis tief in die Nacht ballerten sie auf Monster, feindliche Krieger und Urzeitviecher und hin und wieder war auch eine Runde Soccer angesagt.

Als Alexander sich die Hüllen der Spiele näher ansah, entdeckte er auf den meisten Exemplaren der Shooter den USK-Vermerk »18« und grinste in sich hinein. Wäre er an Kais Stelle, er hätte dieselben Spiele gekauft. Um Stress mit Steffi zu vermeiden, bat er seinen Sohn: »Hör mal, falls deine Mutter fragen sollte, die Spiele sind alle frei ab zwölf oder sechzehn, klar?«

»Klar Dad. Meinst du, ich verrate dich, die lässt mich dann nie wieder zu dir nach Köln. Ich bin doch nicht blöd«, war er sich sofort mit seinem Vater einig.

Als Kai am Sonntagnachmittag zurück nach Bonn fuhr, hinterließ er ein kleines Schlachtfeld. Leere Pizzakartons, Cola-Flaschen, diverse Chips-Tüten, die Reste eines Zwischenimbisses aus dem Burger-Laden, einen angebissenen Apfel und eine fast leere Dose Gummibärchen sammelten sich im Wohnzimmer. Alexander schüttelte den Kopf und holte tief Luft. Aufräumen und Saubermachen waren nicht seine Stärken. Es half nichts, der Unrat musste weg. Die moderne Mülltrennung: Plastik, Papier, Glas, Bio und Hausmüll gab ihm keine nachvollziehbare Orientierung. Er stopfte alles in eine große graue Plastiktüte, ging in den Innenhof des Gebäudes, wo die Mülleimer standen, und schmiss die Tüte in den schwarzen Container mit der Aufschrift: Nur für Hausmüll. Die anschließende Auseinandersetzung mit seinem schlechten Gewissen als Umweltsünder machte ihm nicht lange zu schaffen, denn sein Telefon klingelte und es war ein Anruf aus Hamburg.

»Hast du das Männerwochenende überlebt?«, waren die ersten Worte der Stimme, die er seit ein paar Tagen so gerne hörte.

»Und wie. Seit Samstag glüht hier die Playstation. Aber Kai hat mich in jedem Spiel geputzt. Die Kiddies haben einfach bessere Reflexe und vermutlich hat er das eine oder andere Spiel bereits bei Freunden ausprobiert. Ich hatte keine Chance.«

»Muss ich mir Sorgen machen, du lässt dich von deinem fünfzehnjährigen Sohn abziehen? Wir können gern am nächsten Wochenende heimlich trainieren, du scheinst Training zu brauchen«, neckte sie ihn und wusste doch zu genau, dass es nicht die Playstation sein würde, die dann glühte.

»Als ob du Ballerspiele spielen würdest.«

»Vertu dich nicht, mein Lieber, und beschwer dich nicht, wenn du zwei Wochenenden in Folge die Verliererkappe trägst«, stichelte sie weiter und fügte hinzu: »Mir fällt auch noch was anderes ein, was ich gerne mit dir machen würde.«

Die Vorfreude auf das Wochenende sorgte bei Alexander für einen extra Schub guter Laune, weswegen es ihm nicht schwerfiel, sich mit den Vorbereitungen für den morgigen Termin mit Eismann zu befassen.

Das Treffen in Kopenhagen

Der Zug fuhr verspätet in Frankfurt ein. Alexander orientierte sich, welchen Ausgang er in der Halle des Kopfbahnhofes nehmen musste. Der Firmensitz der Eismann-Capital GmbH lag unweit des Hauptbahnhofs. Allerdings führte ihn sein Weg ein paar Straßen durchs Bahnhofsviertel, einem wenig einladenden Teil der Stadt. Drogensüchtige und ihre Dealer lungerten rum in dunklen Ecken und in den Türen zwielichtiger Läden standen Kriminelle und wachten über ihre Geschäfte. Selbst die Frühlingssonne konnte diesem Stadtteil nichts Einladendes geben.

Bereits nach wenigen Gehminuten befand sich Dembski vor einem der höchsten Wolkenkratzer der Bankenstadt, in welchem Eismann sein Büro hatte. Alexander blickte empor und war beeindruckt. Eine imposante Stahlbetonkonstruktion, die im wahrsten Sinne des Wortes bis in den Himmel reichte. Alleine der gläserne Eingangsbereich hätte einem größeren Mehrfamilienhaus Platz geboten. Insbesondere aus den US-Großstädten kannte er vergleichbare Immobilien, es war für ihn nicht alltäglich, vor so einem Gebäude zu stehen. Er vermutete, dass mehrere tausend Menschen hier arbeiten oder wohnen würden. Die Infrastruktur dürfte der einer Kleinstadt ähnlich sein. Nach ein paar Augenblicken des Staunens betrat er den Turm und ging durch die riesige Eingangshalle zum Empfang: »Guten Tag, mein Name ist Dembski, ich habe einen Termin bei Herrn Dr. Eismann.«

Der Pförtner hob gelangweilt seinen Kopf, musterte den Detektiv und prüfte in einer hinter dem Tresen liegenden Liste die angemeldeten Besucher. Nachdem er den Namen Dembski gefunden hatte, hakte er diesen ab und drückte einen Schalter, worauf sich die Eingangsschranke zu den Aufzügen öffnete. »Bitte nehmen Sie einen der ersten drei Aufzüge auf der rechten Seite und fahren dann in die vierundfünfzigste Etage«, sagte er und widmete sich wieder dem Sportteil seiner Tageszeitung.

Oben angekommen, empfing Frau Moll den Gast. Sie freute sich, den Detektiv persönlich kennenzulernen, und bot ihm etwas zu trinken an.

»Einen Kaffee bitte, gerne schwarz, auch ohne Zucker«, entschied sich Dembski und wurde darauf in das Büro von Dr. Eismann geführt, der bereits wartete.

Alexander betrat einen Raum, der mehr einem Palast, als einem Büro glich. Eismann residierte in einem ausgesprochen großen Arbeitszimmer, dessen Einrichtung das genaue Gegenteil von der verschlissenen Möblierung seiner Detektei entsprach. Die Decke war mit edelsten Hölzern getäfelt, die Wände mit teuerster Seidentapete behangen und auf dem Boden lagen, über feinstem bolivianischen Rosenholzparkett, handgeknüpfte persische Teppiche. In einer Ecke des Raumes befanden sich eine L-förmige Sofagarnitur in tabakfarbenem Glattleder sowie zwei dazu passende Sessel und ein Beistelltisch. An jeder Seite hinter dem Sofa hing ein kleiner Kronleuchter an der Wand.

Dominiert wurde das Büro von einem mächtigen Schreibtisch aus Mahagoni, der, zwei Meter von der Fensterfront entfernt, im Raum stand. Zwischen dem Tisch und der Fensterfront befand sich ein einzelner Stuhl, besetzt mit diversen Lederpolsterungen, an deren Verschleiß der jahrelange und intensive Gebrauch des Möbels zu erahnen war. Für Licht am Arbeitsplatz sorgte eine Designerlampe, etwas versetzt daneben war der Computermonitor, dessen Verkabelung sich entlang der Schreibtischseite nach unten schlängelte und in einem schmalen Schacht im Boden abtauchte. Auf der ledernen Schreibtisch-unterlage ruhte, neben den üblichen Utensilien, eine schwarze Computertastatur. Familienfotos oder private Andenken suchte man vergebens. Das überdimensionierte Büro strahlte Wärme und Behaglichkeit aus. Einzig die stahlblauen Augen von Eismann, der am Schreibtisch sitzend über sein Imperium wachte, wirkten wie ein Kontrast zu all den Brauntönen.

Ohne die Augen vom Detektiv abzuwenden, erhob sich Eismann und ging auf seinen Gast zu. Etwa eine Armeslänge vor ihm blieb er stehen. »Welche Neuigkeiten haben Sie?«

»Mehrere«, war Dembskis knappe Antwort.

Er wurde gebeten, auf dem Sofa Platz zu nehmen. Eismann setzte sich in einen der Sessel und forderte ihn auf: »Dann berichten Sie.« Dabei gewann Alexander den Eindruck, als würde die Neugierde seines kühl berechnenden Gegenübers langsam von Ungeduld verdrängt.

»Dr. Engeli starb durch Fremdverschulden. Nach Angaben des Gerichtsmediziners ist ein Selbstmord mit hoher Wahrscheinlichkeit auszuschließen.«

Dembski wartete auf eine Reaktion. Doch Eismann blieb nahezu regungslos, nur seine Augen schienen sich ein winziges Bisschen weiter zu öffnen: »Was haben Sie sonst noch?«

Erstaunt, dass Dr. Eismann nichts Weiteres über die Todesumstände wissen wollte, blieb Dembski nur das Zwischenergebnis von Vanessas Auswertung der Termine und Geschäftsreisen der verstorbenen Vorstände. Dies stieß zu Alexanders Erstaunen auf eine erhöhte Aufmerksamkeit seines Auftraggebers.

»Das ist interessant. Demnach gab es Treffen in Dänemark ohne dienstlichen Anlass«, fasste der Finanzmogul zusammen.

Dembski hätte damit gerechnet, dass den Todesumständen von Dr. Engeli mehr Gewicht beigemessen werden würde, und hakte nach: »Ich kann Ihnen gerade nicht folgen. Helfen Sie mir bitte auf die Sprünge. Weshalb messen Sie den Treffen in Kopenhagen mehr Bedeutung bei, als der Tatsache, dass es bei Dr. Engeli kein Selbstmord zu sein scheint?«

Für einen kurzen Augenblick wirkte Eismann verblüfft. »Dann erläutere ich es.« Er beugte sich vor und legte seinen

Gedanken offen: »Die Todesursache von Engeli spielt meines Erachtens eine untergeordnete Rolle. Sie gibt jedenfalls zum jetzigen Zeitpunkt keinerlei verwertbare Hinweise. Die Treffen in Kopenhagen sind jedoch ein Beleg dafür, dass zumindest zwei der Manager außerhalb ihrer Tätigkeit für die Northus miteinander verkehrten.«

»Woraus schließen Sie, dass es sich nicht um Arbeitstreffen handelte?«

»Ganz einfach: Erstens entsprachen die Terminsetzungen und Eintragungen in den Kalendern nicht den üblichen Praktiken des Versicherers. Simpel ausgedrückt, sie wurden anders notiert. Zweitens sehe ich keinen Grund für Poulsen, jedes Jahr nach Kopenhagen einzuladen. Sein Büro war in Genf. Und drittens fehlt ein beruflich bedingter Anlass für solche Treffen. Und das in dieser Regelmäßigkeit, so kurz vor den Aufsichtsratssitzungen.«

Alexander nickte und setzte seine Ausführungen fort: »Am Donnerstag fliege ich nach Kopenhagen. Frau Poulsen hat angedeutet, mir Einblick in die persönlichen Notizen ihres Mannes zu gewähren, sofern sie welche findet. Zugegeben, sie vermutet, dass die meisten Unterlagen im Genfer Büro geblieben sind.«

Dr. Eismann lehnte sich entspannt zurück: »Das sind für die ersten zwei Wochen annehmbare Resultate.«

Dembski merkte, dass er offenkundig die Erwartungen seines Auftraggebers erfüllt hatte und holte eine Mappe aus der Tasche. »Sämtliche Informationen sind hier zusammengefasst«, und überreichte dem Finanzmogul den schriftlichen Zwischenbericht.

»Den können Sie Frau Moll geben. Sie haben doch vollumfänglich über alles berichtet?« Er machte sich nicht mal die Mühe, auch nur einen Blick in die Unterlage zu werfen.

»Ja …«

****

Erst am späten Mittwochnachmittag befasste sich Alexander wieder mit dem Fall. Er ging ins Büro, um für seinen Flug nach Kopenhagen einzuchecken und den Boardingpass auszudrucken. Zudem wollte er sehen, wie weit seine Mitarbeiterin mit der Auswertung war. Als er die Tür zur Detektei aufschloss, war Vanessa zwar bereits in den Feierabend verschwunden, zu seiner Freude lag aber eine Mappe auf seinem Schreibtisch. Vanessa hatte eine grobe Übersicht erstellt und diese deutlich mit dem Vermerk *Arbeitsstand* gekennzeichnet. Aus der Unterlage ging hervor, dass es nur wenige gemeinsame Termine von Zielke und Engeli gegeben hatte. »Diese dürften wohl vernachlässigt werden, da es betrieblich veranlasste Veranstaltungen waren«, hatte sie notiert und darüber hinaus angemerkt, dass sie für die gesamte Auswertung etwas mehr Zeit bräuchte. So wolle sie die Meetings herausfiltern, die ihr belanglos erschienen, wie zum Beispiel Geburtstags- oder Jubiläumsglückwünsche für einzelne Mitarbeiter sowie Bereichs- und Abteilungstreffen, an denen die Vorstände gelegentlich teilnahmen.

Er schrieb ihr eine kurze Notiz: »Super, mach so weiter, das sieht nach einem guten Ansatz aus. Danke für deine Hilfe! Wir sehen uns, sobald ich aus Dänemark zurück bin.«

Bevor Alexander nach Hause ging, rief er, wie an den meisten Abenden in den letzten Tagen, Verena an. Sie hatte nicht viel Zeit, da ein wichtiges Telefonat vor ihr lag, freute sich aber spürbar, seine Stimme zu hören, und wollte wissen, ob es beim gemeinsamen Wochenende in Köln bliebe. »Auf jeden Fall, ich kann es kaum abwarten«, bestätigte Alexander ihre Frage und erwähnte beiläufig, dass er morgen nach Kopenhagen fliegen würde und soeben für den Flug eingecheckt hatte.

»Was machst du denn da?«, wollte Sie wissen.

»Ich treffe mich mit Poulsens Witwe. Sie schaut nach, ob sie alte Unterlagen von ihrem Mann hat, die mit seiner Arbeit für den Aufsichtsrat der Northus zu tun haben. Wir sind am frühen Nachmittag verabredet. Sie hat mir sogar Kaffee und Kuchen angedroht.«

»Dann wünsche ich dir einen guten Flug und ein erfolgreiches Treffen. Und bring mir was Schönes aus Dänemark mit.«

****

Die Kölner Südstadt versteckte sich so früh am Morgen noch in der Dunkelheit der Nacht und der Nieselregen hätte Alexander unter normalen Umständen zurück ins Bett getrieben. Aber es half nichts, in aller Herrgottsfrühe quälte er sich aus den Federn, um vor Sonnenaufgang am Düsseldorfer Flughafen zu sein. Ein kurzer Signalton des Handys vertrieb seine Gedanken an ein warmes Bett. Eine Nachricht von Verena: »Hier kommt ein Kuss. Freue mich auf das Wochenende. Ich wünsche dir einen guten Flug. Und komm heil und gesund zurück.«

Direkt nach der Landung in Kastrup nahm sich der Detektiv einen Mietwagen. Er hatte nicht vorbestellt. Ein Taxi wäre vermutlich wesentlich günstiger gewesen, aber er hatte sich vorgenommen, ein wenig durch Kopenhagen zu fahren. Er kannte die Stadt nicht und wollte sich auf diese Weise, ein kleines Sightseeing-Erlebnis gönnen. Die Modalitäten für den Wagen waren schnell erledigt. Endlich saß er alleine im Auto und fuhr Richtung Innenstadt. Der morgendliche Berufsverkehr der dänischen Hauptstadt war kein Vergleich zum täglichen Verkehrsinfarkt in Köln. Vermutlich lag das am schier endlosen Strom der Fahrradfahrer.

Als es auf ein Uhr zuging, gab er einen neuen Zielort ins Navi ein, Mona Poulsens Adresse. Sie wohnte in Klampenborg, einem nördlich gelegenen, wohlhabenden Vorort. Nach zwanzig Minuten erreichte er ein herrschaftliches Anwesen. Von der Straße aus erkannte er, hinter alten Bäumen versteckt, eine Stuck-Villa, die wohl um das Jahr neunzehnhundert erbaut worden war. Das Tor stand offen. Er machte sich keine Gedanken, ob er sich irgendwie anmelden oder klingeln sollte, sondern fuhr den mit grobem Kies ausgelegten Weg hoch. Beim Haus angekommen parkte er seinen Wagen zwischen einem bordeauxroten SUV und einem grünen Motorrad. Trotz des Nieselregens verzichtete er für die wenigen Meter bis zur Haustür auf seine Jacke und ließ sie im Wagen liegen.

Nachdem auf ein erstes Klingeln niemand öffnete, drückte er ein zweites Mal auf den messingfarbenen Knopf neben der Tür. Nichts geschah. Es blieb still, die Tür blieb geschlossen. Er lauschte einen Moment, aber aus dem Inneren des Gebäudes waren keinerlei Geräusche zu vernehmen. Bei einem solchen Anwesen hätte er einen Butler oder ein Hausmädchen erwartet, insofern wunderte er sich, dass niemand öffnete. Da er aber mit Frau Poulsen verabredet war und seine Reise nicht umsonst gewesen sein sollte, ging er, vom Regen genervt, um das Haus herum in den parkartigen Garten. Auch hier war niemand zu sehen, noch war etwas zu hören. In einiger Entfernung entdeckte er eine Laube, an der verschiedenes Gartenwerkzeug lehnte, gleich so, als ob Arbeiten kurz bevorstanden. In den großen dunkelblauen Blumenkübeln auf der Terrasse steckten frisch gesetzte Pflanzen. Die Gartenmöbel waren bereits aufgestellt, jedoch mit einer Plastikplane bedeckt. Es sah aus, als ob die Vorbereitungen für die warme Jahreszeit in der finalen Phase waren.

Durch ein Fenster warf Alexander einen Blick in das Innere des Gebäudes. Alles sah ordentlich und aufgeräumt aus. Es war nur niemand zu sehen. Er klopfte an die Scheibe, doch es blieb still. Zwei der Fenster in der ersten Etage waren gekippt. »Hallo Frau Poulsen«, rief er, wartete kurz, aber nichts geschah. Er ging am Haus entlang und spähte in jedes Fenster. Als Alexander an der Terrassentür ankam, war er überrascht. Sie war nur angelehnt und ließ sich durch ein leichtes Drücken öffnen. Er stieß die Tür ein Stück auf und rief erneut. Alles blieb stumm. Für einen Augenblick überlegte er, ob das Öffnen der Terrassentür möglicherweise einen Alarm ausgelöst haben könnte, verwarf den Gedanken aber gleich wieder. Er ging fest von einem rundum gesicherten Anwesen aus. Das Öffnen einer nicht verschlossenen Türe würde dennoch keine Folgen haben, so seine Annahme. Vermutlich würde ihn längst eine auf dem Grundstück versteckte Überwachungskamera gefilmt haben.

Leicht frustriert beschlich ihn das Gefühl, versetzt worden zu sein. Andererseits konnte er sich nicht vorstellen, dass Mona Poulsen eine Frau war, für die Termine keine Verbindlichkeit hatten. Der Regen drang langsam durch seine Kleidung. Er entschloss sich, ins Haus zu gehen und nach seiner Gastgeberin zu suchen. Bevor er den ersten Schritt tat, warf er einen Blick in das vor ihm liegende Wohnzimmer. Er zog seine Schuhe aus, denn seine mittlerweile nassen und leicht matschigen Treter hätten sich nicht mit dem hellen Bodenbelag vertragen. Es war ein vornehm eingerichteter Raum, nach seinem Geschmack etwas zu mondän. Sein Blick fiel auf einen kleinen runden Tisch. Dort stand eine gedeckte Kaffeetafel mit silbernem Service, Gebäck und zwei Gedecken aus goldumrandetem, pergamentpapierdünnem Porzellan. Vorsichtig legte er seine Hand an die Kaffeekanne. Sie war warm.

Selbst ohne ausgeprägten Ermittlerinstinkt hätte er die Situation als merkwürdig empfunden. Offenkundig war sein Besuch erwartet worden. Langsam ging er in den angrenzenden Flur. Er fühlte sich an Ahnengalerien erinnert, die man aus alten Schlössern kannte. An den Wänden hingen Gemälde, auf den Anrichten und Kommoden standen Fotos. Die in Öl porträtierten Gesichter waren ihm allesamt unbekannt. Auf einigen der Fotos erkannte er Poulsen. Manche Aufnahmen zeigten eine Frau an seiner Seite, bei der es sich wahrscheinlich um seine Ehefrau Mona handelte. Andere Fotos zeigten ihn vermutlich mit seinen

Kindern und seiner Enkelin. Die Menschen auf den weiteren Bildern konnte er nicht zuordnen, bis auf das mit der dänischen Königin Margrethe. So ein vermögender und einflussreicher Mann wie Poulsen hatte wahrscheinlich in den höchsten Kreisen verkehrt.

Links führte eine Treppe in die oberen Stockwerke. Vier von fünf Türen waren geschlossen, die letzte, ganz rechts am Ende des Gangs, schien nur angelehnt zu sein. Für ein paar Sekunden harrte Alexander aus. Er lauschte. War da ein Geräusch? Er meinte etwas vernommen zu haben, das aus dem Raum hinter der angelehnten Tür kam. Leise bewegte er sich auf diese zu, blieb vor ihr stehen und horchte. Nun war er sich sicher, etwas zu hören. Ein Geräusch, dass er nicht zu identifizieren wusste. Vorsichtig schob er die Tür auf. Es war die Küche. Mit dem immer weiter werdenden Blickwinkel erkannte er zunächst den Kühlschrank, dann die Arbeitsplatte, die an der Wand hängenden Schränke und in der Mitte des Raumes – eine Kochinsel. Das Geräusch wurde deutlicher. Er konnte nichts Ungewöhnliches entdecken. Nur das Geräusch war da. Er ging in die Richtung, aus der es kam. Zwei Schritte weiter schreckte er zusammen. Hinter der Kochinsel lag eine Frau auf dem Fußboden. Ihrer Kleidung nach, besonders wegen der weißen Schürze, schätzte Alexander, dass es sich um das Hausmädchen handelte. Sie war höchstens dreißig Jahre alt. Ihre helle Bluse war rot gefärbt. Sie lag auf dem Rücken. Ihr Hals war durch eine tiefe Schnittwunde, unterhalb des Kehlkopfes, verletzt. Mindestens eine Hauptschlagader musste durchtrennt worden sein. Um ihren Kopf herum hatte sich eine Blutlache gebildet, welche sich bei jedem Pulsschlag um einen kleinen, pumpenartigen Stoß vergrößerte. So schnell er konnte, griff er nach einem auf der Kochinsel liegenden Küchentuch, kniete sich neben sie und versuchte, die Wunde abzubinden und mit beiden Händen zuzudrücken. Das Tuch war in kürzester Zeit mit ihrem warmen Blut durchtränkt, das nun auch durch seine Finger rann. Die Frau röchelte. Es waren diese keuchenden und vom Blut erstickten

Atemzüge gewesen, die er im Flur gehört hatte. Alexander legte sein Ohr an ihren Mund. Doch außer dem schwächer werdenden Röcheln war nichts zu vernehmen. Er wusste nicht, ob sie mit der letzten Luft in ihren Lungenflügeln versuchte, ihm etwas zu sagen oder ob das leise pfeifende Geräusch, welches aus ihrem Mund strömte, durch ihren immer mühsamer werdenden Todeskampf entstand. »Was ist passiert? Wo ist Frau Poulsen?«, fragte er, ohne darüber nachgedacht zu haben, ob sie überhaupt Deutsch sprach und ihn verstand. Aber sie konnte weder antworten, noch schreien. Der Schnitt hatte offenbar ihre Luftröhre erwischt.

Jede Hilfe kam zu spät. Mit dem Zudrücken der Wunde wurde der herbeieilende Tod lediglich wenige Augenblicke hinausgezögert. Der zum Gehirn hin abreißende Blutstrom unterband die Sauerstoffversorgung ihres zentralen Nervensystems.

Dembski wurde das Gefühl nicht los, dass die sterbende Frau ihm tief in die Augen blickte. Ganz so, als würde sie sich auf diese Weise mit letzter Kraft am Diesseits festhalten. Sie schien zum Sterben nicht bereit und hatte sich offenkundig mit ihrem Schicksal nicht abgefunden – sie wehrte sich. Ihre Arme fingen an zu zittern. Er nahm eine Hand von der Wunde und drückte mit der anderen fester zu. Mit seiner freien Hand fasste er ihren Arm und umschloss dann ihre vor Schmerz gespreizten Finger. Dembski dachte bei all dem nicht nach. Er handelte intuitiv, wollte der Sterbenden beistehen. Plötzlich schien ihr Blick sich in seinen Augen festzukrallen. Kein Aufbäumen, nur dieser Blick. Ihr Körper begann, krampfartig zu zucken. Die Pupillen in ihren Augen bewegten sich nicht mehr. Ihr vormals als Röcheln vernehmbarer Atem stoppte. Ihre Seele war entschwunden, der Tod war eingetreten. Verblutet oder durch ihr eigenes Blut erstickt, Alexander wusste es nicht. Er wusste nur, ihr Sterben hatte nicht lange gedauert.

Alexander stand unter Schock. Angst stieg in ihm auf. Er fror. Die durch seine nasse Kleidung zusätzlich verursachte Kälte ließ ihn am ganzen Leib zittern. Mit einem Schlag wurde ihm bewusst, dass die Schnittwunde am Hals des Hausmädchens nicht von einem Unfall herrührte. Er hätte es sofort erkennen müssen. Sie wurde umgebracht. Der Mörder musste ganz in der Nähe sein. Der Mord am Hausmädchen konnte nicht länger her sein, als höchstens zehn Minuten, schätzte er. Seit Alexander auf dem Anwesen war, hatte er niemanden wegfahren oder wegrennen sehen. Wenn Frau Poulsen noch lebte, war sie in größter Gefahr. Der Mörder musste im Haus sein.

Mit Entsetzen wurde ihm klar, dass er selbst in Lebensgefahr schwebte, der Täter würde vermutlich versuchen, auch ihn umzubringen. Einen Zufall zwischen seiner Ankunft in Kopenhagen und dem Mord an dem Hausmädchen schloss er aus. Hektisch wägte er zwischen den Optionen ab, weiter nach Frau Poulsen zu suchen oder die Polizei zu rufen. Er entschied sich für Letztere. Ohne genau zu wissen, ob es sich um einen oder mehrere Täter handelte und wie diese bewaffnet waren, wollte er kein unkalkulierbares Risiko eingehen. Wie hätte er sich ohne eine Waffe verteidigen können? Vor Jahren noch hätte er den Revolver seines Opas dabeigehabt, den er nach der Schießerei hatte abgeben müssen. Und mit blanken Fäusten gegen ein Messer? Das wäre Harakiri gewesen.

Er kramte sein Handy aus der Hosentasche und wählte die eins-eins-zwei. Inständig hoffte er, dass die Nummer auch im Ausland funktionieren würde. Ob Krankenwagen oder Polizeinotruf, er war sich nicht sicher. Die Telefonverbindung kam sofort zustande und es meldete sich eine Frauenstimme »*Nødopkald fra det danske politi*«.

»Mist, ich kann kein Dänisch«, wurde es ihm bewusst. »Sprechen Sie Deutsch?«

»Ja, ein bisschen«, antwortete die Frauenstimme. »Bitte sagen Sie mir, was passiert ist, wo Sie sind, wer Sie sind und wie ich Ihnen helfen kann.«

Er hielt sich in der vorgegebenen Reihenfolge exakt an die Vorgaben der Frauenstimme. »Eine Frau wurde umgebracht. Ich bin in Klampenborg, in der Villa von Frau Poulsen, in der

Straße Dyrehavevej. Mein Name ist Alexander Dembski. Schicken Sie einen Krankenwagen und die Polizei. Vermutlich ist ein Mörder im Haus.«

Die Frauenstimme blieb ruhig und gefasst. »Alexander, bitte bleibe vor Ort und fasse möglichst nichts an. Ich schicke einen Krankenwagen und informiere die Polizei.«

»Ja, ist in Ordnung.«

»Ich muss dich noch fragen, ob du selber verletzt bist.«

»Nein, mir geht es gut. Aber beeilen Sie sich, der Mörder ist hier irgendwo.«

»Dann gebe ich deinen Notruf jetzt weiter. Meine Kollegen werden in wenigen Minuten bei dir eintreffen. Bleib am besten genau da, wo du jetzt bist.«

Das Gespräch war beendet.

Alexander stand immer noch in der Küche, sein Blick wandte sich wie von alleine in Richtung der am Boden liegenden Toten. Sie war viel zu jung zum Sterben. Die Farbe ihrer Haut begann sich schon zu verändern. Der Glanz in ihren Augen war verschwunden, ihre Pupillen schienen regungslos einen Punkt an der Küchendecke zu fixieren. Kein Blinzeln, keine Träne unterbrachen diesen kalten Blick. Der lebensbejahende Duft ihres Parfums lag in der Luft und stand im krassen Gegensatz zu ihrem von Grauen und Schmerzen verzerrtem Gesicht. Der Anblick ließ ihn schaudern. Er kniete sich neben sie und strich mit seiner Hand über ihre Augen, um sie zu schließen. Er hatte mal gelesen, dass das Sterben ein Prozess sei und der Mensch nicht von einer auf die andere Sekunde tot ist. Selbst wenn das Herz aufgehört hat, zu schlagen, sind die Sinne oftmals noch für eine kurze Zeit da. Ja sogar, dass ein soeben Verstorbener bis zu wenige Minuten nach seinem Ableben hören und sehen könne, weil Teile des Gehirns weiter funktionierten. Er wünschte der Frau, dass, wenn es diese Minuten gab, sie schnell vorüber gingen und sie Erlösung finden würde.

Plötzlich hörte er etwas. Irgendwo im Haus fiel eine Tür ins Schloss. Dann wurde es wieder leise. Jetzt lief jemand eine

Treppe runter. Die Furcht breitete sich in Alexander aus. Wo war der Mörder? Hatte er ihn, Alexander, gar beobachtet, wie er um und in das Haus geschlichen war? Ahnte der Mörder, dass er in der Küche sein musste, neben der toten Frau? Und wollte er ihn auch umbringen?

Blitzartig griff Alexander sich das erstbeste Messer, das er in einem Messerblock neben der Herdplatte entdeckt hatte. Die Klinge war ihm viel zu kurz. Er duckte sich hinter der Kochinsel; hockte direkt neben der toten Frau und hoffte, unentdeckt zu bleiben. In seinem Kopf herrschte Chaos. Der Mörder könnte nicht nur ein Messer, sondern auch eine Schusswaffe haben. Bei diesem Gedanken überfiel ihn Panik. Nackte Panik. Er merkte, wie sein Herzschlag hochraste und sein Atem hastiger wurde. Dennoch versuchte er, jeden Laut zu vermeiden. Ein Küchenmesser gegen eine Pistole war nicht die Auseinandersetzung, die ihm vorschwebte. Sie wäre sogar noch unvorteilhafter als unbewaffnet gegen ein Messer. Er wartete, konzentrierte sich auf sein Gehör. Wieder waren Schritte zu vernehmen. Ohne die Akustik des Hauses zu kennen, war er sicher, dass der Mörder sich im Flur aufhielt. Regungslos verharrte er hinter der Kochinsel, spürte, wie seine Beine langsam einschliefen. Seine Augen irrten unruhig umher, suchten verzweifelt einen Spiegel, ein reflektierendes Glas, ein Stück blankpolierten Edelstahl, irgendetwas, in dem sich der Eingang zur Küche spiegelte. Er wollte sehen können, ob der Mörder auftauchte. Sein Blick fiel auf eine Uhr an der Wand. Der rote Sekundenzeiger schien sich in Zeitlupe zu bewegen, fast so, als ob die Zeit eingefroren wäre. Da waren sie wieder, die Schritte. Sie kamen näher. Jemand blieb stehen. Er musste direkt neben der offenen Küchentür sein, da war Alexander sich sicher. Er wagte kaum zu atmen. Jedes Geräusch hätte ihn verraten können. Dann wieder Schritte, die sich langsam entfernten, leiser wurden. Alexander spürte einen beginnenden Krampf in der linken Wade. Doch er zwang sich, in seiner Position zu verharren – vollkommen regungslos.

Sucht der Mörder jetzt in jedem Raum nach mir? Wird er mich umbringen? Wo will er hin? Ist er alleine? Weiß er überhaupt, dass ich im Haus bin? Ja er muss es wissen, er hat mich bestimmt gehört. Seine Gedanken waren von Todesangst getrieben und seine ganze Konzentration auf das Unterdrücken des aufkommenden Schmerzes in der Wade gerichtet. Der Krampf hatte ihn voll erwischt und ihm war zum Schreien zumute. Aber ein Schrei könnte sein Todesurteil sein. Er war wie gelähmt, unfähig, sich einem Gegner zu stellen. Ihm wurde fast schwarz vor Augen. Langsam, ohne nur das geringste Geräusch zu verursachen, stützte er sich mit beiden Händen ab, um sich wenigstens soweit hochzudrücken, dass sich das krampfende Bein irgendwie ausstrecken ließ. Unter großen Schmerzen gelang es ihm endlich, sein linkes Bein zu strecken. Sofort spannte er den Fuß, so fest er konnte an und versuchte dabei, die Zehen, soweit wie möglich, in Richtung seines Oberkörpers zu ziehen. Die verkrampfte Muskulatur schien sich zu wehren, aber allmählich ließ die Spannung nach und klang schließlich ganz aus. Erst als der Krampf verschwunden war, merkte er, unter welcher Anspannung jede einzelne Muskelfaser seines Körpers gestanden hatte.

Wieder vernahm er Schritte, die zunehmend leiser wurden, ihren Klang veränderten. Vermutlich ging der Mörder über einen Teppich. Alexander schaltete sofort um und blendete jeden Gedanken an den immer noch spürbaren Schmerz in seinem Bein aus. Der Mörder musste sich im Wohnzimmer befinden. Ein neues Geräusch kam hinzu. Was war das? Die Terrassentür? Wie paralysiert harrte er weiter neben dem toten Hausmädchen aus. Eine gefühlte Ewigkeit später schien es sicher – kein Geräusch war mehr zu hören. Der Täter hatte das Haus verlassen. Alexander sah zur Uhr. Der rote Sekundenzeiger war nur wenige Male in kleinen, gleichmäßigen Schritten den Weg der am Rande stehenden Zahlen auf dem Ziffernblatt entlang geschlichen. Sein Herzschlag wurde langsamer, die Atemzüge wieder ruhiger und tiefer, die Furcht war fast verflogen, als er ruckartig zusammenfuhr. Das laute Aufheulen eines startenden Motorrades. Es durchzuckte ihn wie ein Stromschlag. Der Mörder war verschwunden.

Als sein Adrenalinpegel wieder das Normalmaß erreichte, versuchte Alexander vorsichtig aufzustehen. Ohne es zu merken, hatte er sich in seiner Not, mitten in die Blutlache des Hausmädchens gehockt und sich zu allem Überfluss auch darin abgestützt. Seine Hände säuberte er an der Spüle und trocknete sie mit einem frischen Küchentuch. Da seine blutnassen Socken überall Spuren hinterlassen hätten, entschied er sich dafür, zu bleiben, wo er war und nicht mehr in den restlichen Räumen nach Frau Poulsen zu suchen. Wenn sie zu Hause gewesen war, wovon er angesichts seiner Verabredung mit ihr ausging, Dembski schluckte, war sie wahrscheinlich nicht mehr am Leben. Es blieb ihm nichts anderes übrig, als auf die Polizei zu warten.

Er wusste nicht, wie lange er dort in der Küche gestanden hatte, als das Geräusch von Sirenen ihn aus seinem tranceartigen Zustand weckte. War das die Polizei oder ein Krankenwagen? Der Lautstärke nach näherten sich mehrere Fahrzeuge der Villa und fuhren schließlich den Kiesweg hoch.

Um keine unnötigen Spuren zu hinterlassen, blieb Alexander in der Küche. Seine Blicke wanderten immer wieder zu dem am Boden liegenden Hausmädchen. Er wusste, dass die Polizei für ihre Untersuchungen ein unverfälschtes Spurenbild benötigte. Als er Stimmen vernahm, brüllte er, so laut er konnte: »Ich bin in der Küche. Kommen Sie schnell. Hier liegt eine tote Frau.« Keine Reaktion. Erneut schrie er: »Gehen Sie hinten rum, die Terrassentür ist auf.« Noch immer passierte nichts. Dembski wurde ungeduldig. »Der Mörder ist weg. Sie können reinkommen.«

Alexander vermutete, dass das Haus zunächst von einem Sondereinsatzkommando gestürmt werden würde, und wartete auf halbvermummte und mit kugelsicheren Westen geschützte Elitepolizisten, die ihn gleich überrumpeln würden. Er hoffte inständig, dass sie auf Blendgranaten und dergleichen verzichteten.

»Ja, ja, ist ja schon gut«, hörte er auf einmal eine männliche Stimme rufen. »Bleib, wo du bist. Ich bin gleich bei dir.« Noch überraschter war der Detektiv, als ein etwa sechzigjähriger Mann in kurzen Hosen, T-Shirt und Sandalen in der Küchentür auftauchte. Der Mann sah erst Dembski an und richtete seinen Blick dann auf den Körper des am Boden liegenden Hausmädchens. »Du bist jetzt nicht der Mörder?«, fragte er in gebrochenem Deutsch und kratze sich an der Stirn.

Für Dembski klang das eher nach einer Feststellung, als nach einer Frage. »Nein, ich habe den Notruf gewählt. Der Mörder ist mit einem Motorrad weggefahren.«

»Na, dann komm mal raus aus der Küche.« Danach drehte sich der Däne um und brüllte etwas in Richtung der offenen Küchentür, was Alexander nicht verstand. Kurz darauf wurde die Haustür aufgebrochen und ein Notarzt eilte mit zwei Sanitätern herbei.

»Raus mit dir!« Jetzt wurde der Mann auch Dembski gegenüber lauter. »Der Arzt braucht hier Platz.«

»Ich hab keine Schuhe an.«

»Bin ich hier im Zirkus? Wo sind die denn?« Der Däne steckte seine Hände in die Hosentaschen, holte tief Luft und schüttelte den Kopf.

»Die stehen hinten an der Terrassentür.«

»Kann mal bitte jemand dem komischen Deutschen hier die Schuhe holen? Die stehen hinten an der Terrasse.« Einer der Sanitäter machte sich auf den Weg.

Vor der Küche hatten sich jetzt weitere Polizisten und ein zweites Ärzteteam postiert. Alle schienen auf ein Kommando des Mannes mit den kurzen Hosen zu warten, der prompt eine Kollegin ansah und mit dem Finger auf sie zeigte. »Nina, du durchsuchst zusammen mit Anton die oberen Räume.« Dann wandte er sich einem anderen Kollegen zu. »Und Hasan, du kümmerst dich um ein Team für die Spurensicherung. Die sollen sich beeilen.« Und an den anderen Arzt gewandt: »Bereite dich mal auf ein weiteres Opfer vor.«

Dembski stand im Flur, verfolgte das Geschehen und war erstaunt, wie kommentarlos sich alle den Anweisungen dieses unkonventionell gekleideten Polizisten fügten. Jetzt widmete dieser sich wieder dem Detektiv. »Du hast also den Notruf gewählt?«

Erneut hatte Dembski den Eindruck, es sei eher eine Feststellung als eine Frage. Trotzdem antwortete er: »Ja, wie ich schon sagte.«

»Schade, ich hätte gehofft, du wärst der Mörder.« Der Mann zog seine Augenbrauen hoch und blickte Alexander direkt in die Augen.

Alexander sah ihn entgeistert an. »Warum?«

»Na, dann wäre der Fall jetzt gelöst und ich hätte mehr Zeit, mein Haus zu renovieren.«

Dembski war irritiert.

»Ich heiße Kurt Svensson, aber nenn mich einfach Kurt«, stellte er sich vor. »Komm, zieh dir jetzt bitte die Schuhe an«, der Sanitäter hatte sie gerade gebracht, »und dann lass uns rausgehen. Du hast mir bestimmt eine Menge zu erzählen.«

Als beide vor der Haustür standen kam plötzlich aus dem oberen Stockwerk ein lautes: »Hier liegt eine tote Frau.«

»Mist.« Ein Blick von Kurt in Richtung des Arztes reichte aus, damit dieser seine Sanitäter rief und die Treppe hochlief. Kurt sah wieder zum Detektiv. »Wie heißt du denn eigentlich?«

»Alexander Dembski.«

»Kann ich mir merken. Alexander, es tut mir leid, aber ich muss dich eben mal mit Handschellen am Auto festbinden.«

»Warum, was soll das?«

»Wenn ich jetzt ins Haus gehe, um mir die zweite Leiche anzusehen, dann bist du ganz alleine hier unten. Und ich möchte nicht, dass du entführt wirst.«

Sein verdutztes Gesicht nützte Alexander nichts. Kurt forderte ihn auf: »Komm setz dich ins Auto. Ich binde dich mit den

Handschellen am Türgriff fest. Du darfst sogar vorne sitzen. Aber pass auf, dass du nicht alles mit deinen blutnassen Klamotten vollschmierst. Ich mag keine schmutzigen Autos.«

Trotzig setzte sich Alexander auf den Beifahrersitz. Es blieb ihm nichts anderes übrig, als zu warten. Und er wartete eine ganze Weile. Zunächst erschien ein weiterer Krankenwagen mit einem Team aus einem Arzt und zwei Sanitätern. Anschließend bog ein weißer Kastenwagen in die Einfahrt ein. Drei Polizisten stiegen aus, zogen sich weiße Schutzanzüge an und sahen damit ein bisschen aus wie eine Mischung aus Astronaut und Chirurg. Sie begannen die ganze Auffahrt zum Haus mit Signalbändern abzusperren. Danach fotografierten sie scheinbar jedes Steinchen auf dem gesamten Gelände. Schließlich verschwanden sie mit großen Metallkoffern im Gebäude.

Kurt, Nina, Hasan und Anton liefen umher, telefonierten, sprachen miteinander, fertigten Notizen an. Sie waren mit der üblichen Polizeiarbeit an einem Tatort beschäftigt. Die beiden Leichen wurden in die Krankenwagen getragen und kurz darauf abtransportiert. Ein weiterer weißer Kastenwagen erschien auf der Bildfläche und wieder verkleideten sich drei Polizisten in die Mischung aus Astronaut und Chirurg.

Endlich kam Kurt zurück. »So Alexander, nun hab ich Zeit, um mit dir eine kleine Spazierfahrt zu machen. Wir zwei sollten uns ein wenig unterhalten. Du willst mir doch bestimmt eine ganze Menge erzählen?«

»Warte mal Kurt, was ist denn mit meinem Mietwagen?«

»Gib mir den Schlüssel. Sobald die Spurensicherung mit deinem Wagen fertig ist, bringen Nina und Anton ihn zur Mietstation.«

»Meine Jacke liegt noch auf dem Rücksitz«, sagte Alexander, während er den Autoschlüssel aus seiner Hosentasche fummelte und ihn Kurt gab.

Der Polizist rief zu seiner Kollegin: »Nina, du und Anton kümmert euch um den Mietwagen hier.« Er warf ihr den Autoschlüssel etwas zu hoch zu, sodass sie ihn nur mit Mühe auffing.

»Ach, und hol dem Deutschen seine Jacke, die liegt noch im Wagen.«

Nachdem Nina die Jacke gebracht hatte, setzte sich Kurt in sein Auto, startete den Motor und wandte sich an Alexander, »geht jetzt einer deiner Kinderträume in Erfüllung? Wolltest du nicht schon als kleiner Junge immer mal mit einem Polizeiauto fahren?«

Alexander verkniff sich jeden Kommentar.

Scheinbar hatte Kurt es mit der Spazierfahrt im wahrsten Sinne des Wortes ernst gemeint. Sie fuhren nicht zu *Københavns Politigård* oder einer anderen Polizeistation, sondern entlang der Küstenstraße Strandvejen. Nach ein paar Kilometern stellte der Polizist das Auto auf einen Parkplatz neben einem Imbisswagen ab. Er reichte Alexander einen kleinen Schlüssel. »Nimm dir die Handschellen ab, ich lade dich ein, du musst Hunger haben.«

Alexander hantierte etwas ungeschickt mit dem Schlüssel. Beim zweiten Versuch hatte er ihn im Schlüsselloch und drehte ihn eine halbe Umdrehung gegen den Uhrzeigersinn. Ein kurzes Klicken, dann war seine Hand wieder frei. Er stieg aus und ging zu Kurt, der bereits im Imbisswagen stand und für jeden einen Hotdog und einen Kakao bestellt hatte. »Na, wenn du nicht der neue Houdini bist …«, lästerte er und reichte Alexander das Getränk.

An einem der Stehtische vor dem Imbisswagen glotzte jemand zu auffällig auf Alexanders blutverschmierte Hose, was der Polizist bemerkte. »Der hat sich eben in die riesige Blutlache einer erstochenen Frau gelegt und ist daher ein klein wenig schmutzig«, gab Kurt spontan von sich.

Der Gast fühlte sich erkennbar verarscht, ignorierte die beiden Männer und zog ab. Als er außer Hörweite war, sagte Kurt zu Alexander: »Siehst du, manchmal hilft es, die Wahrheit zu sagen.«

»Hier ist dein Hotdog, pass aber auf, dass du dich mit der Soße nicht vollkleckerst.« Die beiden setzten sich auf eine Bank und sahen hinaus aufs Meer. »So Alexander, nun erzähl mal, warum warst du im Haus von Frau Poulsen und was genau ist dort passiert?«

Alexander erklärte, dass er Detektiv ist und im Zusammenhang mit drei Selbstmorden Recherchen durchführt. Er berichtete über seinen Auftraggeber, über die Gespräche in Hamburg und über Frau Poulsens Einladung. Kurzum, er schilderte in groben Zügen den Stand seiner bisherigen Ermittlungen.

Kurt biss von seinem Hotdog ab. Offenkundig hatte er kein Problem damit, mit vollem Mund zu reden: »Okay Alexander, das ist eine spannende Geschichte. Aber wer ist denn jetzt der Mörder der beiden Frauen? Die sind ja nicht an Liebeskummer gestorben.«

»Frag mich was Einfacheres, wenn ich das nur wüsste.«

»Du hast niemanden im Verdacht?«

»Keine Ahnung, wer das war. Ich stehe noch am Anfang meiner Ermittlungen.«

»Hast du denn eine Vermutung, warum er nicht versucht hat, dich umzubringen?«

»Nein, absolut nicht. Ehrlich gesagt bin ich davon ausgegangen, dass er versuchen würde, mich zu töten.«

»Das ist nicht wirklich viel. Hm? Egal, ich gebe noch eine Runde aus.« Kurt wischte sich die Finger in der Serviette ab, ging erneut zum Imbiss und gab eine Bestellung auf. Als er mit den Hotdogs und Getränken zurückkam, bat er Alexander: »Sei bitte so nett und komm morgen in mein Büro. Du findest mich im Hauptquartier der Polizei in Kopenhagen. Das liegt direkt im Zentrum, nicht weit vom Rathaus.«

»Wie jetzt? Ich soll morgen auf die Wache kommen? Du lässt mich gehen?«

»Ja, warum denn nicht? Ich fahr dich gerne in die Stadt. Wo übernachtest Du? Hast du ein Hotel? Sei einfach morgen um zehn Uhr in meinem Büro.«

»Nein, ich hab kein Hotel. Ich wollte heute Abend zurückfliegen.« Alexander wirkte irritiert.

»Da wird aber nichts draus.« Kurt zuckte mit den Schultern und sagte in einem bedauernden Tonfall: »Du musst in Kopenhagen bleiben. Wenn du ein Zimmer brauchst …«, er schob sich den Rest seines Essens in den Mund, »… auf der Polizeiwache findet sich ein nettes Einzelzimmer mit Vollpension.«

»Ist mir schon klar …«, Alexander fing an, Kurts Humor zu verstehen, »… dein Angebot nehme ich gerne an, solange du der Nachtportier bist und dich um den Zimmerservice kümmerst. Aber wehe, ich bekomme kein Zimmer mit einem guten Ausblick und die Minibar muss gefüllt sein.«

Der Polizist grinste. »Keine Sorge, wir finden schon eine vernünftige Bleibe für dich. Allerdings siehst du nicht sonderlich lecker aus. Eher wie ein Metzger, der direkt von der Arbeit kommt. Willst du dir nicht lieber vorher ein paar frische Sachen besorgen?«

Alles, was Alexander wollte, war ein Hotel und eine warme Dusche.

****

Nun stand er vor diesem Spiegel in einem Badezimmer in einem Hotel in einer fremden Stadt und betrachtete ein ihm fast unbekanntes Gesicht. Es war sein Gesicht. Erschöpfung und Müdigkeit waren nur die äußeren Spuren eines Tages, den Alexander am liebsten aus seinem Leben gestrichen hätte. Aber das konnte er nicht. Viel schlimmer sah es im tiefsten Inneren seiner Psyche aus. Das Erlebte würde Tage, Wochen, Monate, wenn nicht sogar ewig in ihm wüten und bisher nicht vorstellbare Wunden aufreißen. Er ahnte, was auf ihn zukäme. Hatte er doch vor Jahren den Chef der Autoschieberbande erschossen. So etwas bleibt. Es klebt förmlich an einem. Die Narben dieser Wunden würden ihn Tag und Nacht begleiten, mal langsam schleichend und leise, mal laut und rasend, wie auf der Jagd. Das angst- und schmerzverzerrte Gesicht der toten Frau, ihre starren Augen, das aus dem Hals strömende Blut, der rote Sekundenzeiger, der sich nur in Zeitlupe bewegte. All diese Bilder, die sich auf ewig in den Windungen seiner Erinnerungen einen festen Platz gesichert hatten. Für diese mit seinen Augen aufgenommenen Fotos gab es keine Löschtaste. Selbst beim Duft ihres Parfums würde er künftig an die unangenehmen Gerüche des Todes denken müssen. Er würde lernen müssen, mit diesen Erinnerungen zu leben und sie als seine ewigen Begleiter zu akzeptieren.

Auf dem Gesicht, das er sah, waren winzige, getrocknete Blutflecken. Er stellte sich in die Dusche, schloss seine Augen und ließ heißes Wasser über Kopf und Körper laufen, gleich so, als ob er damit das soeben Erlebte von seiner Haut waschen könnte. Das getrocknete Blut löste sich im Wasser auf, kleine rote Partikel wurden in den Abfluss gespült. Nach dem Duschen blieb ihm nichts anderes übrig, als die auf dem Badezimmerboden liegenden, blutverschmierten Klamotten erneut anzuziehen. Er musste die Kleidung loswerden und brauchte neue. Unweit des Hauptbahnhofs, direkt vom Rathausplatz ausgehend, lag Strøget, eine Einkaufsstraße mit den typischen Geschäften, die in jeder Großstadt seit Jahren die regionalen Anbieter verdrängten. Überall dieselben Stores internationaler Label, die sich durch ihre Eintönigkeit ähnelten. Immerhin fand er alles, was er suchte. Zurück im Hotel zog er sich um und entsorgte seine schmutzige Garderobe im Papierkorb des Hotelzimmers.

Draußen wurde es langsam dunkel und der Nieselregen lud nicht unbedingt zum Verlassen des Hotels ein. Aber zum Schlafen war es noch zu früh. Hätte er sich jetzt ins Bett gelegt, wäre er vermutlich weit vor dem Morgengrauen aufgewacht. Außerdem hatte er Hunger. Abgesehen von zwei Hotdogs, Kakao und einer Tasse Kaffee, hatte er nichts weiter zu sich genommen. Er brauchte jetzt ein warmes Essen und ein Bier oder etwas Stärkeres. Erneut verließ er das Hotelzimmer und machte sich auf den Weg in die Stadt.

****

Wenige Minuten vor zehn erschien Alexander auf dem Hauptquartier der Kopenhagener Polizei. Am Eingang fragte er eine junge Polizistin, wo er Herrn Svensson finden würde.

»Du willst zu Kurt mit den kurzen Hosen?« In ihrem Tonfall lag etwas Humorvolles.

»Ja«, sagte Alexander, sichtlich bemüht um einen freundlichen Gesichtsausdruck.

»Komm, ich bringe dich zu ihm.«

Die Polizistin führte ihn über den runden Innenhof des Gebäudes und begleitete ihn in die erste Etage, direkt zu Kurts Büro. An der Wand hing das, allem Anschein nach, obligatorische Foto der dänischen Königin. Der Bilderrahmen glänzte, als hätte man ihn eben erst geputzt. Ganz im Gegensatz zum restlichen Zimmer. Das wirkte eher wie ein mathematisches Versuchslabor für experimentelle Chaostheorie. Blumentöpfe mit vertrockneten, fast schon versteinerten Gewächsen, dazwischen Duftkerzen mit verschiedenen Aromen, eine Taschenlampe, ein Feldstecher und allerlei Nippes, wie ein Hund aus Porzellan und ganz am Rand, eine wohl vor Jahren geleerte Rotweinflasche. Und all das auf einer einzigen Fensterbank. Überall im Raum lagen Werkzeuge herum, fast so, als hätte jemand eine Vielzahl von Werkzeugkisten ausgekippt. Afrikanische Holzfiguren standen und lagen neben Muscheln, ebenso wie verschiedene und nicht zueinander passende Sandalen und T-Shirts sowie eine Sammlung leerer Cola-Flaschen. Nichts davon lag geordnet oder nach einer erkennbaren Systematik auf einem hierfür vorgesehenen Platz. Die Krönung des Zimmers aber war das Gebirge aus Akten, alten Zeitungen, Reklamezetteln und Blöcken. Mitten in all dem Chaos regierte Kurt. Seelenruhig saß er hinter seinem Schreibtisch und blätterte in einer Tageszeitung.

»Hier ist ein Besucher, der mit dir reden will«, sagte die junge Polizistin.

Kurt hob den Kopf. »Oh, danke.« Und mit Blick auf seinen Gast: »Hallo Alexander, komm rein und setz dich.«

Alexander suchte sich den Stuhl mit dem niedrigsten Papierstapel aus. So behutsam er konnte, legte er Akten, Blätter, Zettel und alte Zeitungen auf den Beistelltisch, hoffte, dass das Gebilde nicht umkippen würde, und folgte Kurts Aufforderung, Platz zu nehmen.

»Möchtest du was trinken? Wie wäre es mit einem Bier?«

»Bier?« Alexander schüttelte nur ungläubig den Kopf. »Nicht um diese Uhrzeit.«

»Lieber einen Kaffee, Tee, Cola, Wasser? Wozu darf ich dich einladen? Komm, du bist mein Gast. Ich kann dir auch ein Glas Wein organisieren. Geht alles aufs Haus.«

Alexander hob abwehrend seine Hände. »Schon gut, schon gut. Ein Kaffee ohne Milch und Zucker wäre prima.«

Kurt stand auf, ging zur Tür und rief ins gegenüberliegende Büro: »Nina, bring uns mal einen Kaffee und mir eine Cola!«

Alexander sah ihn verdutzt an.

»Weißt Du, die Einsparungen bei der Polizei sind mittlerweile so weit fortgeschritten, dass meine Mitarbeiterin mir den Kaffee bringen muss«, erklärte Kurt. »Es ist einfach kein Geld für zusätzliches Personal da. Wie soll man da seine Arbeit machen, wenn man ständig von Nebensächlichkeiten abgehalten wird?«

»Kenne ich«, sagte Alexander, »meine Mitarbeiterin ist auch für den Kaffee zuständig. Ich sage immer, sie hat zwei Aufgaben: Sie soll mir die nervigsten Mandanten vom Hals halten und zusehen, dass die Kaffeemaschine rund um die Uhr läuft.« In diesem Punkt schienen die beiden Männer sich einig zu sein.

Als Nina mit den Getränken erschien, erkannte Alexander die Polizistin, die gestern am Tatort war. Eine hochgewachsene, robuste junge Frau, die sich offenkundig an Kurts Vorstellungen von Dienstleistungen während der Arbeitszeit gewöhnt hatte.

»Darf ich bekanntmachen?«, fragte Kurt und sah erst zum Detektiv und dann zu seiner Kollegin. »Fräulein Nina Hansen. Sie lernt bei mir die Polizeiarbeit.« Alexander stand auf, reichte ihr die Hand und begrüßte sie.

»Lass dich von dem nicht zu sehr auf den Arm nehmen«, sagte sie und zeigte dabei auf ihren Vorgesetzten. »Es dauert etwas, aber irgendwann wirst du ihn mögen. Das geht allen so.«

Kurt wischte mit seiner Hand durch die Luft. Er wollte alleine mit dem Detektiv sprechen, für einen Smalltalk war jetzt nicht die richtige Zeit. Nina schien sofort zu verstehen und verließ das Büro. »So, Alexander, komm, lass uns mal anfangen. Ich hab da noch …«

Er hatte seinen Satz nicht beendet als aus dem angrenzenden Zimmer ein ebenso lautes, wie bestimmendes »Kurt Svensson!«, zu hören war.

Der Polizist begab sich in Habachtstellung. »Das ist meine Chefin«, flüsterte er so leise, dass Alexander ihn kaum hörte, und zog dabei seinen Kopf ein.

Erneut hallte die Stimme durch den Flur: »Kurt, sieh mal zu, dass ein Stuhl für mich in deinem Büro frei ist, und besorg mir einen Kaffee, sonst wirst du ab nächster Woche zum Vertretungsdienst in der Asservatenkammer abkommandiert.«

»Nicht nur ihr Name ist deutsch, auch ihre Befehle sind es«, erklärte Kurt seinem Gast. »Aber ohne sie wäre mein Leben in den letzten Jahren inhaltsleer und orientierungslos gewesen. Sie hat ein paar Fragen an dich und kommt gleich zum Gespräch hinzu. Ich bin auf der ganzen Welt der einzige Mensch, den sie herumkommandiert.«

In Windeseile organisierte Kurt den zweiten Kaffee und räumte einen Stuhl für seine Chefin frei. Kurz darauf klopfte eine Polizistin an die offenstehende Tür. Eine lebensfrohe Frau, vermutlich wenige Jahre vor ihrer Pensionierung, stand aufrecht mit erhobenem Haupt mitten im Eingang zum Büro und hatte beide Hände in die nicht mehr ganz so schlanke Taille gestemmt. »Kurt, verdammt, wann räumst du endlich die Rumpelkammer hier auf?« Sie wandte sich an Alexander: »Entschuldigen Sie bitte, mir ist es fast peinlich, aber seit ich seine Vorgesetzte bin, versuche ich vergebens, ihn dazu zu bewegen, hier mal für Ordnung zu sorgen. Er ist ein Chaot, aber zugleich der beste Polizist, den wir in Dänemark haben. Man munkelt, dass er es war, der in seinem ersten Ausbildungsjahr die Olsen-Bande hinter Gitter gebracht hat. Aber er traut sich eben auch, in kurzen Hosen und Sandalen zu einem Treffen mit dem Ministerpräsidenten zu erscheinen oder einen schwedischen Touristen vierundzwanzig Stunden in eine Zelle zu sperren, weil dieser sich abfällig über unser Königshaus geäußert hat. Insofern wurde ich vom Polizeichef dazu verdonnert, auf ihn aufzupassen. Er hat in mir sozusagen seine eigene Leibwächterin.« Sie sah Kurt an, »und du hast nicht nur Respekt vor mir, sondern auch unendlich viel Angst.«

Der Polizist prustete los: »Ja, Susanne, ich fürchte dich.«

»Sehen Sie Herr Dembski«, sagte sie mit strengem Blick, »wir kennen uns schon über fünfundzwanzig Jahre und er folgt blind meinen Anweisungen. Ich bin Susanne Schmidt, Leiterin des Morddezernats der Kopenhagener Polizei. Aber nun erzählen Sie mal, was gestern draußen in Klampenborg vorgefallen ist. Wir haben alle Zeit der Welt, also lassen Sie bitte nichts aus.«

»Das habe ich Kurt bereits erzählt …«, wagte Alexander einen vorsichtigen Widerspruch.

»Ich weiß, Herr Dembski, aber hier handelt es sich allem Anschein nach um einen Doppelmord, hinzu kommt, dass es Mona Poulsen erwischt hat, die in royalen Kreisen verkehrte. Und in solchen Fällen mache ich mir gerne ein eigenes Bild. Also, wenn Sie so freundlich wären. Fangen Sie an, ich höre Ihnen zu …« Sie schien keine Widerworte zu dulden.

Alexander berichtete der Polizistin in aller Ausführlichkeit von seinem Auftrag, seinen bisherigen Ermittlungen, den Erkenntnissen aus der Gerichtsmedizin in Hamburg sowie seiner Verabredung mit Mona Poulsen. Die beiden Staatsdiener hörten aufmerksam zu, ohne ihn zu unterbrechen. Nachdem er die

Geschehnisse des gestrigen Tages in allen Details dargestellt hatte, fragte Frau Schmidt: »Erklären Sie mir doch mal, weshalb Mona Poulsen und Birthe Solvang ausgerechnet an dem Tag umgebracht wurden, an dem man Sie erwartet hat? Und warum hat der Mörder nicht versucht, auch Sie umzubringen?«

»Keine Ahnung«, Alexander zuckte mit den Schultern, »das frage ich mich auch schon die ganze Zeit.«

»Denken Sie, es gibt einen Zusammenhang zwischen Ihrem Besuch in Kopenhagen und den Morden?«

»Ehrlich gesagt, ich weiß es nicht. Aber es scheint fast so. Ich habe auch erst jetzt durch Sie erfahren, dass es sich bei der zweiten Toten um Frau Poulsen handelt.«

Kurt und Susanne warfen sich gegenseitig einen Blick zu, ohne etwas zu sagen. Sie kannten sich lange genug, um zu wissen, was der andere dachte. Natürlich musste es einen Zusammenhang zwischen den Morden und dem Besuch des Detektivs aus Deutschland geben; nur war die Spurenlage verdammt dünn. Es gab weder Zeugen noch irgendeinen Hinweis, die Rückschlüsse auf den Täter ermöglichten – noch keine DNA, keine Tatwaffe, einfach nichts, außer zwei toten Frauen, die beide mit einem Messer umgebracht worden waren.

»Üblicherweise begrüßen wir unsere Gäste mit mehr Gastfreundschaft, Herr Dembski, es tut mir leid, was Sie hier erleben mussten.« Die Leiterin des Morddezernats sah ihn ernsthaft an. »Es ist nicht immer leicht, solche Geschehnisse zu verarbeiten. Ich kann Ihnen nur empfehlen, zeitnah psychologische Hilfe in Anspruch zu nehmen. So machen wir es in vergleichbaren Fällen und sind damit recht erfolgreich. Passen Sie auf, dass Sie kein Trauma kriegst.«

Ohne auf diesen Ratschlag näher einzugehen, wollte Alexander wissen, ob der Polizei trotz der unzureichenden Spurenlage irgendwelche Erkenntnisse vorlagen. »Wissen Sie, ob irgendetwas gestohlen wurde, vielleicht Notizbücher oder Ähnliches?«

Bevor Kurt auf die Frage antworten konnte, war Susanne bereits aufgestanden und durch die Tür auf den Flur getreten. Von dort aus drehte sie sich aber noch einmal um und sagte gut hörbar: »Von der Weitergabe von Ermittlungsergebnissen an Privatpersonen will ich nichts hören. Hast du verstanden, Kurt?«

»Glück gehabt«, sagte Kurt mit Blick auf Alexander. »Normalerweise erteilt sie mir ein striktes Redeverbot in solchen Fällen.«

Die Polizei hatte nichts, zumindest keine Hinweise, auf einen Diebstahl. Wobei es fraglich gewesen wäre, ob das Fehlen einzelner Notizen oder Aktenordner überhaupt aufgefallen wäre.

»Kannst du herausfinden, Kurt, mit wem Frau Poulsen in den letzten Tagen Kontakt hatte? Vielleicht gab es ein Telefonat mit dem Mörder?«

»Ich werde mein Bestes tun«, versprach der Polizist.

Als Alexander sich verabschiedete, gab Kurt noch eine Warnung von sich: »Alles muss sehr schnell gegangen sein, wir fanden keine Hinweise auf einen Kampf. Die wenigen zugeführten Verletzungen waren zu einhundert Prozent tödlich. Ein Stich mitten ins Herz und ein geübter Schnitt durch die Kehle. Allerdings hat Frau Poulsen sich vorher noch zur Wehr gesetzt. So jedenfalls interpretieren wir die Schnittwunden an ihren Händen. Der Schnitt in den Hals wäre nicht mehr nötig gewesen. Vermutlich dachte sich der Mörder, doppelt hält besser. Wir gehen von einem echten Killer aus, einem Profi.« Sorgenvoll sah er den Detektiv an. »Sei froh, dass du lebst. Und sei auf der Hut. Einen professionellen Mörder will ich nicht als Gegner haben.«

Die Auswertungen

Alexander hatte nicht vorgehabt, so lange in Kopenhagen zu bleiben. Nun blieb ihm viel zu wenig Zeit. Verena sollte sich bei ihm wohlfühlen, es musste einfach alles perfekt sein. Je mehr er an ihren bevorstehenden Besuch dachte, desto wilder wurde das Flattern der Schmetterlinge in seinem Bauch. Seit ihrem ersten Kuss waren die Fluginsekten seine ständigen Begleiter. Verena hatte sich für zwanzig Uhr angekündigt, vielleicht ein paar Minuten später, falls ihr Flieger nicht pünktlich abheben würde.

Als geübter Junggeselle gelang es Alexander, das Hygienelevel seiner Wohnung so zu verbessern, dass man es zumindest als hinnehmbar bezeichnen konnte. Wein, Bier, Sekt, Softdrinks und ein paar Flaschen Wasser wurden im Eiltempo herangeschafft – Gott sei Dank war der Kiosk an der Ecke bestens sortiert. Schnell noch das Badezimmer sauber machen und alles war bereit für den ersehnten Besuch. Alexander wurde zusehends aufgeregter, setzte sich auf sein Sofa und wippte mit dem Fuß. Sollte er eine Runde mit der Playstation spielen? Während er das überlegte, fiel ihm auf, dass man kaum durch die Fenster sehen konnte – alles war voller Schlieren. Wann habe ich die zum letzten Mal geputzt? Er mochte sich die Frage lieber nicht beantworten, vermutlich war die Antwort: Noch nie! Er schnappte sich den Controller der Playstation, legte diesen aber umgehend wieder hin, weil ihm einfiel, dass er doch ein paar Blumen hätte kaufen können. Und frisches Obst war auch nicht da. Oh man, was hab ich denn alles vergessen? Junge, beruhig dich, sie ist ja nicht die erste Frau, die zu Besuch kommt.

Endlich klingelte es an der Tür. Mit butterweichen Knien ging er ihr im Treppenhaus entgegen, ein wenig nervös und mit einem Kopf voller Vorstellungen und Hoffnungen für das bevorstehende Wochenende. Sie war so wunderschön und so eine Frau kam ihn besuchen? Knutschend fielen sie sich in die Arme.

»Gib mir deine Reisetasche und komm erstmal rein.« Er nahm ihre Hand und führte sie in die Wohnung. Nach einem Rundgang – Bad, Küche, Wohnzimmer, Schlafzimmer – zog sie ihre Schuhe aus und hängte ihre Jacke an der Garderobe auf. »Hast du vielleicht ein Bier für mich?«

»Klar«, wozu war er eben noch am Kiosk gewesen.

Sie folgte ihm in die Küche. *Flopp, flopp*, ruck zuck hatte er zwei Flaschen Kölsch geöffnet, die sich, während sie von ihrem Tag und dem leicht verspäteten Flug erzählte, recht schnell leerten.

»Du, sag mal, wo hast du mein Gepäck hingestellt? Ich würde gerne die Arbeitsklamotten loswerden und mir was Bequemeres anziehen.«

Er griff erneut ihre Hand und führte sie ins Schlafzimmer. »Hier«, zeigte er auf die neben dem Bett stehende Tasche.

Es blieb nicht beim Zeigen der Tasche. »Wenn ich dich endlich bei mir habe, könntest du mir beim Ausziehen behilflich sein?«, schlug Verena verführerisch vor.

Alexander lief rot an.

»Süß, wenn du so verlegen bist.« Sie hatte wieder das Kommando übernommen. Die Verliebten hatten sich seit Tagen nicht gesehen und eine Menge nachzuholen.

Es war der Beginn eines Wochenendes, an dem sie nicht voneinander lassen konnten. Eng umschlungen, Hand in Hand zogen sie zu später Stunde durch die City. Alexander zeigte ihr sein Revier: die Kölner Südstadt – urige Brauhäuser, bunte Kneipen und Bars. Das Partyvolk bewegte sich zur Musik und drängte sich mit Gläsern oder Flaschen in den Händen entlang der

Theken. Inmitten des Gewühls tanzte ein sich liebkosendes und küssendes Paar durch die Nacht.

Das erste, schwach erkennbare Morgenrot am Himmel kündigte den herannahenden Tag an. »Komm, lass uns nach Hause gehen«, bat Verena. »Ich werde langsam müde.« Alexanders Vorschlag, noch irgendwo auf einen Absacker einzukehren, konnte sie nicht begeistern: »Morgen gerne, aber jetzt möchte ich nur noch in deinen Armen einschlafen.«

Gegen Mittag wurde Alexander wach. Verena schlief noch tief und fest. Er zog sich an, verließ auf Zehenspitzen die Wohnung und ging ins Café Beckmann, um frische Brötchen zu holen. Hinter dem Tresen stand Luisa. Aber irgendwie war heute alles anders. Alexander fing nicht wie gewohnt an, mit ihr zu flirten. Er dachte nicht mal über einen Flirtversuch nach, sondern bestellte nur fünf Brötchen und wünschte ihr ein schönes Wochenende.

Verena schlief noch als er zurückkam. Alexander beeilte sich, das Frühstück vorzubereiten. Irgendwann musste das Aroma des frisch gebrühten Kaffees bis ins Schlafzimmer gezogen sein. Denn plötzlich stand sie, ebenso nackt, wie sie geschlafen hatte, an seiner Seite und nahm ihn in den Arm. »Guten Morgen mein Schatz«, waren ihre Worte, bevor sie ihn küsste. Ihr Parfum war fast verflogen. Nur ein Hauch mischte sich mit dem Duft ihrer warmen Haut. Während Alexander sich mit seinen Lippen an ihrem Hals entlang tastete, öffnete sie mit wenigen Griffen seinen Gürtel, knöpfte seine Hose auf und setzte sich vor ihm auf den Rand der Küchenanrichte. Sie zog ihn fest zu sich heran, schlang ihre endlosen Beine um seine Taille und stützte sich mit beiden Händen hinter ihrem Rücken auf der Anrichte ab. Sie blickten sich tief in die Augen. Keiner sagte ein Wort.

Den Samstagnachmittag verbrachten sie in der Stadt. Sie besuchten den Schrein der Heiligen Drei Könige im Kölner Dom und stiegen die zweihunderteinundneunzig Treppenstufen hinauf zum Dicken Pitter, »eine der größten freischwingenden Kirchenglocken der Welt«, wie Alexander stolz berichtete und sein Wissen nicht verbergen konnte: »Sie wurde neunzehnhundertdreiundzwanzig in Apolda gegossen.«

»Hoffentlich fängt die jetzt nicht an zu läuten.«

»Keine Angst, dass passiert nur zu ganz besonderen Anlässen.«

»Also zum Beispiel, wenn euer 1. FC Köln Meister wird«, neckte ihn Verena und traf damit einen wunden Punkt. Sie wusste nicht, wie sehr er an dem ambitionierten Club hing, der im regelmäßigen Rhythmus zwischen der ersten und zweiten Fußballbundesliga pendelte.

Hunger und Durst machten sich breit und trieben das Liebespärchen in die Friesenstraße. Und was lag da näher, als ins Päffgen zu gehen. Auch wenn sie gestern genug getrunken hatten, »ein Kölsch tut immer gut«, pries Alexander die Wirkung des obergärigen, regionalen Heilwassers an.

Nach dem ersten Bier fiel Verena sein Versprechen vor dem Abflug nach Kopenhagen ein: »Hast du mir denn was Schönes aus Dänemark mitgebracht?«

»Stimmt«, er nippte verlegen an seinem zweiten Kölsch. »Ich wollte dir was mitbringen. Das hat nicht geklappt. In Kopenhagen lief alles anders als geplant.«

»Warum, was ist denn passiert?«

Eigentlich wollte er die düsteren Erlebnisse am liebsten verschweigen. Andererseits hatte er bisher mit niemandem darüber gesprochen und Reden befreit – das Blut, der starre Blick des Hausmädchens, der rote Sekundenzeiger, seine Angst und der Mord an Frau Poulsen. Mit jedem Detail wuchs das Entsetzen in Verenas Gesicht.

»Das ist ja schrecklich. Wie gehst du nur damit um?«, fragte sie ganz bestürzt. »Du musst ja Alpträume haben.«

»Ich weiß es nicht, es ist alles noch so frisch. Ich mag das Alleinsein nicht, vor allem nachts.« Er zerriss einen Bierdeckel in kleine Schnipsel.

»Hast du denn zumindest die erhofften Informationen bekommen?«

»Nein, Frau Poulsen starb, bevor ich mit ihr sprechen konnte. Besser gesagt, sie wurde ermordet.«

»Und was meint die dänische Polizei?«

»Die geht von einem professionellen Killer aus. Der zuständige Polizist war ganz in Ordnung. Wenn er was rausbekommt, wird er mich auf dem Laufenden halten. Das hat er zumindest gesagt.«

»Wie willst du denn jetzt weiter ermitteln?«

»Mal sehen«, Alexander zog seine Augenbrauen hoch, »vielleicht finde ich etwas in den Unterlagen der Versicherungsgesellschaft.«

»Wenn ich dir irgendwie helfen kann oder du Fragen hast, lass es mich wissen oder komm nach Hamburg. Du kannst jederzeit bei mir wohnen.« Verena stand auf, ging um den Tisch und gab ihm einen Kuss, »du kannst mit mir immer darüber reden, wenn dir danach ist.«

»Komm, lass uns das Thema wechseln. Erzähl mir was Erheiterndes aus Hamburg.«

Der Köbes kam noch einige Mal und stellte jedes Mal ungefragt zwei Kölsch auf den Tisch. Längst tat der Alkohol seine Wirkung. »Wenn du nicht mehr magst, musst du den Bierdeckel auf das Glas legen, sonst bekommst du hier ein Bier nach dem anderen.«

»Danke Herr Detektiv, aber auch in der Weltstadt Hamburg kennt man die Gebräuche aus der rheinischen Provinz.«

Sie fuhren mit der Straßenbahn zurück in die Kölner Südstadt, wo Sie den restlichen Abend und die ganze Nacht ungestört in seiner Wohnung verbrachten. Verenas Rückflug ging erst um vierzehn Uhr, was ihnen einen schönen Sonntagvormittag, mit Frühstück im Bett und viel Zärtlichkeit bescherte. Alexander brachte seine Freundin zum Flughafen, verabschiedete sich an der Sicherheitskontrolle und versprach, baldmöglichst nach Hamburg zu kommen.

****

Vanessa erkannte sofort, dass ihr Chef kein normales Wochenende hinter sich hatte. »Du kommst früh, siehst nicht verkatert aus und scheinst gut gelaunt zu sein. Was ist passiert? Ist die Kneipentour mit deinen Freunden ausgefallen? Muss ich mir Sorgen machen?«

»Ich hatte Besuch,« war seine kurzgebundene Antwort.

»War Kai bei dir?« Sie sah ihn fragend an.

»Nein.« Ihm war nicht nach einer längeren Erklärung zumute.

»Was nun? Wird das jetzt ein Ratespiel? Komm, erzähl, wer war da?«

Alexander wandte sich ein wenig zur Seite und hob die Nase ein stückweit in die Luft. »Frau Dr. Goldner war in Köln.«

Vanessa klang erstaunt. »Ist das nicht die sechzigjährige Vorständin mit den O-Beinen und Warzen im Gesicht? Nun sag schon! Oder muss ich dir heute alles aus der Nase ziehen?«

Er ließ durchblicken, dass es sich nicht um ein dienstliches Treffen handelte, »und außerdem bin ich nicht gewillt, Einzelheiten aus meinem Privatleben in der Firma offenzulegen. Ich lege stets Wert darauf, Privates und Dienstliches zu trennen. Nur so viel: Ich beabsichtige die Dame auch künftig in Köln zu empfangen.«

»Sag mal, hast du einen Schuss weg? Habt ihr Drogen genommen? Also manchmal reitet dich der Größenwahn. Seit ich für dich arbeite, erzählst du nahezu jeden Montag, was du am Wochenende getrieben hast, in welchen Kneipen du und deine Kumpels abgestürzt seid, wer eine Braut klargemacht hat, und dann jammerst du mir die Ohren voll wegen deines Katers. Und im ganzen Scheidungstheater mit Steffi war ich doch dein Kummerkasten. Also, rede nicht so einen Stuss, von wegen Privates und Dienstliches trennen.«

Wenn Vanessas Neugierde nicht gestillt wurde, konnte sie herrlich theatralisch werden. Alexander wollte das Thema beenden, aber sie setzte fort: »Dann behalt es eben für dich, aber wehe du kommst an und knatschst dich bei mir aus, wenn sie Schluss macht. Dann such dir eine andere Schulter, an der du dich ausheulen kannst. Ich stehe dir dann nicht zur Verfügung, nur damit du es weißt.«

»Warum sollte sie mit mir Schluss machen? Darüber zerbrich dir mal nicht den Kopf. Ich bin doch ein dufter Typ und werde mich nicht bei dir ausheulen. Wie kommst du denn überhaupt darauf?«, fragte er ohne einen Funken Selbstzweifel.

In dem Moment, als sie auf seine Frage einging, wusste er, er hätte sie besser nicht gestellt. Schließlich war sie vollkommen belanglos.

»Das kannst du dir selbst beantworten, du Königstiger und Traum aller einsamen Herzen. Als sexiest man alive der Kölner Südstadt mag es ja noch für ein Mädel aus dem Viertel reichen, und wenn du dir ein frisches Hemd zum Sonntagskuchen anziehst, wirst du bestimmt der ein oder anderen Schwiegermutter gefallen. Aber die Vorständin eines großen Versicherers aus Hamburg ist schon ein anderes Kaliber.« Schließlich hörte Vanessa auf zu bohren. Genau genommen ging es sie auch nichts an. Und sie war sich sicher, über kurz oder lang ohnehin alles zu erfahren. Sie kannte ihren Chef und kehrte mit einer Frage zum eigentlichen Thema zurück: »Was ist in Kopenhagen passiert?«

Das Entsetzen in ihrem Gesichtsausdruck wuchs, während Alexander umfassend von den Geschehnissen in Dänemark berichtete. Sie sah ihn besorgt an. Er hätte besser die blutigen Details weggelassen. Die genauen Todesumstände der Frauen taten nichts zur Sache. Es waren Morde. Die Einzelheiten waren unwichtig. Vanessa war kreidebleich. Voller Schrecken legte sie ihren Kopf in die Hände, wobei sie ihre Augen weit aufriss. Es dauerte einen Augenblick, bis sie das Gehörte verarbeitet hatte und sich traute, etwas zu sagen: »Oh mein Gott, und ich lästere hier rum, weil du ein Wochenende mit Frau Dr. Goldner verbracht hast. Alexander, ich bin so froh, dass du heil und gesund zurück bist. Versprich mir, dass du dich in Zukunft nicht mehr in eine solche Gefahr begibst.«

Er wollte sie nicht unnötig aufregen und versuchte das Thema zu beenden. »Was hältst du davon, wenn ich uns einen Kaffee mache und wir die Geschehnisse in Kopenhagen einfach vergessen?«

Sie nickte. Als er mit dem Kaffee zurückkam, war es Vanessa, die das Wort ergriff: »Das heißt, wir haben immer noch kein neues Material, mit dem wir die Untersuchungen voranbringen können?« Wie so oft, traf sie mitten ins Schwarze.

»Nein, wir haben nichts. Und die dänische Polizei wird wahrscheinlich auch nichts finden. Wir werden uns somit weiterhin auf die Auswertungen der Unterlagen von der Northus konzentrieren. Wie weit bist du damit?«

Vanessa hatte eine Liste der Namen erstellt, die jeweils ein halbes Jahr vor dem Tod von Zielke und Engeli in deren Kalendereintragungen erwähnt wurden. Anschließend hatte sie diejenigen durchgestrichen, die nur an Gruppenmeetings, wie Vorstandssitzungen oder Bereichstreffen teilgenommen hatten sowie Personen, die weniger als fünfmal genannt wurden. Zum Schluss sortierte sie die Namen nach der Anzahl ihrer Nennungen. Genauso ging sie bei den Themen vor, mit denen die Vorstände sich befassten.

Insgesamt blieben einunddreißig Personen und sechsundzwanzig Themen übrig. Die Anzahl erschien sehr hoch. Wenn man aber bedachte, für wie viele Mitarbeiter, Aufgaben und Funktionen ein Vorstand verantwortlich war, relativierte sie sich.

»Wer sind denn die Top drei der Gesprächspartner?«, fragte Alexander.

»Bei Dr. Engeli sind es Frau Kyster, Herr Lopez und Herr Morgenstern und bei Zielke sind es Frau Dr. Jacobi-Meyer, Herr Jäger und …«, nun kam ein überbetontes: »… Fräulein Dr. Zuckerschnecke.«

»Hä? Ach, du doof«, sagte Alexander, woraufhin beide herzhaft lachten. »Klar steht Verena auf der Liste. Sie war doch unter Frau Zielke Bereichsleiterin und wurde ihre Nachfolgerin. Versuch lieber, den Themen die Namen zuzuordnen. Und noch was, Vanessa, das ist eine super Auswertung. Danke! Ach, und was meinst du, wäre es sinnvoll, noch herauszufinden, welche Personen sowohl bei Zielke als auch bei Engeli auftauchten?«

»Du meinst diejenigen, deren Namen bei beiden häufig genannt werden? Ja, warum nicht, das sollte schnell gehen.«

»Wann kannst du damit fertig sein?«

»Spätestens morgen Mittag.«

»Klasse.«

Zu diesem Zeitpunkt konnte Alexander den Nutzen der von seiner Mitarbeiterin erstellten Listen nicht einschätzen. Seiner Meinung nach waren es mögliche Ansatzpunkte für weitere Untersuchungen, nicht mehr, aber auch nicht weniger. Es fehlte ein Ansprechpartner, der den Namen Inhalte zuführte. Natürlich wäre Verena infrage gekommen, ebenso eine der Sekretärinnen oder der Assistent von Dr. Engeli. Aber Alexander hatte Dr. Junghans Vertraulichkeit zugesagt und so blieb als Anlaufstelle nur der Vorstandsvorsitzende. Weil aber nicht abzusehen war, inwieweit dieser bereitwillig für ein zweites Gespräch zur Verfügung stehen würde, wandte sich Alexander an die Eismann-Capital GmbH. Dem zeitnahen Terminwunsch des Büros eines Aufsichtsratsmitgliedes würde Dr. Junghans vermutlich eher zustimmen, als einer Anfrage des Detektivs selbst. Mit freundlicher Überredungskunst und ein Quäntchen Geduld gelang es Frau Moll, die Sekretärin von Dr. Junghans dazu zu bewegen, im Kalender ihres Chefs ein bisschen umzudisponieren. Nach Rücksprache mit dem Manager sagte Frau Rosenberg schließlich: »Mittwoch zwanzig Uhr im Restaurant des Hotels Atlantic.«

Es waren siebzehn Tage vergangen, seit die zuständige Staatsanwältin Untersuchungen im Fall Dr. Engeli befürwortet hatte.

Mittlerweile sollten zumindest erste Zwischenergebnisse vorliegen, hoffte Alexander. Wollte der Kommissar den Detektiv hierüber nicht auf dem Laufenden halten? Alexander hatte nichts gehört. Er würde Sommer anrufen und mit etwas Glück würde dieser einem Treffen zustimmen. Ein Telefonat hätte zwar gereicht, aber die Auskunftsfreudigkeit der Polizei zu laufenden Ermittlungen war eben nicht sonderlich ausgeprägt. Ein Vier-Augen-Gespräch schien erfolgversprechender. Als Türöffner für das Treffen bot Alexander an, den Kommissar ausführlich über die Geschehnisse in Kopenhagen zu informieren. Den wahrscheinlichen Zusammenhang zu den Vorgängen bei der Northus Versicherung ließ der Detektiv nicht unerwähnt. Der Polizist war interessiert und schlug zunächst einen Termin in der nächsten Woche vor. Das war zu spät. Dembski erklärte, dass er die kommenden Tage in Hamburg sein würde, und mit einigem Unbehagen stimmt Sommer einem Treffen in zwei Tagen zu. »Dreizehn Uhr bei mir im Büro«, sagte er etwas zerknirscht. »Ich werde einen anderen Termin verschieben müssen.«

Für die kurzfristige Anreise in die Hansestadt fehlte nur noch die passende Unterkunft. Verena wirkte hoch erfreut und war sofort bereit, den Besucher aus Köln zu beherbergen.

****

Pünktlich zur Mittagszeit legte Vanessa sämtliche Listen auf Alexanders Schreibtisch. Dieser war überaus angetan von der Zuverlässigkeit seiner Angestellten, bedankte sich, steckte die Unterlagen in seine Aktentasche und versprach, sich die Ergebnisse während der Bahnfahrt genau anzusehen.

Als der Zug in Hamburg zum Stehen kam, war Alexander der Erste an der Tür. Schnell entdeckte er Verena, die am Bahnsteig gewartet hatte und ihren Gast freudestrahlend und mit vielen

Küssen empfing. Auf dem Weg in ihre Wohnung stoppten sie bei einem gut sortierten Supermarkt. Sie hatte einen gemeinsamen Kochabend geplant. Während sie sich dem frischen Gemüse, Kräutern, Pasta, Fisch und Fleisch widmete, sondierte Alexander die regionalen Biersorten. Mangels einer Auswahl an Kölsch, ging er weiter zum Weinregal. Er hatte nicht wirklich Lust aufs Kochen.

In Winterhude bewohnte Verena die obere Etage eines eleganten Stadthauses, mit direktem Zugang zur Alster. »Die beiden unteren Etagen habe ich einer Marketingagentur vermietet. Den Inhaber kenne ich aus dem Studium«, sagte sie, nicht ganz ohne Stolz.

»Nicht schlecht, die Hütte, du weißt zu leben.«

»Danke, aber die gehört zum Großteil noch der Bank. Ich hab das Haus noch nicht so lange.«

»Wann hast du es denn gekauft?«

»Nach meiner Berufung in den Vorstand. Ich wollte mit der Gehaltserhöhung was Vernünftiges anfangen. Ich hab ja keine Verpflichtungen und kam auch früher gut über die Runden. Und wenn mal Not am Mann ist, verkaufe ich es wieder.«

Verenas Wohnung war geräumig und schick. Genau so, wie Alexander sich die Bleibe einer modernen und gutsituierten Frau vorstellte. Hinter der Eingangstür blickte man in einen langen Flur, mit hellem Holzboden und weißen Wänden. Zu seiner Rechten war ein bodentiefer Spiegel, neben dem ein kleiner, mit Schlüsseln überfüllter Schlüsselkasten hing. Zu seiner Linken befand sich ein Kleiderständer mit Abstellplatz für Schuhe.

»Schön, dass du hier bist. Fühl dich wie zu Hause«, sagte Verena und gab ihm einen Klaps auf den Po. »Komm, ich führ dich rum, damit du dich zurechtfindest.«

Die erste Tür links führte in die Küche. Sie war geräumig mit allerlei Küchenmaschinen vollgestellt, die Alexander nur vom Sehen her kannte. Am Fenster bot ein Tisch Sitzgelegenheit für sechs Personen und gekocht wurde auf einem auf Hochglanz polierten Gasherd. Die Tür rechts gegenüber der Küche führte in das Esszimmer, in dessen Mitte unter einer Designerleuchte ein antik aussehender, ausziehbarer Tisch stand. »Der ist von meiner Oma«, sagte Verena und die Art, wie sie es betonte, ließ erahnen, wie sehr sie an diesem Möbel hing.

Über die weit geöffnete Flügeltür gelangte man vom Esszimmer ins Wohnzimmer, das durch eine weitere Tür mit dem Flur verbunden war. Ein mit vielen Kissen ausstaffiertes Sofa lud zum stundenlangen Herumgammeln ein, eine große Schiebetür gab den Blick auf eine sonnenverwöhnte Dachterrasse und in den Garten frei. »Eine Traumwohnung«, dachte Alexander und dennoch schien etwas zu fehlen. »Sag mal, hast du keinen Fernseher?«

»Doch, im Schlafzimmer, dahin kommen wir gleich«, sagte sie und zwinkerte ihm zu.

Verena trat aus dem Wohnzimmer in den Flur und öffnete die gegenüberliegende Tür: »Hier ist das Bad.« Alexander fühlte sich eher an eine Parfümerie erinnert. Ein Meer aus bunten Flacons, Dosen, Sprays, Cremes und Tuben füllte nahezu jedes Regal und sämtliche Ablageflächen. Über dem Waschbecken hing ein riesiger, mit kleinen Lampen umrandeter Spiegel. Ein mit Schminkpinseln gefüllter Becher spiegelte sich im unteren Teil.

»Das sieht ja aus, wie in der Garderobe eines Filmstars«, war alles, was ihm dazu einfiel.

»Ich bin eine Dame und darf das«, schmunzelte sie und führte ihren Freund zum Gäste-WC sowie in ein mit Schuhen und Handtaschen vollgestopftes Ankleidezimmer. Sandalen, Schnürschuhe, Sneakers, Stiefel, High Heels und, und, und. Eigentlich waren es nur Schuhe. Die etwa dreißig Handtaschen, wie er grob schätzte, fielen kaum ins Gewicht. So sehr er auch in Verena verknallt war, Frauen blieben für ihn ein wundervolles Geheimnis. »Spar dir jeden Kommentar. Ich wollte schon seit längerem die Sachen hier ausmisten«, sagte sie, die in seinem Gesichtsausdruck zu lesen schien.

»Aber natürlich, meine Liebe«, frotzelte er und wusste zu genau, dass das nicht in den nächsten Jahren passieren würde.

»Das hättest du beim Umzug erledigt und die ganzen Schuhe und Handtaschen nicht erst eingeräumt.«

Aber Verena war schon weiter ans Ende des Flures gegangen, wo sich das Schlafzimmer befand. Sie wollte gerade etwas sagen, als Alexander den Fernseher erblickte und ihr zuvorkam. »Der ist aber klein.«

»Typisch«, sagte sie, »ihr Männer seid alle gleich. Hier könnte ein echter Picasso oder van Gogh hängen, euch interessiert nur der Fernseher. Mein Schatz, ich schaue ausschließlich beim Bügeln in die Flimmerkiste, ansonsten ist sie aus. Ich hoffe doch, dass uns heute Nacht Besseres einfällt, als den Fernseher anzumachen, was meinst du?«

Alexander nahm ihre Hände, gab ihr einen Kuss und sah ihr tief in die Augen. »Warum nachher? Mir fällt jetzt schon was ein.«

Sie zwinkerte ihm zu, »gedulde dich, mein Lieber, Geduld. Wollten wir nicht kochen? Komm, du kannst mir helfen«, und stupste ihn zurück in den Flur.

Verena begann in der Küche zu hantieren. Damit Alexander ihr nicht die ganze Zeit unbeholfen im Weg stand, gab sie ihm Aufgaben: »Zünde doch schon mal die Kerzen im Esszimmer an und dreh die Musik ruhig laut auf. Wir sind alleine im Haus. In der Marketingagentur unter uns haben alle Feierabend.«

Alexander machte sich an der Bluetoothbox zu schaffen und stöberte durch die überschaubare CD-Sammlung. Aus der Küche gab Verena weitere Anweisungen: »Geschirr und Gläser findest du im Schrank, das Besteck in der Küche. Und mach doch den Wein auf.«

Verena lud ihn ein, mehrere Tage zu bleiben. »Platz habe ich genug und wenn dir mein Essen schmeckt, wirst du nicht verhungern.«

Alexander nahm die Einladung dankend an, konnte aber nicht absehen, wie lange er in Hamburg zu tun haben würde.

»Zunächst mal habe ich ein Gespräch bei der Polizei und morgen Abend gehe ich mit deinem Chef essen.«

»Wie, du gehst mit meinem Chef essen? Wo geht ihr hin?«

»Ins Restaurant im Hotel Atlantic.«

»Och, da rennt der ständig hin. Was habt ihr denn zu besprechen?«

»Ich möchte eine Namensliste mit ihm durchgehen.«

»Was sind das für Namen? Kannst du das nicht mit mir?«

»Wahrscheinlich würde das gehen, aber ich habe ihm versprochen, dass er bei Fragen meine erste Anlaufstelle ist.«

»Ist in Ordnung. Wenn noch was offen bleibt, helfe ich gerne.«

Die zweite Flasche Wein war halb geleert, die ersten Kerzen abgebrannt und es wurde Zeit für den Nachtisch, den Verena im Schlafzimmer servierte. Nicht einen Moment dachte Alexander an den Fernseher …

****

Wie bei ihrem ersten Treffen führte Herr Sommer den Detektiv in sein Büro, wo noch immer die uralten Kekse herumstanden. Aus irgendeinem Grund reizte es Alexander, nach einem Mindesthaltbarkeitsdatum auf der Dose zu suchen, doch er traute sich nicht. Der Kommissar holte Kaffee und kam direkt zur Sache. »Ja, wir ermitteln«, war die Antwort auf die vordringlichste Frage, die unausgesprochen im Raum stand.

»Gibt es schon erste Erkenntnisse?«, fragte Alexander und trank, gespannt auf Sommers Antwort, einen Schluck aus der Tasse.

Alles, was der Polizist sagte, war: »Der Mordverdacht hat sich weiter erhärtet.«

Dembski wurde ungeduldig »Herr Sommer, spannen Sie mich nicht auf die Folter. Was haben Sie herausgefunden?«

Der Kommissar wirkte zögerlich und Alexanders Ungeduld wuchs. »Ich bin nicht aus Köln angereist, um mit Ihnen Kaffee zu trinken. Es wäre schon hilfreich, wenn Sie ein wenig ausführlicher werden könnten.«

Die Worte genau überlegend, kam der Beamte zum Punkt: »Wir haben weder DNA-Spuren am Seil noch Fingerabdrücke am Hocker gefunden. Mit anderen Worten, wir haben gar nichts gefunden.«

Alexander wurde stutzig: »Sie meinen, Sie fanden nur die DNA von Engeli?«

»Nein. Gar keine DNA. Weder die von Engeli noch von einer anderen Person. Sowohl das Seil als auch der Hocker waren klinisch rein.«

»Verzeihen Sie, wenn ich blöd frage, aber ist das nicht ungewöhnlich?«

»Wenn Sie es so ausdrücken, ja. Das ist absolut ungewöhnlich. Schließlich trug Dr. Engeli keine Handschuhe. Und erklären Sie mir mal, wie jemand sich erhängt, ohne nur die geringsten Spuren am Seil oder am Hocker zu hinterlassen. Glauben Sie vielleicht an einen Geist, der nach dem Tod erscheint und sauber macht oder an die Wiederauferstehung?«

»Nicht bei Engeli. Der war schon zu seinen Lebzeiten der beste Freund des Teufels. Da brauchen Sie nur seine früheren Mitarbeiter zu befragen. Den hätte der liebe Herrgott sofort in die Hölle geschickt, wenn er nicht ohnehin auf direktem Wege ein Expressticket dafür hatte.«

»Genau«, sagte Sommer. »Und wenn Spuren fehlen, wo sie hätten sein müssen, dann hat sie jemand entfernt.«

»Und das kann nur der Mörder gewesen sein«, stimmte Alexander ihm zu.

»So ist es. Aber behalten Sie das bloß für sich. Das sind vertrauliche Ermittlungserkenntnisse.«

»Natürlich.« Alexander stellte die Tasse auf den Besuchertisch. »Haben Sie sich nach den Barbituraten erkundigt?«

»Sein Hausarzt beruft sich auf die Schweigepflicht. Aber der Ehefrau zufolge war ihr Mann gesund und nahm, bis auf Vitaminpräparate, keine Tabletten. Barbiturate hält sie für absolut ausgeschlossen.«

»Gibt es auffällige Kontobewegungen oder ungewöhnliche private Kontakte?«

Sommer wirkte genervt und bauschte sich ein wenig hinter seinem Schreibtisch auf. »Herr Kollege, wir machen unsere Hausaufgaben, nur raten Sie mal, wie viele Ermittlungsbeamte an dem Fall arbeiten.«

»Sorry für meine Ungeduld. Wie sieht es denn mit Zielke aus?«

»Immer eins nach dem anderen. Ich kann Ihnen nicht sagen, ob wir uns mit Frau Zielke befassen werden. Die Akte ist zu alt, um auf einen schnellen Ermittlungserfolg zu hoffen. Die Staatsanwaltschaft sieht primär Handlungsbedarf im Fall von Dr. Engeli. Aber wollten Sie nicht aus Dänemark erzählen?«

Der Polizist erhielt sämtliche relevanten Informationen: Mordwaffe Messer, vermutlich Auftragskiller, fuhr Motorrad, Diebstahl nicht feststellbar.

»Können Sie mir sagen, welcher Kollege bei der dänischen Polizei den Fall bearbeitet?«

»Ja«, sagte Alexander, »Herr Kurt Svensson oder seine Chefin, Frau Susanne Schmidt. Sie leitet das Kopenhagener Morddezernat.«

Weil nicht feststand, ob die Polizei sich mit dem Tod von Zielke befassen würde, beschloss Alexander, selber weitere Nachforschungen anzustoßen. Neben den Informationen, die er den Unterlagen von der Northus Versicherung entnehmen konnte, war er an einem Einblick in das persönliche Umfeld der Verstorbenen interessiert. Und wer könnte ihm einen besseren Einblick gewähren, als ihr hinterbliebener Ehemann? Er rief bei Herrn Zielke an, stellte sich als Detektiv vor, der im Fall

Dr. Engeli ermittelte und fragte frei heraus nach einem Gesprächstermin.

»Kommen Sie doch einfach vorbei. Ich bin meistens ab sieben Uhr abends zu Hause, nur dienstags und freitags sind unpassend.«

»Gerne, vielen Dank. Ich bin ohnehin gerade in Hamburg. Dann komme ich am Donnerstag.«

Das ging jetzt aber einfach, war er positiv überrascht.

****

Das Restaurant im Hotel Atlantic war gut besucht. Anscheinend gab es viele Gäste, die auf Firmenkosten aßen oder Gourmets, die sich mehr für edle Genüsse interessierten, als für die hohen Zahlen auf der Rechnung am Ende des Dinners.

Dr. Junghans saß an einem abgelegenen Tisch und schien Mails in seinem Handy zu lesen. In seiner Position hat man wohl nie Feierabend, dachte Alexander. Nachdem die üblichen Begrüßungsfloskeln ausgetauscht waren, brachte der Ober die Speise- und Weinkarte.

»Herr Dembski, Ihre Terminanfrage hat mich überrascht. Ich hatte Ihnen doch bereits Zugang zu den erbetenen Unterlagen gewährt. Was kann ich denn nun wieder für Sie tun?«

Der Unterton missfiel Alexander. Dennoch hielt er es für cleverer, den Spannungsbogen nicht weiter zu erhöhen.

»Die Unterlagen haben uns geholfen, vielen Dank dafür. Ich hatte Ihnen Vertraulichkeit zugesichert und mich daher erneut an Sie gewandt …«

»Vertraulichkeit ist ein gutes Stichwort«, unterbrach Dr. Junghans. »Was meinen Sie, wie bei uns die Gerüchteküche brodelt? Selbstmord, Detektiv, Polizei, das sind alles Zutaten, die ich vom Unternehmen fern halten muss.« Sein Hals schwoll an. »Ein Kunde sprach mich bereits auf den Selbstmord an und ich möchte nicht, dass diese unsäglichen Vorkommnisse unnötig ans Tageslicht gezerrt werden. Wissen Sie, Herr Dembski, wir sind eine Versicherung, wir sind sogar eine sehr gute Versicherung, nur haben wir keine Produkte, die Sie anfassen, sehen oder schmecken können. Wir verkaufen ein Versprechen, und zwar das Versprechen, im Schadenfall unsere Leistung zu erbringen. Und das tun wir auch, sogar sehr gut. Und wenn der Kunde die Ware nicht anfassen, sehen oder schmecken kann, dann ist unsere Reputation das wesentliche Argument, sich für die Northus Versicherung zu entscheiden«, brachte Junghans mit Nachdruck hervor.

»Reputation, ja, die scheint in Ihrer Branche ein hohes Gut zu sein, das höre ich nicht zum ersten Mal. Da habe ich es einfacher. Mein Produkt sieht man ebenfalls nicht. Aber meinen Kunden ist es egal, ob ich Alkoholiker bin, Drogen nehme oder das Finanzamt bescheiße. Meine Kunden interessieren sich ausschließlich für das Ergebnis meiner Arbeit. Wenn ich liefere, sind sie zufrieden. Ich kann Ihnen nicht sagen, wie Sie Ihr Unternehmen vor Gerüchten schützen, ich kann Ihnen aber sagen, dass weder mein Auftraggeber noch ich irgendein Interesse haben, für Unruhe zu sorgen. Sie sollten jedoch wissen, dass die Polizei zwischenzeitlich im Fall von Dr. Engeli Mordermittlungen aufgenommen hat. Wenn sich bei einem der anderen Suizide ebenfalls herausstellt, dass es nicht Selbstmord, sondern Mord gewesen ist und es eine Verbindung zur von Ihnen geleiteten Versicherung gibt, dann ist die Reputation des Unternehmens Ihre kleinste Sorge, dann geht es um Ihre ganz persönliche Reputation. Dann geht es um den unbefleckten Ruf von Herrn Dr. Egon Junghans. Und genau dann werden Sie dankbar sein, wenn der nervende Detektiv den Ermittlungsbehörden und der Presse mitteilen kann, dass Sie mit voller Unterstützung zur Aufklärung beigetragen haben.« So, jetzt weißt du Bescheid, du überheblicher Schnösel, dachte sich Alexander und hoffte auf eine bessere Kooperation seitens des Vorstandsvorsitzenden.

Einen Moment lang sagte niemand ein Wort. Der Versicherungsmanager schien sich eingerenkt zu haben, wohl weil ihm klar war, dass der Detektiv nicht ganz Unrecht hatte. Die Unruhe in der Firma ließ sich ohnehin nicht in den nächsten Tagen beseitigen. Die Aufregung würde, wie üblich in solchen Fällen, mit der Zeit abflachen und dann irgendwann verschwinden. Und solange die sorgenvollen Anrufe von Kunden Einzelfälle blieben, würde er das Ganze unter Kontrolle behalten, war er sich sicher. Außerdem hatte er kein Interesse, die Angelegenheit mit Dr. Eismann näher zu erörtern. Wie zum Einverständnis zog er den Krawattenknoten stramm und willigte ein: »So wird es wohl sein, Herr Dembski. Also was wollen Sie von mir?«

»Wir sind auf ein paar Namen gestoßen, von denen einige womöglich mit den Todesfällen in Verbindung gebracht werden können. Ich benötige Informationen. Wer sind diese Personen, was machen sie und in welcher Funktion stehen sie zum Versicherungskonzern?«

»Dann legen Sie mal los, um welche Namen handelt es sich?«

Alexander suchte den Zettel, den Vanessa auf seinen Schreibtisch gelegt hatte und begann vorzulesen: »Zuerst die Kontakte von Dr. Engeli: Frau Kyster, Herr Lopez, Herr Morgenstern.«

Die Mimik von Dr. Junghans wirkte entspannt. »Das ist eine überschaubare Anzahl. Frau Kyster ist die Leiterin unserer Pressestelle, Herr Lopez verantwortet das Südeuropa-Geschäft, Herrn Morgenstern kenne ich nicht. Ich kann bei diesen Namen nichts Ungewöhnliches sehen.«

Alexander blickte wieder auf seinen Zettel und las weiter: »Die Kontakte von Frau Zielke sind: Frau Dr. Jacobi-Meyer, Herr Jäger, Frau Dr. Goldner.« Er legte den Zettel vor sich auf den Tisch und sah zum Vorstandsvorsitzenden. »Was fällt Ihnen zu diesen Personen ein?«

Dieser zuckte mit den Schultern und faltete seine Hände. »Herr Dembski, ich helfe Ihnen gerne. Aber mir ist überhaupt nicht klar, worauf Sie hinauswollen. Frau Dr. Jacobi-Meyer ist die Leiterin unserer Revision, Herr Jäger Bereichsleiter Finanzen und Frau Dr. Goldner kennen Sie bereits.« Dr. Junghans wirkte nicht mehr ablehnend, als er fragte: »Was hilft das jetzt? Vermuten Sie irgendeine Verbindung zwischen den Personen oder deren Funktionen zu den Selbstmorden?«

Der Detektiv fasste sich an den Hals und überlegte einen Moment. »Bis jetzt nicht. Aber wenn es eine Verbindung gibt, dann muss es irgendwo eine Spur geben. Und was läge näher, als im direkten Umfeld von Zielke und Engeli zu suchen?« Alexander sah erneut auf den Zettel. »Und nun die Namen, die sowohl bei Zielke als auch bei Dr. Engeli am häufigsten in den Unterlagen notiert waren: Frau Dr. Goldner, Herr Rintekampf und Herr Breuer.« Alexander faltete den Zettel zusammen und steckte ihn in seine Jackentasche.

»Der Name Breuer, das war mir klar.« Dr. Junghans machte eine Pause, und Dembskis Aufmerksamkeit stieg. »Herr Breuer ist der Lieblingskollege sämtlicher Vorstände. Vermutlich der einzige Kollege, der nicht von Herrn Dr. Engeli schikaniert wurde. Herr Breuer betreut den Fuhrpark. Und eins können Sie mir glauben, Limousine und Chauffeur sind für Vorstände ebenso wichtig, wie Zepter und Krone für Könige. Den Breuer umgarnen sie alle.«

»Und was ist mit Frau Dr. Goldner und Herrn Rintekampf?«

»Hier kann ich nur raten. Frau Dr. Goldner kennt sich gut mit internationalen Kapitalanlagen aus und Herr Dr. Engeli verantwortete das Ressort Ausland. Möglicherweise benötigte sie eine Einschätzung zu unterschiedlichen Märkten, Informationen über regionale Besonderheiten oder dergleichen. Dr. Engeli war zwar kein Sympathieträger, aber er hatte ein großes, funktionierendes Netzwerk. Mit Herrn Rintekampf dürften Personalthemen im Vordergrund gestanden haben. Er kümmert sich um das Traineeprogramm und um die Assessment-Center für die Nachwuchsführungskräfte.«

Als Dembski keine weiteren Namen nannte, sah Dr. Junghans ihn fragend an. Er hatte vermutlich eine umfangreichere

Liste erwartet. »Das war es? Wollten Sie nur etwas zu den paar Namen wissen? Das hätten wir auch am Telefon erledigen können. Aber wenn Sie schon mal den weiten Weg nach Hamburg auf sich genommen haben, kommen Sie, ich lade Sie zum Essen ein. Wenn Sie mögen, können Sie mir bei einem Glas Wein erzählen, weshalb die Polizei bei Dr. Engeli nicht mehr von Selbstmord ausgeht.«

****

Es war ein schlichtes Reihenhaus mit der Nummer fünf. Die gesamte Parzelle war mit Sicherheit genau ausgemessen, ordnungsgemäß im Grundbuch eingetragen und exakt so groß wie die anderen vier nebenan liegenden Grundstücke. Zwei Mountainbikes lagen im Vorgarten, das Garagentor stand offen und in der Einfahrt parkte ein schwarzer VW Golf. Das markanteste Alleinstellungsmerkmal in der Gartengestaltung bestand aus einem hölzernen Jägerzaun, der das zum Vorgarten gehörende Grundstück umrandete. Einzig eine eineinhalb Meter breite Lücke im Zaun wies den Zugang zum Haus. Dahinter begann ein circa drei Meter langer, mit Kieselfliesen aus dem Baumarkt, gepflasterter Weg. In den Ritzen wucherten Gras und Unkraut. Am Ende dieses aus Gras, Unkraut und Kieselfliesen bestehenden Weges befand sich eine zweistufige Treppe, die zur Haustür führte. Ein grauer Briefkasten, auf dem fein säuberlich ein Plastikschild mit dem Namen Zielke klebte, zeigte Dembski, dass er hier richtig war. Er drückte auf den kleinen abgewetzten Klingelknopf und es ertönte ein deutlich hörbares Läuten, das erst verstummte, wenn man den Finger wieder vom Knopf nahm.

Ein Mann, bekleidet mit einem rot karierten Hemd und Jeans mit Bügelfalten, öffnete die Tür. Er hatte leicht krauses, etwas ungeordnetes Haar und blickte seinen Besucher durch eine randlose Brille an. Da er nichts sagte, übernahm Alexander das: »Sind Sie Herr Zielke?«

»Ja.« Der Mann sah Alexander fragend an.

»Wir haben gestern telefoniert. Dembski, ich bin der Detektiv aus Köln. Ich hatte Sie so verstanden, dass ich heute vorbeikommen darf.«

»Ach ja, stimmt. Entschuldigung. Ich hatte das fast vergessen. Kommen Sie doch rein.«

Das Innere des Hauses war genauso funktionell und standardisiert eingerichtet, wie es von außen zu erwarten gewesen war. Der Eingangsbereich war gefliest, die meisten anderen Räume im Erdgeschoss mit Laminat ausgelegt. Die Wände in einem langweiligen Gelb, oder doch eher einem Ocker, gestrichen. Die nach oben führenden Treppenstufen zeigten deutliche Abnutzungsspuren. Die Küche und die Wohnzimmereinrichtung wirkten wie die Massenware aus dem Versandkatalog eines auf Langeweile spezialisierten Möbelhändlers. Nichts an der Einrichtung erweckte den Anschein, individuell oder gar teuer, versnobt oder modern zu sein. Allerdings gab es zahlreiche gerahmte Fotos. Sie zeigten eine Frau, mal mit Mann und Sohn, mal alleine. Aufnahmen von Astrid Zielke. Horst Zielke und sein Sohn Sebastian schienen ein eher unspektakuläres Leben zu führen. In einem kleinen Dorf nördlich von Hamburg, weit weg vom Großstadttrubel.

»Darf ich Ihnen was anbieten?«, fragte Herr Zielke etwas förmlich, aber durchaus freundlich. »Vielleicht ein Wasser oder eine Cola? Nehmen Sie doch bitte im Wohnzimmer Platz.«

»Eine Cola, danke.«

Alexander konnte sich nicht erinnern, wann er das letzte Mal auf einem Cord-Sofa gesessen hatte. Das muss zu Kindertagen in den frühen Neunzigern gewesen sein, dachte er. Zugegeben, er war selbst kein Experte für Inneneinrichtungen und seine eigenen vier Wände konnte man mitnichten als *State of the Art* bezeichnen. Jedenfalls war das Cord-Sofa bequem und alles im Haus schien sauber und ordentlich.

»Herr Zielke, danke, dass Sie so kurzfristig Zeit hatten. Ich bin gebeten worden, den Tod von Herrn Dr. Engeli zu untersuchen und stieß dabei unweigerlich auf den Namen Ihrer verstorbenen Frau«, kam er direkt auf den Punkt.

»Wissen Sie, Astrid starb vor zwei Jahren und ich frage mich täglich, warum sie fortging. Ich werde ihren Tod nie begreifen. Die Zeit mag zwar Wunden heilen, aber die Erinnerungen bleiben und blitzen immer wieder auf.« Horst Zielke sah einen Moment lang aus dem Fenster und wandte sich dann wieder Dembski zu. »Aber was hat das mit Herrn Dr. Engeli zu tun?«

»Nun, wie Sie vielleicht der Presse entnommen haben, starb Herr Dr. Engeli vor einigen Tagen.«

Zielke setze sich in einen der beiden Sessel. »Soweit ich gelesen habe, hat er sich erhängt.«

»Richtig, so stand es in der Zeitung. Und im letzten Jahr hat sich Herr Poulsen umgebracht.«

Herr Zielke nahm die Brille von seiner Nase und sah Alexander fragend an. »Und wer ist das?«

»Ein ehemaliges Aufsichtsratsmitglied der Northus Versicherung.«

»Dann wird Astrid ihn gekannt haben. Aber sie hat seinen Namen, soweit ich mich erinnere, nie erwähnt.« Herr Zielke legte seine Brille auf den Tisch. Er lehnte sich zurück und fing an, die Druckstellen auf der Nase zu massieren. »Was Sie mir sagen wollen, ist, dass Herr Dr. Engeli der dritte Selbstmörder binnen kurzer Zeit ist und sie diese unwahrscheinliche Häufung von Suiziden untersuchen?«

»Richtig.«

Herr Zielke legte seine Hände flach auf die Oberschenkel. »Aber wo ist die Verbindung zwischen Astrid und den beiden Männern?«

»Die sehe ich bisher nicht«, räumte Alexander ein. »Vielleicht gibt es auch keine, das versuche ich eben herauszufinden und hoffe auf Ihre Hilfe.«

Alexander trank die ganze Cola in einem Schluck und stellte das leere Glas zurück auf den braunen Untersetzer.

Sofort erhob sich Herr Zielke und nahm das Glas. »Möchten Sie noch eine Cola? Ist reichlich im Kühlschrank.«

»Danke, nein«, sagte Alexander und fuhr fort, nachdem Herr Zielke sich wieder gesetzt hatte: »Können Sie mir sagen, ob es bei Ihrer Frau Hinweise auf eine Krankheit, vielleicht eine Depression gab. Oder hatte sie eventuell früher schon mal versucht, sich das Leben zu nehmen?«

Zielke wirkte erschrocken. »Nein, wo denken Sie hin? Eben nicht, ich hab sogar mit ihrer Ärztin gesprochen. Sie war vollkommen gesund, trank fast nie Alkohol und ernährte sich ausgewogen. Nur Sport stand nicht regelmäßig auf dem Tagesprogramm. Ich sehe absolut keinen Grund für den Selbstmord.«

»Wissen Sie zufällig, ob sie Barbiturate nahm?«

»Sind das nicht starke Beruhigungsmittel?«

»Ja.«

»Sie nahm hin und wieder Schlafmittel.« Zielke fasste sich mit seinen Fingern an die Schläfe. »Vielleicht zehnmal im Jahr. Immer wenn sie früh aufstehen musste und zeitig zu Bett ging. Das waren aber harmlose Tabletten, nichts was wirklich stark ist. Sie hatte meistens eine Packung in ihrer Nachttischschublade liegen.«

»Hatte Ihre Frau Hobbys?«

»Sie hatte eher viele Interessen, würde ich sagen. Ein richtiges Hobby war nicht dabei. Es fehlte ihr an Zeit. Ihr Beruf hat sie sehr in Anspruch genommen. Ihre Freizeit außerhalb der Familie verbrachte sie gerne im Förderkreis Mathematik am hiesigen Gymnasium und wenn das Wetter es zuließ, ging sie Fallschirmspringen.«

»Fallschirmspringen?«

»Ja, das hat sie schon gemacht, als ich sie im Studium kennenlernte.«

»Sie kannten sich seit dem Studium?«

»Wir haben beide in Göttingen Mathematik studiert und den Kontakt nie abbrechen lassen. Vor fast zwanzig Jahren gingen wir unabhängig voneinander nach Hamburg, haben uns dann wiedergetroffen und kamen zusammen. Kurz darauf hielt ich um ihre Hand an.«

»Was machen Sie beruflich?«

»Ich unterrichte Mathematik hier am Gymnasium.«

»Mal was anderes, sagen Ihnen die Namen Goldner, Rintekampf und Breuer was?«

»Frau Dr. Goldner war eine Mitarbeiterin von Astrid und ist nun ihre Nachfolgerin und Herr Breuer kümmerte sich immer um ihren Dienstwagen, ein netter Mann. Er war regelmäßig bei uns, immer, wenn der Wagen zur Inspektion oder zum TÜV musste. So eine Limousine ist bei Vorständen eine Art Ritual. Astrid machte sich nichts aus Autos, allerdings achtete sie penibel darauf, nicht den kleinsten Wagen im Kreis ihrer Kollegen zu fahren. Herr Rintekampf, hat der nicht was mit Personal zu tun? Aber warum wollen Sie das wissen?«

»Ich will Sie nicht unnötig beunruhigen. Jedoch gibt es erste Indizien, dass Herr Dr. Engeli umgebracht wurde«, rückte Alexander mit der Wahrheit raus.

»Hm? Drei Selbstmorde hätten mich auch gewundert.«

»Warum?«

»Statistisch betrachtet dürfte das ausgesprochen unwahrscheinlich sein.«

»Ja, eben.«

Es entstand eine kurze Pause, in der Alexander beobachtete, wie Zielke unruhig wurde. »Entschuldigen Sie bitte Herr Dembski, aber der Gedanke an Mord wühlt mich sehr auf. Weder ich noch mein Sohn haben den Selbstmord verarbeitet. Und jetzt reißen Sie mit der Theorie über Mord frische Wunden auf. Können wir das Gespräch zu einem späteren Zeitpunkt fortsetzen? Sie können mich gerne anrufen. Bitte erwähnen Sie nichts gegenüber Sebastian.«

»Klar, das geht in Ordnung. Darf ich noch eine einzige Frage stellen? Wie gut kannte Ihre Frau Herrn Dr. Engeli?«

»Herrn Dr. Engeli? Er war ein Kollege. Sie konnte ihn nicht leiden und das ist noch freundlich formuliert. Sie mied jeden Kontakt mit ihm.«

****

Zurück in Winterhude überzeugte er Verena, Herd und Küche den Rücken zu kehren und beim Italiener an der Ecke essen zu gehen. Natürlich bestellten sie eine Flasche Chianti, denn Pizza ohne Rotwein wäre ein Sakrileg.

»Sag mal, weißt du zufällig, warum Frau Zielke kurz vor ihrem Tod so oft mit Frau Dr. Jacobi-Meyer zu tun hatte?«

Verena dachte kurz nach. »Nein, nicht genau. Ich glaube, die Revision sollte einen Teil der Kapitalanlagen prüfen.«

»Gibt es einen Prüfbericht?«

»Nein, die Revision wurde nie aktiv. Das Anliegen ging von Zielke aus.«

»Darf ich noch was Berufliches fragen?«

»Nur zu, Herr Detektiv.« Sie blinzelte ihm zu. »Wäre es nicht unhöflich, das Verhör mittendrin abzubrechen?«

»Du hattest auch mehrere Treffen mit Engeli.«

Verena dippte ein Brotstück in den Teller mit dem Olivenöl. »Selbstverständlich, er war für alle Auslandsthemen zuständig. Wir trafen uns regelmäßig, um uns über ausländische Kapital- und Finanzmärkte auszutauschen.«

»Frau Zielke mied ihn, wie kamst du mit ihm klar?«

»Er hat mich nicht schikaniert, wenn du das meinst.« Verena warf ihrem Freund einen kurzen Blick zu. »Vermutlich passte ich in sein Beuteschema. Außerdem hielt ich es damals nicht für schädlich, mich mit mehr als einem Vorstand zu arrangieren.«

»Hast du eigentlich einen Dienstwagen?«

Verena sah ihn merkwürdig an. »Du springst aber heute ganz schön in den Themen. Wie kommst du denn jetzt auf Dienstwagen?«

»Ist das nicht ein Statussymbol für eine Vorständin?«

»Ach herrje, wo hast du denn den Unsinn her? Für die Männer, ja. Aber doch nicht für mich. Ich kann nur meinen Kopf schütteln, wenn die Kerle wieder mit PS, Höchstgeschwindigkeit, Sonderausstattung und dem ganzen Nonsens anfangen. Sobald ein Kollege ein nagelneues Modell bekommt, laufen die Herren der Schöpfung allesamt in die Tiefgarage und lassen sich von Herrn Breuer das Fahrzeug im Detail erklären. Stell dir mal vor, kurz nachdem der Audi A8 ein Facelift erhielt, bekam ein Kollege sein neues Auto. Die Herren gingen wie immer runter in die Garage und jeder durfte eine Probefahrt machen. Der Knaller war aber unser Personalvorstand. Der hat bei der Probefahrt einen dicken Unfall gebaut. Er ist einem Bus voll hinten reingefahren. Du hättest mal sehen sollen, wie die ganze männliche Vorstandsriege da rumgeeiert ist. Wer weiß, vielleicht war auch Alkohol im Spiel. Das war wochenlang Thema Nummer eins am Rande der Vorstandssitzungen. Herr Breuer hat alles geregelt und binnen einer Woche ein baugleiches Fahrzeug besorgt und es sogar geschafft, dasselbe Kennzeichen zu bekommen.«

»Ne, ist nicht wahr.« Alexander schüttelte ungläubig den Kopf. »Machst du bei solchen Besichtigungen in der Tiefgarage nicht mit?«

»Lass mal, die üblichen Firmenwagen finde ich langweilig. Mein Dienstwagen steht fast das ganze Jahr unbewegt auf seinem Parkplatz. Wenn es nach mir ginge, würde ich mir ein Cabriolet holen, sogar ein richtig schnelles. Cabriolets sind nur leider nicht in der Dienstwagenverordnung vorgesehen. Und für die Stadt ist ein kleines Auto, mit dem ich überall eine Parklücke finde, genau das Richtige.« Sie schnitt ein Stück von der Pizza ab und sagte: »Bevor du wieder zu viel Wein trinkst, erzähl mir lieber, wie deine Gespräche gelaufen sind. Du hast mir schon gestern nichts erzählt, sondern nur unartige Dinge im Kopf gehabt.«

»Ach, ich hatte unartige Dinge im Kopf?«, schmunzelte Alexander. »Waren die unartigen Dinge nicht deine Idee?«

»Komm, lenk nicht ab«, blieb sie hartnäckig. »Wenn du mir nichts erzählst, gibt es heute keinen Nachtisch und du bekommst auch keinen Wein mehr.«

»Ist ja schon gut, es gibt nicht viel zu erzählen. Eigentlich hat mich keines der Gespräche weitergebracht. Aber einen Wein können wir trotzdem bestellen«, schlug Alexander vor. »Zumindest ein Glas.«

»Was hattest du denn erhofft?«

Er sah zu Verena und wusste nicht so recht, was er sagen sollte. »Ich weiß es nicht. Solche Gespräche sind meistens wie Wundertüten. Man kann nie sagen, was rauskommt. Das einzig Interessante ist, dass die Polizei bei Engeli jetzt doch von Mord ausgeht.«

»Überrascht dich das? Ich meine, du hattest mir doch von den Ergebnissen der gerichtsmedizinischen Untersuchung erzählt. Was bleibt denen dann anderes übrig? Prof. Hagendorn hatte doch Selbstmord ausgeschlossen. Und die anderen Treffen haben nichts gebracht?«

»Dein Chef war nicht sonderlich begeistert, sich wieder mit mir unterhalten zu müssen, aber zum Schluss hat er mich zum Essen eingeladen und wirkte ganz relaxt.«

»Was erwartest du? Der halbe Laden tratscht über den Selbstmord und deinem Besuch bei uns im Haus. Zum Glück hat bisher niemand vom Mordverdacht bei Engeli gehört. Was glaubst du, was dann los ist. Junghans sorgt halt für Ruhe, so gut es eben geht. Alles andere gefährdet das Geschäft. Soweit ich informiert bin, haben sich schon die ersten größeren Kunden über die Neuigkeiten aus den Zeitungen bei ihm erkundigt.«

****

Wieder zurück aus Hamburg saß Alexander in seinem Büro in der Kölner Südstadt und interessierte sich für die Hintergründe zur damals von Frau Zielke geplanten Revision. Diesmal suchte er den Kontakt zum Vorstandsvorsitzenden der Northus Versicherung nicht über das Büro der Eismann-Capital GmbH. Er rief direkt an. Frau Rosenberg nahm seinen Anruf entgegen, konnte allerdings nicht versprechen, dass ihr Chef für ein Gespräch zur Verfügung stand. »Er ist am Flughafen. Ich kann Ihnen nicht sagen, ob er schon im Flieger sitzt. Ich versuche Sie durchzustellen.«

Merklich missgelaunt über den Anruf versuchte der Manager, das Telefonat abzuwürgen. »Herr Dembski, ich habe keine Zeit.«

Und warum geht er dann ans Telefon, wenn er keine Zeit hat? Sein Problem, wenn er sich genervt fühlt. »Herr Dr. Junghans …«, fing Alexander an, »… ich will Sie gar nicht lange aufhalten, sondern nur in Kenntnis setzen, dass ich auf Frau Dr. Jacobi-Meyer zugehen werde.«

»Warum? Was wollen Sie von ihr?«

»Sie sind in Eile, daher ganz kurz: Frau Zielke hatte Dr. Jacobi-Meyer vor ihrem Selbstmord um eine Revision gebeten, die dann aber nicht mehr durchgeführt wurde. Hierzu werde ich sie befragen.«

»Wie kommen Sie denn darauf? Das höre ich zum ersten Mal. Was sollte denn einer Revision unterzogen werden?«

»Genau auf diese Frage erhoffe ich mir eine Antwort von Frau Dr. Jacobi-Meyer.«

Dr. Junghans spürte offenbar, dass er den Detektiv nicht vom Gespräch mit der Leiterin der Revision abbringen können würde und zischte: »Machen Sie das bitte diskret, wenn möglich per Telefon. Meiden Sie einen Besuch bei der Northus. Richten

Sie Frau Jacobi-Meyer aus, dass ich über das Gespräch vorab informiert wurde und auf absolute Verschwiegenheit bestehe.« Kein auf Wiedersehen, kein Tschüss, Junghans legte einfach auf.

Dembskis erster Anruf landete im Sekretariat von Dr. Jacobi-Meyer. Nach einem Hinweis auf das zuvor mit dem Vorstandsvorsitzenden geführte Gespräch wurde ein zeitnaher Rückruf avisiert – der auch sehr zeitnah erfolgte.

»Guten Tag Herr Dembski, Sie wollten mich sprechen?«

»Ja Frau Dr. Jacobi-Meyer. Vorab möchte ich Sie um Vertraulichkeit bitten, das ist Herrn Dr. Junghans wichtig. Er bat mich ausdrücklich, Ihnen dies auszurichten.«

»Einverstanden, und worum geht es?«

»Wissen Sie, wer ich bin?«

»Nein.«

»Ich bin der Detektiv, der zum Selbstmord von Herrn Dr. Engeli ermittelt.«

»Ach, Sie sind das. Ja, davon habe ich gehört.«

»Soweit ich informiert bin, hatte Frau Zielke kurz vor ihrem Ableben des Öfteren mit Ihnen zu tun. Können Sie mir sagen, um was es ging?«

»Sie sind gut informiert. Frau Zielke bat mich um eine Revision der ausländischen Kapitalanlagen.«

»Und?«

»Ich hielt es nicht für nötig, war aber grundsätzlich bereit, ihr den Gefallen zu tun.«

»Wurde die Revision durchgeführt?«

»Nein, nach ihrem Tod legte niemand mehr Wert darauf.«

»Auch nicht Frau Dr. Goldner?«

»Komischerweise nicht.«

»Was meinen Sie mit komischerweise?«

»Nun, neue Vorstände lassen sich gerne mal einen vertraulichen Revisionsbericht geben.«

Alexander war sich nicht ganz sicher, verstanden zu haben, was sie ihm sagen wollte und fragte deshalb: »Sie suchen nach Leichen im Keller ihrer Vorgänger?«

»Genau, auch wenn es um Unregelmäßigkeiten im Geschäftsbetrieb geht und nicht um Leichen. Aber Frau Dr. Goldner hatte kein Interesse.«

Alexander konnte den Gedanken von Dr. Jacobi-Meyer nachvollziehen. Allerdings wollte er sein Bild erst komplettieren, nachdem er Verena hierzu gehört hatte. Wie fast jeden Abend telefonierten sie auch heute miteinander.

»Was machst du am Wochenende? Kai kommt doch, oder?«

»Ja, ich muss gleich nach Hause. Einer meiner Freunde hat seine Jungs bei sich und ist heute mit ihnen alleine. Falls Kai Lust hat, gehen wir nachher zusammen ins Kino. Andernfalls werden wir die Playstation zum Glühen bringen.«

»Ganz die väterliche Erziehung ...«, sagte Verena und fügte hinzu, »... wieder ein Männerwochenende.«

Zum Schluss fragte Alexander: »Warum hast du damals auf die Revision verzichtet?«

»Welche Revision?«

»Na, die Revision, die Frau Zielke kurz vor ihrem Tod in Auftrag gegeben hatte. Du hast mir doch beim Italiener davon erzählt. Ich habe mit Frau Dr. Jacobi-Meyer gesprochen. Sie hat es bestätigt.«

»Sorry, ich stehe gerade auf dem Schlauch. Was hat sie bestätigt?«

»Das, was du gestern sagtest. Frau Zielke hatte sie mit einer Revision beauftragt.«

Verena fühlte sich überrumpelt. »Sag mal, bin ich jetzt deine Hauptverdächtige? Dann solltest du schleunigst wieder nach Hamburg kommen und eine gründliche Leibesvisitation bei mir vornehmen. Ich werde mich auch nicht wehren«, versprach sie.

Ihre Gründe für den Verzicht auf die Revision waren schlüssig. Die Kapitalanlagen würden regelmäßig geprüft, schon allein durch den von der Versicherungsaufsicht verlangten Treuhänder zur Überwachung des Sicherungsvermögens. Ferner waren Revisionen nicht sonderlich beliebt und Verena hatte, als Neue im Vorstandsamt, nicht gleich durch unpopuläre Maßnahmen bei ihren Mitarbeitern anecken wollen. Zudem war es ihr pietätlos erschienen, nach Fehlern ihrer kurz zuvor verstorbenen Vorgängerin zu suchen. Dies umso mehr, als sie selbst mit den meisten Vorgängen im Ressort schon seit Jahren bestens vertraut war.

»Das leuchtet mir ein.« Alexander war mit ihrer Erklärung zufrieden.

»Schade, du hättest zumindest auf die Leibesvisitation bestehen können.«

Die Fahrt nach Genf

Abermals stand Dembski vor dem monumentalen Wolkenkratzer, dessen obere Etagen die Eismann-Capital GmbH beheimateten. Abermals war er von dem Koloss fasziniert, ohne sich entscheiden zu können, ob ihm das riesige Gebäude gefiel oder ob er es nur für einen Stahlbeton-Klotz halten sollte.

Am Entree des Hochhauses hatte sich nichts verändert. Alles war sauber und glänzte, als ob nie ein Besucher die pompöse Eingangshalle betreten hatte. Am Empfang saß derselbe Pförtner, wie vor zwei Wochen, der mit halb geöffnetem Mund auf die vor ihm liegende Zeitung glotzte. Dembski nannte seinen Namen und sagte, dass er zu Dr. Eismann wolle. Erneut erfolgte das Prüfverfahren mit Hilfe der Besucherliste. Danach durfte er passieren.

Auf der vierundfünfzigsten Etage begrüßte Frau Moll den Detektiv. »Schön, Sie zu sehen. Geben Sie mir Ihre Jacke, er erwartet Sie. Gehen Sie schon mal rein, Kaffee bringe ich gleich. Es war doch Kaffee?«

Alexander betrat die Regierungszentrale der Eismann-Capital GmbH und bemerkte wieder die blauen Augen des Finanzmoguls, die ihn anzusehen schienen.

»Setzen Sie sich.«

Kein guten Tag, kein wie geht es Ihnen, kein schön Sie zu sehen. Dr. Eismann erhob sich und begab sich zur Sitzgarnitur, auf der Alexander Platz genommen hatte.

»Herr Dembski, soweit ich die Überschriften der dänischen Presse entziffern konnte, wurden Frau Poulsen sowie deren

Haushälterin umgebracht. Bitte korrigieren Sie mich, falls ich mich irre. Ich bin für gewöhnlich kein Befürworter emotionaler Bekenntnisse, aber was Sie in Dänemark erleben mussten, tut mir leid. Auch, wenn ich vermutet hatte, dass die Recherchen nicht ganz ungefährlich sein würden, so bin ich doch nie von Mord oder dergleichen ausgegangen. Berichten Sie mir daher zunächst aus Kopenhagen.«

»Es war schrecklich. Die beiden Frauen wurden umgebracht. Das Hausmädchen verblutete in meinen Armen. Ob Frau Poulsen relevante Informationen besaß, weiß ich nicht. Sie starb, bevor ich mit ihr sprechen konnte. Der Polizei zufolge gab es keine Hinweise darauf, dass etwas gestohlen wurde. Einzig die zeitliche Nähe zu meinem Termin verbunden mit der Aussage des ermittelnden Beamten, der von einem professionellen Mörder ausgeht, könnten Indizien für einen Bezug zu unseren laufenden Ermittlungen sein.«

»Welche Alternativen gibt es?«

»Was meinen Sie mit Alternativen?« Alexander fasste sich in den Nacken.

»Sie sind doch nach Dänemark geflogen, um an Informationen über Herrn Poulsen zu gelangen. Ihre Informationsquelle wurde umgebracht. Gibt es weitere mögliche Quellen?«

»Nur Frau Williams, seine ehemalige Sekretärin in Genf, sofern sie da überhaupt noch wohnt. Haben Sie ihre Kontaktdaten?«

»Frau Moll kann sie Ihnen zukommen lassen. Sie wollen Frau Williams einen Besuch abstatten?«

»Ja.«

»Stimmen Sie sich mit Böhm ab. Er kann den Termin übernehmen. Er muss ohnehin etwas für mich in Genf erledigen. Was haben Sie sonst noch?«

Dembski berichtete über Vanessas Auswertungen sowie über die Gespräche in Hamburg, was Eismann aufmerksam zur Kenntnis nahm.

»Herr Dr. Eismann, mich würde noch etwas im Zusammenhang mit einem Gespräch mit Frau Dr. Jacobi-Meyer interessieren. Ich bin kein Finanzunternehmer und hätte gerne Ihre Einschätzung.« Alexander wartete nicht auf eine Reaktion des Finanzmoguls, sondern stellte seine Frage: »Würden Sie als neuer Vorstand Ihren Verantwortungsbereich von der Revision prüfen lassen?«

Dr. Eismann holte nicht mal Luft. Seine Antwort kam, wie aus der Pistole geschossen: »Ganz klar nein, und ich will Ihnen auch sagen warum. Als neuer Vorstand übernehme ich das gesamte Ressort. Unabhängig von der Revision bin ich für Vergangenes und Gegenwärtiges verantwortlich und werde an den zukünftigen Resultaten gemessen. Mögliche Fehler meines Vorgängers gehören dazu. Sollten Fehler, die vor meiner Zeit gemacht wurden, mir zur Last gelegt werden, ist das ein Zeichen für mangelndes Vertrauen, nicht aber für einen fehlenden Revisionsbericht. In so einem Fall würde ich mein Amt unverzüglich niederlegen.« Präziser hätte eine Antwort nicht sein können.

Wie beim letzten Termin waren die Arbeitsergebnisse in einem schriftlichen Bericht zusammengefasst, der in einer roten Mappe vor ihnen auf dem Tisch lag. Dembski entging nicht, dass sein Auftraggeber die Unterlage betrachtete. Noch bevor dieser irgendeine Anmerkung machen konnte, reagierte der Detektiv: »Die gebe ich gleich Frau Moll.«

Dr. Eismann sah auf und blickte direkt in Dembskis braune Augen. Alexander war sich nicht sicher, aber meinte, für einen winzigen Augenblick ein kleines Lächeln in der Mimik seines Auftraggebers erkannt zu haben.

»Darf ich Ihnen eine weitere Frage stellen? Warum haben Sie damals meinen Vater um eine Hintergrundrecherche über Herrn Böhm gebeten?«

Dr. Eismann wechselte die Sitzposition, hob seinen Kopf und sah den Detektiv an. Nach einem Augenblick des Schweigens lehnte Eismann sich zurück. »Ja, Sie dürfen fragen. Ihr Vater sollte den Lebenslauf von Böhm prüfen.«

»Sie lassen Ihre Mitarbeiter durchleuchten?«

»Einige.«

Eismann stand auf und stellte sich, mit dem Rücken zu Dembski, vor die Fensterfront. »Wissen Sie, ich suchte damals einen persönlichen Assistenten. Neben Frau Moll ist Böhm der Einzige, der in nahezu alle Firmeninterna eingeweiht ist. Und Frau Moll kenne ich seit der Grundschule.« Er wandte sich wieder dem Detektiv zu. »Herr Dembski, gehen Sie doch gleich zu Böhm und stimmen Sie sich in Bezug auf Genf ab. Er ist heute in der Firma. Frau Moll bringt Sie zu ihm.«

Der unerwartete Besuch aus Köln war eine Überraschung für Böhm. »Jetzt bin ich aber neugierig. Wollen Sie nur kurz Hallo sagen oder hat mein Chef Sie mit einem Auftrag zu mir geschickt?«

»Sowohl als auch.« Alexander lehnte sich an den Türrahmen.

»Dachte ich mir. Dann nehmen Sie doch erstmal Platz. Sie kommen gerade recht.«

»Das freut mich. Sie haben es hier ganz schön komfortabel.«

»Ja, ja, uns geht es nicht schlecht. Der Laden ist in Ordnung. Dennoch, die Arbeit muss erledigt werden. Seit heute Morgen sitze ich ununterbrochen an einer Auswertung und kann etwas Ablenkung gerade gut gebrauchen.«

»Was macht denn ein persönlicher Assistent den ganzen Tag?«, wollte Dembski wissen.

»Um es auf den Punkt zu bringen, alles was seinem Chef so einfällt und was weder ins Sekretariat noch in eine der Abteilungen passt. Zurzeit arbeite ich an einer Präsentation über die Auswirkungen der europäischen Niedrigzinsphase auf die weltweiten Immobilienpreise. Die Bedeutung von Immobilien als Anlageobjekte hat in den letzten Jahren enorm zugenommen. Staatsanleihen sind nicht mehr rentabel und so sucht sich das Geld verstärkt seinen Weg in das Betongold.«

»Das hört sich sehr theoretisch an.«

»Volkswirtschaftliche und auch betriebswirtschaftliche Fragestellungen beginnen meistens in der wissenschaftlichen Theorie und werden dann oftmals zu Hypothesen weiterentwickelt. Hin und wieder wird eine solche Hypothese von einem Unternehmer aufgegriffen und in seine Arbeitsabläufe implementiert«, erklärte Böhm. »Manchmal funktioniert es, manchmal geht es schief. Theorie und Praxis passen halt nicht immer zusammen. Aber lassen Sie uns lieber über Ihre Arbeit sprechen. Wie ist der Stand der Dinge? Konnten Sie schon etwas herausfinden? Ich bin gar nicht auf dem Laufenden.«

In einer Kurzfassung erzählte Alexander die Geschichte, die er eben zuvor Eismann berichtet hatte und fügte hinzu: »Und nun hat Ihr Chef vorgeschlagen, dass Sie nach Genf fahren und sich mit Frau Williams treffen.«

Böhm legte seinen Filzstift zur Seite. »Sie glauben, Frau Williams hat noch Unterlagen von Poulsen?«

»Ich hoffe es. Immerhin war sie seine Sekretärin. Womöglich hat sie ein paar Akten aufbewahrt oder es liegt irgendwo ein alter Laptop herum. Weitere Möglichkeiten fallen mir momentan nicht ein. Jedenfalls werden wir in Kopenhagen nicht mehr fündig werden. Über Engeli und Zielke konnten wir etwas in Erfahrung bringen, nicht jedoch über Poulsen. Über ihn haben wir nahezu nichts.«

»Wenn Sie meinen. Dann werde ich das mal in Angriff nehmen, vielleicht sogar nach dem Mittagessen, dann könnte ich mich morgen mit Frau Williams treffen. Er hängt mir sowieso die ganze Zeit im Nacken wegen Genf.«

»Er hängt Ihnen im Nacken?« Alexander neigte seinen Kopf ein Stück zur Seite und zog die Augenbrauen hoch. »Er scheint mir nicht der Typ Mensch zu sein, der Sachen mehrmals sagt.«

»Nein, nein, das ist schon okay. Er wollte nur wissen, ob ich diese oder nächste Woche fahre. Ich versuche immer in eine Gutwetterperiode zu kommen, damit ich das Motorrad nehmen kann. Und wenn die Wetterprognose stimmt, dann bleibt es im Süden des Landes die nächsten Tage zumindest trocken.«

»Ist das nicht zu weit mit dem Motorrad?«

»Doch, die Strecke ist ambitioniert. Es sind gut sechshundert Kilometer. Aber ich verbinde die Tour mit ein paar Tagen in den Alpen. Das entschädigt für alles. Jetzt aber nur nochmal zu meinem Verständnis: Sie möchten, dass ich Frau Williams aufsuche und nach Notizen oder sonstigen Dokumenten frage, die sie eventuell aus der Zeit mit Poulsen herumliegen hat?«

»Bingo. Und drücken Sie mal die Daumen, dass nicht alles im Altpapiercontainer gelandet ist.«

»Ich melde mich, sobald ich mit ihr gesprochen habe.«

****

In Köln begann der neue Monat mit nasskaltem und stürmischem Wetter, teils sogar mit morgendlichem Bodenfrost, was ungewöhnlich kalt für diese Jahreszeit war. Umso wohler fühlte sich Alexander, als er das Ladenlokal zu seiner kleinen Firma betrat und das Aroma von frisch gebrühtem Kaffee in seine Nase strömte. Vanessa war bereits da. Sie hatte das Radio laut aufgedreht und trällerte, hörbar gut gelaunt, den laufenden Song mit. Bevor er etwas sagen konnte, drehte sie die Musik leiser und sah ihn herausfordernd an. »Ach! Der Herr Detektiv lässt sich mal wieder blicken. Warst du im Urlaub? Solange dauert doch keine Dienstreise. Ich hab dich seit letztem Dienstag nicht gesehen.«

»Beschwer dich nicht, ich hab dir zwei Brötchen mitgebracht. Und außerdem warst du am Freitag nicht im Büro.«

»Doch, aber nur bis Mittag. Und es sollte mal festgehalten werden, dass ich heute entgegen aller guten Sitten trotz eines Feiertages zur Arbeit gekommen bin.« Vanessa streckte sich, schob ihren Kopf in den Nacken und wartete offenkundig auf eine anerkennende Geste.

Alexander fiel nichts Besseres ein als: »Oh, das Proletariat begehrt auf. Sei lieber froh, bei dem miesen Wetter einen gemütlichen Arbeitsplatz in einem warmen Büro zu haben.«

Normalerweise hätte ein derartiger Spruch zu einem launischen Kommentar führen können. Doch Vanessa bewahrte die Contenance. »Jetzt lenk nicht vom Thema ab. Erzähl mir lieber, wie es in Hamburg war.«

»Ich glaube, ganz gut.«

»Ich glaube, ganz gut?! Ich höre eine ganze Woche nichts von dir und außer: *Ich glaube, ganz gut.* Hast du nichts zu erzählen?« Sie verschränkte ihre Arme vor der Brust. »Mit so einem schlappen Engagement kannst du deinen Job bald an den Nagel hängen. Konntest du zumindest meine Auswertungen verwenden?«

»Ja, die waren exzellent. Ich bin die Namen mit Junghans durchgegangen. Nun müssen die weiteren Ermittlungen zeigen, ob wir erneut auf eine dieser Personen stoßen und die übrigen Informationen sich wie Mosaiksteine zu einem Bild zusammenfügen.«

»Denkst du etwa nicht?«

»Schwer zu sagen. Engeli hat sich definitiv nicht selbst umgebracht und wenn mein Bauchgefühl nicht trügt, ist Frau Zielkes Selbstmord etwas, das in Frage gestellt werden sollte. Nur den Zusammenhang sehe ich nicht.«

»Hast du was von der dänischen Polizei gehört?«

»Nein. Gut, dass du mich erinnerst. Die rufe ich nachher an.«

»Und nun zum Wichtigsten.« Mit einem oberlehrerhaften Blick sah sie Alexander an.

»Was ist? Ich hab doch alles erzählt.«

»Komm, tu nicht so.« Sie formte einen spitzen Kussmund: »Wie war es bei Frau Dr. Zuckerschnecke? Und erzähl mir bloß nicht, du hättest im Hotel übernachtet. Oder hast du mit ihr sogar das ganze Wochenende verbracht?«

»Am Wochenende war Kai bei mir. Der Rest geht dich nichts an.«

»Ach komm, stell dich nicht so an. Mir kannst du es doch erzählen, du alter Tiger. Wie war es bei ihr?«, bohrte sie und klimperte dabei aufreizend mit ihren Wimpern.

»Sie wohnt in Winterhude, hat einen viel zu kleinen Fernseher, kocht gerne, interessiert sich nicht für Autos, und überall stehen Kerzen rum.«

»Immer schön sachlich bleiben. Ein Detektiv zeigt keine Gefühle, typisch Mann. Weißt du was? Du bist verknallt!«

Der letzte Satz zeigte Wirkung.

»Du wirst ja ganz rot, wie süß. Mein Chef wird verlegen. Mir machst du nichts vor, Mister Pokerface«, setzte Vanessa nach.

Was sollte er sagen? Sie hatte Recht und er fühlte sich seiner Mitarbeiterin gegenüber wie ein offenes Buch. Um der Situation auszuweichen, wechselte er das Thema: »Ich muss jetzt mit der Polizei in Dänemark sprechen.« Damit zog er sich in sein Büro zurück.

Die Ermittlungsbeamten in Kopenhagen fanden keinen Hinweis auf einen Diebstahl und schlossen einen Raubmord aus. Das einzige Ziel des Mörders war es offenbar gewesen, Frau Poulsen umzubringen. Das bedauernswerte Hausmädchen war ein Kollateralschaden. Der dänische Polizist formulierte es wie folgt: »So blöd diese Floskel auch klingen mag, aber sie war einfach zur falschen Zeit am falschen Ort. Aber die dänische Polizei ist immer sehr fleißig. Wir haben zwei Dinge, die möglicherweise hilfreich sind. Ich schick dir ein Foto von einem grünen Motorrad. Es könnte der Mörder sein, der von einer Überwachungskamera aufgenommen wurde. Freu dich nicht zu früh, man sieht ihn nur in seiner schwarzen Montur und mit Helm. Das Kennzeichen hilft uns nicht, es wurde vorher gestohlen. Dann schicke ich dir noch eine Vermögensaufstellung. Seit Poulsen nicht mehr für den Aviation-Konzern gearbeitet hat, hat er auf ziemlich großem Fuß gelebt. Größer, als es seine ohnehin üppige Altersversorgung zuließ. Das Haus hat er erst vor drei Jahren gekauft. Und glaub mir, die Anwesen in Klampenborg sind ausgesprochen teuer.«

»Weißt du, wo das Geld herkommt?«

»Nein, von einem Erbe ist jedenfalls nichts bekannt. Und seine Frau war auch nicht vermögend.«

»Na komm, irgendwas musst du doch haben.«

»Das ist nicht so einfach. Käme das Geld von einem dänischen Konto, könnten wir das untersuchen. Aber er hat lange in der Schweiz gewohnt und deren Bankgeheimnis ist bei Weitem nicht so löchrig wie ihr Käse.«

»Hat dich Kommissar Sommer von der Hamburger Polizei kontaktiert.«

»Ja, wir sind im regelmäßigen Austausch, aber die stochern im Nebel.«

Gerade als Alexander das Büro abschließen und in die Mittagspause gehen wollte, klingelte sein Handy. Es war Böhm mit der erfreulichen Nachricht, Frau Williams erreicht zu haben. »Und stellen Sie sich vor, sie hat sogar noch ein paar Ordner mit persönlicher Korrespondenz. Allerdings soll es sich hierbei nur um Gratulationsschreiben, Weihnachtsgrüße und all so einen belanglosen Kram handeln. Interessanter sind zwei Notizbücher. Die hielt er immer in einer Schublade seines Schreibtisches unter Verschluss und getrennt von seinen sonstigen Arbeitsunterlagen. Sie weiß aber nicht mehr allzu viel über deren Inhalt. Mit etwas Glück, meinte sie, gibt es auch ein Adressbuch. Allerdings muss sie es erst suchen. Sie konnte sich nicht erinnern, wo sie es zuletzt gesehen hatte, aber sie wollte sich bei mir melden. Angeblich trug er dieses Adressbuch immer bei sich. Ich treffe mich nachher mit ihr. Sie scheint eine Rentnerin mit viel Zeit zu sein.«

»Hervorragend. Vielleicht haben wir Glück und erhalten Hinweise, die uns weiterhelfen. Aber warum hat Frau Williams die Sachen nicht weggeworfen? Bewahrt die etwa Poulsens ganzen Krempel auf?«

»Weiß ich nicht. Soll ich sie fragen?«

»Ne, lassen Sie es lieber«, empfahl Dembski. »Wissen Sie, was drin steht? Hat Frau Williams etwas gesagt oder angedeutet?«

»Nein. Sie wird nichts wissen. Ich denke, sie ist eine Sekretärin vom alten Schlag. Pflichtbewusst, loyal und mit Sicherheit stöbert sie nicht heimlich in vertraulichen Unterlagen.«

»Das glauben Sie doch selbst nicht. Was heißt denn schon alter Schlag? Früher wurden die unartigen Mädchen auch vor ihrer Hochzeit schwanger. Wenn die Williams bislang keinen Blick in die Notizen geworfen hat, macht sie es spätestens jetzt, nachdem Sie sich danach erkundigt haben. Ist aber auch egal, Hauptsache, sie gibt uns die beiden Bücher und wenn sie es findet, das Adressbuch. Wann sind Sie wieder zurück?«

»Nächsten Dienstag oder Mittwoch. Ich soll noch eine Kleinigkeit für meinen Chef erledigen und anschließend steht die Motorradtour in die Alpen an. Möchten Sie, dass ich Ihnen die Unterlagen vorab mit der Post schicke?«

»Nein, nicht wenn Sie es auf dem Motorrad verstauen können. Der Postweg ist nicht wesentlich schneller. Melden Sie sich, wenn Sie zurück sind. Wir sehen uns dann die Notizbücher gemeinsam an. Viel Spaß noch bei Ihrer Alpentour.«

Die erfreuliche Nachricht aus der Schweiz war für Alexander Anlass genug, auf dem Heimweg beim Supermarkt vorbeizugehen und sich eine richtig gute Flasche Rotwein zu gönnen. Sein Laptop blieb aus, der Spielfilm begann erst in einer halben Stunde. Es blieb also noch Zeit für das abendliche Telefonat mit Verena. Sie schickten sich Küsse durchs Telefon und berichteten sich gegenseitig von ihrem Arbeitstag. Alexander erzählte insbesondere über die erfreulichen Neuigkeiten aus der Schweiz. Sie überlegten, was sie am kommenden Wochenende gemeinsames unternehmen könnten. Weil er zuletzt in Hamburg gewesen war, einigten sie sich auf Köln, zunächst ohne ein festgelegtes Tagesprogramm. Verena wollte versuchen, Freitag zwischen neun und zehn Uhr abends bei ihm zu sein.

****

Es war die Nummer von Frau Moll, die Alexander im Display las. Sie klang kurzatmig: »Herr Böhm ist mit dem Motorrad verunglückt. Er liegt im Genfer Universitätskrankenhaus. Er ist nicht ansprechbar.«

Den Angaben der Kantonspolizei zufolge hatte Böhm auf der Route de Meyrin einen Unfall gehabt und war umgehend ins Krankenhaus gebracht worden. Die Ärzte hatten ihn in ein künstliches Koma versetzt, konnten aber nicht sagen, ob er durchkommen würde.

Dembski war geschockt. Gestern noch hatte er mit ihm telefoniert. Sämtliche Arbeiten schienen für den Augenblick bedeutungslos. Einzig wichtig war das Überleben von Eismanns persönlichem Assistenten. Alexander ging zu Vanessa ins Vorzimmer.

Der Schock war ihm anzusehen. »Was ist los?«, fragte sie voller Sorge.

»Böhm ist verunglückt. Man weiß nicht, ob er überlebt.«

Obwohl Vanessa ihn bisher nur einmal in der Detektei gesehen hatte, wirkte sie betroffen.

Alexander beschloss, so schnell wie möglich in die Schweiz zu fliegen. Er buchte den nächsten Flug und schickte Verena eine kurze Nachricht: »Ich muss nach Genf. Wir sehen uns am Wochenende. Melde mich, falls ich es wider Erwarten nicht rechtzeitig nach Köln schaffe. Kuss A.«

Die Antwort ließ nicht lange auf sich warten: »Ich wünsche dir eine gute Reise. Freue mich auf unser Wochenende. Erzählst du mir dann, was du in der Schweiz gemacht hast? Denke an dich.«

Auf dem Weg zum Flughafen reservierte er ein Zimmer im Hotel Beau-Rivage, wo er kurz vor Mitternacht eincheckte. Er versuchte noch in der Nacht Böhm im Krankenhaus zu besuchen, was ihm aber nicht gelang. Zu so später Stunde wurden keine Besucher mehr in das Hôpitaux Universitaires de Genève gelassen. Gleich am nächsten Morgen fuhr er erneut in die Klinik und erkundigte sich nach dem Zimmer, in dem Böhm lag. Er gab an, dessen Bruder zu sein und hoffte, als Familienangehöriger durchgelassen zu werden. Die Lüge funktionierte. »Herr Böhm liegt auf der Unfallstation im Intensivbereich in Zimmer zweihundertelf.«

Inmitten unzähliger medizinischer Apparate, die allesamt über Kabel und Schläuche mit dem Patienten verbunden waren, sah er ihn liegen. Außer dem rhythmischen Pumpen des Beatmungsgerätes und dem monotonen »Biep …, Biep …, Biep …«, des EKG herrschte absolute Stille.

Das triste Weiß der Deckenlampen wurde von den vielen kleinen Leuchtdioden und Bildschirmen der medizinischen Geräte unterbrochen. Das bunte Blinken und die Diagramme auf den Monitoren gaben Auskunft über Böhms unterschiedliche Vitalwerte. Er lebte.

Äußerlich waren kaum Verletzungen zu erkennen. Der Helm und die sonstige Schutzkleidung hatten dies größtenteils verhindert. Er schien einfach nur friedlich zu schlafen, so als ob er jeden Augenblick aufwachen und Alexander begrüßen könnte. In Wirklichkeit aber rang er mit dem Tod. Ein minimales Auf und Ab seines Brustkorbs war die einzige sichtbare Bewegung seines Körpers. Sie verlief synchron zu den Geräuschen des Beatmungsgeräts, welches in genau gemessenen Abständen den Luftstrom durch den im Mund steckenden Tubus in seine Lungen pumpte und wieder absaugte.

Was mochte nur in ihm vorgehen? Bekam er überhaupt etwas von all dem mit, was um ihn herum geschah? Konnte er ihn hören, wusste er, dass Alexander hier war?«

Alexander wusste nicht, ob er jemals Antworten auf diese Fragen erhalten würde. Böhm war am Leben, das war alles, was jetzt zählte.

Ein unbehagliches Gefühl beschlich Dembski, es war eine Mischung aus Traurigkeit und Hilflosigkeit. Wieder einmal wurde ihm bewusst, wie schmal die Grenze zwischen Leben und Tod war. Zu gerne hätte er in diesem Moment mit Böhm gesprochen und ihn gefragt, wie es zum Unfall kommen konnte. Auch wenn beide Männer sich im selben Raum befanden, so waren sie doch in verschiedenen Welten.

Eine junge Frau in weißem Kittel kam ins Zimmer und durchbrach die morbide Stille. Sie stellte sich als Dr. Nathalie Huber, diensthabende Stationsärztin vor.

»Können Sie mir sagen, wie es meinem Bruder geht?«, fragte Alexander sie.

»Die letzte Nacht war kritisch. Er hat diverse Brüche, Kopfverletzungen, Prellungen und innere Blutungen erlitten. Die Blutungen konnten wir stoppen. Als Nächstes muss die Schwellung im Gehirn sich zurückbilden. Das ist momentan unsere größte Sorge. Erst danach können wir ihn aus dem Koma zurückholen und uns um die Brüche kümmern.«

»Was bedeutet das? Wird er wieder gesund?«

»Es geht Ihrem Bruder verdammt schlecht. Seine Werte sind kritisch. Ich vermag noch nicht zu sagen, ob er durchkommen wird. Und falls er es schafft, könnte er bleibende Schäden davontragen. Wir wissen nicht, in welchem Umfang sein Gehirn in Mitleidenschaft gezogen wurde. Wenn man so will ist das einzig Positive, dass sein Rückenmark nicht verletzt wurde. Sollte er überleben, wird ihm der Rollstuhl aller Voraussicht nach erspart bleiben. Ihr Bruder braucht zunächst viel Ruhe und Zeit. Haben Sie Geduld, wir tun, was wir können.«

Dembski ließ seine Arme hängen und neigte seinen Kopf nach vorne. »Können Sie mir sagen, was genau passiert ist?«

Die Ärztin warf einen Blick in eine graue Mappe. »Laut Patientenakte hatte er einen Motorradunfall. Er wurde mit dem Rettungswagen eingeliefert, war aber bei Bewusstsein.«

»Hat er was gesagt?«, fragte Alexander. »Konnten Sie mit ihm sprechen?«

»Bitte beruhigen Sie sich.« Die Ärztin legte ihre Hand auf Alexanders Schulter. »Setzen Sie sich, nehmen Sie einen Moment Platz.« Sie erklärte ihm in ruhigem Ton, dass die Ärzte mit schwer verletzten Notfallpatienten nur das Nötigste besprechen, sofern die Patienten überhaupt bei Bewusstsein sind. »Die medizinische Notversorgung und die Stabilisierung der Vitalwerte sind das Wichtigste. Bei ihrem Bruder musste es schnell gehen. Er hat die letzten Stunden überlebt, das ist zumindest ein gutes Zeichen. Wir kümmern uns rund um die Uhr um ihn.«

»Wissen Sie, wo ich mehr erfahren kann? Wer kann mir sagen, was genau passiert ist?«

Die Ärztin sah erneut in die Akte. »Vermutlich bei der Gendarmerie. Die Polizei war vor Ort. Hier steht aber kein Name, das heißt, die Unterschrift ist nicht zu lesen. Tut mir leid, das müssen Sie bei der Polizei erfragen.«

»Ach, eins noch, können Sie mir sagen, wo seine persönlichen Sachen sind?«

»Sollte er eine Gepäcktasche gehabt haben, müsste die Polizei Ihnen sagen können, wo diese ist. Sie werden einen Ausweis oder Ähnliches bei ihm gesucht haben, um die Personendaten und mögliche Angehörige zu ermitteln, und haben vermutlich die Tasche behalten. Hier wurde er nur mit seiner Motorradkleidung eingeliefert. Tut mir leid.«

Obwohl Dr. Huber keine Einwände gegen die Anwesenheit von Dembski hatte, verließ der Detektiv nach dem Gespräch mit ihr die Klinik und machte sich auf den Weg zur Gendarmerie. Auf der Polizeistation meldete sich Alexander mit seinem richtigen Namen an. Er wollte nicht das Risiko eingehen, dass man seine Identität prüfen würde.

Inspektorin Sofia Donati empfing ihn. Ihre Polizeiuniform saß akkurat. »Warum interessieren Sie sich für den Unfall?«

»Herr Böhm ist ein Kollege von mir. Er sollte zu einem Treffen nach Genf fahren.«

Weil sie ihn schweigend ansah, fühlte er sich genötigt, etwas detaillierter zu berichten: »Wir arbeiten beide für die Eismann-

Capital GmbH. Frau Moll, die Sekretärin, hat mich über den Unfall informiert. Ich bin dann unverzüglich hierher geflogen und möchte helfen, wo es geht.«

Die Polizistin überlegte einen Augenblick: »Im Gepäck von Herrn Böhm fanden wir einen Personalausweis, Führerschein, Kreditkarten und dergleichen. Wir wussten recht schnell, wer der Verunfallte war. Uns fehlte lediglich eine Person, die wir über den Unfall informieren konnten. Wir dachten erst an seine Familie oder Freunde, aber die persönlichen Sachen gaben nichts her, was auf seine Familie hindeuten würde. Insofern haben wir uns an die Firmenadresse auf seiner Visitenkarte gewandt. Das ist nicht der offizielle Weg, jedoch ist er meistens schneller und unkomplizierter als ein Auskunftsgesuch bei den deutschen Behörden.«

»Die Bürokratie, Madame Donati, die Bürokratie. Können Sie mir sagen, was genau passiert ist?«

»Wir wurden von einem Zeugen gerufen. Demnach kam Ihr Kollege mit dem Motorrad ins Schleudern, stürzte, rutschte über den Bordstein bis in den Grünstreifen und prallte gegen einen Baum. Ob er zu diesem Zeitpunkt noch auf dem Motorrad gesessen hatte oder bereits runter geschleudert wurde, entzieht sich meiner Kenntnis.« Laut der Inspektorin war das alles, was im Polizeibericht stand.

»Was hat der Zeuge sonst noch gesagt?«

»Es war ein ganz gewöhnlicher Anruf von jemandem, der den Unfall gesehen hat.«

»Können Sie mir die Adressen von dem Zeugen geben?«

Die Gesichtsmuskulatur der Inspektorin spannte sich an: »Die Frage können Sie sich selbst beantworten.«

»Was genau hat er denn gesehen?«

»Das, was ich Ihnen eben erzählt habe. Mehr wissen wir auch nicht.«

»Ist vielleicht bekannt, wie es zum Unfall kam?«

»Nein. Vermutlich war er einfach nur für einen kurzen Moment unachtsam. Es gibt jedenfalls keine Hinweise auf Fahrbahnschäden oder das Mitwirken anderer Verkehrsteilnehmer.«

»Hatte er Unterlagen bei sich, vielleicht Notizbücher oder Akten?«

»Ich war zwar nicht vor Ort, aber ich denke nicht«, sagte Donati und überlegte kurz: »Nein, definitiv nicht. Von einer Akte oder Ähnlichem weiß ich nichts. Das hätten die Kollegen im Unfallbericht notiert. Er trug einen Rucksack, in dem etwas Wäsche, ein kleiner Kulturbeutel sowie die eben erwähnten Papiere und Geldbörse waren.«

»Und was ist mit dem Motorrad? Wurde es sichergestellt?«

»Ja, es steht in der Deponie.«

»Gab es einen technischen Defekt?«

Sie verschränkte ihre Arme vor der Brust. »Ich denke nicht. Wir haben es nicht geprüft. Alles deutet auf einen Fahrfehler Ihres Kollegen.«

»Hätten Sie Einwände, wenn ich das Motorrad untersuchen lasse?«

Die Polizistin wurde etwas ungehalten. »Herr Dembski, zweifeln Sie am geschilderten Unfallhergang?«

»Ich bin mir nicht sicher, aber Herr Böhm ist ein passionierter Motorradfahrer. Ich habe keinen Grund Ihre Aussage bezüglich des Fahrfehlers in Frage zu stellen, aber ich möchte gerne einen technischen Defekt ausschließen.«

»Wissen Sie, wie viele so genannte passionierte Motorradfahrer jedes Jahr hier bei uns in Genf verunglücken?« Der Detektiv ging ihr offenkundig mit seiner Fragerei zu weit. »Sie können nahezu jeden Kilometer ein kleines Kreuz für einen verunglückten Biker aufstellen. Die überschätzen sich. Die kommen mit ihren hochmotorisierten Maschinen aus halb Europa her. Oft sind sie übermüdet und drehen ein paar Runden in den Alpen. Sind Sie schon mal mit dem Auto eine Serpentine gefahren? Dann haben Sie vielleicht eine Ahnung, wie schwer eine solche Bergstraße zu fahren ist. Für die Motorradfahrer sind das die gesuchten Strecken. Die kommen leider viel zu oft durch ihre leichtsinnige Fahrweise von der Fahrbahn ab oder in den Gegenverkehr. Erzählen Sie mir nichts von passionierten Fahrern. Für Ihren Kollegen tut es mir leid.«

Dembski ließ die Ausführungen der Inspektorin unbeantwortet.

»Also gut«, sagte sie. »Ich gebe Ihnen die Adresse des Depots sowie das erforderliche Freigabeformular. Mit Ihrer Unterschrift haften Sie für alle Ansprüche, die jemand an dem Wrack des Motorrades hat. Sie werden ihre Personalien hinterlegen müssen. Die Durchschrift von diesem Formular legen Sie vor, das Original bleibt hier und eine Kopie ist für Sie. Im Depot quittieren Sie dann den Empfang des Motorrades.«

Alexander füllte das Blatt aus und erhielt die benötigten Durchschläge.

»Ach Herr Dembski, waren Sie im Krankenhaus? Wie geht es Ihrem Kollegen?«

»Er lebt, das ist im Moment das einzig Gute. Wir müssen abwarten. Die Ärztin meint, er sei in einem sehr kritischen Zustand.«

»Als ich die Fotos vom Unfallort sah, dachte ich nicht, dass er es überlebt hätte. Wollen wir das Beste für ihn hoffen.«

****

Einer der renommiertesten Schweizer Motorradexperten war der ehemalige Rennfahrer Rainer Gerber. Neben einem florierenden Handel mit hochwertigen italienischen Krafträdern hatte er sich insbesondere einen Namen als Werkstattbetreiber und Sachverständiger erarbeitet. Er war spezialisiert auf das Nachstellen von Schadenverläufen anhand derer Schadenbilder an Motorrädern geprüft und nachvollzogen werden konnten. Seine üblichen Auftraggeber waren Versicherungen und Gerichte, für die er regelmäßig Gutachten erstellte.

Gegen ein von der Höhe her absolut unübliches Salär überzeugte ihn Dembski, kurzfristig nach Genf zu kommen. Man traf sich im Foyer des Hotels und fuhr dann zum Depot der Kantonspolizei. Nachdem Alexander den von der Inspektorin Donati angekündigten Papierkram erledigt hatte, händigte man ihm Böhms Motorrad aus. Gerber lud es sodann auf den Anhänger seines Wagens und fixierte es mit Halteriemen. Danach fuhren die beiden die Route de Meyrin entlang und suchten die Unglücksstelle. Die Straße führte, von Frankreich kommend nach Genf, vorbei am CERN, der Europäischen Organisation für Kernforschung. An einem leicht abschüssigen Bereich entdeckten sie längere Schleifspuren, die mitten auf dem Straßenbelag anfingen, schräg über den Fahrradweg und Bürgersteig führten, bis sie auf dem Grün, direkt an einem Baum endeten. Die fehlenden Bremsspuren deuteten auf ein plötzliches Ereignis. Böhm wird keine Zeit für eine Reaktion gehabt haben und muss selbst vom Unfall überrascht worden sein. Das Motorrad war offenkundig, wie von der Inspektorin geschildert, gegen den Baum geprallt, der zwischen dem Gehweg und dem angrenzenden Feld, stand. Zumindest wiesen die Beschädigungen an der Rinde auf einen derartigen Verlauf hin.

Gerber fuhr wenige Meter weiter, parkte den Wagen und stieg aus. Zunächst inspizierte er die Straße, indem er mit gesenktem Kopf langsam über die Fahrbahn ging und die Details in Augenschein nahm. Es wirkte fast wie ein demütiger Bußgang, wie er da so leicht nach vorne gebeugt und mit auf dem Rücken verschränkten Armen, den Unfallweg entlang schritt. Hin und wieder richtete er sich auf und unterbrach seinen Spaziergang mitten auf der Straße, um den wenigen Autos aus dem Weg zu gehen, welche die Fahrbahn für sich beanspruchten.

Am Rand lagen vereinzelt Lacksplitter und Kunststoffteile. Er bückte sich, kramte ein kleines Etui aus seiner Jackentasche und entnahm eine Pinzette, um damit vorsichtig einen Splitter aufzunehmen, den er genau betrachtete. Anschließend wandte er sich den glasartigen Kunststoffteilen zu. Er wählte ein etwas größeres Bruchstück und hielt es nach oben in Richtung Sonne, um die Lichtdurchlässigkeit besser bewerten zu können. Er versuchte mit den Fingern, das geriffelte Profil möglichst genau zu ertasten. Nachdem er das Bruchstück wieder an den Straßenrand gelegt hatte, erhob er sich und kehrte zum Auto zurück. »Wir haben den Unfallort gefunden«, sagte er zum Detektiv. »Die Farbe der Lacksplitter stimmt mit der Lackierung der Ducati überein und die Kunststoffteile scheinen vom zerbrochenen Blinker zu stammen.«

Von dieser Erkenntnis wenig überrascht, legte Dembski sich den Gurt wieder an und machte sich für die Weiterfahrt bereit.

»Sie brauchen sich nicht anzuschnallen«, hörte er den Sachverständigen sagen. »Ich bin hier noch nicht fertig. Sie können ruhig aussteigen und sich etwas die Beine vertreten.«

Alexander folgte der Aufforderung und stellte sich auf den Bürgersteig, um Gerber bei seiner Arbeit zuzusehen.

Mit kleinen Kreidestrichen markierte der Sachverständige das auf dem Asphalt erkennbare Spurenbild. Hierzu ging er zunächst etwa fünfunddreißig Meter die Straße hinauf in Richtung der französischen Grenze und zeichnete dort, am vermeidlichen Ausgangspunkt des Unfalls, fein säuberlich einen kurzen, aber dicken Strich auf die Fahrbahn. Weitere Markierungen folgten. Nach einer Weile – viele Striche später – war er am Ende der Schleifspuren angelangt.

Er holte ein auf einer Trommel aufgerolltes Maßband aus dem Kofferraum des Kombis und fing an, die Abstände der Kreidemarkierungen präzise auszumessen. Anschließend nahm er sich den Grünstreifen, bis hin zum Baum vor. Auch hier kam das Messband zum Einsatz. Nachdem er sämtliche Daten in seinem Tablet erfasst hatte, holte er eine Kamera und fotografierte das gesamte Spurenbild, einschließlich der am Straßenrand liegenden Lacksplitter und Kunststoffteile sowie des schadennahen Bereichs, von der Bordsteinkante bis über den Grünstreifen zum Baum. Aus unterschiedlichen Blickwinkeln hielt er das Szenario fotodokumentarisch fest.

Schließlich kehrte Gerber zum Auto zurück und wandte sich an den geduldig wartenden Detektiv: »Ohne Absperrung der Straße ist das gar nicht so einfach. Ich bin aber jetzt mit der Vermessung der Unfallstelle fertig. Das Spurenbild ist dokumentiert. Eventuell benötigen wir noch Daten vom Wetteramt, auch wenn es nicht danach aussieht, als wäre es zum Zeitpunkt des Unfalls nass gewesen. Wir fahren jetzt in meine Werkstatt und schauen uns die Ducati genauer an.«

»Hätte die Polizei die Maschine nicht untersuchen müssen?«, wollte Dembski wissen.

»Nicht zwangsläufig«, antwortete Gerber. »Die gehen vermutlich von einem Fahrfehler aus. In solchen Fällen werden die Fahrzeuge meistens nicht untersucht. Und es kam, außer Ihrem Kollegen, niemand zu Schaden, der Ansprüche geltend machen könnte.«

Eine Stunde später fuhren sie in Lausanne auf das Gelände der Firma Gerber-Motorradsport. Das Gespann wurde rückwärts auf dem Hof geparkt, damit der Anhänger ohne großes Rangieren in die Werkstatt geschoben werden konnte. Dort wurden die Halteriemen gelöst und die Ducati vorsichtig mit einem kleinen, an der Decke hängenden Kran hochgezogen, um sie danach auf einer Hebebühne abzustellen. Bevor Gerber sich das Motorrad anschauen konnte, bat Dembski darum, einen Blick in den Tankrucksack werfen zu dürfen.

»Hier sind sie ja«, sagte er überrascht und zog zwei schwarze Bücher im DIN-A5-Format hervor. Wie Siegestrophäen hielt er sie hoch, in jeder Hand eins. Das von Böhm im letzten Telefonat erwähnte Adressbuch fand er nicht.

»Was ist das?«, interessierte sich Gerber. »Was haben Sie gefunden?«

»Das sind hoffentlich die Unterlagen, für die Herr Böhm nach Genf gereist ist.«

Weil Gerber mit der Antwort nicht viel anfangen konnte, beließ er es dabei und schaute zu, wie der Detektiv anfing, wahllos in den Büchern herumzublättern.

»Hier stehen jede Menge handschriftliche Vermerke …«, rief er, »… das müssen die persönlichen Notizen von Poulsen sein.« Dembski wirkte zusehends aufgeregter, als er mehrfach auch den Namen Dr. Engeli las sowie einmal Zielke. Die Eintragungen schienen auf den ersten Blick in chronologischer Reihenfolge geschrieben zu sein. Endlich neue Informationen die hoffentlich mehr Licht in die Sache bringen würden. Alexander strahlte beinah und die Freude darüber war ihm deutlich anzumerken. Er würde Vanessa bitten, sich die Notizbücher näher anzusehen.

Nachdem Dembski die Unterlagen zur Seite gelegt hatte, begann Gerber mit der Begutachtung des Motorrades. Sowohl an der Verkleidung wie auch am Rahmen waren erhebliche Deformationen zu erkennen. Der Motorblock war äußerlich nur leicht in Mitleidenschaft gezogen, aber die beiden gefederten Gabelholme hatten einen Schlag abbekommen. Ein Blinker war gebrochen. Das Profil der Reifen war den Vorschriften entsprechend, lediglich der Vorderreifen war platt. Es gab keinen Grund zu der Annahme, dass der Unfall durch einen Materialfehler der Reifen verursacht worden war.

Gerber schaltete das Motorrad in den Leerlauf und starte die Maschine. Ein rumpliges, leicht unrhythmisches Knattern tönte durch die Werkstatt, wie es sich jeder leidenschaftliche Motorradfahrer gewünscht hätte. Der sonore Sound, der dem italienischen Kraftpaket entströmte, ließ nur im Ansatz die Dynamik und Fahrfreude erahnen, die ein versierter Fahrer im Stande war, aus der Ducati herauszuholen. Die zwei Zylinder des flüssiggekühlten V-Motors schienen ihre Arbeit vorschriftsmäßig zu erledigen.

Gerber drehte nur kurz am Gaszug und entfachte damit ein brüllendes Aufheulen des Motors, welches die Trommelfelle der Männer ordentlich strapazierte. Nur mühevoll und mit lauter

Stimme hielt er dagegen: »Jedenfalls sind keine Störgeräusche oder Fehler im Motorlauf hörbar.« Auch wenn er den Großteil seines Lebens mit Rennsport und mit Motoren zu tun gehabt hatte, die Ingenieurskunst, die in solchen Aggregaten steckte, faszinierte ihn noch immer.

Ebenso ging es Dembski, der so laut er konnte in Richtung Gerber schrie: »Geht noch was?«

Gerber wusste, was Dembski wollte. Selbst wenn das Risiko eines fatalen Motorschadens bestand, denn Gerber hatte nicht den Ölstand überprüft, kam er Dembskis Wunsch nach und drehte weiter am Gaszug. Ein ohrenbetäubendes Inferno, das eine Dezibel-Messung zu Höchstwerten getrieben hätte, erfüllte die gesamte Werkstatt.

Wie zwei Lausbuben standen die Männer begeistert vor dem Motorrad und hatten ihren Spaß an dem Krach, der ihre Innereien durchschüttelte.

In der Elektronik gab es keine Auffälligkeiten. Die Beleuchtung sowie die unbeschädigten Blinker funktionierten, ebenso Antrieb, Schaltung und Kupplung. Um die Verzögerung zu testen, wurde die Maschine mit dem Kran ein wenig angehoben, gerade so viel, dass die Räder sich frei drehen konnten. Beim Betätigen der Hand- und Fußbremse zeigte sich deren einwandfreie Funktion. Dembski, der selber gelernter Mechaniker war, wusste, was das hieß: Ein technisch unversehrtes Fahrzeug sprach für einen Fahrfehler.

Das Auslesen des Datenspeichers ergab keine besonderen Hinweise. Lediglich die zum Unfallzeitpunkt gefahrenen knapp neunzig Stundenkilometer entsprachen nicht den Schweizer Vorschriften. Allerdings stellte Gerber fest, dass die für diese Geschwindigkeit gemessene Länge der Schleifspuren zu kurz war.

Irritiert blickte Dembski zum Sachverständigen, »und wie erklären Sie sich das?«

»Der Baum hat das gestürzte Motorrad abrupt zum Stehen gebracht. Ohne ihn wäre die Ducati wohl einige Meter weiter geschlittert.«

»Logisch, daran hab ich jetzt nicht gedacht. Was meinen Sie, würde das auch die Verletzungen von Böhm erklären?«

Gerber strich sich mit der Hand über seine unrasierte Wange und dachte kurz nach: »Das ist vorstellbar. Weiß man denn, ob Böhm selbst auch am Baum zum Liegen kam oder hat man ihn woanders gefunden?«

»Das weiß ich nicht, die Polizistin hat dazu nichts gesagt. Vermutlich hat der Unfallarzt sofort erste Maßnahmen eingeleitet und die Sanitäter haben ihn dann ins Krankenhaus gebracht. Niemand wird daran gedacht haben, aufzuschreiben, wo genau er lag.«

»Ein Motorradfahrer kann auf jeden Fall einen Sturz recht unbeschadet überstehen, solange er nur über die Straße rutscht und nirgendwo gegenprallt. Das haben Sie bestimmt schon mal bei einem Rennen gesehen, wenn ein Fahrer mit seiner Maschine stürzt und von der Rennstrecke abkommt und bis in die Auslaufzone schlittert. Sehr oft stehen die Fahrer unversehrt oder nur mit leichten Blessuren wieder auf. Vorausgesetzt, die richtige Schutzkleidung wird getragen.«

»Seine Wirbelsäule ist angeblich unbeschadet. Demnach wäre er wohl nicht an den Baum geprallt?«

»Ist es letztendlich nicht müßig, sich darüber Gedanken zu machen? Selbst die schräge Kante zum Fahrrad- und Gehweg wird erhebliche Auswirkungen gehabt haben, vermutlich auch ein paar der Steine auf dem Grünstreifen. Stellen Sie sich vor, Sie rutschen mit dreißig Stundenkilometer dagegen, da braucht es keinen Baum mehr. Das wirkt wie ein Hammerschlag und wir wissen nicht, ob er vorher mit dem Kopf irgendwo aufschlug.«

Trotz der bisherigen Erkenntnisse wollte Dembski nicht an einen Fahrfehler glauben: »Böhm hat jahrelange Erfahrung. Und warum sollte er sich auf gerader Strecke ohne erkennbaren Grund mit der Maschine hinlegen?«

Mit einem bloßen Schulterzucken versuchte Gerber, Dembskis Zweifel zu zerstreuen: »Die Lenkung geht, die Reifen drehen sich, auch der Datenspeicher gibt nichts her.«

Der immer noch misstrauische Detektiv schlug vor, als Letztes den platten Vorderreifen näher zu untersuchen. Hierzu schraubte Gerber das Rad ab und zog den Reifen von der Felge. Zunächst wurde die Lauffläche des Mantels genau inspiziert, wobei der Sachverständige ein kleines, rundes Loch fand.

»Wäre es möglich, dass Böhm über einen Nagel oder Ähnliches gefahren ist und danach stürzte?«, fragte Dembski.

»Das glaube ich nicht, wenn Sie über einen Nagel fahren, setzt sich dieser schlimmstenfalls im Mantel fest. Typischerweise entweicht dann die Luft eher schleichend oder der Reifen reißt auf. Aber der Reifen hier ist weder gerissen noch geplatzt. Und ein Nagel im Reifen ist ausgesprochen selten. Wahrscheinlich stammt der Schaden vom Anprall an den Baum.«

»Wie erklären Sie sich dann ein derart symmetrisch, rundes Loch?«

»Weiß ich nicht, vielleicht ein spitzes Stück Holz. Die Frage kann ich Ihnen nicht mit Sicherheit beantworten. Böhm wird ja nicht während der Fahrt mit einer Bohrmaschine am Vorderrad rumhantiert haben.«

Ohne sich abzustimmen, griffen beide Männer gleichzeitig zur Felge. Dembski und Gerber sahen sich verblüfft und sprachlos an. Auch in der Felge war ein kreisrundes Loch.

Der Detektiv war der Erste, der die offensichtliche Frage in Worte fasste: »Was um Himmels willen dringt sowohl durch einen Reifen als auch durch die Felge? Und warum haben wir das bisher übersehen?«

»Zumindest kein Stück Holz.« Gerber sah sich die Beschädigungen im Reifen und an der Felge genau an, wobei er immer wieder seinen Kopf schüttelte: »Keine Ahnung. Ein Nagel oder eine Schraube würden sich kaum durch die Magnesiumfelge bohren und wären auch nicht so dick. Herr Dembski, ich bin mir sicher, wenn Herr Böhm über irgendeinen spitzen oder scharfkantigen Gegenstand gefahren ist, würde dies bestenfalls den Reifen durchstechen und die Felge von der Innenseite ankratzen, nicht aber durchbohren. Aber an der Felge sind keinerlei Kratzspuren, die sieht wie neu aus.«

Dembski legte seinen Finger neben das Loch und schätzte dessen Durchmesser auf etwas weniger als einen Zentimeter: »Was verursacht denn bloß solche Spuren an einem Vorderrad?«

Immer wieder schauten sie sich den Reifen und die Felge an und versuchten mit den Fingern, die kleinen Unebenheiten am Rande des Lochs an der Felge zu ertasten, bis schließlich Gerber eine mehr als gewagte These äußerte: »Das war ein Projektil. Irgendjemand muss auf den Vorderreifen geschossen haben.«

Dembski sah ihn ungläubig an. »Durchschlägt denn ein Projektil eine Magnesiumfelge?«

»Ich bin jetzt kein Munitionsexperte, aber ein ausreichend großes Vollmantelgeschoss, mit einem Uran- oder Wolframkern käme da wohl durch.«

»Vollmantelgeschoss, Uran- oder Wolframkern …«, Alexander steckte seine Hände in die Hosentaschen und sah Gerber an, »… und Sie wollen kein Munitionsexperte sein?«

»Außer während meiner Dienstpflicht in der Schweizer Armee und den Reserveübungen habe ich mit Waffen wenig am Hut«, erklärte dieser seine rudimentären Kenntnisse.

Dembski hatte Zweifel. »Reicht denn ein Schuss aus, um das Motorrad aus der Spur und zum Sturz zu bringen?«

»Vermutlich. Die plötzliche Krafteinwirkung auf das Vorderrad wird erheblich gewesen sein«, schätzte der Sachverständige, »nur ist mir unerklärlich, warum jemand auf einen Reifen und nicht auf den Fahrer schießen sollte.«

»Das ist vielleicht gar nicht so unerklärlich wie sie meinen. Wenn es wirklich ein Attentat war, wird der Täter versucht haben, es wie einen Unfall aussehen zu lassen. Aber wer kann so schießen und von wo aus soll der Schuss erfolgt sein?«, fragte Dembski und sah den Motorradsachverständigen an.

»Ein ausgebildeter Scharfschütze, der vielleicht in der Nähe des Baumes in Stellung lag?« Gerber schüttelte den Kopf, »tut mir leid, Schießen ist nicht meine Disziplin.«

»Was meinen Sie, liegt dann dort noch irgendwo die Patronenhülse? Und das Projektil kann sich doch auch nicht in Luft aufgelöst haben.«

»Ich muss zugeben, das ist alles sehr spekulativ. Sei es drum, wir können hier nur Annahmen treffen. Lassen Sie uns die Polizei anrufen und sie zumindest über unseren Verdacht informieren.«

Dembski war mit dem Vorschlag unter der Bedingung einverstanden, dass die im Tankrucksack gefundenen Notizbücher gegenüber der Polizei unerwähnt blieben.

Es war Dembski, der Donati anrief. Zunächst hielt sie seine Angaben für einen Scherz. Aber als er Gerber den Hörer gab und auch er die These vom Schuss auf das Vorderrad für vertretbar hielt, fing sie an, die Sache ernst zu nehmen. »Bitte fassen Sie das Motorrad nicht mehr an. Ich informiere meine Kollegen in Lausanne. Sie werden sich unverzüglich bei Ihnen melden.«

Eine halbe Stunde später kamen zwei Polizisten und sahen sich die Ducati an, das heißt, sie interessierten sich nur für das Loch in der Felge. Dembski und Gerber sprachen ihre These vom Schuss auf den Vorderreifen nochmals aus. Schließlich notierte sich einer der Polizist die Personalien des Detektivs und entließ ihn mit den Worten: »Sie können jetzt gehen, den Rest regeln wir mit Herrn Gerber.«

Mit Mühe und Not erreichte Alexander kurz vor Schließung des Gates den Serviceschalter der Lufthansa am Genfer Flughafen. Ein halbes Vermögen sollte der One-Way-Flug nach Frankfurt kosten. An eine Nonstop-Verbindung nach Düsseldorf oder Köln war nicht mehr zu denken. Er bezahlte mit seiner Kreditkarte und bekam den freundlichen Hinweis: »Beeilen Sie sich, dass Boarding beginnt gleich.«

Die Schlange am Sicherheitscheck war lang. Glücklicherweise ließ man ihn in die Fastlane, wodurch er entscheidende Minuten sparte und reichlich abgehetzt als letzter Passagier in den Flieger stieg. Der vor dem Cockpit stehende Steward begrüßte ihn und bat ihn darum, schnell seinen Platz einzunehmen, »die Maschine wäre dann startklar.«

Den Sicherheitshinweis des Bordpersonals »alle elektronischen Geräte auszuschalten oder in den Flugmodus zu versetzen«, überhörte er. Schnell musste noch eine Kurznachricht an Verena geschrieben werden: »Lande in Frankfurt. Bin nicht vor elf Uhr zu Hause. Freue mich, dich zu sehen. Kuss A.«

****

Als die Kurznachricht auf ihrem Handy aufpoppte, saß Verena bereits im Zug. Im ersten Moment war sie ein wenig überrascht. Sie hatte sich extra beeilt. Hätte er ihr rechtzeitig Bescheid gesagt, wäre sie mit dem nachfolgenden Zug gekommen. Nun blieb ihr nichts anderes übrig, als sich die Zeit in Köln zu vertreiben, bis der gnädige Herr zurück war. Ihr gemeinsames Wochenende begann somit zu späterer Stunde als erhofft, was aber ihrem liebevollen Begrüßungskuss keinen Abbruch tat.

»Komm erstmal rein und fühl dich wohl«, empfing Alexander seine Freundin.

»Das hab ich jetzt auch vor, mein Süßer.«

Verena stellte ihr Gepäck ab und hängte die Jacke auf. Nachdem sie ihre Stiefel ausgezogen hatte, streckte sie sich, so lang wie sie nur konnte, wobei es aussah, als ob sie versuchte, mit ihren Händen die Decke zu berühren: »Ein ganzer Tag im Sitzen ermüdet die Knochen. Deine Massagekünste sind gleich gefragt.«

Alexander konnte seine Augen nicht von ihr lassen. Wie sie so in gestreckter Haltung vor ihm stand und ihre verführerischen, festen Rundungen noch appetitlicher zum Vorschein kamen und ihn einluden, Hand anzulegen.

»Und wie ich dich gleich massiere.«

Mit einem verführerischen Grinsen im Gesicht drehte sie sich zu ihm hin, »ich glaube, du denkst an eine andere Art von Massage, als an die, nach der mir im Moment zumute ist …«. Dabei schlang sie ihre Arme um seinen Hals und zog seinen Kopf etwas zu sich runter. »… Küss mich, du Masseur mit den magischen Händen.«

»Ich tue alles für dich. Ich pflücke dir sogar die Sterne vom Himmel, wenn du das möchtest«, sagte er, nachdem sich ihre Lippen wieder gelöst hatten.

»Pflück mal lieber ein Bier oder ein Glas Wein für eine durstige Frau.«

Während Verena ins Schlafzimmer ging, um sich umzuziehen, öffnete Alexander einen Rotwein und richtete etwas Käse auf einem Teller an. Er kannte sich nicht wirklich aus, wenn es um guten Käse ging. Okay, er wusste was es mit Scheibletten, Schmierkäse und Mozzarella auf sich hatte, aber das war es eigentlich auch. Er bevorzugte als kleinen Imbiss eher Chips. Und wenn es etwas mehr sein durfte, tat es auch eine Portion Pommes. Verena, die inzwischen ihre Wohlfühlklamotten angezogen hatte, kam in die Küche, gab ihm einen Klaps auf den Po, sah den Teller, »oh, was machst du denn da Leckeres?«, und schob sich ein Stück davon in den Mund.

»Komm, lass uns ins Wohnzimmer gehen. Nimmst du den Wein?«, bat er sie.

Erschöpft von den Anstrengungen der letzten Tage ließen sich beide auf das Sofa fallen und erzählten von ihrer Arbeitswoche, wobei Alexander mit seinen Erlebnissen in Genf weitaus Außergewöhnlicheres zu berichten hatte.

»Hast du mir nicht erzählt, dass ein Detektivjob total unaufgeregt ist? Und jetzt hast du es mit Morden und dem Attentat auf einen Motorradfahrer zu tun. Meinst du, Böhm erholt sich und wird wieder gesund? Das hört sich gar nicht gut an. Ich hab kürzlich einen Bericht über Komapatienten gelesen, das ist schrecklich. Manche von ihnen hängen den Rest ihres Lebens an den Maschinen. Stell dir vor, du liegst im Koma und hast unschöne Träume und wachst einfach nicht auf. Und man weiß nicht, ob sie ihr Umfeld wahrnehmen. Es ist bestimmt auch schlimm für die Angehörigen, die über Jahre auf eine Verbesserung des Zustandes oder gar ein Erwachen warten.«

»Mal nicht den Teufel an die Wand. Den armen Kerl hat es voll erwischt. Die Ärzte konnten noch nichts sagen. Was mich aber hoffen lässt, ist, dass er im künstlichen Koma liegt. Das heißt, dass man ihn jederzeit wieder aufwecken kann.«

»Wo bist du da nur hineingeraten?« Sie lehnte sich an ihn und legte ihre Beine auf das Sofa. »Ich hab bei der ganzen Sache kein gutes Gefühl und mach mir echt Sorgen. Noch ist dir nichts Ernsthaftes passiert. Willst du den Fall nicht lieber drangeben? Du hast doch schon genug damit verdient. Eismann würde bestimmt Verständnis haben.«

»Das wäre nicht meine Art.« Er streichelte ihr übers Haar. »Ich durchblicke das auch noch nicht. Und irgendwie gelingt es mir auch nicht, eine Verbindung zwischen all den Ereignissen zu sehen. Und doch wird es immer offensichtlicher, dass alles zusammenhängen muss, oder?«

»Von meiner Intuition her würde ich dir recht geben. Wenn es jedoch keine Hinweise gibt, dann bleibt letztendlich nichts anderes übrig, als eine zufällige Aneinanderreihung der Geschehnisse«, spekulierte Verena. »Aber sag mal, warum musste Böhm für Eismann nach Genf fahren? Oder hab ich dich da missverstanden? Er sollte doch für ihn etwas erledigen?«

»Ja, das sagte er. Ich hab ihn aber dummerweise nicht gefragt. Das hätte ich wohl besser gemacht. Würde uns das jetzt weiterhelfen?«

»Das weiß ich nicht, aber wir hätten eine weitere Information«, meinte Verena.

»Na, mal sehen, vielleicht hellen die Notizbücher das Ganze etwas auf. Nur schade, dass wir das Adressbuch nicht haben. Wäre zu neugierig, was da drin steht.«

»Du Held, was meinst du denn, was in einem Adressbuch steht. Aber komm, was nicht da ist, können wir uns nicht anschauen. Lass uns doch mal einen Blick in die Notizbücher werfen«, drängte Verena.

»Können wir das auf morgen verschieben? Ich hab heute keine Lust mehr. Außerdem bist du hier und ich möchte jetzt lieber Zeit mit dir verbringen. Die Arbeit darf auch mal hinten anstehen.«

»Dann machen wir es uns eben hier auf dem Sofa gemütlich und sehen, was im Fernsehen kommt oder …«, mit einem verlockenden Lächeln vervollständigte sie den Satz, »… wir gehen ins Bett und du hältst mich vom Schlafen ab.«

Am nächsten Morgen hatten beide keine Lust, aufzustehen. Sie blieben eng umschlungen im Bett liegen, bis sich irgendwann Hunger bemerkbar machte. Für ein Frühstück war es zu spät und für ein Mittagessen zu früh. Ein ausgiebiger Brunch war genau das, wonach ihnen der Appetit stand. In einer der nahegelegenen Kneipen fanden sie, was sie suchten – ein einladendes *all you can eat* Brunch-Buffet. Alexander entdeckte einen freien Vierertisch und nahm diesen sofort in Beschlag. »Komm, setz dich«, forderte er Verena auf und klopfte mit seiner Hand auf den leeren Platz neben sich auf der Bank.

Nachdem sie vom Buffet Saft, Kaffee, Müsli, Brot, Aufschnitt und alles für den ersten Gang geholt und vor sich auf den Tisch gestellt hatten, wühlte er in seinem Rucksack und zog Poulsens Notizbücher hervor. »Wir wollten doch mal schauen, was der gute Mann so aufgeschrieben hat.«

»Gib mal her!« Verena wischte sich die Finger an einer Serviette ab und nahm Alexander – ohne auf seine Reaktion zu warten – eines der Bücher aus der Hand. Sie öffnete es und Alexander beobachtete, wie sie hastig die ersten Zeilen überflog.

Ungeduldig blätterte sie ein paar Seiten weiter und stellte fest: »Scheinbar sind die ältesten Eintragungen über acht Jahre alt.«

Alexander schlug das andere Notizbuch auf: »Das hier beginnt vor drei Jahren. Warte mal …«, sagte er und durchblätterte es mit seinem Daumen im Schnellgang. Er stoppte erst, als leere Seiten auftauchten, um dann wieder zurückzublättern, »… und endet vor rund zehn Monaten.«

»Starb er nicht im Juli?«

»Poulsen? Doch, ich meine ja.«

»Dann hat er bis kurz vor seinem Tod die Notizen angefertigt.« Verena legte das Buch neben sich auf die Bank und fing an, sich ihrem Essen zu widmen. So sehr sie sich für die Eintragungen in den kleinen Büchern interessierte, ihr Hunger wurde dadurch nicht gestillt.

»Ja, vermutlich. Wenn es denn keine weiteren Notizen gibt, haben wir seine Aufzeichnungen von etwas mehr als sieben Jahren.«

Sie legte den Müslilöffel zur Seite und sah ihn verwundert an. »Du meinst, es gibt weitere Unterlagen?«

»Keine Ahnung. Kann doch sein.«

»Was glaubst du, wozu hat er die Notizen angefertigt?«

»Wozu …?«, Alexander lehnte sich zurück. Die Lehne der hölzernen Bank war ihm etwas zu hart, eine Polsterung hätte ihm gefallen. Er verschränkte seine Arme und sah nach oben, wobei einzelne Falten sich längs über seine Stirn zogen. »Sobald ich das weiß, bin ich hoffentlich ein ganzes Stück weiter mit dem Fall.« Er sah wieder zu Verena, »… darüber hinaus würde mich interessieren, warum er die Notizbücher separat von seinen sonstigen Arbeitsunterlagen führte.«

»Das hättest du ihn wohl selbst fragen müssen. Wer außer Poulsen soll dir das beantworten? Gehst du denn davon aus, Hinweise zum Tod von Engeli in den Unterlagen zu finden?«

»Ich hoffe es. Zumindest bin ich beim ersten Blick in die Bücher über seinen Namen und den von Zielke gestolpert.«

»Du hast Poulsens Notizen schon gelesen?«, fragte sie erstaunt und startete einen zweiten Versuch, ihr Müsli zu essen.

»Nein. Ich hab nur kurz reingeschaut, direkt nachdem ich sie im Tankrucksack von Böhms Motorrad gefunden habe.« Alexander klappte das Notizbuch zu, legte es beiseite und trank einen Schluck Orangensaft. Als er das halbe Glas geleert und wieder auf den Tisch gestellt hatte, wandte er sich zu Verena. »Gib mir doch mal das andere Buch mit den früheren Eintragungen.« Sie hatte ihren Mund voll. Er sah ihr an, dass sie etwas sagen wollte, aber nicht konnte. Sie griff neben sich auf die Bank und reichte ihm das Notizbuch. Wahllos schlug er eine Seite auf und fing an, einzelne Passagen zu lesen.

»Vor sieben Jahren hat Poulsen den Namen Engeli bereits notiert.« Er blickte zu Verena, die immer noch Müsli im Mund hatte und zustimmend nickte. Nachdem Alexander wenige Seiten weiter war, drehte er sich erstaunt zu seiner Freundin und sah sie mit hochgezogenen Augenbrauen an.

»Was ist los? Was siehst du mich auf einmal so merkwürdig an?«

»Hier steht dein Name.«

»Quatsch. Das glaube ich nicht, du nimmst mich auf den Arm«, sagte sie leicht verunsichert, wobei sie ihn ansah und ihr Besteck auf den Teller legte.

»Doch, *Frau Dr. Goldner*, steht hier. Das musst du sein. Oder hast du einen Namensvetter?«

»Zeig mal.« Sie griff nach seiner Hand, mit der er das Buch hielt und zog diese zu sich heran, um den Text sehen zu können. Dabei stieß sie an sein Glas, welches beinahe umkippte.

»Warte, nicht so hastig, du räumst fast den halben Tisch ab. Ich gebe es dir ja schon.« Er reichte ihr das Buch, ließ ihr Zeit, die Eintragung zu lesen. »Warum wirst du hier genannt?«

»Das weiß ich doch nicht. Hier steht ja auch nur, Frau Dr. Goldner anrufen.« Verena fing an zu überlegen, »… das war etwa ein halbes Jahr nachdem ich die Abteilung Kapitalanlagen Ausland übernommen hatte. Ich erinnere mich. Engeli kam damals auf mich zu und unsere regelmäßigen Treffen begannen. Er muss mich gegenüber Poulsen erwähnt haben und dieser hat wohl meinen Namen notiert.« Sie blätterte langsam, Seite für Seite, weiter und schaute sich die Notizen genauer an. »Hier stehen viele Namen, aber was sie miteinander zu tun haben, keine Ahnung. Wenn ich das richtig interpretiere, sind es Notizen über Gespräche zwischen einzelnen Personen, vielleicht auch Telefonate, und es wurde festgelegt, wer auf wen zugeht und wer mit wem spricht. Dann werden noch verschiedene Fondsgesellschaften erwähnt.« Sie legte das aufgeklappte Buch vor sich auf den Tisch und gab Alexander mit ihrem Ellenbogen einen Stups. »Schieb mal deinen Teller und die Tasse zur Seite.«

Es dauerte einen kleinen Augenblick, bis Alexander Platz geschaffen hatte und sie das Buch so hinlegte, dass beide die Notizen gut einsehen konnten. Er warf einen Blick auf die aufgeschlagene Seite und fragte: »Hast Du einen der Namen schon mal gehört?«

»Nur Frau Dr. Jacobi-Meyer. Ich glaube nicht, dass es sich bei den anderen Personen um Mitarbeiter der Northus Versicherung handelt.« Sie blätterte ein wenig zurück. »Schau mal, hier sind die verschiedenen Fonds.«

»Fonds? Kennst du die?« Alexander klang verwundert.

»Hm …«, Verena beugte sich über die Notizen und strich eine Haarsträhne zur Seite, »… das sind Fondsgesellschaften, zum Teil recht renommierte. Mit einigen von ihnen arbeiten wir zusammen. Andere Namen wiederum sagen mir nichts. Vermutlich handelt es sich um geschlossene Immobilienfonds.«

»Was sind geschlossene Immobilienfonds?«

»Die legen das Geld in Grundstücke und Häuser an und werden für einzelne oder spezielle Kundengruppen zusammengestellt. Die kannst du nicht so ohne Weiteres kaufen.«

»Und kannst du was mit der Abkürzung hier anfangen?« Alexander legte seinen Finger auf die vier Buchstaben NCNA, die Poulsen unterstrichen hatte.

»Ich bin mir nicht sicher, wofür das steht. Wahrscheinlich ist es auch eine Fondsgesellschaft oder ein Fonds. Es könnte der US New Construction New Area Fonds sein, in den haben wir bei der Northus Geld investiert. Aber NCNA kann vieles bedeuten.«

»Meinst du, Poulsen hat sein Geld in solchen Fonds angelegt?«

»In die hier? Glaube ich nicht. Da müsste er schon sehr viel Geld investieren. Die Fonds hier sind eher für gewerbliche Investoren bestimmt.«

»Er soll vermögend gewesen sein, sagt die dänische Polizei. Und wäre das nicht eine Erklärung für seine Notizen?«

»Bei solchen Investments geht es oft um mehrstellige Millionenbeträge. Die Fonds werden meistens passgenau für die Risikostruktur eines Unternehmens oder eines großen Portfolios zusammengestellt. Ich will es nicht ausschließen, denke allerdings nicht, dass er sein eigenes Geld so angelegt hat.« Sie machte eine Pause. Es sah aus, als ob sie nachdachte, »… obwohl, es wäre eine Erklärung für seine Notizen. Du könntest Recht haben. Aber erklärt das die Todesfälle?«

Alexander stöhnte und schüttelte den Kopf. »Ich kann mir auf das Ganze keinen Reim machen. Das letzte Mal hörte ich von Böhm etwas über Immobilien. Er musste irgendeine Präsentation oder Auswertung zusammenstellen. Vielleicht investiert Eismann in solche Anlagen?«

»Das schon eher. Die Eismann-Capital GmbH verfügt mit Sicherheit über die erforderlichen Finanzmittel. Sie könnte einen solchen Fonds kaufen und ihren Kunden, etwa zur Risikostreuung, Anteile daran anbieten. Das würde Sinn ergeben.«

Für einen Augenblick sahen sich beide fragend an, bis Verena das Wort ergriff: »Was hältst du davon, wenn ich die Notizbücher mitnehme und in der Firma die einzelnen Fonds und die Namen der Personen prüfe? Möglicherweise finde ich was. Einer meiner Mitarbeiter könnte sich darum kümmern …«

Alexander hob vorsichtig die Hände und unterbrach sie, »das ist lieb von dir, aber lass das zunächst mal Vanessa versuchen. Sie hat mehr Zeit und es ist ihr Job. Sie soll sich sämtliche Notizen genau ansehen. Allerdings würde ich gerne auf dein Angebot zurückkommen, falls sie nichts findet oder weitere Fragen auftauchen. Immerhin haben wir mit Zielke, Engeli, Jacobi-Meyer Namen, die uns bekannt sind …«, er musste heftig grinsen »… und Frau Dr. Goldner steht da ja auch noch.«

»Komm, hör auf damit. Das ist nicht witzig, zieh mich bloß nicht in irgendeine Geschichte mit rein. Aber einverstanden, sag mir Bescheid, wenn ich dir helfen kann. Jetzt pack die Bücher weg und lass uns was essen. Ich bin noch hungrig.«

****

Zielstrebig, mit großen Schritten ging Alexander auf die Detektei zu. Er sah, dass Vanessa bereits an ihrem Schreibtisch saß und arbeitete. Bevor er die Schwelle zur Eingangstür überschritten hatte, hielt er die beiden Notizbücher hoch und sagte voller Tatendrang: »So meine Liebe, ich hab uns Arbeit mitgebracht.«

»Geh nochmal raus. Und dann kommst du wieder rein und beginnst mit: Guten Morgen liebe Vanessa. Schön, dich zu sehen. Wie war dein Wochenende?«

»Äh, ja.«

Sie fing schallend an zu lachen: »Komm, ist schon gut. Was hast du mitgebracht?«

Alexander legte die beiden Bücher auf ihren Tisch. »Kannst du dir die mal anschauen und versuchen, herauszufinden, was es für Notizen sind, die Poulsen hier eingetragen hat?«

»Das lässt sich machen. Hast du denn eine Ahnung, um was es geht?«

»Nicht wirklich, nur so viel, dass es vermutlich mit geschlossenen Immobilienfonds zu tun hat. Und bevor du mich jetzt fragst, was das ist, so ganz hab ich das auch nicht verstanden. Guck dir doch einfach die Unterlagen an und analysiere sie soweit wie möglich.« Er warf ihr einen Blick zu, merkte aber, dass sie sich bereits gedanklich auf die Notizbücher konzentrierte, deshalb ließ er sie in Ruhe und zog sich in sein Büro zurück.

Es dauerte nicht lange, bis Vanessa bei ihm am Schreibtisch stand. »Sag mal, ich lese hier den Namen Dr. Zuckerschnecke«, wobei sie offenkundig auf eine Reaktion ihres Chefs wartete.

»Ich hab mit Verena schon gesprochen. Wir haben uns die Bücher zusammen angesehen. Sie hat keine Erklärung dafür.«

»Oh, ihr habt euch die Notizen gemeinsam angesehen? So, so, dann war sie am Wochenende also wieder bei dir? Das hattest du mir bisher verschwiegen und von deiner Dienstreise nach Genf hast du auch nichts erzählt. Wie soll ich vernünftig arbeiten, wenn du mich nicht über die Ermittlungen auf dem Laufenden hältst?«

Normalerweise musste Vanessa nicht lange auf eine Antwort warten, diesmal zögerte er jedoch.

»Alex, was ist los mit dir? Hat sie Schluss gemacht? Stimmt was nicht?«

»Nein, alles ist in Ordnung. Aber warte, lass mich mal kurz nachdenken.« Er lehnte sich zurück und fing an, in seinem Bürostuhl hin und her zu wippen, wobei er sich mit seinen Händen an der Kante des Schreibtisches leicht abstieß. »Hör mal, auch wenn du mich jetzt vierteilst, du bist doch regelmäßig an der Uni?«

»Ja, warum fragst du?«

»Da gibt es doch an jeder Straßenecke ein Kopiergeschäft?«

»Ja. Was hast du vor?«

»Hast du ein Schließfach an der Uni, so ein Ding, wie im Fitnessstudio?«

»Ja, in der Bibliothek. Aber bleib doch mal still sitzen, das Rumgewackel nervt und sprich nicht in Rätseln. Was willst du?«

»Tu mir bitte einen Gefallen. Fahr zur Uni und kopiere die Notizbücher. Leg dann die Kopien in dein Schließfach und bring die Originale wieder mit ins Büro.«

»Wie bitte? Ich bin doch keine Tippse oder billige Aushilfe. Was soll das?«, fragte sie erkennbar genervt und verschränkte die Arme vor der Brust.

»Nein, du bist die Vizepräsidentin des Dembski-Konzerns. Ich würde es selber machen, aber ohne Uni-Ausweis komme ich nicht in die Bibliothek und ich habe dort auch kein Schließfach. Außerdem kennst du dich in den Kopiershops besser aus. Vanessa, bitte!« Das *Bitte* tat seine Wirkung.

»Wenn ich zurück bin, erwarte ich aber eine umfassende Erklärung von dir und wehe, du erzählst nichts von Genf und vom Wochenende mit Dr. Zuckerschnecke.« Eingeschnappt zog sie davon.

Alexander wurde zusehends ungeduldig. Er schaute zum wiederholten Mal auf die Uhr. Wie lange dauert es denn bis zur Uni? Sie sollte lediglich ein paar Blätter kopieren und diese in ihr Schließfach legen. Jedenfalls keine sechs Stunden. Kurz vor achtzehn Uhr kam sie schließlich, angetrunken, zurück. Er sah, dass sie leicht wankte und roch sofort ihre Fahne.

»Hat es geklappt? Hast du die Notizbücher wieder mitgebracht?« Ihren angeheiterten Zustand kommentierte er lieber nicht, bloß keinen unnötigen Streit provozieren, dachte er.

»Jetzt chill mal. Die Vizepräsidentin hat alles auftragsgemäß erledigt. Die Kopien liegen wohl verschlossen in der Bibliothek, den Schlüssel für das Schließfach hab nur ich und die Notizbücher sind in meiner Handtasche. Aber keine Sorge, ich lege sie sofort auf deinen Schreibtisch, Herr Generaldirektor.«

»Danke, Vanessa.«

»So, und nun lädst du mich gefälligst zum Italiener ein, bestellst einen Rotwein, aber nicht den offenen Hauswein, sondern einen teuren von der Karte und erzählst vom Wochenende mit Dr. Zuckerschnecke und deinem Trip nach Genf.«

»Schaffst du denn noch ein Glas Rotwein? Du wirkst ein wenig angeschickert.«

»Das werden wir dann beim Italiener feststellen«, beantwortete sie seine Frage hörbar beschwipst.

Und Vanessa schaffte mehr als ein Glas. Ob sie ihm zuhörte und folgen konnte, als er über das vermeidliche Attentat auf Böhm berichtete, wusste Alexander nicht. Umso mehr amüsierte es ihn, wie sie vom zufälligen Wiedersehen einer Grundschulfreundin an der Uni erzählte: »Anette studiert Englisch auf Lehramt. Wir haben uns dann erstmal ein Gläschen Prosecco gegönnt und hatten uns so viel zu erzählen. Darum konnte ich nicht früher zurück sein.«

Der abschließende Grappa, der aufs Haus ging, gab ihr den Rest. Sie war mehr als nur leicht angetrunken. Alexander bugsierte sie in ein Taxi, gab dem Fahrer zwanzig Euro, nannte ihm ihre Adresse und schickte sie nach Hause. Für einen Moment dachte er darüber nach, die Notizbücher aus dem Büro zu holen, entschied sich aber letztendlich doch für einen Feierabend vor dem Fernseher.

Das Feuer im Büro

Ob es mitten in der Nacht war oder kurz vor dem Morgengrauen, Alexander wusste es nicht. Ebenso wenig ordnete er das erste Klingeln an der Tür, der Wachwelt zu. Es war Bestandteil seines Traums. Erst beim dritten oder vierten Läuten wurde er wach. Wieder klingelte es.

»Ja, ja ich komme ja schon«, rief er ganz verschlafen, zog schnell eine Jogginghose an und schlappte mit halb verschlossenen Augen zur Tür.

»Sind Sie Alexander Dembski?«, fragte einer der beiden Polizisten.

Alexander wurde schlagartig wach, als ob er einen Eimer eiskaltes Wasser über den Kopf geschüttet bekommen hätte. »Ist was mit Kai passiert?«

»Kai?« Die Polizisten schauten sich an. »Wir sind hier, weil es in Ihrem Büro gebrannt hat.«

»Meinem Sohn ist nichts passiert?« Alexander war kreidebleich.

»Nein, wir sind nicht wegen Ihres Sohnes hier. Ihr Büro ist abgebrannt.«

»Kommen Sie rein. Warten Sie, ich zieh mich schnell an.«

Auf dem Weg zum Brandort erfuhr er, dass es vermutlich einen Einbruch in seiner Detektei mit anschließender Brandstiftung gegeben hatte. Das Feuer wurde zum Glück rechtzeitig gelöscht, sodass, abgesehen von seiner Detektei, kein substantieller Schaden am Gebäude entstanden ist. Den Hausbewohnern war jedenfalls nichts passiert, selbst wenn sie evakuiert werden mussten. Diejenigen, die nicht bei Familie oder Freunden eine kurzfristige Bleibe finden konnten oder sich in ein Hotel einmieten wollten, wurden in einer nahegelegenen Turnhalle untergebracht, in der Feldbetten und alles Erforderliche für eine Nacht vorhanden waren. Der Feuerwehr zufolge würden sie schnell wieder zurück in ihre Wohnungen können.

Die Straße war für den Verkehr gesperrt. Der Polizeiwagen, in dem der Detektiv saß, wurde jedoch durchgewunken. Die Einsatzfahrzeuge der Feuerwehr und Polizei verwandelten mit ihren blauen Blinklichtern und Scheinwerfern die Häuserfront in ein Lichtermeer. Die Polizisten fuhren so nahe wie möglich an die Brandstelle heran. Trotz der nächtlichen Stunde behinderte eine Vielzahl von umherstehenden Schaulustigen die Arbeiten der Feuerwehr. In den meisten Fenstern der umliegenden Häuser erkannte man Gesichter mit glotzenden Augen voller Sensationslust. Einige verbargen sich hinter Vorhängen, andere starrten zwischen den Lamellen heruntergelassener Jalousien hindurch.

Auch wenn nirgends mehr Rauch zu sehen war, roch es nach Verbranntem. Es war nicht nur der angenehme Geruch eines Kamins oder Holzofens, sondern es lag auch etwas Ätzendes in der Luft. Vermutlich waren es verschiedene Kunststoffe, die Opfer der Flammen geworden waren oder Löschchemikalien, nahm Alexander an. So gut er konnte vermied er es, tief einzuatmen.

Die Löscharbeiten waren beendet. Die Feuerwehrleute packten zusammen. Sie rollten die Schläuche auf und verstauten sämtliche Gerätschaften in ihren roten Fahrzeugen. Andere forderten die umherstehenden Gaffer auf, weiterzugehen. Einige von ihnen errichteten eine Absperrung auf dem Bürgersteig vor dem Eingang und der Fensterfront der Detektei. Die Schaulustigen, und vor allem die Kinder, die morgen auf dem Schulweg hier entlanglaufen würden, sollten davon abgehalten werden, die Brandstelle zu betreten. Das Gebäude war nicht einsturzgefährdet, dennoch bestand Verletzungsgefahr durch umherliegende Brandreste und Scherben.

Die Einsatzbeamten untersagten Alexander, sein Büro alleine zu betreten. Aufgrund der vermuteten Brandstiftung hatte die Spurensicherung das Recht der ersten Begehung. Dennoch baten die Polizisten ihn darum, den Schadenort in Augenschein zu nehmen. Dabei begleiteten sie ihn. Er sollte möglichst nichts anfassen und bekam einen Bauarbeiterhelm in die Hand gedrückt, »ziehen Sie den bitte an.«

Eine nicht erwartete Feuchtigkeit schlug ihm entgegen, als ob er von jetzt auf gleich mitten im tropischen Regenwald stünde.

Wie angewurzelt stand er im Ladenlokal, sein Mund war halb offen, unwillkürlich schlug er die Hände an den Helm. Alles, was er sah, war ein nasses Chaos. Seine ganze Detektei ähnelte eher einem ausgelaufenen Aquarium als einem Büro. Nur lagen nirgends zappelnde Fische herum und schnappten vergebens nach Luft. Das Ausmaß der Zerstörung war enorm. Der Druck des Löschwassers hatte keinen Stein auf dem anderen gelassen, ganz so, als ob ein Hurrikan gewütet hätte. Die Computermonitore waren vom Wasserstrahl förmlich von den Schreibtischen gefegt worden, der Kalender hing nicht mehr an der Wand, der Boden war übersät mit vor Nässe triefenden Akten, Papierblöcken, Büchern und dem ganzen Kleinkram, der überall herumgestanden hatte. Durchnässte und verrußte Möbel, die kein Polsterer der Welt jemals wieder in Ordnung bringen würde. Sämtliches Geschirr in der Küche war zerbrochen, kein einziger Kaffeekrug hatte den Brand, besser gesagt, die Löscharbeiten, unbeschadet überstanden. Kaum etwas im ganzen Büro befand sich auf seinem ursprünglichen Platz. Selbst einer der Schreibtischstühle hatte dem Druck des Wassers nicht standgehalten und lag in einer Pfütze. Fraglich war, ob die Daten auf den Festplatten noch zu retten waren. Zu viele Unterlagen waren darauf gespeichert. Allein die Aufträge, Rechnungen und der ganze Schriftverkehr, die er dem Finanzamt immer vorlegen musste. Das Wort Datensicherung war ihm ein Begriff, aber wie es halt im Leben so ist, lästigen Pflichten kommt man nur unregelmäßig nach.

Die Feuerwehr hatte wahrlich ausgiebig gelöscht. Dennoch hätte Alexander sich einen Feuerschaden anders vorgestellt, vor allem mehr Brandschutt. Vieles war schwarz vom Ruß oder leicht versengt, aber richtig verbrannt war nur das Wenigste.

Vor der Schrankwand in seinem Büro blieb er stehen. Das Entsetzen wich einer ängstlichen Traurigkeit. Er kämpfte mit den Tränen. Eine Tür der Schrankwand war gebrochen, die andere unbeschädigt und verschlossen. Im vor ihm liegenden Schutt fand er den Schlüssel. Vorsichtig öffnete er die Tür. Seine Befürchtung bestätigte sich. Auch wenn auf den ersten Blick nichts fehlte, alles war vom Wasser zerstört. Er hatte nur wenige Sachen von persönlichem Wert im Büro, aber sein Herz hing an den Fotoalben. Es waren nicht nur Erinnerungen an die gemeinsame Detektivzeit mit seinem Vater, sondern auch Familienfotos. Aufnahmen aus Kindertagen zusammen mit seinen Großeltern, seine Einschulung, Hochzeitsfotos, die ersten Bilder von Kai, direkt nach der Geburt. Alles unwiederbringlich verloren, zumal die meisten Fotos aus einer Zeit stammten, in der es noch keine Digitalkameras gab und die Negative schon seit vielen Jahren nicht mehr existierten oder besser gesagt, niemand wusste, wo sie waren.

»Herr Dembski, fehlt was? Sehen Sie, ob etwas gestohlen wurde?«, wollte der kleinere der beiden Polizisten wissen.

Alexander drehte sich zu ihm um, wischte sich mit dem Ärmel eine Träne aus dem Auge. Was für eine Frage, wie sollte er das in dem Chaos sehen? »Auf den ersten Blick kann ich das nicht genau sagen.«

»Hatten Sie Wertgegenstände im Büro? Vielleicht Bargeld?«

»Ja, ein paar Euro. Nicht besonders viel. Was man halt so im Schreibtisch liegen hat.«

»Was heißt, nicht besonders viel?«

»Dreißig, vierzig Euro. Ich weiß es nicht.«

»Und andere Wertgegenstände?«

»Nein. Aber warten Sie. Lassen Sie mich noch mal zu meinem Schreibtisch gehen.«

Alexander wusste, wonach er suchte. Es waren zwei schwarze Notizbücher. Sie lagen weder auf dem Schreibtisch, noch konnte er sie im Durcheinander auf dem nassen Boden finden. Er ging nicht davon aus, dass sie verbrannt waren, denn der eigentliche Feuerschaden war auch hier überschaubar.

»Was suchen Sie denn?«

»Nur ein paar Unterlagen.« Ihm war nicht daran gelegen, mit den Polizisten über den aktuellen Fall zu sprechen und Poulsens Notizbücher zu erwähnen. »Aber vermutlich liegt das alles hier irgendwo herum. Sei's drum, nicht so wichtig.«

»Können Sie sich vorstellen, wer hier eingebrochen ist und Feuer gelegt hat? Haben Sie jemanden in Verdacht?«

Was für eine blöde Frage, dachte er. Er hatte sie schon hundert Mal in allen möglichen Kriminalfilmen gehört. Wenn er wüsste, wer für das Chaos verantwortlich war, hätte er es den Polizisten längst gesagt. Es blieb ihm aber nichts anderes übrig, als darauf zu antworten. Schließlich machten die Beamten auch nur ihren Job. »Schwer zu sagen. Es gibt den einen oder anderen, der nicht sonderlich über meine Ermittlungsergebnisse erbaut war. Aber, ob das für eine solche Tat ausreicht, wage ich zu bezweifeln. Wie sehen Sie das denn?«

»Aus polizeilicher Sicht spricht vieles für Beschaffungskriminalität. Junkies, die nach ein paar Euro für ihren nächsten Schuss suchen. Aber die fackeln normalerweise keine Büros ab.« Schätzte der kleinere der beiden Polizisten.

»Könnte es nicht auch ein technischer Defekt gewesen sein?«

»Theoretisch schon. Aber nach Aussage der Feuerwehr gibt es mehrere Brandherde. Das Feuer soll etwa zeitgleich im hinteren Büro, in der Küche und hier vorne im Ladenlokal ausgebrochen sein. Außerdem finden Sie die größten Einbrennungen an

Stellen, an denen keine elektrischen Gerätschaften stehen. Das spricht eher für Brandstiftung mittels Brandbeschleuniger.«

»Was meinen Sie mit Einbrennungen?«

»Das sind die Stellen, die am längsten dem Feuer ausgesetzt waren, also die längste Hitzeeinwirkung hatten. Sie sehen es zum Beispiel da drüben an der intensiven Verrußung und Verkohlung an der Wand.«

»Nimmt denn ein Junkie Benzin oder Petroleum oder was auch immer zu seinen Einbruchstouren mit?«

»Nein, eben nicht. Das lässt uns selbst an der Theorie zweifeln. Es ist lediglich bekannt, dass oftmals Geschäfts- und Büroeinbrüche von Drogensüchtigen begangen werden. Die suchen Kleinelektronik, die sie an Hehler verticken oder Bargeld für den nächsten Schuss.«

»Und wie geht es jetzt weiter?«

»Wir werden die Spuren sichern. Allerdings glaube ich nicht, dass wir etwas finden. Die Hitze hat vieles zerstört und das Löschwasser tat sein Übriges. Am besten wäre es, wenn ein Nachbar oder irgendein Zeuge eine Täterbeschreibung liefern würde. Durch das Feuer ist es halt ein untypischer Einbruch. Und Sie selbst haben nicht feststellen können, dass etwas fehlt. Keine Serientat, keine Hinweise auf eine Tätergruppe, das wird nicht einfach. Vergleichbare Einbrüche hat es in letzter Zeit in Köln nicht gegeben. Herr Dembski, bitte melden Sie sich bei uns, wenn Ihnen noch etwas einfällt, oder Sie eine Idee haben, wer das hier angestellt haben könnte. Und reichen Sie uns in den nächsten Tagen bitte auch eine Stehlgutliste ein.« Die beiden Polizisten begleiteten Alexander nach draußen.

Da stand er nun, kurz vor Tagesanbruch. Hinter ihm die abgefackelte Detektei, die sein Vater vor vielen Jahren gegründet und aufgebaut hatte. Den Schaden würde er seiner Versicherung überlassen. Aber den Verdacht, den er jetzt hatte, um den würde er sich selbst kümmern.

****

»Was rufst du mich so früh an? Ich lauf hier noch im Schlafanzug rum und hab einen Kater. Du hast mich gestern abgefüllt.«

»Jetzt hör mal auf zu jammern. Den Schlafanzug kannst du vorerst anbehalten. Die Arbeit fällt heute aus. Das Büro ist abgebrannt.«

»Komm, verarsch mich nicht. Heute ist nicht der erste April.«

»Nein Vanessa, im Ernst. Letzte Nacht wurde bei uns eingebrochen und irgend so ein Vollidiot hat Feuer gelegt.«

»Jetzt mal langsam. Was genau ist passiert?«

»Wie ich schon sagte, das Büro ist abgebrannt. Die Feuerwehr hat beim Löschen alles unter Wasser gesetzt. Ohne Schwimmflossen brauchst du es nicht zu betreten. Aber bevor du dich aufregst, niemand ist verletzt, nur können wir die nächste Zeit da nicht mehr rein.«

»Wo bist du denn jetzt? Ist dir was passiert?«

»Ich hänge hier genervt in meiner Küche und versuche, mich krampfhaft wachzuhalten. Mir geht es aber den Umständen entsprechend gut.«

»Und was machen wir nun? Alle unsere Unterlagen sind doch im Büro.«

»Lass uns das nachher besprechen. Magst du heute Mittag zum Italiener kommen? Dann überlegen wir, wie es weitergeht.«

»Welcher Italiener?«

»Wie, welcher Italiener?«, wunderte sich Alexander über ihre Frage, »natürlich der, bei dem wir fast jeden Mittag essen.«

»Ja, klar komme ich.«

Alexander hatte nicht an die regionale Tageszeitung gedacht. Ein Kölner Boulevardblatt titelte: »Detektivbüro brennt lichterloh, Feuerwehr verhindert Katastrophe.« Die Detektei Dembski fand ärgerlicherweise im Artikel Erwähnung. Was blieb ihm somit anderes übrig, als zumindest seine Eltern, Steffi, Kai und Verena anzurufen, bevor sie anfingen, sich Sorgen zu machen? Für seine Freunde reichte eine Kurznachricht ins Gruppenpostfach. Die Sprüche seiner Kumpel konnte er sich jetzt schon vorstellen: »Man grillt nicht im Büro«, »die Braut muss aber heiß gewesen sein«, »vor dem Büroschlaf immer schön die Zigarette ausmachen.« Nach derartigen Kommentaren war ihm nicht zumute.

Das Vibrieren seines Handys überraschte ihn. So schnell hatte er mit keinem Anruf gerechnet. Die eingeblendete Nummer kannte er nicht. Er drückte die grüne Taste und nahm das Gespräch an.

Mit glasklarer Stimme klang ein, »hier ist Eismann. Was ist passiert?«, durch das Telefon.

Verdammt, woher hat er so schnell von dem Feuer gehört? Das stand nie und nimmer in den überregionalen Zeitungen. Alexander rutschte auf dem Hocker nach vorne und beugte sich über die Anrichte, die er kurzfristig zu einem Arbeitsplatz umfunktioniert hatte.

»Guten Morgen Herr Dr. Eismann. Vermutlich handelt es sich um einen Einbruch mit anschließender Brandstiftung.«

»Sehen Sie einen Zusammenhang zu den Ermittlungen?«

»Schwer zu sagen. Die Polizei tippt auf Beschaffungskriminalität eines Junkies, aber ausschließen will ich es nicht.«

»Herr Dembski, ich glaube nicht an einen Zufall. Sie sind offenkundig an etwas Gefährlichem dran. Wollen Sie Ihre Untersuchungen einstellen?«

Warum stellte Dr. Eismann ihm ausgerechnet jetzt diese Frage? Wäre es nach den Morden in Kopenhagen nicht ein besserer Zeitpunkt hierfür gewesen? Zu keiner Zeit hatte Alexander darüber nachgedacht, seine Recherchen zu beenden. Natürlich sah er den roten Faden, der lang genug war, um jedes der tragischen Ereignisse aus den letzten Tagen mit den vermeintlichen

Selbstmorden der Manager zu verknüpfen. Aber war es nicht Eismann, der bereits bei ihrem ersten Treffen Mord nicht ausgeschlossen hatte? Hatte er ihn nicht genau deswegen beauftragt? Und sollte Eismann dem Irrglauben unterlegen sein, dass Mordermittlungen gefahrlos sind? Nein, niemals, nicht der nüchtern und analytisch denkende Finanzmogul.

»Herr Dr. Eismann, die Frage stellt sich mir nicht. Ich mache weiter.«

»Danke, die Antwort hatte ich mir erhofft. Wenn Sie Unterstützung benötigen, wenden Sie sich bitte, solange Herr Böhm ausfällt, an Frau Moll.«

Was ist das nur für ein Mensch? Das Leben einer seiner langjährigen und engsten Mitarbeiter hängt am seidenen Faden und er verweist kurzgebunden an seine Sekretärin. Er hatte nicht mal Zeit, sich mit einer einzigen Frage nach Böhm zu erkundigen.

Der Mittag nahte und Alexander begab sich auf den Weg zum Italiener. Vanessa kam pünktlich, dennoch dauerte es, bis sie in Ruhe essen konnten. Das Restaurant war gut besucht. Man kannte sich. Es waren fast alles Stammgäste, die in der Gegend arbeiteten und ihre Pause hier verbrachten. Der Brand und der nächtliche Einsatz der Feuerwehr waren natürlich Gesprächsthema Nummer eins, und so blieb ihm nichts anderes übrig, als mehrfach zu erzählen, was passiert war. Es kam ihm vor, wie der Reisebericht nach einem längeren Urlaub, nur mit dem Unterschied, dass die Zuhörer sich wirklich für das Geschehene interessierten.

Vanessa, die jeden Bericht über den Brand ungeduldig mit anhören musste, wirkte zusehends genervt. Nachdem endlich alle Stammgäste informiert waren, beugte sie sich Alexander entgegen und fragte: »Wo sollen wir denn jetzt arbeiten? Was stellst du dir vor? Wie geht es weiter?«

Darüber hatte er bisher nicht nachgedacht. Während er überlegte, nahm er die Serviette vom Tisch, entfaltete diese und legte sie sorgsam auf seinen Schoß: »Also, vorerst arbeiten wir bei mir.

Wir verlegen das Headquarter der Detektei in mein Wohnzimmer. Wir benötigen doch nur ein bisschen Büromaterial, Computer, Drucker, vielleicht einen Kopierer und ein Telefon. Dafür braucht es nicht viel Platz. Du kannst natürlich auch von woanders arbeiten, wenn du magst. Wo lernst du eigentlich für deine Klausuren?«

»In der Bibliothek.«

»Na, siehst du. Und warum solltest du dort nicht auch fürs Detektivbüro arbeiten? Du erstellst doch meistens Auswertungen, das kannst du nahezu überall machen.«

»Aber die ganzen Sachen, alle unsere Unterlagen.«

»Vanessa, ja, es hat gebrannt. Das Büro sieht aus, als ob eine Bombe eingeschlagen wäre und das meiste ist kaputt. Aber niemandem ist was passiert. In vier, fünf Wochen ist alles repariert und wir können wieder zurück. Und, was dich bestimmt freut, wir richten uns dann neu ein. Das wolltest du doch schon immer.«

Vanessa räusperte sich: »Das ist auch dringend nötig. Frische Farbe, neue Möbel und ein paar Bilder hättest du bereits vor langer Zeit anschaffen sollen. Und denk bitte auch an die Vorhänge. Sag mal, wie alt waren die eigentlich? Hatte die nicht dein Vater vor Urzeiten ausgesucht?«

»Vanessa, meinetwegen stelle ich dir sogar ein paar Blümchen auf den Tisch. Aber können wir uns über die Neueinrichtung bitte zu einem späteren Zeitpunkt unterhalten?«

»Ja, schon gut, ich wollte es nur gesagt haben. Ich kenne dich, wenn ich es nicht anspreche, kaufst du wieder die Kunstwerke im Baumarkt und fragst deine Freunde, ob die nicht alte Möbel auf dem Dachboden stehen haben. Du bist doch manchmal ein Geizkragen, was das betrifft.« Sie tupfte sich die Lippen mit der Serviette ab.

»Jetzt übertreib mal nicht.« Alexander hob, wie zur Abwehr, beide Hände hoch. »Das ist ungerecht. Nur weil ich kein Innenarchitekt bin …« Er schaffte es nicht, seinen Satz zu Ende zu führen.

»Schon gut, schon gut. Seit wann bist du so feinfühlig? Und wie geht es jetzt mit dem Auftrag von Eismann weiter?

»Das wollte ich mit dir besprechen. Du hast doch die Kopien von den Notizbüchern. Mit denen beschäftigen wir uns jetzt. Wo hast du die eigentlich?«

»In meinem Schließfach in der Uni-Bibliothek. Ich sollte sie doch dort einschließen?«

»Dann lass uns gleich nach dem Essen zur Uni fahren. Zum einen können wir die Unterlagen gemeinsam durchsehen und zum anderen fertigen wir eine Kopie an, die nehme ich mit zu mir nach Hause.«

»Mit wir meinst du ich? Du kommst doch gar nicht ohne einen Ausweis in die Bibliothek.«

»Herrgott nochmal, dann lasse ich mir halt so einen blöden Ausweis ausstellen, das kann doch nicht so schwer sein. Den gibt es doch in jeder Videothek. Oder du holst die Kopien und wir gehen damit zum nächsten Copyshop.«

»Du gehst noch in die Videothek?«, hakte Vanessa ein. »Mensch Alexander, die Zeiten sind doch längst vorbei. Du lebst hinterm Mond. So alt bist du doch gar nicht.«

»Jetzt lenk nicht vom Thema ab. Ich weiß, dass die Videotheken ihre Blütezeit hinter sich haben. Aber früher war so ein Abend mit einem guten Actionfilm aus der Videothek, einer Portion Gyros mit Pommes und einer Flasche Kölsch doch oftmals der perfekte Start ins Wochenende. Ich bin halt nostalgisch. Also, was ist? Nimmst du mich gleich mit zur Uni?«

»Ja klar Chef. Warst du überhaupt schon mal an der Uni?«

Etwas eingeschnappt sagte er: »Was tut das jetzt zur Sache?« Er hatte kein Problem damit, die Schule nach der zehnten Klasse verlassen zu haben. Ihm fehlten weder Abitur noch Diplom oder gar ein Doktortitel. Dennoch konnte er das Gehabe von Akademikern, oder solchen die es werden wollten und die sich wegen ihrer Semester an der Universität als was Besseres vorkamen, nicht leiden.

»Nichts. Dann lernst du heute mal die Uni kennen.«

»Wenn wir zusammen dort sind, denken deine Kommilitonen, du wärst mit deinem Professor unterwegs, so klug und erfahren, wie ich aussehe.«

Ein schallendes Gejohle brach aus Vanessa heraus, sie hätte sich fast verschluckt: »Du und Professor, das ist ja wie ein schwangerer Papst«, sie japste vor lauter Lachen nach Luft, »und außerdem werden wir vermutlich keinen meiner Kommilitonen aus dem Bereich Kunstgeschichte treffen. Und wenn doch, stelle ich dich als meinen Chef vor, den größten Detektiv aller Zeiten. Zufrieden?«

»Aha. Dann lass uns hier jetzt schnell fertig werden.« Er zog sein Portemonnaie aus der Tasche, kramte einen Geldschein raus und wollte sofort bezahlen.

Am Eingang zur Universitätsbibliothek zückte Vanessa ihren Ausweis und bat Alexander, zu warten, »ich beeile mich«. Sie verschwand hinter der Tür.

Alexander lehnte sich lässig an das Treppengeländer und beobachtete den Eingang zum großen Büchersaal. Einem Bienenstock ähnlich schwirrten ständig Studenten rein und raus. Er versuchte, ihre Studienrichtungen zu erraten, was nicht so einfach war, denn alle sahen irgendwie recht gleichartig aus. Trotzdem meinte er, aufgrund ihrer unterschiedlichen Accessoires eine passgenaue Zuordnung vornehmen zu können. Die Ledermäppchen kamen in die Gruppe BWLer oder Jurist, ebenso die Damenschuhe mit hohen Absätzen. Die selbstgestrickten Pullover waren die Sozialwissenschaftler. Hüte und Aluminiumaktenkoffer wurden der Mathematik zugeordnet. Bei den karierten Hemden in Kombination mit dicken Brillen konnte es sich nur um Informatiker handeln. Und alle grauen Stoffhosen und Strickjacken studierten irgendwas auf Lehramt. Lederjacken, T-Shirts, Sneakers, Rucksäcke und Fahrradhelme wurden gleichmäßig auf Medizin, Architektur und alle möglichen anderen Studienrichtungen aufgeteilt.

»Ich habe Sie hier noch nie gesehen.«

Alexander erschrak leicht, hob seinen Kopf, drehte sich um und sah eine etwa gleichaltrige Frau vor sich, die ihn intensiv anblickte.

»Entschuldigung, ich war in Gedanken. Haben Sie mich was gefragt?«

Sie strich sich durchs Haar, während sie ihn musterte. »Nein, ich sagte nur, ich habe Sie hier noch nie gesehen.«

»Das kann schon sein, ich bin nicht oft in der Bibliothek.«

»Darf ich mich vorstellen? Ivonne.« Sie reichte ihm die Hand und ergänzte, »ich lehre Philosophie.«

Reflexartig ergriff er ihre Hand. »Dembski, Alexander Dembski.« Ihr Handschlag war angenehm fest, womit er nicht gerechnet hatte, denn sie war einen ganzen Kopf kleiner als er und wirkte zierlich. Sie hatte ihre, vermutlich lange, braune Mähne mit einem Gummiband und Haarnadeln etwas achtlos hochgesteckt. Einzelne Strähnen, die sie laufend zur Seite strich, fielen ihr ungeordnet über die runde, silberne Brille ins Gesicht. Ihre Kleidung war mindestens eine oder zwei Nummern zu groß. Die viel zu lange Jeans hatte sie mehrfach umgeschlagen. Ein dunkelblauer Pullover verhüllte ihren ganzen Hintern. Eine hübsche Frau im Schlabberlook.

Ohne den Blick von Alexander abzuwenden, kramte sie in ihrer Umhängetasche und zog schließlich einen Bibliotheksausweis hervor. »An welchem Lehrstuhl arbeiten Sie?«

Alexander hatte das eindeutige Gefühl, gerade angemacht zu werden. Darauf war er nicht eingestellt. Auch wenn es ihm gefiel und er geschmeichelt war, fühlte er sich überrumpelt. »Beobachtungen und Abhörtechniken«, hörte er sich sagen und fand seine Antwort recht dämlich. Auf die Schnelle war ihm nichts Besseres eingefallen. Dabei war Spontanität eine seiner selbst ernannten Stärken, auf die er sich scheinbar in Gegenwart einer attraktiven Frau nicht verlassen konnte.

»Das klingt spannend. Ist das eine neue Studienrichtung? Davon habe ich bisher nichts gehört. Haben Sie Lust, einen Kaffee zu trinken und mir etwas über Ihren Lehrstuhl zu erzählen? Wir könnten auch in die Mensa gehen.«

»Ja, das heißt, grundsätzlich gerne …«, stotterte Alexander sich einen zurecht, »… nur jetzt ist es gerade schlecht. Ich bin mitten in der Arbeit.«

»Ich verstehe, Sie beobachten und hören ab.« Ivonne konnte sich ein Schmunzeln nicht verkneifen. »Das scheint sehr interessant zu sein. Sie müssen mir unbedingt von Ihren heutigen Arbeitsergebnissen erzählen. Vielleicht ein anderes Mal? Sie finden mich am Lehrstuhl für Philosophie, fragen Sie nach Professorin Münch. Ich will Sie dann nicht weiter von Ihrer Arbeit abhalten.« Die Frau blickte ihm knappe zwei Sekunden tief in die Augen. Das war gerade lang genug, damit er ihre Gedanken lesen konnte. Und was er las, gefiel ihm. Mit einem »Tschüss« verabschiedete sie sich und verschwand hinter der Eingangstür zur Bibliothek, jedoch nicht, ohne sich noch einmal nach ihm umgedreht zu haben.

Was war das denn jetzt? Alexander schüttelte verblüfft den Kopf.

Vanessa kam mit einem vollen Ordner unter dem Arm zurück. »Ich hab die Unterlagen abgeheftet. Die alten und neuen Kopien der beiden Notizbücher sind mit einem gelben Pappstreifen getrennt.«

»Sag mal Vanessa, kennst du eine Professorin Münch?«

»Wie kommst du darauf? Ich hab den Namen ein paar Mal gehört. Ich glaube, sie unterrichtet an der philosophischen Fakultät.«

»Nur so, ist auch egal. Wo können wir jetzt die Unterlagen in Ruhe durchgehen? Du kennst dich hier besser aus.«

»In der Cafeteria. Was hoffst du denn zu finden?«

»Ich weiß es nicht, aber die Notizen sind im Augenblick unsere einzige Quelle. Und wenn mein Gefühl mich nicht täuscht, sind wir nicht die Einzigen, die sich für die Bücher interessieren.«

Im Universitätscafé setzten sie sich an einen leeren Tisch. Während Alexander sich den Ordner schnappte und die ersten Seiten überflog, holte Vanessa zwei Cappuccino. Der Detektiv beschäftigte sich zum dritten Mal mit den Aufzeichnungen. Poulsen hatte seinen Notizen immer ein Datum zugeordnet. Die meisten Eintragungen bestanden aus gut leserlichen Sätzen. Seitlich waren hin und wieder kurze Kommentare oder einzelne Worte notiert.

Vanessa kam zurück und setzte sich schräg neben ihn. Sie warf einen Blick auf die Notizen. »Sag mal, Poulsen war doch Däne?«

»Ja, warum?«

»Weshalb schreibt er dann alles auf Deutsch?«

»Keine Ahnung. Findest du das komisch?«

»Ich weiß nicht. Aber würdest du, selbst wenn du länger im Ausland arbeitest, deine persönlichen Notizen nicht auf Deutsch schreiben?«

Alexander lehnte sich zurück, »darüber habe ich mir noch keine Gedanken gemacht«, und runzelte die Stirn. »Wenn ich länger im Ausland lebe und arbeite? Vermutlich würde ich in der Sprache schreiben, mit der ich das Thema verbinde.«

»Wie meinst du das?«

»Na ja, sofern es um sein Haus in Dänemark geht oder um seine Familie, schreibt er vermutlich auf Dänisch und wenn es berufliche Dinge betrifft, eben auf Deutsch.«

»Aber spricht man in Genf nicht Französisch?«

»Jetzt stell nicht so komplizierte Fragen. Ich bin ein Detektiv und kein Sprachforscher. Aber du hast Recht, das ist merkwürdig.«

Die beiden nahmen sich Zeit, um erstmalig sämtliche Seiten durchzugehen. Nach der vollständigen Durchsicht des Ordners stand fest: Alle Notizen waren persönlicher Natur, es handelte sich aber nicht um private Inhalte zu Familie oder Freunde. Die Art und Weise der Formulierungen waren nicht für einen Fremden bestimmt, sondern dienten ihm vermutlich als eine Art

Tagebuch. Am ehesten vergleichbar mit dem Logbuch in der Seefahrt. Der Beginn einer neuen Eintragung war am Datum zu erkennen. Dahinter standen fast immer Namen von Personen und häufig auch ein Ort. Eine Zeile darunter wurden offenkundig die von den anwesenden Teilnehmern geäußerten Aussagen notiert. Hinter den meisten Aussagen waren in Klammern einzelne Buchstaben verzeichnet. Wahrscheinlich die Initialen der Person, von der die Aussage stammte. Am Ende der Eintragungen hatte Poulsen häufig einen Pfeil eingezeichnet, dem ein oder zwei kurze Sätze folgten. Vermutlich waren das die festgehaltenen Vereinbarungen.

Die Inhalte deuteten auf verschiedene Vereinbarungen zwischen Geschäftsleuten hin. Wer macht was, wer redet mit wem, wer fährt wohin und Ähnliches. Dabei tauchten zahlreiche Namen auf, von denen Vanessa und Alexander aber nur Zielke, Engeli, Goldner und Jacobi-Meyer bekannt waren. Bei den genannten Orten handelte es sich meistens um Genf, manchmal um Kopenhagen, selten um Hamburg sowie vereinzelt um andere Städte.

In den Eintragungen fanden sich immer wieder Bezeichnungen oder Hinweise zu unterschiedlichen Fonds.

»Verena geht davon aus, dass es amerikanische Immobilienfonds sind.«

»Das sagtest du bereits.«

»Sorry, ich vergaß, bin halt auch nicht mehr der Jüngste.«

»Schön. Endlich gibst du zu, ein alter Mann zu sein. Kaufte Poulsen solche Fonds?«

»Verena hält das für unwahrscheinlich.«

»Verena geht davon aus …, Verena hält es für unwahrscheinlich … Machst du eigentlich auch was alleine oder ist Frau Dr. Zuckerschnecke ins Detektivbusiness eingestiegen?« Vanessa verdrehte ihre Augen. »Ihr Männer, kaum läuft euch ein Rock über den Weg. Immer dasselbe mit euch …«

»Jetzt schmeiß mich nicht mit allen Männern in einen Topf.«

»Und ob ihr alle in einen Topf gehört«, Vanessa schüttelte den Kopf. »Die Diskussion willst Du nicht wirklich mit mir führen. Lass uns lieber zum eigentlichen Thema zurückkommen. Wer investiert denn in solche Fonds?«

»Größere Firmen, ich weiß es nicht so genau.«

»Denkst du dabei auch an Eismann?«

»Ja. Er, die Northus Versicherung, Banken. Ich habe nicht die geringste Ahnung, wie große Firmen ihr Geld anlegen.«

»Sollen wir uns mal alle Fonds aufschreiben, die Poulsen notiert hat?«

»Das sollten wir machen. Verena kannte die meisten davon. Bei dem einen oder anderen war sie sich nicht sicher, das heißt, sie wusste nicht, ob es überhaupt ein Fonds ist.«

»Verena, Verena, Verena«, Vanessa hielt ihre Hände vor den Kopf, »welcher denn?«

»Wenn ich mich recht erinnere, war es der hier.« Alexander zeigte auf die unterstrichene Notiz.

»Du meinst die vier Buchstaben? Wofür steht den NCNA?«

»Eben, das ist nicht ganz klar. Es könnte der US New Construction New Area Fonds sein. So nannte ihn Verena. Lass uns mal weiterblättern, vielleicht finden wir weitere Hinweise.«

Sie fanden keine Hinweise. Allerdings hatte Poulsen die Buchstaben häufiger notiert und dabei meistens unterstrichen.

»Tipp das doch mal in dein Handy ein«, schlug Alexander vor.

Vanessa holte ihr Handy aus ihrem Rucksack, wählte die Browser-App und drückte der Reihe nach auf die Buchstaben N C N A. Gespannt wartete sie auf das Ergebnis. »So, hier haben wir was: Krankenschwester Vereinigung aus North Carolina, eine Nachrichtenagentur aus China …«, sie scrollte weiter. Aber auch die nächste Seite zeigte keinen brauchbaren Treffer.

»Was steht da?«, Alexander wurde ungeduldig.

»Jetzt lass mich mal in Ruhe«, wieder scrollte sie eine Seite weiter und machte eine Pause, »… das könnte es sein: US New Construction New Area Fonds.«

»Gib mir mal das Handy.«

»Alex, hör auf zu nerven.«

»Drück mal auf den Link.«

»Was hab ich wohl gerade hier gemacht?«

»Und?«

»Moment, die Seite baut sich noch auf.«

»Was denn nun? Was steht da?«

»Alex, jetzt hör auf«, sagte sie mit Nachdruck, »wenn dir mein Handy zu langsam ist, dann gib mir ein Firmenhandy oder geh Cappuccino holen«, und drückte ihm die beiden leeren Becher in die Hand.

Wortlos stand er auf und bewegte sich in Richtung des Kaffeeautomaten. Als er mit den Cappuccinos zurückkam, wagte er keine Frage zu stellen. Was auch nicht nötig war, denn Vanessa hatte was gefunden.

»Das hier scheint eine Homepage von einem Fondsanbieter oder was Ähnlichem zu sein, vielleicht einem Vermögensverwalter. Ich bin mir nicht sicher, zumindest steht hier was von Immobilien und Kapitalanlagen. *Real estate capital investments*; wie würdest du das übersetzen?«

»Heiß ich Langenscheidt? Lass mal sehen.« Sie gab ihm das Handy. »Du wirst Recht haben, das sieht aus wie eine Firma, die mit Immobilien handelt oder in Immobilien investiert. Und wo steht jetzt was von US New Construction New Area Fonds?«

»Schau doch mal in einem der Untermenüs oder gib es in der Stichwortsuche ein. Die werden bestimmt auf ihrer Homepage Hinweise oder Informationen über ihre Produkte haben.«

Alexander wurde fündig. Er fand einen Produktflyer. »Wenn ich das hier richtig verstehe, handelt es sich um einen Fonds, der regional in Neubauten investiert und Renditeerwartungen im hohen einstelligen Bereich verspricht.«

»Du Sprachgenie. An dir ist ein ausgezeichneter Englischlehrer verloren gegangen«, frotzelte Vanessa.

»Ja klar«, sagte Alexander leicht genervt. »Schau doch selber mal«, und gab ihr das Handy zurück.

»Och, jetzt sei nicht gleich eingeschnappt«, sagte sie und las dabei die Überschrift des Flyers. »Deiner Translation kann nichts hinzufügt werden. Ich würde es genauso übersetzen. Aber zurück zum Problem. Auch wenn Frau Dr. Zuckerschnecke nicht davon ausgeht, dass Poulsen in den Fonds investiert hat, was denkst Du denn, wie er damit in Verbindung steht?«

»Weiß ich nicht, aber irgendwas wird er damit zu tun gehabt haben, zumindest hat er sich damit beschäftigt. Vorausgesetzt unsere Vermutung trifft zu, dass mit NCNA dieser Fonds gemeint ist. Aber selbst das wissen wir nicht zu hundert Prozent.«

»Ist dir aufgefallen, dass der Flyer schon ein paar Jahre alt ist?«

»Wie kommst du jetzt darauf?«

»Schau doch hin, hier steht etwas über die prognostizierte Wertentwicklung. Das ist aber schon über sieben Jahre her. Also, bei meiner Sparkasse sind die Werbeunterlagen immer aktuell.«

»In der Tat, das ist komisch. Gibt es denn keine neueren Informationen auf der Homepage, vielleicht zu einem anderen Fonds eventuell ein paar Pressemitteilungen?«

Soweit Vanessa sehen konnte, gab es keine neueren Einträge. Die Homepage wirkte, als ob sie nicht regelmäßig gepflegt werden würde. »Alex, hier steht eine Adresse.«

»Wie lautet die?«

»Flagstaff in Arizona, North Country Club Drive, Kreuzung East Cortland Boulevard.«

Alexander trommelte mit der flachen Hand auf den Tisch: »Steht da eine E-Mail-Adresse oder eine Telefonnummer?«

»Ja, eine Telefonnummer.«

»Ruf da mal an.«

»Sag mal, warum nimmst du nicht dein eigenes Handy und rufst selber an? Bezahlst du mir etwa ein teures Auslandsgespräch? Roaming gilt nur in Europa und ich weiß nicht, was ein Anruf in die USA kostet.«

Alexander spürte, wie er Vanessa mit seiner Ungeduld langsam zu sehr reizte. Er wollte den Bogen nicht überspannen und räumte ein, sein Handy in all der Aufregung mit dem Feuer und der Polizei heute Morgen in seiner Wohnung, vergessen zu haben.

»Ach so, der Herr hat seine Sachen nicht beisammen.« Sie blieb friedlich und wählte die angegebene Telefonnummer. Nachdem alle Zahlen eingetippt waren, drückte sie die grüne Anruftaste. Aber es geschah nichts. Ihr Anruf blieb unbeantwortet. Die Leitung blieb stumm.

»Ruf nochmal an, du hast bestimmt eine Nummer vergessen.« Kaum hatte er es ausgesprochen, bemerkte er, wie sich die Gesichtsmuskeln seiner Mitarbeiterin anspannten. Sie war kurz davor, zu explodieren. Ihre Augen verkleinerten sich und ihre Brauen zogen sich zur Mitte hin zusammen.

»So mein Lieber, noch so einen blöden Kommentar und du machst hier alleine weiter.«

Er holte tief Luft, zwang sich zu einem »Entschuldigung« und beschloss, so gut es ging, die Klappe zu halten.

Vanessa las die im Display stehenden Ziffern einzeln vor, wobei Alexander bei jeder Zahl zustimmend seinen Kopf von oben nach unten bewegte. Sie hatte die richtige Telefonnummer gewählt und drückte auf die Wahlwiederholung. Doch auch der zweite Anruf blieb unbeantwortet. Nun kontrollierte Sie selbst die Nummer. Sie stimmte exakt mit der im Produktflyer überein.

»Haben die dort jetzt überhaupt auf?«, überlegte sie.

»Ich denke schon, die sind acht oder neun Stunden hinter uns. Dort ist es jetzt gleich neun Uhr«, schätzte Alexander.

»Unabhängig davon, der Anruf müsste doch irgendwo ankommen. Zumindest müsste es ein Klingelzeichen geben oder ein Anrufbeantworter sollte anspringen. Die Leitung scheint aber vollkommen tot zu sein. Warte, ich tippe mal den ganzen Fondsnamen hier ein. Vielleicht müssen wir einfach etwas genauer im Internet suchen.« Doch wieder erschien der eben schon gefunden Link, welcher zur Homepage mit dem alten Verkaufsflyer führte.

Alexander zuckte mit den Schultern und verzog die Lippen. »Das kann irgendwie nicht sein. In den Notizen von Poulsen wird der Fonds mehrfach erwähnt und ist oft unterstrichen, das heißt zumindest die Buchstaben NCNA. Und im ganzen Internet findet sich nur ein einziger Link mit veralteten Informationen?«

»Du hast Recht«, sagte Vanessa. »Das ist merkwürdig. Lass uns jemanden um Hilfe bitten, der sich mit dem Internet besser auskennt. Vielleicht sind wir auf dem Holzweg oder suchen nur falsch.«

»Wie meinst du das? Wie willst du denn im Internet falsch suchen? Du gibst ein paar Worte im Browser ein und den Rest erledigt die Suchmaschine. Das ist doch keine Hexerei.«

»Das mag schon sein. Aber wir eiern hier rum. Wir suchen etwas mit den Buchstaben N C N A und finden neben einer Krankenschwestern-Vereinigung aus North Carolina und einer Nachrichtenagentur aus China einen Fondsanbieter. Das halten wir für den großen Treffer und ärgern uns, dass die gefundene Homepage seit Jahren nicht aktualisiert wurde. Lass uns die Unterlagen mal zur Seite legen.« Sie sah Alexander an, »weißt du was, ich schaue mir morgen die anderen Fonds in Ruhe an. Möglicherweise fällt mir dabei irgendetwas auf und du rufst Jorgos an, der kann uns bestimmt helfen. Und dann sehen wir weiter. Falls wir dann immer noch nicht schlauer sind, müssen wir uns wohl oder übel mit den ganzen Personen beschäftigen, deren Namen Poulsen hier aufgeschrieben hat.«

»Gute Idee«, lobte er ihren Vorschlag. »In der Detektivarbeit ist es manchmal erforderlich, auf sein internationales Netzwerk zurückzugreifen. Jorgos hängt doch ständig im Internet, wenn er nicht gerade bei einem seiner Kunden an den Rechnern herumbastelt. Er kennt sich damit besser aus.«

»Du Spinner, was heißt hier internationales Netzwerk? Der kommt doch aus Leverkusen.«

****

»Jorgos, alter Grieche, hör mal, du kennst dich doch im Internet aus?«

»Natürlich, einen besseren Experten als mich findest du nicht. Warum fragst du? Brauchst du einen Auftragskiller oder suchst du ein paar neue Pornoseiten?«, bekam Alexander als Antwort.

»Quatsch, nichts von all dem, meine Ex-Frau nervt zwar, aber einen Killer will ich ihr nicht auf den Hals hetzen. Kai soll nicht ohne Mutter aufwachsen. Und da ich momentan eine Freundin hab, brauch ich auch keine Tipps für neue Pornoseiten. Es geht um eine merkwürdige Homepage auf die ich gestern gestoßen bin. Sag mal, kommt es häufig vor, dass der Internetauftritt einer Firma nicht gepflegt wird?«

»Was meinst du mit nicht gepflegt?«

»…, dass zum Beispiel kein tagesaktuelles Datum angezeigt wird und nur veraltete Daten vorhanden sind. Ich finde jedenfalls nur alte Informationen.«

»Komm, rede nicht um den heißen Brei. Was für eine Seite meinst du? Ich schau mir das an.«

»Gib doch mal US New Construction New Area Fonds in die Suchfunktion ein. Und dann schau dir die Homepage an. Bis wann kannst du das erledigen?«

»Entspann dich, mein Lieber. Das klappt möglicherweise sofort, bleib mal in der Leitung.«

Alexander hörte, wie Jorgos auf der Computertastatur rumhackte und schneller als gedacht wieder zum Telefonhörer griff.

»Also, die Homepage wurde vor ungefähr neun Jahren eingerichtet. Und genau wie du sagst, seit ein paar Wochen ist es ruhig geworden. Jedenfalls wurde in den letzten Tagen nichts mehr aktualisiert. Die Seite ist tot. Da wirst du nichts mit neuerem Datum finden.«

»Wie? Du verarschst mich doch? Das hast du jetzt eben herausgefunden? Wie hast du das gemacht?«

»Ich hab einfach ein Internetarchiv aufgerufen und den Link zu der Homepage eingegeben. Das Internet vergisst nichts. Es ist ähnlich, wie mit den alten Telefonbüchern. Wenn du so ein altes Teil zur Hand nimmst, findest du die Telefonnummern und Adressen aus der damaligen Zeit, ebenso funktioniert es mit der Archiv-Suche im Netz.«

»Danke, du bist ein Genie.«

»Wem sagst du das. Das kostet dich bei nächster Gelegenheit ein Kölsch. Oder wir gehen mal wieder zum FC.«

»Das geht in Ordnung. Aber wenn ich dich schon mal an der Strippe hab, mir fällt noch eine weitere Suche ein, bei der du mir helfen könntest. Hast du über das Internet Zugriff auf Auskunfteien und auf andere Datenbanken in denen Informationen über Personen und Firmen gespeichert sind? Ich bräuchte vertrauliche Infos, ohne dass die betreffende Person etwas davon mitbekommt.«

»Das lässt sich einrichten, nur kann ich das nicht selber machen, sondern müsste ein paar Freunde fragen. Mir fehlt das nötige Equipment. Allerdings kostet dich das mehr als ein Kölsch. Die arbeiten nicht umsonst.«

»Wie tief muss ich dafür in die Tasche greifen?«

»Zweitausend Euro wird dich der Spaß kosten, mein Lieber.«

»Zweitausend Euro? Das ist aber kein Pappenstiel. Und was bekomme ich dafür?«

»Alles, was im Internet über die Person und die Firma zu finden ist. Und für fünftausend Euro hacken die sich sogar in die Computer der Firma. Und bevor ich es vergesse, man wird auf Bargeld bestehen.«

»Fünftausend Euro sagst du? Jetzt lass mal die Kirche im Dorf. Das sind doch bestenfalls ein paar Studenten, die sich etwas dazuverdienen.«

»Einer geht sogar noch zur Schule. Es ist ein Freundschaftspreis, komplett ohne Mehrwertsteuer. Du bekommst nämlich auch keine Rechnung.«

»Also typisch griechisch. Jorgos, das ist niemals legal.«

»Ist das eine Frage oder Feststellung?«

»Egal. Können deine Freunde herausfinden, ob ein Dr. Karl Eismann oder dessen Firma, die Eismann-Capital GmbH in den eben genannten Fonds investiert oder diesen vertreibt?«

»Wenn hierzu was auf deren Servern liegt, müssten sie es finden. Aber wie so oft im Leben, alles ohne Gewähr.«

»Einverstanden, gib mir die Kontaktdaten von deinen Freunden.«

»Alexander, jetzt stell dich nicht dämlicher an, als du bist. Was meinst du wohl, was die sagen, wenn du da anrufst? Hallo, mein Name ist Dembski, könnt ihr was Illegales für mich erledigen. Ja klar, sehr gern ...«

»Okay, okay, dann mach du das. Kannst du die fünftausend Euro vorschießen?«

»Sag mal, was ist denn heute los mit dir? Weißt du, mit wem du sprichst? Ich bin es, Jorgos der Grieche, der sich um die veralteten Computer in deinem Büro kümmert. Ich lebe quasi von der Hand in den Mund. Sobald du mir das Geld bringst, kleine gebrauchte Scheine sind besonders willkommen, rufe ich meine Freunde an. Und überleg dir bis dahin genau, wonach die suchen sollen. Schreib es am besten auf.«

Alexander überlegte nicht lange. Er wollte sämtliche Informationen über Dr. Karl Eismann und dessen Firma, deren er habhaft werden konnte. Wann und wo wurde er geboren? Was machten seine Eltern? Hatte er Familie? Wer waren seine Freunde? Woher hatte er sein Vermögen? Wer waren seine Kunden? Wie legte er sein Geld an? In welche Anlagen investierte sein Unternehmen? Gab es Verzweigungen zur Northus, womöglich regelmäßige Kontakte zu Poulsen, Engeli oder Zielke? Hatte er was auf dem Kerbholz?

Die fünftausend Euro hob er bei seiner Bank ab, steckte sie in ein DIN-A5-Kuvert und brachte sie nach Leverkusen. Nun hieß es abwarten. Jorgos ging davon aus, dass seine Freunde in den nächsten Tagen liefern würden.

Unabhängig vom Ergebnis der in Auftrag gegebenen Internetrecherchen wollte Alexander direkt von der Eismann-Capital GmbH wissen, ob sie in den US New Construction New Area Fonds investierten und rief deshalb Frau Moll an.

»Wissen Sie Herr Dembski, es gibt kaum eine Information, einen Brief oder ein Telefonat, welches nicht bei mir landet«, sagte sie, »aber ob wir Geld in den eben genannten Fonds investieren, da bin ich überfragt. Vermutlich kann Ihnen Herr Wagner weiterhelfen. Warten Sie, ich stelle Sie durch. Er müsste im Haus sein. Bitte bleiben Sie am Apparat.« Sie drückte ihn in die Warteschleife und setzte ihn der nervigen Musik aus, die bei so vielen Firmen durchs Telefon trällert, während man sehnsüchtig auf eine menschliche Stimme am anderen Ende der Leitung wartet. Ob all die Musiker, deren Kompositionen derart missbraucht wurden, von den Schandtaten wussten, die man ihren Werken antat? Gab es eigentlich eine Hitparade, der am meisten genutzten Songs für Telefonwarteschleifenkonzerte? Oder gab es sogar Songschreiber, die auf das Komponieren von Telefonwarteschleifensongs spezialisiert waren? Man müsste ihnen das Musizieren unter Androhung von Strafe verbieten. Zumindest wurde das Gedudel nicht von einer Computerstimme unterbrochen, die einen, nach einem scheinbar endlos langen Ansagetext aufforderte, die Taste eins, zwei oder drei zu drücken.

Die Worte, »guten Tag, Herr Dembski. Frau Moll sagt, Sie haben eine Frage«, erlösten den Detektiv von der akustischen Folter seiner Gehörgänge. »Es tut mir leid, dass Sie warten mussten.«

»Guten Tag, Herr Wagner, ich bin auf der Suche nach Informationen über einen Immobilienfonds. Haben Sie schon mal was vom New Construction New Area Fonds gehört?«

»Ja, den Namen meine ich, mal gelesen zu haben.«

Alexander wurde hellhörig, setzte sich aufrecht hin und fragte zur Sicherheit nochmal nach: »Sie kennen den Fonds?«

»Ja, ich denke schon. Was möchten Sie denn wissen?«

Gute Frage, dachte Alexander. Schließlich wusste er selbst nicht, was er überhaupt wissen wollte. Also blieb er bei der Wahrheit und sagte: »Das weiß ich noch nicht. Fangen Sie doch einfach an, alles zu erzählen, was Ihnen dazu einfällt.«

»Das ist nicht besonders viel. Soweit ich mich erinnere, stand darüber etwas in einer Sitzungsunterlage für den Aufsichtsrat der Northus Versicherung.«

»Entschuldigen Sie, wenn ich dazwischen grätsche. Aber sagen Sie bitte, wie kommen sie an solche Unterlagen?«

»Herr Dembski, Herr Dr. Eismann ist Mitglied des Kontrollgremiums. Sämtliche Sitzungsunterlagen werden von uns bis ins kleinste Detail analysiert, kommentiert und für ihn aufbereitet. Er ist sehr gewissenhaft.«

»Logisch, da hätte ich selbst draufkommen können.« Alexander war seine zuvor gestellte Frage fast peinlich. »Wer erstellt diese Aufsichtsratsunterlagen? Sind Sie da mit eingebunden?«

»Nein, wo denken Sie hin? Die meisten Aufsichtsratsmitglieder haben Mitarbeiter, die die Unterlagen auswerten. Sie erstellen sie nicht. Sofern es keine externen Gutachten sind, wie Ergebnispräsentationen von Unternehmensberatern, werden die Unterlagen in den Fachabteilungen und Stäben des zu beaufsichtigenden Konzerns zusammengestellt.«

»Demnach kam die Unterlage, auf welcher der Fonds Erwähnung fand, aus einer Abteilung der Northus Versicherung?«

»Vermutlich. Herr Dr. Eismann bekommt immer eine Mappe oder genauer gesagt einen Ordner sowie eine PDF-Datei. Mittlerweile sind die Aufsichtsräte auch im digitalen Zeitalter angekommen.«

»Wer ist der Absender dieser Mappen?«

»Die Northus Versicherung.«

»Schon klar, ich meinte, welche Person schickt ihnen die Mappe. Es muss doch einen Mitarbeiter geben, der das veranlasst.«

»Die kommt aus dem Büro des Vorstandsvorsitzenden, also jetzt Herr Dr. Junghans. Er unterschreibt zumindest das Begleitschreiben. Obwohl er die Sachen sicherlich nicht persönlich kuvertiert und verschickt. Das macht vermutlich sein Assistent oder seine Sekretärin. Nicht vieles wird so penibel geprüft wie die Unterlagen für den Aufsichtsrat.«

»Danke. Zurück zum New Construction New Area Fonds. Was können Sie mir über den sagen?«

»Wenn ich mich nicht irre, gab es vor längerer Zeit einen Produktflyer. Den kann ich Ihnen zukommen lassen.«

»Danke, den Flyer kenne ich. Warum ist ein solcher Fonds von Interesse für den Aufsichtsrat?«

»Der einzelne Fonds ist nur von untergeordneter Bedeutung. Wahrscheinlich wurde die mittel- oder langfristige Kapitalanlagestrategie des Unternehmens vorgestellt. In diesem Zusammenhang spielen die Diversifikation der Investments, Kapitalanlagekosten, Risiko- und Ertragsaussichten sowie aufsichtsrechtliche Vorgaben eine wesentliche Rolle. Soweit ich weiß, wurde der Fonds in der Fußnote einer Präsentationsfolie beispielhaft erwähnt und der guten Ordnung halber hat man auf den in der Anlage beiliegenden Flyer hingewiesen.«

»Wann wurde das Thema im Aufsichtsrat behandelt?«

»Sie meinen die Kapitalanlagestrategie? Die ist regelmäßiges Thema und wird einmal im Jahr besprochen.«

»Nein, Entschuldigung, ich meinte, aus welcher Sitzung stammt die Unterlage, in der auf den Fonds hingewiesen wurde.«

»Das ist schon ein paar Jahre her. Warten Sie mal, dem Datum auf dem Ordner zufolge war es vor sieben Jahren«, sagte Wagner.

»Den Namen des Fonds muss doch irgendein Mitarbeiter in die Unterlage reingeschrieben haben?«

»Vermutlich jemand aus dem Stab oder ein Vorstand. Wie genau die Northus die Arbeitsabläufe geregelt hat, kann ich Ihnen leider nicht sagen.«

»Könnte es also sein, dass der Versicherungskonzern Geld in diesem Fonds angelegt hat?«

»Das ist durchaus denkbar.«

»Kennen Sie einen Ansprechpartner bei der Fondsgesellschaft, dem ich ein paar Fragen stellen könnte?«

»Nein. Wie ich schon sagte, mehr als im Produktflyer steht, kann ich Ihnen nicht sagen. Warten Sie bitte, ich suche den mal ...«, Wagner legte den Telefonhörer zur Seite. Alexander hörte im Hintergrund Geräusche. Es klang als ob jemand in einem Regal etwas ein- oder ausräumte und ein paar Sachen hin und her schob. »Sind Sie noch da, Herr Dembski?«

»Ja.«

»Ich habe die Unterlagen. Der Fonds ist nicht weiter bekannt, auch nicht die Fondsgesellschaft. Beide Namen habe ich nur einmal in der Sitzungsmappe für die Aufsichtsratssitzung gelesen. Hier stehen Kontaktdaten. Aber wenn Sie den Flyer kennen, haben Sie diese sicherlich.«

»Falls das die Unterlage mit der Adresse aus Flagstaff in Arizona ist, die liegt mir vor.«

»Dann tut es mir leid. Mehr hab ich nicht.«

»Kann es sein, dass unter der angegebenen Adresse niemand zu erreichen ist? Müsste nicht jemand ans Telefon gehen, wenn man dort anruft?«

»Da bin ich überfragt. Vielleicht wurde die Telefonnummer in den letzten Jahren geändert.«

»Gibt es eine Wertpapierkennnummer, so wie bei Aktien, über die sich was herausfinden ließe?«

»Falls die Fonds-Anteile an der Börse gehandelt und bei Banken in Depots verwahrt werden – ja. Allerdings sind Konstrukte denkbar, in denen es keine Wertpapierkennnummer gibt. Beispielsweise, wenn es sich um nur einen einzigen Käufer handelt und die Fondsgesellschaft wie ein Makler oder Immobilienvermittler agiert. Aber das sind Exoten.«

»Über welche Geldbeträge reden wir bei solchen Exoten?«

»Oh, das geht von einigen hunderttausend Euro bis zu mehreren hundert Millionen. Das hängt von der Kundengruppe ab, an die das Produkt adressiert ist. Institutionelle Investoren dürften höhere Summen bevorzugen, wahrscheinlich im zwei- oder dreistelligen Millionenbereich. Das Geld muss halt angelegt werden und das Anlegen weniger, aber dafür größerer Beträge ist oftmals günstiger, als mehrere kleine Investments, schon alleine deshalb, weil der Anteil der Fixkosten niedriger ist.«

»Eine Frage noch: Investiert die Eismann-Capital GmbH in Immobilien?«

»Selbstverständlich, das ist neben dem Versicherungs- und Bankensektor der größte Schwerpunkt unserer Anlagepolitik.«

Einen spürbaren Wissensgewinn konnte Alexander nicht feststellen. Eigentlich wusste er jetzt genau so wenig wie vor dem Telefonat. Wenn schon Wagner nichts über den NCNA-Fonds sagen konnte, dann würde es mit Informationen hierüber in der gesamten Kapitalanlagebranche recht mau aussehen. Verena hatte zwar davon gesprochen, dass die Northus Geld in diesen Fonds angelegt hatte, aber viel mehr dürfte auch sie nicht wissen.

****

Auf dem Tag genau vor einem Jahr planten die euphorischsten FC-Fans für dieses Wochenende eine rauschende Meisterfeier, den Triumphmarsch der Geißböcke durch die Stadt und Ehrung im Rathaus am Alter Markt. Eigentlich hatten Alexander und Kai frenetisch den kommenden Champions-League-Sieger bejubeln wollen. Stattdessen wehten die rot-weißen Flaggen der Domstadt auf halbmast. Was war passiert? Der 1. FC Köln war nach einer Klatsche im Auswärtsspiel gegen Wolfsburg mit Pauken und Trompeten abgestiegen. Schlappe zweiundzwanzig Punkte hatten sie auf ihrem Konto und standen bereits Wochen vor dem letzten Spieltag als Absteiger fest. Der sensationelle fünfte Platz aus dem Vorjahr hatte keine Bedeutung mehr. Entsprechend schlecht war auch die Stimmung von Vater und Sohn.

Da das Wetter ganz ordentlich war, zumindest regnete es nicht, begann der Freitagabend mit einem Burger am Chlodwigplatz. Alexander schlug vor, anschließend auf einen Absacker in eine der umliegenden Kneipen zu gehen, wo sie direkt in die Arme von Luisa liefen, der netten Bedienung aus dem Café Beckmann.

»Dich hab ich ja lange nicht mehr gesehen«, sie erkannte Kai auf den ersten Blick. »Kümmerst du dich am Wochenende um deinen Vater?«

Kai reagierte eher schüchtern und erwiderte wenig schlagfertig: »Meistens bin ich an zwei Wochenenden im Monat in Köln und jetzt bleibe ich bis Sonntag.«

»Das ist ja schön. Wenn du schon Bier trinken darfst, geh ich uns mal eine Runde Kölsch holen. Sonst verdurstet Ihr beide mir noch. Möchtest du auch eins?«

Kai sah seinen Vater an, der einwilligend nickte.

Es dauerte nicht lange, bis sich weitere Freunde und Freundinnen aus Alexanders Clique einfanden und sich ein ansehnliches Grüppchen gebildet hatte. Einer nach dem anderen ging Bier holen und ohne, dass es großartig aufgefallen wäre, drückten sie auch Kai jedes Mal ein Glas in die Hand. Spätestens nach der vierten Runde hatte er seine Schüchternheit abgelegt und unterhielt sich mit den meisten aus der Clique, die er von früher kannte. Es wurde ein munterer Abend, der erst endete, als die Frau hinter dem Tresen gegen ein Uhr nachts zur letzten Runde aufrief. Sowohl Vater als auch Sohn hatten definitiv zu viel Bier getrunken, was aber keinen der beiden daran hinderte, bei der letzten Runde zuzugreifen.

Der nächste Morgen begann für Alexander mit einem kleinen Kater und einem sehr schlechten Gewissen, weil er sich zu wenig um seinen Sohn gekümmert hatte. Der schlief noch, als sein Vater sich leise nach draußen schlich, um Brötchen zu holen. Auch als er zurückkam, lag der Junge noch im Bett und als Kai sich am frühen Nachmittag erstmals zeigte, hatte Alexander längst gefrühstückt.

»Guten Morgen, Dad, deine Freunde sind echt in Ordnung!« Es schien ihm prächtig zu gehen, keine Spur von einem zu langen Kneipenaufenthalt, geschweige denn einem Kater.

»Morgen Sohn, wie kommst du jetzt darauf?«

»Die stellen nicht so peinliche Fragen wie du und Mama.«

»Was denn für peinliche Fragen?«

»Ach, du weißt schon. All das peinliche Zeug halt. Wie geht es in der Schule? Hast du ein Mädchen kennengelernt? Hast du dein Zimmer aufgeräumt?«

»Komm, ist gut. Die sind ja auch nicht deine Eltern. Denen ist es egal, wenn du sitzen bleibst und in ein paar Jahren ein Apartment unter der Zoobrücke beziehst. Ich hätte viel früher mit dir nach Hause gehen sollen. Erzähl bloß Steffi nichts von gestern Abend. Und worüber habt Ihr euch unterhalten?«

»Hauptsächlich über den FC.«

»Und?«

»Wir steigen definitiv im nächsten Jahr wieder auf.«

»Na, dein Wort in Gottes Ohr. Du brauchst was im Magen. Jetzt frühstücke mal, damit wir was unternehmen können.«

»Wie? Was hast du denn vor?«

»Das können wir uns doch gemeinsam überlegen?«

»Ne, komm Dad. Können wir nicht einfach hierbleiben und mit der Playsi spielen?«

Unter Abwägung aller denkbaren Alternativen wie Fahrradtour, Kino oder aus pädagogischen Gründen notfalls ein Museumsbesuch hielt Alexander den Vorschlag seines Sohnes dann aber doch für die beste Idee, den Samstag zu verbringen.

Im Laufe des Tages, die Playstation lief schon seit Stunden und Kai war gerade dabei, unzählige Monster auf einem unbekannten Planeten zu jagen, ging Alexander einkaufen und kümmerte sich um das Nötigste in seinen vier Wänden. Die erste Spielpause legte Kai ein, als der Fahrer des Pizzataxis mit dem späten Mittagessen klingelte. Auch der Rest des Samstags verlief entspannt. Der Junge arbeitete sich von Level zu Level und Alexander schlief irgendwann neben ihm auf dem Sofa ein. Den Sonntag gestalteten Vater und Sohn mit ähnlicher Kreativität. Mit dem einzigen kleinen Unterschied, dass Alexander keine Lust hatte, Frühstück zu machen und daher vorschlug, brunchen zu gehen. Am späten Nachmittag fuhr Kai zurück nach Bonn und Alexander war wieder alleine. Der Gedanke, kein sonderlich gutes Vorbild für seinen Sohn zu sein, quälte ihn. Er würde sich bessern und die künftigen Wochenenden aktiver und vor allem ohne Kneipenbesuche gestalten.

****

Da saß er nun, der gelangweilte Pförtner, am Empfang des Frankfurter Wolkenkratzers, vertieft in den Sportteil seiner Tageszeitung. Der Rückblick auf die abgelaufene Bundesligasaison las sich wie der Nachruf auf eine viel zu früh zu Ende gegangene Ära des Kölner Traditionsklubs, die Weltmacht des Fußballs.

»Zufrieden mit den Ergebnissen?«

Zwei müde Augen blickten hoch. In einwandfreiem Hessisch bekam Alexander die Antwort: »Geht so.«

Das übliche Prozedere begann. Der Pförtner suchte den Namen Dembski auf der Liste und drückte den Schalter, worauf sich die Eingangsschranke zu den Aufzügen öffnete. »Dreiundfünfzigste Etage.«

»Dreiundfünfzigste?«, fragte Alexander stutzig. »Sonst fahre ich immer in die Vierundfünfzigste.«

»Wartungsarbeiten«, war die kurz angebundene Begründung.

Wie die Male zuvor stand Frau Moll an der Eingangstür. »Kommen Sie, Herr Dembski, ich bringe Sie zu ihm.«

Auf dem Weg zu Dr. Eismann durchquerten sie den Open Space Bereich. Hier saßen, hinter einem Gewirr aus stoffbezogenen Schallschutzwänden, frisch von der Uni kommende, karriereorientierte Frauen und Männer in kleinen Séparées und glotzten auf bunt flimmernde Monitore. Von Alexander nahm niemand Notiz. Aber von Frau Moll. Jeder, der sie sah, rief »Hallo« oder winkte ihr zu. Sie war die gute Seele der Firma. Das Gegenstück zum nüchtern und analytisch denkenden Inhaber. Die beiden waren das Yin und Yang der Eismann-Capital GmbH.

»Kommen Sie, wir müssen hier hinten die Treppen hoch«, sagte Frau Moll. »Es gibt zwar noch einen firmeninternen Aufzug, aber für eine Etage lohnt sich der wohl kaum. Den nehmen wir nur, wenn schwere Sachen transportiert werden müssen.«

Im Vorzimmer angekommen, holte sie einen Bügel aus einem der Wandschränke und bat Alexander um seinen Mantel, den sie sorgfältig aufhängte. »Ach Herr Dembski, geben Sie mir doch Ihren Bericht. Er liest ihn ja sowieso nicht. Ich kümmere mich gleich um die Ablage und kann ihn dann im passenden Ordner abheften.«

Alexander zog die Mappe aus seiner Tasche und blickte etwas unbeholfen auf die vielen Papierstapel, die sich auf ihrem Ablagetisch häuften. »Wo soll ich den Bericht hinlegen?«

»Rechts in den Posteingangskorb. Legen Sie ihn einfach oben auf die anderen Poststücke. Und, Kaffee schwarz, ohne Zucker war doch richtig?«

»Ja, gerne.« Alexander bedankte sich mit einem kurzen Lächeln.

»Den bringe ich Ihnen gleich, dann gehen Sie mal rein.«

In der Machtzentrale der Eismann-Capital GmbH wirkte alles wie gewohnt. Hinter dem pompösen Schreibtisch wachten die blauen Augen des Finanzmoguls über das Imperium. »Setzen Sie sich.« Kein Wort der Begrüßung. Eismann strahlte den Charme eines Eisklotzes aus.

Alexander setzte sich auf denselben Platz wie beim letzten Treffen und beobachtete seinen Auftraggeber, der noch an einer Mail arbeitete. Er tippte etwas auf seiner Computertastatur und mit einem hörbaren Klick wurde die Nachricht durch den unüberschaubaren, filigranen Weg des World Wide Web zu ihrem Empfänger geschickt. Als der Firmeninhaber aufstand, um sich seinem Besucher zu widmen, trat Frau Moll mit dem versprochenen Kaffee durch die Tür. Bevor Alexander sich bedanken konnte, sagte Dr. Eismann: »Sonja, bring mir bitte einen Tee.«

»Earl Grey?« Ihre Frage schien eher rhetorischer Art, denn sie wurde nicht beantwortet. Möglicherweise galt hier die Spielregel: Schweigen bedeutet Zustimmung. Jeder Mikrokosmos hat seine eigenen Usancen, dachte Alexander und widmete seine Aufmerksamkeit wieder seinem Auftraggeber.

»Den schriftlichen Bericht hat Frau Moll.« Diesmal war Alexander sich sicher, ein dezentes Lachen bei Dr. Eismann zu erkennen. »Bevor ich aus den vergangenen beiden Wochen berichte, wissen Sie, wie es Herrn Böhm geht?«

»Ja. Ich bin im laufenden Kontakt mit dem Klinikum. Hoffentlich wecken sie ihn bald auf. Länger als zehn Tage lässt man Patienten normalerweise nicht im künstlichen Koma. Ich war vor vier Tagen bei ihm. Nach Aussage der Ärzte verbessert sich sein Zustand täglich, auch wenn es nur in kleinen Schritten vorangeht. Ansonsten hat sich seit Ihrem Besuch nichts geändert. Sie waren es doch, der sich als sein Bruder ausgegeben hat?«

Woher wusste Eismann, dass es Alexander war, der sich als Böhms Bruder ausgegeben hatte? Das war schon auffällig.

»Ich musste mir eine Notlüge einfallen lassen, andernfalls hätte man mich nicht zu ihm gelassen. Wie haben Sie es denn geschafft?«

»Ein Telefonat mit dem Leiter der Universitätsklinik.«

Alexander war verblüfft. Der braucht bloß zum Hörer zu greifen und bekommt alles, was er will, auf dem Silbertablett serviert. »Warum haben Sie Herrn Böhm eigentlich in die Schweiz geschickt?«

»Ich glaube nicht, dass das wichtig ist. Aber entscheiden Sie selbst. Er hat für mich eine Spende am CERN abgegeben.«

»Sie spenden dem CERN? Warum überweisen Sie nicht einfach das Geld?«

»Die Wirkung einer Überweisung ist nicht mit der eines Barschecks über eine Million Schweizer Franken zu vergleichen, den der Empfänger in den Händen hält. Ich habe dort promoviert.«

»Und deswegen diese hohe Spende?«

»Ich halte es für eine gute Sitte. Es entspricht der amerikanischen Kultur, in der Absolventen den Universitäten Gelder zukommen lassen. Ich verfüge heute über ein großes Vermögen und fühle mich dem Institut in Genf verbunden.«

»Nur der Neugierigkeit halber, worüber haben Sie promoviert?«

»Physik. Meine Promotion befasste sich mit dem Nachweis verschiedener Teilchen, die bei der Kollision von Elektronen und Positronen entstehen.«

»Aha ...«, fing Alexander an, wurde aber umgehend unterbrochen.

»Ist schon gut. Sagen Sie lieber nichts. Ohne Ihnen nahe treten zu wollen, aber ist die Teilchenphysik eines Ihrer Interessengebiete?«

Scharfsinnig der Mann. Alexander fühlte sich ertappt. »Nein, natürlich nicht. Entschuldigen Sie, aber etwas anderes interessiert mich. Wie kommt ein Physiker zu so einem Vermögen und wie wird er Inhaber eines solchen Unternehmens?«

»Das tut hier nichts zur Sache.« Der Gesichtsausdruck des Finanzmoguls wurde ernster: »Lassen Sie uns zu dem zurückkommen, weswegen Sie hier sind. Was ist in der Schweiz passiert?«

Frau Moll unterbrach das Gespräch und brachte den Tee, »er muss noch ziehen«, wobei sie ihren Chef ansah, »pass auf, die Tasse ist heiß.«

Nachdem sie den Raum verlassen hatte, begann Alexander mit seinem Bericht, dabei ließ er den Part mit dem Krankenhaus weg. »Glücklicherweise konnte ich die zuständige Kommissarin davon überzeugen, mir Böhms Motorrad auszuhändigen. Was wohl deswegen kein Problem war, weil die Polizei zunächst von einem Fahrfehler ausgegangen war.«

»Was meinen Sie mit zunächst?«, unterbrach ihn Eismann.

»Da komme ich gleich zu. Jedenfalls schien mir ein solcher Fehler von Herrn Böhm unwahrscheinlich, weil er ein passionierter Motorradfahrer ist und der Unfall sich bei Tage auf einer geraden Straße ereignete.«

Dr. Eismann wurde ungeduldig. Er mochte es offenbar nicht, wenn man seine Fragen zu ausschweifend beantwortete. »Herr Dembski, kommen Sie auf den Punkt. Was meinen Sie mit zunächst?«

Alexander kürzte seinen Bericht ab und sagte nur ein einziges Wort, dieses aber umso deutlicher, indem er jede Silbe exakt betonte: »At-ten-tat.«

Sein Gegenüber rutschte auf dem Sessel nach vorne, setzte sich auf die äußerste Kante und fing an, am Verschluss seiner Armbanduhr zu hantieren. »Habe ich Sie richtig verstanden? Sagten Sie Attentat?«

»Ja!«

Mit sorgenvoller Miene blickte er Alexander tief in die Augen »Aber Böhms Verletzungen sind doch durch den Unfall verursacht?«

»Das ist noch nicht ganz geklärt. Bei der Untersuchung des Motorrades wurde ein Loch in der Felge des Vorderrades entdeckt. Der Sachverständige hält den Durchschlag eines

Vollmantelgeschosses für die wahrscheinlichste Ursache. Vermutlich wollte der Täter es wie einen Unfall aussehen lassen.«

»Und was denken Sie?«

»Ich teile die Ansicht. Allerdings kann das alles nicht mit Sicherheit bestätigt werden. Wir haben die Gendarmerie eingeschaltet. Die war jedoch eher skeptisch.«

»Und?«

»Die Polizei hat das Vorderrad beschlagnahmt. Wir müssen die spurentechnische Untersuchung abwarten.«

»Wann wissen wir mehr?«

»Vermutlich in ein paar Tagen. Sollte der Verdacht sich erhärten, werden die Schweizer Ermittlungsbehörden ohnehin auf uns zukommen.«

»Und falls nicht?«

»Ich ruf die Gendarmerie in den nächsten Tagen an. Wenn es kein Projektil war, sondern irgendein anderer spitzer Gegenstand, gibt es keinen Grund, uns nichts zu erzählen. Schließlich haben sie mir auch das Motorrad ausgehändigt.«

Dr. Eismann ließ den Verschluss seiner Uhr in Ruhe, trank einen Schluck Tee und setzte sich wieder nach hinten in den Sessel. »Verstehe ich Sie richtig, wir haben es hier mit jemanden zu tun, der in Kopenhagen Frauen ermordet, in Köln ein Gebäude anzündet und in Genf auf ein fahrendes Motorrad schießt?« Er stellte die Tasse zurück auf das Tablett. »Herr Dembski, entschuldigen Sie, aber wenn es einen Zusammenhang zwischen all dem gibt, stellt sich doch die Frage, warum Sie noch leben. Können Sie mir das beantworten?«

So klar formuliert beunruhigte Alexander die Frage. Er hatte sich bisher nahe der Gefahr gefühlt, ohne sich jedoch als potenzielles Ziel eines Anschlags zu sehen. Dies war kein sonderlich erheiternder Gedankengang, dennoch entbehrte er nicht einer gewissen Logik. Sollte es jemanden geben, den die laufenden Ermittlungen störten, wäre es durchaus naheliegend, den verantwortlichen Detektiv zu eliminieren.

»Da gibt es aber noch eine Sache. Haben Sie die gesuchten Informationen gefunden? Waren Sie bei Frau Williams?«

»Das wäre der nächste Punkt meines Berichts. Herr Böhm hat sich mit ihr getroffen. Sie hat ihm die Unterlagen gegeben. Jedenfalls fand ich im Tankrucksack seines Motorrads die Notizbücher von Poulsen. Vermutlich existiert auch ein Adressbuch. Sie hatte versprochen, sich zu melden, sobald sie es gefunden hat.«

Die Ungeduld kehrte in Eismanns Gesicht zurück und er fing erneut an, an seiner Uhr rumzufummeln. »Was steht in den Büchern?«

»Persönliche Notizen von Gesprächen, Telefonaten und verschiedenen Treffen. Ebenso fanden wir die Namen von unterschiedlichen Gesprächspartnern, auch die von den beiden verstorbenen Vorständen. Vor allem fielen uns aber Namen US-amerikanischer Immobilienfonds auf.«

»War das der Grund, weswegen Sie Herrn Wagner kontaktierten?«

»Nein, jedenfalls nicht direkt. Wir fanden einen Fonds, das heißt, wir nehmen an, dass es ein Fonds ist. Er wird in den Unterlagen häufiger erwähnt. Poulsen nannte ihn NCNA.«

»Das sind nur vier Buchstaben. Wagner erzählte mir, dass Sie sich über den New Construction New Area Funds erkundigten. Der ist mir unbekannt.«

»Aber der wurde doch in einer Sitzungsmappe für den Aufsichtsrat aufgeführt.«

»Das stimmt, aber ich habe mich damals nicht damit befasst. Erst nach Ihrem Gespräch mit Herrn Wagner haben wir versucht, herauszufinden, was es mit dem Fonds auf sich hat. Aber wir haben absolut nichts gefunden. Vermutlich ist es ein geschlossener Immobilienfonds oder etwas Ähnliches. Jedenfalls wird er an keiner Börse unter diesem Namen gehandelt.«

»Aber bei der Northus Versicherung kennt man ihn.«

»Wie kommen Sie denn darauf?« Eismann wirkte verblüfft.

»Zwei Gründe. Erstens wird er in den Unterlagen für den Aufsichtsrat in einer Fußnote erwähnt und zweitens hat Frau Dr. Goldner von ihm gehört.«

»Haben Sie mit ihr gesprochen?«, wunderte sich Eismann.

»Ja, das hat sich zufällig ergeben«, log Alexander. Seine Hände fingen an zu schwitzen. Schnell und um vom Namen Goldner abzulenken, ergänzte er: »Es ist uns bisher nicht möglich gewesen, mit der Fondsgesellschaft Kontakt aufzunehmen. Wir wissen lediglich, dass die Firma in Flagstaff, Arizona, beheimatet ist.«

Dr. Eismann begann, seine Nasenspitze zu massieren, behielt aber seine Gedanken für sich. Natürlich wusste er das mit Flagstaff, denn Wagner hatte ihm mit Sicherheit den Flyer vorgelegt und die beiden hatten alles Erdenkliche in Bewegung gesetzt, um sämtliche Informationen über die Gesellschaft zusammenzutragen. Da war sich Alexander sicher.

»Herr Dr. Eismann, was halten Sie davon, wenn ich nach Flagstaff fliege und mir ein Bild vor Ort mache?«

»Was erhoffen Sie sich davon?«

»Wenn es dort die besagte Firma gibt oder zumindest ein Büro von der Fondsgesellschaft, dann gibt es Menschen, die davon wissen und mir etwas darüber erzählen können. Vielleicht gelingt es auch, einen Mitarbeiter der Telefonfirma ausfindig zu machen, die den im Flyer genannten Telefonanschluss gelegt hat oder gar die Druckerei, die den Flyer produziert hat. Und wenn es dort nichts gibt, ist das ebenfalls eine Erkenntnis.«

»Sie sind der Detektiv. Wenn Sie es für sinnvoll halten, dann fliegen Sie. Soll Wagner Sie begleiten?«

»Vielleicht, das möchte ich mir noch überlegen.«

»Ich werde ihn anweisen, sich parat zu halten.« Dr. Eismann ging zu seinem Schreibtisch. »Ach, noch was, ich möchte die Notizbücher von Poulsen lesen.«

Dembski wollte den Kreis der Personen, die über den Inhalt Bescheid wusste, nicht unnötig vergrößern. »Das geht nicht, die sind beim Feuer verbrannt oder wurden im Zuge der Löscharbeiten zerstört. Jedenfalls konnte ich sie nicht mehr finden.«

Eismann neigte seinen Oberkörper nach vorne und kniff seine Augen leicht zusammen. »Und wie bitte haben Sie dann die Notizen ausgewertet?«

Die Frage hatte Alexander nicht erwartet. »Vor dem Feuer habe ich Kopien anfertigen lassen und diese an einem sicheren Ort, gut verschlossen, verwahrt.«

Im Kopf von Dr. Eismann sprang eine Maschinerie an und brachte sämtliche Gehirnzellen in Aktion. Äußerlich war ihm nur das Pulsieren seiner Adern an den Schläfen anzusehen.

Eismann war sein Auftraggeber, was hatte er denn für eine Wahl. »Ich schicke Ihnen eine Kopie«, sagte Alexander, dem das Schweigen seines Gegenübers unangenehm wurde.

Beim Verlassen des Gebäudes hatte Alexander ein merkwürdiges Gefühl. Ein Satz seines Auftraggebers war ihm nicht schlüssig oder vielleicht nicht ganz zu Ende gedacht. Warum sollte er, der Detektiv, aus Sicht des Täters, ein potenzielles Opfer sein? Wäre es nicht schlüssiger, wenn der Täter es auf Eismann absehen würde? Denn war es nicht er, der die Recherchen in Auftrag gegeben hatte? War es nicht er, der die verstorbenen Manager kannte und der der Ausgangspunkt von all dem war, was bisher geschah? Und zu guter Letzt, war es nicht Dr. Eismann, der in der ganzen Sache eigene Interessen verfolgte? Alexander sah sich nur als Mittel zum Zweck, ja fast wie ein austauschbares Werkzeug in den Machenschaften eines Kapitalisten.

Die Suche in Flagstaff

Die Entscheidung war gefallen. Wagner sollte mit nach Flagstaff. Es galt dasselbe wie mit Böhm in Hamburg, vier Augen sehen mehr als zwei. Außerdem befanden sich die Englischkenntnisse des Detektivs seit Jahren in einem Dornröschenschlaf. Bereits zu seiner Schulzeit war ein *Ausreichend* in Englisch ein Erfolgserlebnis gewesen, für das seine Eltern aus Dankbarkeit eine Kerze im Kölner Dom angezündet hatten.

Wagner war selbstverständlich vorab von seinem Chef informiert worden. Frau Moll besorgte die Flugtickets und gab den freundlichen Hinweis, an das ESTA Einreiseformular für die USA zu denken, welches online recht schnell zu bekommen wäre, zumindest in den meisten Fällen, wie sie noch betonte.

Am Tag darauf sollte es losgehen. Ab Frankfurt um halb zwei und mit Zwischenstopp in Denver. Würde alles planmäßig verlaufen, wären Sie abends gegen Viertel vor neun in Flagstaff. Ein Hotel war auch schon gebucht.

Nachdem die Reisemodalitäten erledigt waren, informierte Alexander seine Mitarbeiterin, dass er für ein paar Tage nicht in Köln sein würde. Wie üblich hielt Vanessa ihre Neugierde nicht zurück und wollte wissen, ob er wieder zu Frau Dr. Zuckerschnecke nach Hamburg müsste.

»Vanessa, wie kommst du auf Hamburg? Selbst wenn du Recht hättest, wäre es eine zwingend erforderliche Dienstreise. Nein, ich fahre nicht nach Hamburg. Wir fliegen nach Flagstaff.«

»Wer wir? Fliegst du nicht alleine? Kommt Frau Dr. Zuckerschnecke mit?«

»Wo denkst du hin?« Alexander musste lachen. »Ein Mitarbeiter von Eismann kommt mit. Er ist Experte für Kapitalanlagen und kann vor Ort nützlich sein.«

Vanessa sagte nur: »Dann wünsche ich den Herren einen guten Flug«, und legte den Hörer auf.

Der ICE lieferte Alexander pünktlich gegen acht Uhr dreißig am Fernbahnhof des Frankfurter Flughafens ab. Er war erst in eineinhalb Stunden mit Wagner verabredet und hatte reichlich Zeit, sich vor den Check-in-Schaltern im Abflugterminal zu langweilen. Wagner hatte die Tickets, dem Detektiv war also weder die Gepäckabgabe am Automaten noch das Passieren der Sicherheitskontrolle möglich. Er suchte sich eine der wenigen Sitzgelegenheiten in der Vorhalle, von wo aus er die vier großen Panels der riesigen Schalttafel mit den Abflugzeiten eines jeden Fliegers gut im Blick hatte. Alle paar Minuten erzeugte das Rotieren der zweiundfünfzig Blättchen auf den über viertausend Schaltwerken eines jeden Panels ein leises Rauschen, welches mit einer Aktualisierung der Fluginformationen einherging. Nach jedem Rauschen sah Alexander zur Tafel hoch, um zu sehen, wie viele Plätze der Flug mit der Nummer LH 466 nach vorne gerückt war. Das Boarding für den Flug nach Denver wurde für Gate Z zweiundfünfzig angekündigt. Nach einer Handvoll weiterer Aktualisierungen sprach jemand den Detektiv von der Seite an.

»Hallo Herr Dembski, warten Sie schon lange?«

Alexander drehte sich um. Er hatte sich Wagner anders vorgestellt, vor allem jünger und adretter gekleidet. Das schwarze T-Shirt, die nicht mehr ganz neue Hose und die ausgelatschten Treter waren ein erheblicher Kontrast zum dem, wie er sich einen Kapitalanlagespezialisten vorgestellt hatte, der es gewohnt war, große Geldsummen zu bewegen.

»Hallo Herr Wagner. Nein, ich bin erst seit knapp einer Stunde hier. Zur Sicherheit habe ich einen frühen Zug genommen. Man weiß ja nie bei der Deutschen Bahn.«

»Kommen Sie, lassen Sie uns das Gepäck aufgeben und durch die Sicherheitskontrolle gehen«, forderte Wagner ihn auf, wobei er seinen Koffer nahm und losging.

Als Alexander zum Check-in-Automaten abbiegen wollte, ging Wagner weiter geradeaus. Alexander war erfreut, er nahm an, sein Gepäck am Schalter für die Business-Passagiere abgeben zu dürfen. Er hatte sich die Preise für die Business-Class nicht angesehen, schätzte aber, dass ein Flug in dieser Kategorie ein paar tausend Euro kosten würde. Economy ist offenbar unter dem Niveau eines Mitarbeiters von Dr. Eismann, mutmaßte er. Wagner blieb stehen, drehte sich zu Alexander und reichte ihm das Ticket. »Das kann ich Ihnen schon mal geben, falls wir getrennt werden. Außerdem müssen Sie selber einchecken.«

»Wow«, entfuhr es Alexander. Es war weder Economy noch Business. Auf dem Ticket stand First Class! Nie im Leben hätte er sich vorzustellen gewagt, so nobel über den Atlantik fliegen zu dürfen. Selbst mit viel Geld auf dem Konto, hätte er sich das nicht gegönnt.

Die Gepäckabgabe sowie die für USA-Reisen angekündigte umfangreiche Kontrolle verliefen ebenso unkompliziert, wie der Weg durch die Security-Control. Die inoffizielle Regel, sich drei Stunden vor Abflug am Flughafen einzufinden, galt offenkundig nicht für die Passagiere der ersten Klasse. Wagner schlug vor, die Zeit bis zum Boarding in der Lounge zu überbrücken. Kurz vor dreizehn Uhr machten sie sich auf den Weg zum Gate. Als zum priority Boarding aufgerufen wurde, waren sie die Ersten, die an Bord der Boeing gingen. Die Passagiere der First Class wurden separiert und fanden ihre Plätze im Oberdeck des Fliegers.

»Haben Sie schon mal oben in einem Jumbo gesessen?«, erkundigte sich Wagner beim Detektiv.

Alexander wollte witzig sein: »Nein, bisher nur im Doppeldeckerbus und da sitze ich am liebsten vorne am Fenster.« Weil Wagner schwieg, nahm Alexander an, dass sein Humor nicht auf die erhoffte Resonanz stieß.

Eine Stewardess begleitete sie zu ihren Plätzen. Eigentlich war es viel mehr als ein Platz. Es war ein ausgesprochen bequemer Sessel mit Blick auf einen beachtlichen Monitor. Zwischen Sessel und Fenster stand jedem Fluggast sogar eine eigene Liegegelegenheit zur Verfügung. Den betuchten Passagieren mangelte es an nichts. Sie sollten erholt und ausgeschlafen am Zielort ankommen. Besondere Aufmerksamkeit schenkte Alexander dem Monitor. Das Teil war überhaupt nicht mit den bescheidenen Bildschirmen in der Holzklasse vergleichbar und versprach ein unterhaltsames Filmvergnügen.

Aus den Lautsprechern ertönte der Hinweis »boarding completed«. Nach dem Kurzfilm mit den obligatorischen Sicherheitseinweisungen, ging die Stewardess durch den Gang und erinnerte Alexander daran, sich anzuschnallen.

Er hatte sich so sehr mit anderen Dingen beschäftigt, dass er sowohl die Sicherheitseinweisung als auch die Aufforderung »fasten your seatbelt« nicht mitbekommen hatte. Die Stewardess blieb neben ihm stehen, bis der Gurt angelegt war und sagte mit einstudierter Freundlichkeit: »Wenn das Zeichen da oben …«, wobei sie auf das Anschnallemblem zeigte, »… nicht mehr leuchtet, dürfen Sie den Sicherheitsgurt wieder ablegen. Am besten bleiben Sie aber zu Ihrer eigenen Sicherheit während des gesamten Fluges angeschnallt.«

Kurze Zeit später setzte sich die Maschine Richtung Rollfeld in Gang, wo sie sich an das Ende einer Kette unterschiedlicher Flugzeuge verschiedenster Airlines einreihte. Im gefühlten Schritttempo ging es, Flugzeug um Flugzeug, weiter. Endlich war die 747 dran. Der Jumbo bog auf die Startbahn und ließ seine Triebwerke aufheulen. Die Schubkraft presste die Passagiere in ihre Sitze. Wie bei jedem Flug faszinierte Alexander insbesondere der Start – die Kraft der Turbinen, welche den Riesenvogel bis zum Abheben auf fast dreihundert Stundenkilometer beschleunigte. Nach etwas über vierzig Sekunden erhob sich die Nase des Fliegers steil nach oben. Sie flogen. Alexander sah aus dem Fenster. Nach und nach wurden die Flugzeuge auf dem

Rollfeld ebenso wie das gesamte Flughafenareal, immer kleiner. Schließlich verkündete ein mechanisches Geräusch das Einfahren des Fahrwerks. Schnell waren die unteren, der tiefhängenden Wolken erreicht. Es wurde nebelig außerhalb des ovalen Fensters. Kondenstropfen rannen nahezu waagerecht über die Scheibe. Wenige Augenblicke später durchbrach der Flieger die obere Wolkendecke und flog in einen kristallklaren blauen Himmel. Alexander blickte auf ein milchiges Meer aus Wattewolken, welches weich und weiß unter ihnen lag. Nach einer Weile war das Flugzeug auf der vorgesehenen Flughöhe von zwölftausend Meter und der Pilot schaltete das Anschnallzeichen aus. Vor ihnen lagen jetzt zehn Stunden Flugzeit, die der Detektiv mit einem kleinen Nickerchen und mit der intensiven Nutzung des Entertainment-Programms inhaltsreich zu gestalten beabsichtigte.

Die Stewardess begann mit ihrem Rundgang. Mittagessen war angesagt. Alexander bestellte sich einen Burger. Entgegen seinen Erwartungen lag dieser nicht lieblos in Folie gewickelt auf einer Plastikschale, sondern wurde, wie in einem vornehmen Restaurant, auf feinem Porzellan serviert. Anstelle des gewohnten Einwegbestecks gab es auf Hochglanz poliertes Stahl- oder Silberbesteck. Alexander war sich da nicht so sicher; jedenfalls glänzten Messer und Gabel mehr als bei seinem Lieblingsitaliener. Der Anblick des Burgers versetzte seine Geschmacksnerven in helle Vorfreude. Und was konnte man Passenderes zu einem Burger trinken als ein kaltes Bier. Auf den Nachtisch verzichtete er, ebenso wie auf den Kaffee. Stattdessen orderte er ein zweites Bier. Bis zur Landung würde er stocknüchtern sein. Auch wenn es noch keine Schlafenszeit war, spürte er eine gewisse Schwere, die ihn nahe an sein erhofftes Nickerchen brachte. Wäre da nicht Herr Wagner gewesen. Genau in dem Moment, als Alexander sich aus seinem Sessel in Richtung der bettartigen Liege bequemen wollte, quatschte der Banker ihn von der gegenüberliegenden Seite des Ganges an: »Wie sehen Ihre Pläne für Flagstaff aus?«

Am liebsten hätte Alexander gesagt, »das entscheiden wir spontan vor Ort«, traute sich aber nicht. Ebenso wenig traute er sich, die Wahrheit auszusprechen, nämlich, dass er keinen Plan hatte. Die meisten Menschen verstanden nur wenig von der Detektivarbeit. Wie sollte er jemandem wie dem strukturiert denkenden Wagner den Terminus technicus *situative Effizienz* erklären? Eines der elementaren Geheimnisse erfolgreicher Detektivarbeit; einfach in jeder Situation effizient und richtig handeln. Und woher sollte Alexander jetzt und hier, viele tausend Meter über dem Meeresspiegel, wissen, welche Entscheidungen in mehreren Stunden im weit entfernten Flagstaff die richtigen wären? So quälte er sich ein wenig aus seinem Sessel nach vorne und sah zu Wagner. »Das hängt davon ab, wann wir im Hotel sind. Vermutlich reicht es heute nur für ein Abendessen und eine Mütze Schlaf. Morgen machen wir uns auf die Suche nach der Fondsgesellschaft und fahren erstmal zu der im Flyer angegebenen Adresse.«

»Und danach?«, wollte Wagner wissen.

»Da gibt es drei Optionen, entweder finden wir die Gesellschaft und bekommen die benötigten Informationen oder man schweigt sich uns gegenüber aus.«

»Was möchten Sie denn alles wissen?«

»Am liebsten, ob Poulsen oder eine der in seinen Notizbüchern genannten Personen dort Kunde ist.«

»Meinen Sie wirklich, dass die uns das erzählen?«

»Warum nicht? In den USA ist Datenschutz keine Religion wie in Deutschland. Die Amis sind doch Verkäufer und wollen Geschäfte machen. Wir erzählen denen einfach, dass wir einen größeren Betrag anlegen möchten und Poulsen uns den Tipp gab, nach Flagstaff zu reisen. Dann werden die bestimmt locker.«

»Und wenn die nichts sagen?«

»Oftmals merkt man gerade an dem, was nicht gesagt wird, eine ganze Menge. Jetzt seien Sie mal nicht so pessimistisch. In einem persönlichen Gespräch fangen die meisten Menschen an zu reden, Datenschutz hin oder her.«

»Und was wäre die dritte Option?«

»Die dritte Option? Ach ja. Wir finden die Fondsgesellschaft nicht.«

»Und dann?«

»Dann kommt die klassische Detektivarbeit. Wir schnüffeln rum, sprechen mit den Nachbarn, lassen die Telefonnummer aus dem Flyer prüfen, versuchen Namen zu recherchieren und all diese Dinge. Vielleicht fragen wir in einer örtlichen Bank, ob die uns etwas zum NCNA-Fonds sagen kann.«

Der Wissenshunger von Wagner schien gestillt, jedenfalls folgten keine weiteren fachspezifischen Fragen. Alexander fing gerade wieder an, sich auf eine ausgiebige Ruhephase zu freuen, als Wagner erneut loslegte. Diesmal stand ein anderes Thema auf der Agenda: »Steigt der 1. FC Köln wieder auf?«

Wagner stand Fußball aufgeschlossen gegenüber und zu Alexanders großer Freude war er Fan des Kölner Traditionsclubs. »Sie arbeiten und wohnen in Frankfurt. Wie passt das denn zusammen?«

»Warum nicht? Ich hab in Köln studiert. Südkurve war das Pflichtprogramm an den Heimspielwochenenden.«

Sein Wissen über die Geißböcke glich einer Schatztruhe. Er war nicht nur historisch bewandert, er kannte die ganze Geschichte des Vereins, die weit über das glanzvolle Jahr 1978 hinausging, in der die Mannschaft das Double holte. Er hatte umfangreiche Tipps für den Trainer auf Lager, vor allem was den direkten Wiederaufstieg betraf. Wenn man ihn so fachsimpeln hörte, konnte man glauben, dass er den Verein in den nächsten Jahren in die Champions League und zur Meisterschaft führen könnte.

Gut fünfzehn Minuten vor der geplanten Zeit landeten sie in Denver. Die Einreisemodalitäten in den USA waren nervig. Nach dem mehrstündigen Flug, so komfortabel er auch war, hatte niemand Lust, sich in die lange Schlange für nicht einheimische Passagiere zu stellen. Aber alles verlief reibungslos und auch der Anschlussflug nach Flagstaff startete pünktlich. Um kurz nach halb neun abends landete die Maschine am Zielort.

Das Hampton Inn & Suites war absolut in Ordnung und entsprach in allen Belangen Alexanders Vorstellungen von einem guten Hotel. Die Müdigkeit der beiden ließ keine weiteren Stadterkundungen zu, aber sie hatten Hunger. Auf Empfehlung des Rezeptionisten entschieden sie sich für ein nahe gelegenes Restaurant. Sie mussten sich beeilen, denn die Küche würde bald schließen.

****

Der nächste Morgen startete alles andere als sportlich. Zwei müde Gestalten trotteten zum Frühstück und schwiegen sich an. Es bedurfte größere Mengen der hellbraunen, fast durchsichtigen Plörre, die ihnen eine flinke, stets lächelnde mexikanische Servicekraft in die Tassen schüttete, während sie von Kaffee sprach. »Wach wird man von dem Gesöff nicht, aber es spült zumindest die Nieren durch«, war noch das Freundlichste, was Wagner zu der lauwarmen Brühe einfiel. Irgendwie machte der Jetlag ihnen zu schaffen.

»Was machen wir heute, Herr Kollege?«, wollte er vom Detektiv wissen, der mit seiner Gabel lustlos in einem Berg aus Rührei stocherte und dabei verschlafen aus dem Fenster sah. Er war weit entfernt davon, seine grauen Zellen auf Hochtouren zu bringen. »Wir fahren zunächst zur Fondsgesellschaft. Wer weiß, mit etwas Glück klären sich dort unsere Fragen. Ach, und bevor wir hier mitten im amerikanischen Südwesten vor Förmlichkeit sterben, ich heiße Alexander.« Er war sich nicht sicher, ob Wagner ein *Du* für angemessen halten würde. Aber alle Hotelgäste sprachen sich mit Vornamen an. Und an den Nachbartischen fielen ständig Namen wie Steven, Stacey, Madi, Jeff und Jonathan. Die deutsche Spießigkeit störte ihn.

Sein Gegenüber kaute zwei-, dreimal auf einem Stück Bacon, schluckte den Bissen runter und erwiderte: »Frank«. Dann schob er sich das nächste Stück Schweinefleisch zwischen die Zähne und fing hörbar an, den knusprigen Fleischstreifen zu zerkauen. »Das Zeug schmeckt echt klasse. Ist nicht so labbrig wie bei uns. Wie die den wohl zubereiten? Meinst du, die grillen den?«

»Keine Ahnung. Frag doch die Kellnerin. Ich mach meinen immer in der Pfanne und bin jedes Mal heilfroh, wenn der Rauchmelder dabei nicht angeht.«

Als die wässrige, braune Flüssigkeit auf die Blase zu drücken begann, gingen beide zurück auf ihr Zimmer und verabredeten sich zwanzig Minuten später in der Lobby.

Ein Regal mit bunten Informationsbroschüren zog Alexanders Blicke auf sich. Die Werbeflyer waren scheinbar nur dazu da, unbefangene Hotelgäste in irgendwelche regionalen Geschäfte oder Restaurants zu locken. Jedes versprach einmalige Sonderangebote. In Deutschland gingen ihm die Reklamezettel im Briefkasten zunehmend auf den Keks, aber die hier toppten alles: *Get three for one, 80 % Off, Shop and Save now, Save 70 % – Buy today*. Die Aufschrift eines Zettels hätte er gerne seinem Lieblingsbrauhaus ans Herz gelegt: *Two Hours free Drinking*.

»Ich sehe schon, du bereitest dich auf eine Shoppingtour vor«, hörte er Frank hinter sich sagen.

Alexander drehte sich um und traute seinen Augen nicht. Frank hatte sich einen piekfeinen Nadelstreifen-Anzug mit Weste, weißem Hemd und blau-rot gestreifter Krawatte angezogen. Die Lederschuhe glänzten mit den Manschettenknöpfen um die Wette. Inmitten der übrigen Hotelgäste wirkte er wie ein Exot. Ähnlich einer Flasche Premier Grand Cru Classé in einer Stehbierkneipe.

»Sag mal, bist du zu einer Modenschau eingeladen? Meinst du nicht, du bist ein bisschen overdressed?«

»Nein, wieso? Das ist meine Arbeitskleidung«, Frank breitete seine Arme aus und sah an sich runter.

»Wir sind doch nicht im Frankfurter Bankenviertel. Schau dich hier um. Siehst du einen einzigen Hotelgast mit Anzug und Krawatte?«

»Na und, wen sollte es stören?«

»Ohne dir nahetreten zu wollen, etwas weniger Businesslook wäre besser. Wir sind nicht als Börsenmakler von der Wall Street unterwegs, sondern als Detektive. Mein Vater sagte immer, der erste Eindruck zählt, sonst kommt ein Störgefühl auf. Daher kleide dich so, wie der Kunde es von dir erwartet. Stell dir vor, wie du verkrampfen würdest, wenn dein Urologe unrasiert mit Blaumann, Bauarbeiterhelm und Sicherheitsschuhen bekleidet ins Behandlungszimmer kommt, sich einen Gummihandschuh über die Hand stülpt, zum Vaseline Töpfchen greift, sich hinter dich stellt und mit bassartiger Stimme sagt, dann wollen wir mal schauen, wie es dem Patienten heute geht …«

»Jetzt übertreib mal nicht. Wir wollen doch zu einer Fondsgesellschaft?«

»Ja schon, aber nicht zu einem Bewerbungsgespräch. Komm, lass gut sein, wenn du dich wohl fühlst in den Klamotten, dann behalt sie meinetwegen an. Aber vertu dich nicht, die Sonne täuscht, es ist noch recht frisch. Du wirst eine Jacke oder einen Mantel brauchen. Hast du die Adresse der Fondsgesellschaft parat?«

Die Kreuzung North Country Club Drive, East Cortland Boulevard lag sieben Meilen vom Hotel entfernt. Der Taxifahrer nuschelte die Fahrt über jede Menge Höflichkeiten, wohl in der Hoffnung auf ein ordentliches Trinkgeld. Da Alexander aus dem Wagen ausgestiegen war, als Frank bezahlte, sah er nicht, was die Fahrt gekostet hatte. An dem lauten und ein paar Mal zu häufig gesagtem *thank you Sir, thank you Sir* ahnte er aber, dass das Trinkgeld üppig ausgefallen sein musste.

Bei der Adresse, die Frank dem Taxifahrer genannt hatte, handelte es sich um ein Einkaufszentrum. Auf den ersten Blick war außer einer kleinen Bankfiliale kein weiteres Finanzinstitut zu sehen, geschweige denn eine Firma, die für kapitalstarke Investoren Fonds auflegte.

»Und du bist sicher, dass wir hier richtig sind?«, wunderte sich Alexander.

Unentschlossen nahm Frank seine Hände aus den Hosentaschen und hob dabei die Schultern. »So stand es in der Unterlage. Du hast den Flyer doch auch gelesen.« Er sah ein wenig planlos zum Detektiv, »was machen wir jetzt?«

Dembski kratzte sich am Kopf. »Bevor wir hier dumm rumlaufen, lass uns rüber in die Bank gehen. Die wissen doch am ehesten Bescheid.«

Von außen wirkte die Filiale wie ein Relikt aus alten Tagen, sie schien in einer vergangenen Zeit stehengeblieben zu sein. Die Farben der Werbeauslagen im Schaufenster waren verblasst, vereinzelt dörrten tot im Staub liegende Stubenfliegen und Motten vor sich hin. Sonnenlicht drang bestenfalls durch schmale Schlitze der schräg stehenden Jalousien in die Räumlichkeiten.

Beim Öffnen der Eingangstür bimmelte ein Glöckchen, nicht größer als eine Walnuss, welches an einer dünnen Kette von der Decke herabhing. Das Innere der Filiale hatte seine besten Zeiten seit einem guten Jahrzehnt hinter sich. Beiges und hellgrünes Interieur, vergilbte Werbetafeln und ein leerer Wasserspender. Einzig ein Standventilator links vorne in der Ecke, der auf Stufe eins stand, sorgte für Bewegung. Dem Anschein nach hatte ein großer Finanzkonzern vielleicht bei einer Jahre zurückliegenden Umstrukturierung dieses kleine Geschäftslokal übersehen, weswegen es völlig unbeobachtet von der nächstgrößeren Direktionsstelle weiter vor sich hinvegetierte – eine Oase altertümlicher Bankkultur.

Ein Stück hinter dem Schalterbereich saß ein nicht mehr ganz junger Mann und starrte in einen grauen Röhrenmonitor. Das Bimmeln des kleinen Glöckchens setzte bei dem Mann einen vermutlich eingeübten Arbeitsablauf in Gang. Er hob seinen runden Kopf, blickte in Richtung Eingangstür, glättete mit der Hand sein schütteres, leicht ergrautes, vormals wohl braunes Haar, welches sorgsam über einen breiten Scheitel drapiert war. Beim Aufstehen zog er den lockeren Krawattenknoten aus glänzendem Polyester stramm und ging sodann mit einem einzigen großen Schritt zum Schalter. Die dunklen Augen funkelten den beiden Besuchern freundlich, fast schon väterlich, entgegen. Seine Aufmerksamkeit galt vor allem Wagner, der in seinem Anzug wie ein Banker aus einer moderneren Welt, weit außerhalb dieser Filiale, wirkte. Zumindest für den Mann hinter dem Schalter schien es eine Art Seelenverwandtschaft zu geben. Er breitete die Arme zur Begrüßung aus und fragte in jahrelang eingeübter Routine: »Was kann ich für Sie tun, meine Herren?«, wobei ein Funke Hoffnung in seiner Stimme mitschwang, einen für die Bank wertbaren Geschäftsabschluss tätigen zu können.

»Wir suchen den Firmensitz einer Fondsgesellschaft, die sich auf Immobilienanlagen spezialisiert hat«, sagte Frank.

»Da kann ich Ihnen leider nicht mit dienen. Meine Bank betreut nur Privatkunden. Wir haben aber Fondssparpläne im Angebot. In diesem Monat zum halben Ausgabeaufschlag«, bot er an und hoffte, dass einer der beiden potenziellen Kunden auf dieses sensationelle Angebot einging.

»Wissen Sie denn, ob es hier im Einkaufszentrum eine solche Firma gibt?«, wollte Wagner wissen, ohne näher auf das Angebot des Bankmitarbeiters einzugehen.

»Hier im Einkaufszentrum? Nein, da sind Sie vollkommen falsch.« Der Mann hob seinen Kopf und sah für einen kurzen Moment links hoch an die Decke, so als ob er nachdenken würde. »Tut mir leid. Da kann ich Ihnen nicht helfen. Ich wüsste nicht mal, ob Sie überhaupt ein solches Unternehmen hier in Flagstaff finden.«

Frank zeigte dem Mann den Flyer der Fondsgesellschaft und wies mit seinem Finger auf die angegebene Adresse: »Das ist doch hier das Einkaufszentrum.«

»Ja, das ist hier.« Der Mann kratzte sich am Kopf.

»Haben Sie schon mal von einem New Construction New Area Fonds gehört, der für große Kapitalgeber in der Gegend von Flagstaff investiert?«, fragte Frank.

»In Flagstaff institutionelle Gelder investieren? Das kann ich mir nicht vorstellen. Hier gibt es keine großen Immobiliengeschäfte, jedenfalls nicht in dem Umfang, wie es kapitalstarke Investoren bevorzugen. Vielleicht kauft mal eine Firma ein paar Hektar Land oder ein Bürogebäude wechselt den Eigentümer, aber das ist dann auch schon alles, was ich in den letzten Jahren mitbekommen habe.« Der Banker hob seine Schultern, senkte seinen Kopf ein kleines Stück und sagte mit Bedauern: »Nein meine Herren, da sind sie hier vollkommen falsch.«

»Das war ja wohl ein Reinfall. Und was sieht deine situative Effizienz jetzt vor?«, wollte Frank vom Detektiv wissen.

»Wir fahren zur Polizei. Wenn du selbst nicht weiter weißt, hilft oftmals ein Gespräch mit deinem Freund und Helfer.«

Die Polizeistation war schnell ausfindig gemacht. Ebenso ein Polizist, der sich der beiden annahm und vorschlug, sich in einem nahegelegenen China-Imbiss zu unterhalten. Es dauerte nicht lange bis sie erfuhren, dass seine Urgroßeltern zwischen den Weltkriegen aus dem Ruhrgebiet in die USA emigriert waren. Es schien ihm ein Anliegen zu sein, seinen umfassenden deutschen Wortschatz, der im Wesentlichen aus den Wörtern *Obazda*, *Hefeweizen*, *Fußball*, *Sauerkraut*, *Bratwurst*, *Brezel* und *Oktoberfest* bestand, wieder mal anwenden zu können. Im Übrigen hielt er sich für bestens informiert, was Deutschland betraf. Die Tochter seines Kollegen lebte in München und schickte ihrem Vater regelmäßig Mails mit Fotos aus der bayerischen Metropole, die er hin und wieder zu sehen bekam.

Nachdem das Thema Deutschland abgearbeitet war, fragte Alexander den Polizisten, ob er etwas von einer Kapitalanlagegesellschaft für institutionelle Investoren mit Sitz im Einkaufszentrum gehört hatte.

»Sorry guys, but I've never heard of it. Are you really talkin' about our mall?"

Immerhin wusste er von einer Agentur zu berichten, die dort monatsweise Büroflächen vermietete. *»Ask them. Maybe they can tell you something. Ask for Rosie and say Ted sent you."*

Alexander und Frank hatten eine neue Spur und der Polizist bekam ein warmes Mittagessen spendiert.

Mittlerweile stand die Sonne hoch am Himmel und hatte die morgendliche Kühle verdrängt. Alexander öffnete seine Windjacke und Frank zog seinen Trenchcoat aus, um ihn einmal zu falten und ihn etwas unbeholfen über seinen Unterarm zu legen.

»Ach Frank, die Amis sind ganz schön oberflächlich. Der Kerl kennt keine zehn deutschen Worte, sieht hin und wieder ein Foto aus München und bildet sich ein, etwas über Deutschland zu wissen.«

»Und was meinst du, denkt der über uns? Zwei Deutsche suchen mitten in Arizona in einem Einkaufszentrum nach einer Fondsgesellschaft, die für internationale Investoren Geld in Immobilien anlegt.« Frank schlug sich mit seiner flachen Hand auf die Stirn.

Alexander musste lachen. Er schüttelte den Kopf und war sich der merkwürdigen Situation bewusst. »Zum Glück kennt uns niemand hier. Mehr als blamieren können wir uns nicht.«

Zurück im Einkaufszentrum fanden sie die vom Polizisten erwähnte Agentur. Am Empfang stießen sie sogar auf eine Dame, die ein Namensschild mit der Aufschrift Rosie trug. »Hallo Rosie«, begann Alexander mit seinem Anliegen. »Wir waren eben bei der Polizei und Ted schickt uns zu dir. Er meint, du könntest uns helfen.«

»Ihr wart bei Ted? Na dann will ich mal sehen, was ich für euch tun kann. Worum geht es?«

»Wir sind auf der Suche nach einer Firma, die mit Immobilien zu tun hat und möglicherweise bei dir Büros angemietet hat.«

»Wartet mal, Jungs, die meisten Mieter kenne ich. Aber lasst mich mal nachsehen.«

Sie ging zum Computer, tippte ein paar Mal auf die Tastatur und druckte eine Liste aus. »Schaut mal, das sind unsere aktuellen Mieter. Die meisten hiervon sind Stammkunden. Soweit ich weiß, hat keiner von denen etwas mit Immobilien zu tun.«

»Und was ist mit den Kunden, die in der letzten Zeit gekündigt haben?«

Rosie ging erneut zum Computer, kam mit einer weiteren Liste zurück und reichte sie Alexander, der jede der sechs Adressen langsam vorlas.

»Können Sie uns etwas zu diesen sechs Kunden sagen.«

»Alle bis auf zwei sind hier aus der Gegend. Nur die beiden hier …«, Rosie legte ihren Finger auf die Adressen Nummer drei und vier, »… kamen aus dem Ausland. Die waren ungewöhnlich lange bei uns und haben fast zeitgleich vor wenigen Wochen gekündigt. Das ging ganz schnell.«

»Haben Sie eine Ahnung, warum?« Alexander schöpfte Hoffnung.

»Das haben die mir nicht erzählt. Aber sie waren immer höflich und zuvorkommend. Die waren einfach irgendwann weg.«

»Wissen Sie zufällig, ob der Flyer hier …«, Alexander winkte Frank herbei und bat ihn, Rosie den Flyer der Fondsgesellschaft zu zeigen, »… von einem Ihrer Mieter stammt?«

»Das sieht so aus«, sagte sie. »Die Telefonnummer gehört jedenfalls zu uns.«

»Wie? Die Telefonnummer gehört zu Ihnen? Wir haben seit Tagen niemanden unter dieser Nummer erreicht«, wunderte sich der Detektiv.

»Nein, wie denn auch. Die Nummer wurde nach der Kündigung abgeschaltet. Wenn der Kunde es wünscht, vergeben wir für jedes Büro eine eigene Durchwahlnummer. Das sind die letzten vier Ziffern.«

Alexander spürte Spannung aufsteigen. »Können Sie uns sagen, zu welcher dieser beiden Firmen die Durchwahl gehörte?«

»Natürlich, zu dieser hier.« Sie deutete auf die vierte Adresse auf der Liste und las laut vor: »Consulting for strategy and investment advice, Minority Street, London Down Town.«

»Demnach waren es Engländer?«, merkte Frank an.

»Muss nicht sein. Die können angeben, was sie wollen. Das prüft niemand. Die bezahlen in Cash und zwar im Voraus. Da ist es uns egal, woher jemand kommt. Das prüft niemand. Wahrscheinlich waren es aber keine Engländer, sie sprachen mit recht viel Akzent.«

»Was für ein Akzent?«, fragte Alexander.

»Osteuropäisch oder Russisch. Schwer zu sagen.«

»Können Sie uns noch etwas zu dem Mieter sagen?«

»Nicht viel. Das Büro war nur selten besetzt. In den ganzen Jahren habe ich höchstens fünf Mitarbeiter der Firma kennengelernt. Wenn ich mich recht erinnere, waren es drei Frauen und zwei Männer; immer schick gekleidet, wie Investmentbanker an der Ostküste«, sie zeigte auf Frank. »Etwa so wie Ihr Kollege.«

Erkennbar säuerlich ließ Frank seinen Kopf hängen. Seine Körperhaltung und der maßgeschneiderte Anzug passten nicht zusammen. »Mensch, Alexander, das war ja mehr als ein Kalter«, ärgerte er sich und schob ein lautstarkes »Scheiße!«, hinterher.

»Stimmt, ein Lottogewinn sieht anders aus. Aber es hat uns auch niemand Antworten auf alle unsere Fragen versprochen«, sagte Alexander in einem gar nicht so betrübten Tonfall.

Frank sah seinen Partner verwundert an. »Wie jetzt? Das frustriert dich nicht?«

»Warum sollte es? Wir haben neue Erkenntnisse.«

»Du verarschst mich. Neue Erkenntnisse? Wir haben nichts! Und was mich am meisten ärgert, ich Hornochse hätte es wissen müssen …«

»… was hättest du wissen müssen?«, hakte Alexander nach.

»Eine Fondsgesellschaft mit Produkten für institutionelle Investoren in diesem Kaff hier. An den großen Börsenplätzen in New York oder Chicago, aber doch nicht in Flagstaff, mitten im amerikanischen Nichts. Gäbe es nicht den alten amerikanischen Song Route 66, wüsste kein Mensch, außer den Eingeborenen, von diesem Ort hier.«

»Jetzt komm mal runter. Was hast du gegen Flagstaff, die Stadt ist doch sehenswert und die Leute waren alle nett zu uns. Ich würde hier gerne mal Urlaub machen. Aber im Ernst, so schlecht lief es gar nicht«, sagte Alexander durchaus gut gelaunt.

»Wie jetzt, wir haben doch absolut nichts gefunden?«

»Du darfst das nicht mit den Detektivfilmen im Fernsehen vergleichen, in denen spätestens nach neunzig Minuten der Fall gelöst ist. Das wirkliche Leben sieht anders aus. Überleg doch mal, in den Unterlagen für den Aufsichtsrat taucht ein Flyer von einer Fondsgesellschaft auf, die es allem Anschein nach, nicht gibt. Dann wird der New Construction New Area Fonds auch noch häufig in den Notizbüchern von Poulsen erwähnt und das zusammen mit den Namen zweier Manager, die jetzt tot sind. So viele Merkwürdigkeiten können doch kein Zufall sein.« Alexander warf seinem Reisebegleiter einen aufmunternden Blick zu. »Lass uns mal eine Diet-Coke trinken gehen. Dann sehen wir weiter. Hier gibt es für uns nicht mehr viel zu tun.«

Am nächsten Morgen trafen sich beide beim Frühstück. Die Laune war zwar nicht schlecht, hätte aber besser sein können. Die gestrigen Ermittlungsergebnisse ließen keinen allzu großen Jubel zu, auch wenn Alexander immer noch der Ansicht war, dass die Erkenntnisse aus dem Gespräch mit Rosie brauchbar waren und ihnen weiterhelfen würden. Kaum hatten die zwei sich hingesetzt kam auch schon die freundliche mexikanische Kellnerin und servierte ihnen die labbrige, braune Flüssigkeit, die sie wieder als Kaffee bezeichnete.

Frank beugte sich über die dampfende Brühe. »Das kann nicht wahr sein, das Zeug ist so dünn, man sieht sogar den Boden der Tasse.«

Alexander sah ihn müde an und zuckte lediglich mit den Schultern.

Das Buffet versprach einen kalorienreichen Start in den Tag. Sie füllten sich die Teller mit Bacon, Rührei, kleinen Würstchen und ein paar Scheiben Toast. Als Alexander wohlgesättigt seine Hände auf den Bauch legte, ging Frank nochmal los und kam mit Pancakes und einer Schüssel Obst zurück. Nachdem er den letzten Bissen verzehrt hatte sah er zu Alexander. »Was hältst du davon, wenn ich mich gleich um den Rückflug kümmere?« Frank warf einen Blick auf seine Uhr und zog dann sein Handy aus der Jackentasche. »Wenn ich mich beeile erreiche ich noch Frau Moll. Sie müsste noch im Büro sein. Deutschland ist doch acht oder neun Stunden vor uns?«

»Irgendwie so, acht oder neun Stunden, bin mir nicht sicher. Ja, lass uns zusehen, dass wir hier wegkommen.«

Jemand bei der Eismann-Capital GmbH musste den Anruf entgegengenommen haben. Zumindest stand Wagner auf und ging ins Foyer des Hotels, offenkundig um den Angerufenen besser verstehen zu können. Nach einigen Minuten kehrte er zurück. »Frau Moll bucht uns am Samstag oder Sonntag einen Flug. Sie wusste nicht genau, wann der nächste Flieger geht und ob der möglicherweise ausgebucht ist. Sie schickt aber eine Mail, sobald sie die Tickets hat. Und noch was, eine Frau Williams hat angerufen. Sie wollte Herrn Böhm sprechen. Es geht um ein Adressbuch, soll ich dir sagen. Frau Moll hat ihr wohl gesagt, dass du dich mit ihr in Verbindung setzen wirst. Sie schickt dir gleich eine Nachricht mit den Kontaktdaten. Es wäre prima, wenn du dich dann zeitnah bei ihr meldest.«

****

Frau Williams hatte sich ohne größeres Zögern mit einem Treffen in Genf einverstanden erklärt. »Rufen Sie mich ein paar Tage vorher an, dann kann ich Ihren Besuch einplanen. Ich fahre in der nächsten Zeit nicht weg.«

»Ach, Frau Williams, wo ich Sie schon am Telefon habe, darf ich fragen, ob Ihnen etwas Besonderes am Adressbuch aufgefallen ist?«, wollte Alexander wissen.

»An was dachten Sie denn? Es ist ein kleines, schwarzes, in Leder gebundenes Büchlein, wie man es früher oft benutzte. Heute rennen die jungen Leute nur mit ihren Smartphones rum und speichern alles in irgendeiner Cloud.«

»Das stimmt«, gab er ihr Recht und fragte: »Nutzte Herr Poulsen einen Computer oder Laptop?«

»Ja schon, aber zu den wesentlichen Angelegenheiten führte er Akten. Er war eher ein Papiermensch, mit Blatt und Stift, ein wenig altmodisch, oder sagen wir lieber klassisch. Das hört sich netter an. Sein Rechner wurde entsorgt.«

»Hatten Sie zufällig Gelegenheit, einen Blick in das kleine Buch zu werfen? Was steht darin?«

»Denken Sie bitte nichts Schlechtes von mir, ich war seine Sekretärin«, sagte sie leicht pikiert. »Es ist nicht Neugierde, die mich antreibt, es ist Pflichtbewusstsein. Es gehörte stets zu meinen Aufgaben, über alles Bescheid zu wissen und informiert zu sein. So jedenfalls interpretierte ich meine Rolle. Und nur weil ich im Ruhestand bin, heißt es nicht, dass ich meinen Pflichten weniger gründlich nachkomme. Wissen Sie, die meistens Manager verbringen mehr Zeit mit ihren Sekretärinnen als mit ihren Ehefrauen. Das umfasst nicht nur die dienstlichen Themen. Was denken Sie, wer die kleinen Präsente zu den Geburtstagen seiner Frau besorgte, ihm einmal im Jahr einen Zettel auf den Schreibtisch legte mit dem Hinweis, heute ist ihr Hochzeitstag oder den Taufspruch seiner Kinder mit aussuchte?« Sie machte eine Pause und stellte sodann klar: »Natürlich erfordert das eine professionelle Einstellung. Wenn Sie auch nur ein einziges Mal die gebotene Distanz verlieren …«

»Frau Williams …«, unterbrach Alexander sie.

»Entschuldigen Sie, Herr Dembski, danach hatten Sie gar nicht gefragt. Ja, ich habe es mir angesehen. Es stehen nur Adressen darin, Namen und Kontaktdaten, alles in alphabetischer

Reihenfolge, wie es zu erwarten war. Wenn es für Sie wichtig ist, können wir es gemeinsam durchgehen.«

»Sehr gerne. Kannten Sie auch den Inhalt der beiden Notizbücher, die Sie Herrn Böhm mitgegeben haben.«

»Nur kursorisch. Es waren Stichworte zu Vereinbarungen, die er mit verschiedenen Kollegen getroffen hatte.«

Dembski war baff. Seit Tagen rätselte er über die Bedeutung dieser Bücher und in Genf saß die ehemalige Sekretärin des Verfassers und konnte womöglich zur Klärung der Fragen beitragen. »Haben Sie mit Herrn Böhm über die Notizen gesprochen?«

»Nein. Wir sprachen nur über seine geplante Tour durch die Alpen. Er wollte von Genf in Richtung Mont Blanc fahren.«

»Können Sie mir etwas zu deren Inhalt sagen?«

»Warum nicht? Gerne. Bringen Sie die Bücher doch einfach mit.«

»Und vorab ein paar Worte dazu am Telefon?«

»Ungern, es ist schon eine Zeit lang her. Ich müsste einen Blick darauf werfen, um nichts Falsches zu sagen. Am besten, wir schauen sie uns gemeinsam an.«

Wenn er schon das Wochenende ohne seine Verena verbringen musste, ihre Küsse nicht schmecken durfte und sich nicht an sie schmiegen konnte, dann wollte er zumindest ihre Stimme hören. Ein Blick auf seine Uhr sagte ihm, dass in Deutschland gerade der Abend angebrochen war. Er wusste nicht, was sie heute vorhatte, ob sie mit Freunden unterwegs war oder zu Hause auf dem Sofa lag. Er hoffte aber, dass sie ein paar Minuten Zeit für ein Telefonat haben würde.

Es wurden weit mehr als ein paar Minuten. Verena sprach etwas an, über das Alexander sich bisher keine Gedanken gemacht hatte. »Weißt du, wir haben uns gerade kennengelernt und ich würde dich gerne öfter sehen, als jedes zweite Wochenende und dann bist du an einem unserer Wochenenden noch nicht mal in Köln. Du fehlst mir. Ich sitze hier zu Hause und versuche, ein Buch zu lesen. Am Ende einer Seite weiß ich nicht mehr, was am Anfang stand. Ich kann mich überhaupt nicht konzentrieren, weil ich die ganze Zeit an Dich denke. Schade, dass du so weit weg bist. Du fehlst mir. Könnten wir doch nur gemeinsam auf deinem Sofa sitzen, du würdest eine Flasche Wein öffnen und wir würden zusammen den Abend genießen.«

Natürlich wäre auch Alexander jetzt gerne bei seiner Freundin, aber er hatte im Augenblick keine wirkliche Lösung parat. Sie war traurig und er einige tausend Kilometer entfernt. »Verena, was hältst du davon, wenn wir gemeinsam in Urlaub fahren? Wie wäre es mit Portugal? An unserem ersten Abend fragtest du mich, wo mein nächster Urlaub hingehen würde. Ich sagte nach Portugal. Und hättest du gefragt, mit wem, so hätte ich am liebsten gesagt, mit dir. Hast du Lust?«

Er vernahm ein leises: »Ja, jederzeit.«

»Gibst du mir noch einen Monat für meinen aktuellen Fall? Dann könnten wir im Juni oder spätestens Anfang Juli in den Flieger steigen.«

»Ich weiß ja, dass du gerade an einer wichtigen Sache arbeitest. Aber ich bin dennoch traurig, dass wir uns so selten sehen. Ich gehe morgen ins Reisebüro und lass mir ein paar Prospekte geben. Und wenn ich was im Internet finde, schicke ich dir den Link.«

»Wie wäre es, wenn wir uns die dann in den nächsten Tagen gemeinsam ansehen? Ich könnte schon die Woche über nach Hamburg kommen. Solange das Büro eine Brandhalde ist, kann ich genauso gut von deiner Wohnung aus arbeiten. Ich bin gerne bei Dir.«

»Das wäre super. Freue mich. Du kannst jederzeit kommen, Platz für dich habe ich immer. Aber erzähl doch mal, wie es bisher in Flagstaff lief. Habt Ihr was herausgefunden?«

»Ja und nein zugleich. Eigentlich haben wir nichts gefunden und das ist insoweit interessant, da es die Fondsgesellschaft vermutlich gar nicht mehr gibt und vielleicht hat es sie auch nie gegeben. Das ist alles etwas merkwürdig.«

»Wie, die gibt es nicht? Das kann doch gar nicht sein. Und was ist mit dem Flyer, von dem du erzählt hast und den Notizen in Poulsens Büchern?«

»Das muss ich mir alles in Ruhe durch den Kopf gehen lassen. Ich hab noch kein genaues Bild, wie das zusammenpasst. Vielversprechender ist aber, dass Poulsens ehemalige Sekretärin noch eine ganze Menge weiß, was damals vonstatten ging. Und mit ihr werde ich mich demnächst treffen.«

****

Alexander mühte sich, wach zu werden. Der Jetlag machte sich bemerkbar. Im Halbschlaf griff er zum Handy, das neben dem Bett auf dem kleinen Nachttisch lag. Es hatte zwei Anrufversuche gegeben. Er hörte die Mailbox ab: Der erste Anruf kam von Jorgos: »Hier ist der alte Grieche. Ruf mich bitte an.« Die zweite Nachricht war von Vanessa: »Du erreichst mit heute in der Uni-Bibliothek. Ruf mich an, wenn was ist. Wie war es in den USA? Ach, noch was, melde dich mal bei Jorgos. Der rief an und wollte dich sprechen. Er sagte, er hätte was für dich. Er konnte dich wohl nicht erreichen. Kriegen wir endlich neue Computer?«

Die Arbeit erledigte sich nicht von selbst. Alexander hatte noch zehn Tage Zeit, bis er Eismann seinen Abschlussbericht vorlegen musste, so er denn eine zweite Zahlung bekommen wollte. Und das wollte er! Unwillig hockte er sich auf die Bettkante, hob seinen rechten Arm und zog sich eine Nase des üblen Geruchs rein, den seine Achselhöhle verbreitete. Es dämmerte ihm schon seit längerem, die angebliche Achtundvierzig-Stunden Wirkung die sein Sportdeo versprach, erfüllte sich nicht. Und ein Streifen Zahnpasta war wohl auch angebracht. Die Rückrufe mussten Warten.

Innerhalb kürzester Zeit gelang es ihm, sein Badezimmer in ein türkisches Dampfbad zu verwandeln, so sehr drehte er das heiße Wasser der Dusche auf. Er fühlte sich wie in einem Hamam oder auf der Tower Bridge im dichten Londoner Nebel. Warum nur, hatte nie jemand eine Dunstabzugshaube für das Badezimmer erfunden, fragte er sich. Die Dinger funktionieren doch auch in der Küche und auch Gerüche ließen sich darüber entsorgen. Damit innerhalb der nächsten Minuten eine Chance auf den Blick in einen nicht mehr beschlagenen Spiegel bestand, schaltete er den Ventilator ein und wischte mit dem Handtuch über das Glas. Ohne freie Sicht auf sein unrasiertes Gesicht hätte er sich nicht getraut, die vielen Bartstoppeln fachmännisch mit der Rasierklinge von seiner, wie er fand, zarten Haut zu entfernen. Der Wellness Ausflug in seine Nasszelle endete mit einem unterdrückten Schmerzschrei, als er das Aftershave auf die soeben rasierten Wangen klatschte.

Voller Tatendrang entschied er: »Vanessa muss hintenanstehen, Jorgos ist jetzt der Wichtigere.« Alexander suchte in den Kontakten seines Handys dessen Telefonnummer, drückte auf die Wähltaste und wartete darauf, die Stimme des Griechen zu hören.

Jorgos lebte schon eine Ewigkeit im Rheinland, aber sein griechischer Akzent machte ihn noch immer unverwechselbar: »Hast du so lange geschlafen? Du hast wohl nichts zu tun. Konnte dich am Freitag nicht erreichen. Vanessa meinte, du wärst nicht vor heute zu Hause. Unsere Freunde haben geliefert.«

»Super, schick mir bitten den Bericht.« Alexander setzte sich auf sein Sofa und strich sich gedankenverloren über sein glattrasiertes Kinn.

»Träumst du noch? Ich sagte doch, das läuft komplett ohne Rechnung. Meinst du, die schicken dir einen Bericht oder ein Gutachten auf chlorgebleichtem Papier mit Wasserzeichen und Firmenstempel? Junge, wo denkst du hin? Das sind keine vereidigten Sachverständigen, die du im Branchenbuch findest.«

»Oh man, Jorgos ich bin gerade in den Tag gestartet. Jetzt erzähl mir nicht so einen Blödsinn, die Kerle haben fünftausend Euro kassiert.«

»Entspann dich mein Freund. Der Weihnachtsmann gibt dir auch nichts Schriftliches und trotzdem feierst du jedes Jahr und behältst die Geschenke. Also was ist? Soll ich dir sagen, was die rausgefunden haben? Ich habe es mir notiert.«

»Wurden die alten Sagen nicht auch mündlich überliefert? Also was bleibt mir anderes übrig? Schieß los.«

»Erstmal zu Dr. Eismann. Er wurde am achten Januar vor neunundfünfzig Jahren in Essen geboren, studierte Physik und hat in Genf am CERN promoviert. Er ist verheiratet mit Andrea Eismann, geborene Bergdorf und hat zwei Töchter Katrin und Melanie. Er führt ein unauffälliges Familienleben und wohnt in Bad Nauheim, wobei er selbst ein Apartment über seinem Büro in Frankfurt hat und nur selten zu Hause ist. Willst du auch wissen, was seine Frau und die Töchter machen.«

»Nein, nur, wenn es wichtig ist.«

»Er ist schweinereich. Damit meine ich nicht Millionär oder Multimillionär. Er hat ein Milliardenimperium. Das Geld steckt in Stiftungen und in einer international verschachtelten Holdingstruktur, mit der Eismann-Capital GmbH im Mittelpunkt. Seychellen, Bermuda, Panama, Ile of Man sind nur einige Steueroasen, die genannt werden.«

»Und das ist alles legal?«

»Wahrscheinlich. Wenn du reich genug bist, kannst du dein Geld überall auf der Welt anlegen. Du musst es halt nur ordentlich versteuern. Und bei den Summen wird er es nicht nötig haben, mit den täglichen Fahrtkosten das Finanzamt über den Tisch zu ziehen. Frag doch deinen Steuerberater, der kennt sich damit besser aus. Der Typ scheint jedenfalls zu wissen, was er macht.«

»Keine Steuer-CD und nichts?«

»Ach, wo denkst du hin. Was will so einer wie der Eismann denn mit einem Nummernkonto in der Schweiz oder

Luxemburg. Der fährt doch nicht mit einem Geldköfferchen innerhalb Europas über die Grenzen.«

»Und in was investiert er sein Geld?«

»Hauptsächlich in Immobilien und in größere Beteiligungen an Versicherungen und Banken. Das läuft alles über sein Firmengeflecht, nur ein paar Häuser nutzt er privat.«

»Wo hat er denn die ganze Kohle her? Solche Summen kann doch kein Mensch ehrlich verdienen. Hat er Dreck am Stecken?«

»Er selber scheint rundum sauber zu sein, zumindest haben meine Freunde keinerlei Hinweise auf kriminelle Machenschaften gefunden. Andernfalls wäre irgendeine Meldung hierzu in den Medien aufgetaucht. Die Steuerfahndung tritt doch beim leisesten Verdacht auf den Plan und bei einem Milliardär stände sofort etwas in der Zeitung. Die Medien bekommen von so etwas schnell Wind. Einen Großteil der Immobilien hat er von seinem Vater Hans geerbt und der wiederum von seinem Vater Valentin, also von Eismanns Großvater. Und wenn man ein bisschen auf die Jahreszahlen schielt, dann hat der Opa das Vermögen während des Krieges zusammengerafft. Jedenfalls gab es keine Hinweise, dass Opa Eismann reich geboren wurde. Vielleicht ist es aber auch nur schwierig, soweit in der Vergangenheit im Internet nach Informationen zu suchen.«

»Du meinst schmutziges Nazi-Geld?«

»Keine Ahnung. So wie es aussieht, gibt es keine Klagen jüdischer Interessenverbände oder sonstiger Opfervereinigungen. Aber Geld aus dieser Zeit stinkt immer, besonders, wenn es noch in deutschen Händen ist.«

»Und gibt es irgendeine Gemengelage mit dem Versicherungskonzern oder einem der verstorbenen Manager?«

»Nichts, außer die Kontakte über seine Funktion als Aufsichtsratsmitglied.«

»Was ist mit Verflechtungen zwischen einer seiner Holdinggesellschaften und den Kapitalanlagen der Northus?«

»Wenn, dann wird er das gut getarnt haben. Die haben nichts gefunden.«

»Haben deine Freunde was zu dem Immobilienfonds gefunden? Ist Eismann daran beteiligt?«

»Du meinst den New Construction New Area Fonds? Auch hierzu haben sie nichts bei ihm gefunden. Weder bei der Eismann-Capital GmbH noch in einer der Tochtergesellschaften. Da scheint es keine Verbindungen zu geben.«

»Und all das haben deine Freunde einfach so aus dem Internet?«

»So einfach nicht, die wissen halt wo und wie sie suchen müssen. Das mit den Immobilien und dem Firmengeflecht ist vermutlich in Grundbüchern und Geschäftsberichten nachzulesen. Für die Informationen aus dem Ausland sind die Jungs mit gleichgesinnten Kollegen in anderen Ländern vernetzt. Das machen die nicht zum ersten Mal. Deep-Web-Recherchen und sich in die IT-Infrastruktur von Unternehmen einzuhacken geht halt nicht nur im Kino.«

Ob die fünftausend Euro für die Computernerds gut investiert waren, konnte Alexander nicht abschätzen. Er hatte keine neuen Ermittlungsansätze gewonnen, geschweige denn Informationen, die ihn überraschten. Dass Eismann reich war – geschenkt. Ob sein geerbtes Vermögen sauber war oder nicht, spielte heute keine Rolle mehr. Wie heißt es im Volksmund so schön: Geld stinkt nicht. Dass es keine nennenswerten Verbindungen zu den toten Managern gab, war nicht wirklich verwunderlich. Andererseits fragte Alexander sich, ob es zu erwarten gewesen wäre, dass die Weste des Finanzmoguls derart sauber und blütenrein war. Für einen kurzen Augenblick schlich sich ein neuer Gedanke in seinen Kopf: Ob sein Auftraggeber auf irgendeine krude Art in die ganze Sache verwickelt war? Sollten die Nachforschungen nur als Alibi dienen oder noch raffinierter, wollte Eismann herausfinden, ob seine Machenschaften wasserdicht waren? War Eismann gar der im Verborgenen agierende Strippenzieher?

Doch nirgends gab es eine Spur, die Eismann im Entferntesten mit den drei Toten in Verbindung bringen konnte. War es das wahre Ziel dieses reichen und mächtigen Mannes, den Vorsitz eines Aufsichtsrates zu übernehmen? War er so machtbesessen? Würde er dafür Menschenleben opfern? Die hieraus resultierende Frage, warum ihm selbst bisher nichts passiert war, wagte er sich nicht zu stellen. Zu leicht wäre es gewesen, ihn außer Gefecht zu setzen oder im schlimmsten Falle zu ermorden. Müsste er der Logik zufolge nicht das nächste Opfer sein? Damit die Ermittlungen sabotiert oder besser noch gestoppt würden?

Nachts in Hamburg

Der Italiener hatte eine vielversprechende Zabaione auf der Karte. Bevor Alexander sich durchringen konnte, eine zu bestellen, zwinkerte Verena ihm zu und flüsterte: »Untersteh dich, hier was zu naschen, dein Dessert serviere ich dir zu Hause.« Während sie das sagte, spürte Alexander, wie ihr Fuß sein rechtes Schienbein hoch glitt. Oberhalb seines Knies streckte sie ihr Bein langsam aus und beschritt mit ihrem Fuß den weiteren Weg zwischen seinen Oberschenkeln. Sie rutschte auf ihrem Stuhl Stück für Stück nach vorne, wobei sie sich mit den Händen auf dem Sitz abstützte und mit dem Rücken an die Lehne drückte. Genau in dem Moment, als ihre ausgestreckten Zehen am Ziel ankamen, setzte bei Alexander eine Versteifung ein, die er kaum noch verbergen konnte, geschweige denn an Zabaione denken. Verena warf ihm einen mehr als kessen Blick zu und biss sich dabei leicht auf die Unterlippe. Als sie dann auch noch ihre Zehen bewegte lief Alexander knallrot an, was ihr natürlich nicht verborgen blieb: »Ah, der Detektiv mag es nicht in der Öffentlichkeit.«

Er fühlte sich von allen Gästen im Restaurant beobachtet und war viel zu verlegen, um auch nur eine Silbe rauszubekommen.

Sie zog den Fuß zurück, griff zu ihrer Handtasche, holte ihr Portemonnaie raus und legte sechzig Euro auf den Tisch. »Ich zieh meine Schuhe an und dann lass uns schnell nach Hause gehen.« Während sie ihre Jacken anzogen, kam der Kellner und warf ihnen einen verständnislosen Blick zu. »Das Geld habe ich

Ihnen hingelegt. Der Rest ist für Sie«, sagte Verena und griff nach Alexanders Hand.

Kaum hatten die beiden das Restaurant verlassen, fielen sie sich um den Hals und konnten nicht mehr voneinander lassen. Eng umschlungen gingen sie den kurzen Weg zu ihr nach Hause. Die Wohnungstür war gerade aufgeschlossen, als Verenas Mund zärtlich sein Ohr berührte und sie anfing, an seinem Ohrläppchen zu knabbern. Dabei legte sie ihre Hand genau dahin, wo eben noch ihr Fuß war. »Ich will mich nur vergewissern, ob dein Appetit auf ein Dessert weiterhin ungebrochen ist.« Sie zog ihn förmlich in die Wohnung. Er drückte die Tür hinter sich ins Schloss und im Flur fielen sämtliche Hüllen.

Mitten in der Nacht wurde Alexander wach, immer noch wohlig erschöpft von den gierigen Naschereien und den zärtlichen Liebkosungen. Seine Lenden fühlten sich an, als ob ein lustvoller Marathon jegliche Kraft aus ihnen herausgesaugt hätte. Er verschwand kurz auf der Toilette. Zurück im Bett betrachtete er Verena, die, den Rücken zu ihm gewandt, ruhig und tief schlief. Das leichte Auf und Ab der Bettdecke, die nur einen Teil von ihr verhüllte, verriet jeden ihrer Atemzüge. Ihr Anblick, und das Wissen um ihre Nacktheit führten ihn beinah in Versuchung, sich behutsam an sie heran zu kuscheln und erneut ein Liebesspiel zu beginnen. Er unterdrückte seine aufkommende Lust und ließ sie schlafen.

Die Uhrzeit auf Verenas kleinem Wecker konnte er nur erahnen, zu schwach war die grünlich lumineszierende Beschichtung der Zeiger. Es musste zwischen zwei und halb drei sein, nahm er an und drehte sich auf den Rücken. Die Müdigkeit war in ihm, aber der Schlaf wollte nicht kommen. Seine Augen hatten sich an die Dunkelheit gewöhnt. Er erahnte die Konturen der Gegenstände, mit denen Verena ihr Schlafzimmer dekoriert hatte, in ihren nächtlichen Grauschattierungen. Nachdem er alles ausgiebig betrachtet hatte, starrte er an die Decke. Seine Gedanken begannen, Besitz von ihm zu ergreifen und in seinem Kopf umherzuwirbeln. Es war die Art von Gedanken, die einem nachts den Schlaf raubten und am Morgen, bei Licht betrachtet, belanglos und nichtig erschienen. Die Fragmente sämtlicher Geschehnisse der letzten Tage wirbelten durch seinen Kopf. So, als ob sie zuvor auf einer Tischdecke gelegen und ein vollständiges Bild ergeben hätten. Nur hatte jemand die Tischdecke gründlich ausgeschüttelt und das Bild war verschwunden. Wie auch immer, jedenfalls versuchte er, die kleinen Teile gedanklich zusammenzusetzen, aber es ergab kein vollständiges Bild.

Plötzlich glaubte er, ein leises Geräusch zu hören. War es real oder nur ein Gebilde seiner nahenden Träume? Zwangsläufig konzentrierte er sich auf sein Gehör, ähnlich wie ein Hund, der meinte, in weiter Ferne sein nach Hause kommendes Herrchen zu vernehmen. Und wieder drang es ganz dezent in sein Ohr.

Während er die Geräusche bei sich zu Hause kannte – Tritte im Hausflur, Rollläden in der Wohnung über ihm, das Surren seines Kühlschranks, das Türschloss in der Nachbarwohnung – waren ihm die Laute bei Verena fremd.

Er versuchte, den kaum wahrnehmbaren Ton zu orten. Das Geräusch schien aus dem Inneren der Wohnung zu kommen. Er konnte es nicht zuordnen, es klang ungewöhnlich. Da war es wieder. Waren es Schritte? Nein, Schritte hörten sich anders an. Es war auch nicht der charakteristische Klang von Schuhen. Es hörte sich eher an, als ob etwas ganz vorsichtig den Boden entlang schlich.

Verena drehte sich auf die andere Seite. Wo er eben noch ihren Rücken gesehen hatte erblickte er jetzt die vom wenigen Licht der Nacht beschienenen Rundungen ihrer begehrenswerten Brüste. Er zog ihre Bettdecke hoch und deckte sie behutsam zu. Insgeheim freute er sich auf ihren nächsten Kuss und die Freude, ihren Körper nicht nur mit seinen Händen zu erkunden.

Wieder vernahm Alexander das Geräusch. Er stand leise auf, ging auf Zehenspitzen, jeden Laut vermeidend, zur Schlafzimmertür und warf einen Blick in den Flur. Die Haustür stand offen. Aber wie konnte das sein? Hatten er oder Verena sie während ihres im Flur begonnenen Liebesspiels unbeabsichtigt geöffnet? Nein, dann hätte sie eben auch offenstehen müssen, als er auf der Toilette war.

Erneut hörte er ein merkwürdiges Schleichen. Diesmal kam es aus dem Wohnzimmer. Irgendjemand musste in der Wohnung sein. Instinktiv zog er sich zurück und versteckte sich hinter der Tür. Er war jetzt hellwach. Einen Einbrecher schloss er aus. Der hätte an den im Flur liegenden Klamotten gemerkt, dass jemand hier war und wäre wieder verschwunden.

Langsam dämmerte ihm, wer der ungebetene Gast sein könnte. Sein Puls erhöhte sich. Die winzigen Haarmuskeln unter seiner Haut zogen sich zusammen, eine Gänsehaut bedeckte seine Arme und Beine. Jetzt fühlte er sie durch sich hindurch strömen, die aufkommende Angst, gepaart mit einer Gewissheit, die seine Pupillen förmlich aufriss. Es war dieselbe Angst, die ihn im Haus von Mona Poulsen heimgesucht hatte. Sie entsprang der Mitte seines Körpers und strahlte bis in die äußersten Spitzen seiner Gliedmaßen. Ein Mörder war in der Wohnung.

Völlig nackt und im wahrsten Sinne des Wortes wehrlos, drückte sich Alexander hinter der Schlafzimmertür mit dem Rücken an die Wand. Er atmete flach und lugte vorsichtig durch den Spalt zwischen Tür und Türrahmen. Niemand war zu sehen. Dann schaute er sich im Schlafzimmer um – in der Hoffnung ein Waffenarsenal zu entdecken, Pistolen, Maschinengewehre, Handgranaten. Aber natürlich gab es nichts dergleichen. Nicht mal ein Messer oder eine Schere, nur Bücher und ein Wäschekorb, ein riesiger Stoffteddy, Zeitschriften, Topfpflanzen, Kerzen, Bügelbrett, Bügeleisen und die schlafende Verena.

Wieder schaute er durch den Spalt. Ein Auto fuhr die Straße entlang. Das Scheinwerferlicht reichte aus, um für einen kurzen Augenblick vom Wohnzimmer aus einen Schatten quer über den Fußboden des Flures und an die Wand zu projizieren. Es war eine merkwürdige, vom schrägen Einfallwinkel des Lichts deformierte und in die Länge gezogene menschenähnliche Silhouette. Das schleichende Geräusch näherte sich. Stocksteif verharrte er hinter der Schlafzimmertür und klammerte sich mit seiner rechten Hand an den Türrahmen. Erneut fiel das Licht eines vorbeifahrenden Autos durchs Wohnzimmerfenster. Die Gestalt bewegte sich in den Flur und der Moment reichte aus, um sie zu sehen. Ein Motorradfahrer in schwarzer Ledermontur mit einer über den Kopf gezogenen Stoffmaske. In der Hand hielt er einen Dolch, dessen lange Klinge im schwächer werdenden Licht des Scheinwerfers aufblitze. Der Killer aus Kopenhagen! Wer sonst könnte es sein?

Alexander hoffte, dass der ungebetene Gast nichts von seinem Besuch bei Verena wusste und spekulierte auf einen Überraschungseffekt. Doch wie sollte er, ohne Waffen, einen solchen Effekt zu seinen Gunsten nutzen? Er alleine, hinter der Tür gegen einen mit einem Dolch bewaffneten Mörder. Der Eindringling kam näher. In seiner Not griff Alexander zum neben ihm stehenden Bügeleisen, umfasste dieses wie einen eisernen Hammer. Um jedes Atemgeräusch zu vermeiden hielt er die Luft an und wartete. Die Sekunden verrannen. Nahezu lautlos kam die schwarze Gestalt ins Schlafzimmer. Behutsam schlich sie auf das Bett zu und stand jetzt mit dem Rücken zu Alexander, etwa einen Meter vor ihm. Im Schutz der Schlafzimmertür wähnte sich Alexander weiterhin unentdeckt. Doch in dem Moment, in dem er das Bügeleisen zum Schlag anhob, polterte es neben ihm. Das zusammengerollte Stromkabel war vom Bügelbrett gefallen. »Verdammt«, entfuhr es ihm.

Schlagartig drehte der Motorradfahrer sich um und sprang mit ausgestrecktem Dolch auf Alexander zu. Dieser drehte sich im selben Moment zur Seite, holte mit dem Bügeleisen wie mit einem Tennisschläger aus und ließ es mit voller Kraft, schräg von oben herabsausen. Der Eindringling zog blitzartig seinen Kopf ein, konnte dem Hieb aber nicht vollständig ausweichen. Die Unterseite des Bügeleisens schrammte mit Wucht an seinem Haupt entlang. Noch während er zuschlug, spürte Alexander einen schneidenden Schmerz in der Taille. Der Motorradfahrer sank zu Boden und blieb regungslos auf dem Bauch liegen. Alexander fasste sich an die Seite – seine Hand war mit warmem, feuchtem Blut verschmiert. Der Dolch hatte ihn erwischt. Im ersten Augenblick konnte er die Schwere seiner Verletzung nicht einschätzen, hatte aber auch keine Zeit, sich darum zu kümmern. Er griff nach dem erstbesten Kleidungsstück aus Verenas Wäschekorb und presste es notdürftig auf die blutende Stelle. Er biss die Zähne zusammen. So gut die Schmerzen es zuließen, bückte er sich zum vermeintlichen Mörder, um dessen Puls zu fühlen. Der Killer lebte und war somit weiterhin gefährlich. Alexander warf den Dolch, der in Reichweite des Mörders lag, in die hintere Ecke des Schlafzimmers. Dann erhob er sich, wobei er immer noch seine Wunde abdrückte und schaltete das Licht an. Vom grellen Schein der Deckenlampe geblendet, kniff er die Augen zusammen. Weil auf die Schnelle nichts Besseres zur Hand war, riss er mit einem festen Ruck das Stromkabel aus dem Bügeleisen und fesselte die Hände des am Boden Liegenden. Unter der schwarzen Motorradhaube wurde ein blutnasser Fleck sichtbar. Nun betrachtete er seine eigene Wunde im Licht. Es war ein circa acht Zentimeter langer, nicht allzu tiefer Schnitt. Also nichts, was ein Arzt nicht wird nähen können, hoffte er und drückte den Pullover wieder auf die Schnittverletzung in seiner Taille.

Durch den Lärm und das Licht war auch Verena wach geworden. »Was machst du mit meinem Kaschmirpullover?«, fragte sie verschlafen.

»Ich drücke mir die Wunde ab.«

Verwirrt und offenkundig davon ausgehend, dass sie träumte, murmelte sie nur: »Aber wasch ihn hinterher.«

»Werd wach, wir sind überfallen worden. Schlaf jetzt nicht wieder ein.« Alexander klang ernsthaft und bestimmend.

»Was ist los? Wie spät ist es denn?« Kaum hatte sie die beiden Fragen gestellt, erkannte er an ihrem Gesichtsausdruck, dass ein Adrenalinschub ihre Schläfrigkeit verjagt hatte.

»Man wollte dich umbringen. Der Mörder liegt hier neben dem Bett. Ich hab ihn erwischt.«

Schockiert stand Verena auf. Sie ging ums Bett und stellte sich neben Alexander. Als sie den Motorradfahrer vor ihren Füßen liegen sah, fing sie an zu weinen und zu zittern. Alexander nahm sie schützend in den Arm. »Er lebt noch. Verena, hör mir gut zu.« Er sah sie an und vergewisserte sich, dass sie zuhörte und ihn verstand. »Hast du ein Klebeband, noch besser einen Kabelbinder oder so was Ähnliches?«

Sie nickte und wischte sich die Tränen aus den Augen.

»Verena, konzentrier dich. Atme tief und gleichmäßig. Alles ist gut. Uns ist nichts passiert …«, mit dem Fuß stieß Alexander gegen den am Boden liegenden Körper »… jetzt ist es wichtig, dass du genau tust, was ich dir sage. Hast du das verstanden?«

Hektisch umherblickend und immer noch zitternd entrann ihr ein »Ja.«

»Gut. Dann bring es mir bitte. Das brauch ich jetzt. Und anschließend schau, ob du ein großes Pflaster oder Verbandszeug findest.«

Verena verschwand im Flur. Kurz darauf kam sie mit einer braunen Rolle Paketklebeband und einer Packung extragroßer Pflaster zurück.

»Gib mir das und dann geh in die Küche und mach uns einen Kaffee.« Er wusste nicht, was er anderes hätte tun sollen, um ihren Schock zu mindern. Ihr eine Aufgabe zu geben, war das Einzige, was ihm einfiel. Außerdem war er jetzt auf ihre Hilfe angewiesen. Wortlos zog sich Verena einen Morgenmantel über und verschwand in den Flur.

Zuerst fesselte Alexander die Beine des Motorradfahrers mit dem Klebeband. Danach löste er das Stromkabel, um die Arme des Täters hinter dessen Rücken zu verschränken, bevor er auch diese mehrfach mit dem Klebeband umwickelte. Anschließend klebte er sich zwei Pflaster über seine immer noch blutende Wunde. Schließlich zerrte er den bewusstlosen Motorradfahrer in die Küche, wo Verena an der Kaffeemaschine herumhantierte.

»Schieb mir mal einen Stuhl rüber«, sagte er in einem Tonfall, der keine Rückfrage zuließ. Alexander hievte den schlaffen Körper des Gefesselten auf den Stuhl und band ihn an die Rückenlehne fest. Die Beine wurden am Stuhl fixiert und mehrfach mit dem Band umwickelt. Der Eindringling konnte jetzt nicht mehr gefährlich werden. Dann setzte Alexander sich an den Küchentisch und beobachtete seine Freundin. Sie schien sich etwas beruhigt zu haben. Jedenfalls war ein wenig Farbe in ihr Gesicht zurückgekehrt. »Ist alles okay mit dir?«

Sie stellte ihm einen Kaffee auf den Tisch und lehnte sich an die Anrichte. »Ja, es geht so. Aber was ist passiert?«, fragte sie, wobei sie ihren Becher mit beiden Händen fest umschlossen hielt.

»Der Typ hier …«, Alexander sah zum Mörder, »… wollte uns umbringen. Wenn ich mich nicht irre, ist es der Mann, der die Frauen in Dänemark getötet hat.«

»Bist du sicher?« Verena wirkte ungläubig.

»Ja, ziemlich. Es war jedenfalls ein Motorradfahrer und die Morde geschahen mit einem Messer. Er muss der Killer sein.« Alexander stand auf und ging zur Küchentür.

»Wo willst du hin? Bleib bitte hier. Lass mich mit ihm nicht allein. Was ist, wenn er wieder zu sich kommt?«, flehte sie ihn an.

»Ganz ruhig, der kann dir nichts tun, selbst wenn er jetzt wach wird. Das Klebeband hält. Ich will nur eben ins Schlafzimmer.« Kurz darauf kam er mit dem Dolch zurück und legte ihn auf den Küchentisch. »Das ist vermutlich die Tatwaffe.«

Verena schluchzte: »Komm, wir rufen die Polizei. Das hier muss ein Ende nehmen.«

»Das wird es, mein Schatz, aber lass uns noch etwas warten. Zunächst möchte ich mich mit dem hier …«, Alexander deutete mit dem Kaffeebecher auf den immer noch regungslosen Körper des Eindringlings, »… ein wenig unterhalten.«

»Das macht doch die Polizei. Halt dich da lieber raus. Warum willst du dich damit beschäftigen?« Verena schien Angst zu haben.

»Weil ich ein paar Fragen habe, die der Typ der Polizei nicht beantworten wird.«

»Das ist doch nicht deine Sorge. Warum sollte er dir mehr sagen als der Polizei?«

Alexander stellte seinen Kaffee auf den Tisch und sah, ohne eine Miene zu verziehen, zu Verena: »Weil ich höflicher darum bitten werde.«

Er wandte sich zum Gefesselten und fasste vorsichtig an den eng am Hals liegenden unteren Teil der Sturmhaube, wobei er eine leichte Bewegung des Kopfes registrierte. Der Motorradfahrer war dabei, das Bewusstsein wiederzuerlangen. Ohne zu wissen, ob er gravierende Verletzungen vom Schlag mit dem Bügeleisen erlitten hatte, begann Alexander, die Haube vom Kopf zu ziehen. Für einen Augenblick schien Alexander verstört. Zu seinem großen Erstaunen kam das blutverschmierte Gesicht einer Frau zum Vorschein. Ihre in Leder gekleidete muskulöse Statur und die wenig ausgeprägten Rundungen hatten sie wie einen Mann aussehen lassen. Sie atmete schwer und hatte ihre Augen geschlossen.

»Hol mir bitte ein Handtuch und eine Schüssel mit heißem Wasser«, bat er seine Freundin in einem nahezu militärischen Tonfall.

Die Frau hatte an der Stelle eine Platzwunde, wo Alexander sie zuvor mit dem Bügeleisen getroffen hatte. »Vermutlich kommt noch eine dicke Gehirnerschütterung dazu sowie ein Halswirbelschleudertrauma oder etwas Ähnliches«, bemühte er seine rudimentären medizinischen Kenntnisse.

Vorsichtig rüttelte er an ihrem Arm: »Verstehst du mich?« Er erhielt weder eine Antwort noch eine andere Reaktion und wiederholte seine Frage: »Hallo, hörst du, was ich sage?« Erneut rüttelte er an ihrem Arm, diesmal fester. Die Frau reagierte nicht.

Verena kam mit dem Handtuch und einer Schale mit heißem Wasser. Alexander tunkte das Handtuch in das Wasser und begann vorsichtig, das Blut aus dem Gesicht der Frau abzutupfen und die Wunde zu reinigen.

»Sag mal, Verena, weißt du, woran man eine schwere Kopfverletzung erkennt?«

»Nein«, antwortete sie, »lass uns lieber einen Krankenwagen rufen. Die Frau braucht medizinische Versorgung.«

»Jetzt nicht«, widersprach Alexander. »Die Alte hier wollte uns umbringen. Da geht mir gerade ein ganz großes Stück Nächstenliebe ab. Die kommt gleich zu sich und dann soll sie uns erzählen, was sie hier verloren hat und noch viel wichtiger, wer sie beauftragt hat.«

Endlich öffnete die Frau zitternd ihre Augenlider. Ihr milchiger Blick schien orientierungslos durch die Küche zu wirren und sich vom Licht geblendet zu fühlen. Dann fing sie an, zu stöhnen.

»Verstehst du mich? Kannst du hören, was ich sage, du Miststück?«

Ein zögerliches »Ja« kam aus ihrem Mund, wobei sie ihre Augen zusammenkniff und die Adern an ihren Schläfen hervortraten.

»Die Schmerzen dürften die Nebenwirkungen einer fetten Gehirnerschütterung sein. Sei froh, denn hätte ich dich voll erwischt, wärst du jetzt tot.« Alexander klang nicht sonderlich mitfühlend. Dennoch fragte er sie: »Willst du ein Glas Wasser?«

»Wasser«, stotterte sie kaum hörbar.

Ein kurzer Blick von Alexander reichte und Verena holte ein Glas aus dem Küchenschrank und füllte es mit Mineralwasser.

Alexander hielt der Motorradfahrerin das Glas an den Mund und ließ sie trinken. Offenbar schmerzte es ihr, denn die Frau verzerrte bei jedem Schluck das Gesicht und kniff ihre Augen fest zusammen.

»Wie heißt du? Wie ist dein Name?«

Sie zögerte, sagte aber dann: »Milana.«

»Hast du auch einen Nachnamen?«

»Kamarow.«

»Okay, also nennen wir dich Milana Kamarow. Unsere Namen dürftest du kennen, falls nicht, nenn mich Elvis und meine Freundin hier …«, er zeigte auf Verena, »… heißt Marilyn. Dann erzähl mal, warum bist du hier eingebrochen?«

»Ich bin eine Diebin.« Sie kniff erneut die Augen zusammen.

Alexander wurde zornig: »Verarschen kannst du dich selbst. Dann hättest du einen Rucksack für die Beute dabei gehabt. Stattdessen hast du ein Messer mitgebracht. Hör auf, mir so einen Scheiß zu erzählen. Du hast doch Frau Poulsen und ihre Haushälterin umgebracht?«

»Nein, die kenne ich nicht. Ich bin nur zum Klauen hier.« Milana machte eine Pause. »Bitte ruf einen Krankenwagen, ich habe Schmerzen. Wahrscheinlich habe ich einen Schädelbruch und muss dringend medizinisch versorgt werden.«

»Zuerst beantwortest du mir meine Fragen. Und hör auf mir so einen Blödsinn zu erzählen. Vorher ruft hier niemand einen Krankenwagen. Also, was wolltest du hier?«

Die Frau fing laut zu schreien an.

»Dein Gebrüll nützt dir nichts. Wir sind die Einzigen im ganzen Haus. Lass das Theater. Wenn du so schreist, kann deine Kopfverletzung nicht sonderlich schlimm sein. Also, ich höre …«, wurde Alexander energischer.

Milana schaltete auf stumm. Ihr wütender und schmerzverzerrter Blick wanderte zwischen Alexander und Verena hin und her.

Zögerlich schlug Verena erneut vor: »Alexander, wäre es nicht doch besser, die Polizei zu rufen oder zumindest einen Krankenwagen? Was ist, wenn sie schwerer verletzt ist und ihr was passiert?«

Er hob seine Augenbrauen und sah zu Verena: »Nein, auf keinen Fall. Das Ganze hier ist erst dann zu Ende, wenn die Alte mir meine Fragen beantwortet hat.« Er überlegte kurz. »Sag mal Verena, hast du einen Werkzeugkasten?«

Sie sah ihn erstaunt an. »Ja, in der Kammer.«

»Na, dann hopp, hopp. Den brauche ich jetzt.«

»Gut.« Sie verschwand aus der Küche und kam kurz darauf mit einem hellblauen Schuhkarton zurück, den sie auf den Küchentisch stellte.

»Was ist das denn?«, staunte Alexander.

»Mein Werkzeug«, antwortete sie stutzig. »Ich sollte es doch holen.«

»Ja schon, aber das hier ist ein Schuhkarton.«

»Da ist das Werkzeug drin. Mehr hab ich nicht.«

Er öffnete den Karton und sah hinein. »Das ist dein ganzes Werkzeug?« Verblüfft schaute er sie an. »Ich schätze mal, dein Nageletui ist besser sortiert.« Alles, was er fand, waren ein Hammer und eine Holzsäge, eine Rohr- und eine Kneifzange sowie einen Kreuz-Schraubendreher.

Er hielt den geöffneten Schuhkarton so, dass Milana den Inhalt sehen konnte. »Schau dir die Teile gut an. Es sind zwar wenige, aber mit denen werden wir jetzt gleich spielen. Was hältst Du davon, wenn wir mit der Kneifzange anfangen?«

»Leck mich, du Arsch«, war der einzige Kommentar, der von der Motorradfahrerin zu hören war.

Verena wurde nervös. »Du wirst ihr doch nichts antun?«

»Oh doch, das werde ich«, sagte er entschlossen. »Die hat in Dänemark zwei Frauen kaltblütig umgebracht. Und anders scheint sie mit mir nicht reden zu wollen.«

»Und wenn du dich irrst und sie gar nicht die Mörderin ist und sie wirklich nur was stehlen wollte?«

»Stehlen? Mit einem Messer an deinem Bett? Wach auf, Madame, das hier ist keine romantische Gaunerkomödie. Wenn sie nur was stehlen wollte, dann entschuldige ich mich hinterher bei ihr. Entweder gehen wir jetzt den unangenehmen Weg oder wir finden nie heraus, wer für die ganzen Verbrechen verantwortlich ist. Und mit der Polizei wird sie nicht reden. Die Frau braucht Druck, sonst hält sie eisern ihre Klappe.«

Alexander schaute auf ihre Motorradstiefel, die in einer Art überdimensionierten Filzpantoffeln steckten. »Ah, daher kam dieses komische schleichende Geräusch. Klever, der Filz erzeugt kaum Lärm und hinterlässt nahezu keine Spuren.« Anschließend ging er hinter den Stuhl. Sie trug Lederhandschuhe. Gegen ihren Widerstand zog er ihr den linken Handschuh aus und zählte: »Eins, zwei, drei, vier, fünf« und stellte sich wieder vor die Frau, »noch hast du alle Finger an deiner Hand. Wenn du die behalten willst, fang an zu reden.« Er holte die Kneifzange aus dem Schuhkarton und hielt sie ihr vors Gesicht. »Schnipp, schnipp«, sagte er und drückte dabei die Zange zweimal zu. »Schau sie dir gut an. Scharf genug für einen Finger ist sie allemal.«

»Das traust du dich nicht«, sagte Milana voller Überzeugung. Dann blickte sie in Richtung seiner Genitalien, »dafür hast du viel zu kleine Eier.«

Erst in diesem Moment merkte Alexander, dass er noch vollkommen nackt war. In all der Aufregung hatte er vergessen, sich etwas anzuziehen. Verena unterlag der Situationskomik und konnte sich ein hörbares Kichern nicht verkneifen.

Er fuchtelte mit der Kneifzange vor Milanas Gesicht rum. »Jetzt schau dir genau meine Eier an und dann sagst du mir gleich, wie groß sie sind.« Alexander ging hinter den Stuhl. Die Motorradfahrerin ballte ihre Hände zusammen. Mit der erforderlichen Gewalt öffnete er ihre linke Faust. Dann drückte er den kleinen Finger in eine gerade Position. Sie wehrte sich und begann erneut zu schreien. Es nützte nichts, er war stärker. Schnell setzte er die Kneifzange unter dem ersten Fingerglied an. Kalte Schweißperlen sammelten sich auf seiner Stirn und die Innenflächen seiner Hände wurden nass. »Ich geb dir noch eine Chance, rede!« Kein Wort kam von der gefesselten Frau. Er sah kurz zu Verena, die mit aufgerissenen Augen und offenem Mund neben dem Kühlschrank stand, und drückte dann schließlich mit aller ihm gegebener Kraft zu. Das Knacken des Knochens verlor sich im lauten Gebrüll von Milana. Der Finger fiel zu Boden.

Verena rannte zum Spülbecken und kotze den nicht verdauten Mageninhalt aus. Nachdem der letzte Würgereflex nachließ, wischte sie sich mit einem Geschirrtuch den Mund sauber und sah völlig entgeistert zu Alexander. »Bist du völlig übergeschnappt«, schrie sie. »Du kannst der Frau doch nicht einfach den Finger abschneiden. Was bist du nur für ein Mensch. Das muss sofort aufhören.« Dann fing sie an zu weinen.

Alexander warf ihr einen genervten Blick zu. »Deine Fürsorge ist gerade fehl am Platz und unterbrich nicht meinen kleinen Plausch mit der netten Dame hier«, wobei er die blutverschmierte Zange an Milanas Hose abwischte.

Breitbeinig stellte er sich vor die Motorradfahrerin: »Sind meine Eier jetzt ein Stück größer geworden?«

Ein Sud aus Spucke und Blut lief aus ihrem Mundwinkel. Sie hatte sich auf die Zunge gebissen und japste nach Luft, schrie aber nicht mehr.

»So, meine Süße, willst du weiterspielen? Wie wäre es mit der Säge? Du hast noch neun Finger.« Er sah zum Gasherd, »… oder mit etwas Wärme? Vielleicht eine glühende Messerklinge, die ich dir in deine hübsche Visage drücke. Wir könnten deinen Dolch nehmen.«

Er legte die Kneifzange auf den Küchentisch, nahm die Holzsäge aus dem Schuhkarton und fuhr mit seinem Zeigefinger langsam über die Zacken des Sägeblattes. »Holzarbeiten mochte ich schon immer. Bin gespannt wie lange dein Ringfinger …«

Aus dem blutverschleimten Mund kam ein hastiges »hör auf, hör auf, hör auf, ich sage alles, was du wissen willst.« Ihre Stimme vibrierte. Vermutlich war sie kurz vorm Kollabieren.

»Spielverderberin, du gibst aber schnell auf. Aber ich will mal nicht so sein.« Alexander verzog keine Miene und legte die Säge zurück in den Karton. Dann sah er zu Verena, die sich gegenüber an den Küchentisch gesetzt hatte und ihre Fingernägel in die Tischplatte zu drücken versuchte. »Entspann dich. Du wolltest doch der Frau hier helfen? Nimm den amputierten Finger und leg ihn in einen Gefrierbeutel. Du hast doch Gefrierbeutel?«

»Bist Du abartig, was hast du vor?«, wollte sie wissen und wartete mit offenem Mund und rot unterlaufenen Augen auf eine Antwort.

»Abartig? Nein, ich bin hier nicht der Abartige. Du sollst den verdammten Finger in einen Gefrierbeutel stecken, und zwar sofort. Danach legst du den Beutel in Eiswasser. Pass aber auf, dass kein Wasser in den Beutel läuft. In jedem halbwegs ausgestatteten Krankenhaus kann der dann wieder angenäht werden. Und sobald der Finger auf Eis liegt, nimmst du bitte ein Pflästerchen oder noch besser Verbandsmaterial und versorgst die Wunde von der Schlampe hier.« Mit Nachdruck setzte er hinterher: »Aber zackig!«

Er drehte sich zur Motorradfahrerin. »Ich geh mich anziehen oder möchtest du, dass ich nackt bleibe? Gefällt dir, was du siehst? Stehst du auf meine Eier und meinen Knackarsch?«

Ohne ihre Reaktion abzuwarten ging er in den Flur, wo seine Sachen vom Vorabend lagen und zog sich an. Als er wieder in die Küche kam, sagte er zu Milana: »Jetzt höre ich dir aufmerksam zu. Erzähl mir alles von Anfang an. Für wen arbeitest du? Welchen Auftrag hattest du? Wo kommst du her? Ach, die ganzen Detailfragen spare ich mir, fang einfach an. Und vorsichtshalber bleibt das Werkzeug bis zum Ende unseres kleinen Interviews hier auf dem Küchentisch.« Er legte seine Hand auf den Schuhkarton. »Sprich also lieber laut und deutlich. Missverständnisse motivieren den Handwerker in mir.«

Wimmernd erzählte sie: »Ich komme aus Sankt Petersburg. Bin selbständig und arbeite für unterschiedliche Kunden …«

Alexander unterbrach Sie. »Was für Kunden? Bitte präziser.«

»Die kenne ich nicht. Es sind anonyme Aufträge.« Sie legte eine Pause ein und japste mehrmals nach Luft, bevor sie weinend fortfuhr. »Über ein Forum im Darknet kann man meine Dienste buchen. Die Kontaktaufnahme und Kommunikation laufen auf Kyrillisch. Daher nehme ich an, dass die Auftraggeber aus Osteuropa, vermutlich aus Russland, kommen.«

»Das hört sich an, als ob du eine Nutte wärst«, sagte er mit verächtlichem Tonfall.

Milana strafte ihn mit einem stechenden Blick. »Wage es nicht, mich Nutte zu nennen«, drohte sie ihm. »Ich habe in der russischen Armee gedient und wurde für Sonderaufgaben ausgebildet.« Sie klang wütend.

»Okay, fahr fort.«

»Vor ein paar Jahren gab mir mein vorgesetzter Offizier den Tipp, mich im Internet umzusehen. Er zeigte mir das Forum, in dem ich jetzt meine Dienstleistungen anbiete. Bei privaten Firmen verdiene ich ein Vielfaches von dem, was ich in der Armee erhielt.« Sie holte tief Luft und versuchte gleichmäßig zu atmen.

»Wie läuft es mit der Bezahlung?«

»Ein toter Briefkasten für Umschläge mit Geld. Lieber sind mir aber Überweisungen auf ein Bankkonto in einem kleinen Inselstaat außerhalb Europas.«

»Und jetzt komm mal langsam zum Punkt. Was war in Kopenhagen und was für einen Auftrag hattest du hier zu erledigen?«

»Kopenhagen? Ja ich war in Kopenhagen. Aber erst jetzt wird mir klar, dass die beiden Aufträge zusammenhängen.« Sie schloss die Augen und presste die Kiefer zusammen. Tränen liefen ihre Wangen runter und sie fing erneut an, zu weinen. Ihr Fingerstumpf pochte. Der Schmerz wollte raus.

Ohne einen Funken Mitgefühl setzte Alexander das Verhör fort. »Konzentrier dich. Ein paar Fragen noch, dann sind wir hier fertig. Erklär mir, warum du nicht wusstest, dass die beiden Morde und dein Auftrag hier zusammenhängen.«

»Ich sagte doch, meine Auftraggeber sind anonym. Vor ungefähr einem Monat erhielt ich den Auftrag, Mona Poulsen umzubringen.«

»Wann genau erhieltst du diesen Auftrag und wie lautete er genau?«

»Der Mord sollte sehr kurzfristig ausgeführt werden. Es war am frühen Abend des achtzehnten Aprils. Ich sollte Frau

Poulsen am nächsten Tag, am besten noch vor Mittag, umbringen. Ich bekam eine Datei mit Fotos und Adresse per Mail zugeschickt. Im Gegenzug gab ich die Kontonummer bekannt und erhielt wenige Minuten später den Screenshot von der Blitzüberweisung zugunsten meines Kontos.«

»Wie konntest du dir sicher sein, den Auftrag zeitgerecht durchführen zu können?«

»Ich war in Helsinki, einem meiner Standorte und buchte umgehend den nächsten Flug. Von dort gehen täglich mehrere Flieger nach Kopenhagen. Soweit ich mich erinnere, landete ich am selben Abend gegen halb zehn in Kastrup. Es lief alles reibungslos.«

»Weißt du, warum du sie genau zu diesem Zeitpunkt umbringen solltest?«

»Nein. Solche Aufträge hinterfragt man nicht. Entweder du nimmst den Job an oder lässt die Finger davon.«

»Musstest du noch was anderes tun, außer sie zu töten?«

Milana wurde immer leiser. Die Schmerzen fraßen ihre Kräfte. »Ja, herausfinden, ob sie irgendwelche Unterlagen aus dem Büro ihres verstorbenen Mannes besaß«, kam es mit gedämpfter Stimme tief aus ihrem Hals.

»Und? Hatte Sie welche?«

»Nein. Sie meinte, es gäbe keine mehr. Jedenfalls nicht in Dänemark, in der Schweiz könnte noch was sein. Ihr Mann hatte alles, was mit seinem Beruf zu tun hatte, in Genf aufbewahrt.«

»Das hat sie dir so ohne Weiteres erzählt?«

»Ich hab sie einfach gefragt. Es schien wohl bedeutungslos für sie zu sein.«

»Daraufhin hast du sie umgebracht?«

»Ja. So lautete mein Auftrag.« Milana sah ihn an, als ob es das Normalste der Welt gewesen wäre, einen Menschen zu töten.

»Wie viel hat man dir bezahlt?«

»Fünfzigtausend US-Dollar. Es war ein einfacher Mord.«

»Was heißt einfacher Mord?«

»Ungeschützte Personen. Prominente, oder anders ausgedrückt, Personen, die von Bodyguards bewacht sind oder unter Polizeischutz stehen, kosten das Doppelte bis Dreifache.«

»Dann hast du also für die Morde einhunderttausend Dollar kassiert?«

»Nein, die andere Frau gehörte nicht zum Auftrag. Sie hatte einfach nur Pech.«

»Und wen solltest du hier umbringen?«

»Deine Freundin.« Sie sah ohne einen Funken Mitleid zu Verena, die leichenblass wurde und sich wie versteinert am Küchentisch abstützte.

»Mich wolltest du nicht umbringen?« Alexander wirkte verwundert.

»Nein, ich wusste nicht, dass du in der Wohnung warst.«

»Solltest du mich in Kopenhagen umbringen?«

»Du warst das in Kopenhagen? Ich sagte doch, mein Auftrag lautete, Frau Poulsen zu töten. Von dir war nie die Rede.«

»Hast du versucht, Olaf Böhm zu erschießen?«

»Den kenne ich nicht. Mit Schusswaffen arbeite ich nicht. Ich bevorzuge Messer. Die sind leise und können problemlos transportiert werden, sogar im Flugzeug.«

»Weißt du, wer ihn umgebracht haben könnte?«

»Nein, es gibt jede Menge Leute im Darknet, die solche Aufträge übernehmen.«

»Was ist mit dem Tod von Dr. Engeli, Frau Zielke oder dem Ehemann von Frau Poulsen?«

»Kenne ich nicht.«

»Und du weißt auch nicht, wer mein Büro angezündet hat?«

Milana wurde ungehalten. »Nein, was sollen die Fragen? Ich sagte doch …«

Alexander hob seine Hände. »Ich hab verstanden. Zwei Dinge noch, wie heißt das Forum, in dem man dich findet und wie ist dort dein Name?«

»Übersetzt heißt es Sonderzubehör für Oldtimer. Mein Pseudonym ist GAZ-M20. Das ist ein altes Model der Marke Wolga und ich werbe mit kurzfristigen Reparaturen.«

»Loggst du dich da mit einem Passwort ein?«

»Ja.«

Alexander sah sie wartend an. Als nichts weiter von ihr kam, fragte er: »Soll ich noch lange hier rumstehen? Denk an die Säge. Wie lautet es?«

Sie zögerte. Er warf einen Blick zu dem auf den Küchentisch stehenden Schuhkarton. »Ich hab Zeit und das Werkzeug will benutzt werden.«

Zaghaft sagte sie: »Kirsche NR-43.«

Fragend sah er sie an: »Kirsche? Hat das Passwort eine Bedeutung?«

»Es ist der Name eines Kampfmessers der Roten Armee. Mein bevorzugtes Arbeitsgerät.«

Alexander trat langsam einen Schritt zurück und rieb sich die Hände: »Aus meiner Sicht ist unser Gespräch hiermit beendet. Siehst du, es war doch ganz einfach. Warum hast du nicht gleich die Fragen beantwortet? Wenn es dich nicht stört, rufen wir jetzt die Polizei und einen Krankenwagen. Du willst doch deinen Finger wieder angenäht bekommen?«

Milana nickte zaghaft, sagte aber nichts.

»Ach, noch was.«

Sie sah erschöpft zu ihm hoch.

»Was hältst du von folgendem Deal? Du erzählst der Polizei nichts von meinen miserablen handwerklichen Fähigkeiten und im Gegenzug erzähle ich nichts von Foren im Darknet, toten Briefkästen, geheimen Konten und Passwörtern.«

»Was soll ich denn deiner Meinung nach sagen?« Sie schüttelte schmerzverzerrt den Kopf und verzog sofort das Gesicht. »Der Finger ist urplötzlich von alleine abgefallen?«

»Lass dir was einfallen. Wie wäre es mit einem unglücklichen Sturz, bei dem du bedauerlicherweise die Klinge umfasst hast?«

»Ein Sturz? Das nehmen die mir nie ab.«

»Wenn du dein Geld behalten willst, musst du glaubhaft sein. Wenn du wieder aus dem Gefängnis kommst, wird es noch auf deinem Konto sein.«

Alexander ging aus der Küche und wandte sich dabei Verena zu: »Du machst hier alles sauber. Wisch das Blut vom Boden und dann ziehst du dir was Richtiges an. Ich rufe die Polizei. Aber beeil dich, die Kripo wird schnell hier sein.«

****

Mehrfach wählte Alexander die Telefonnummer von Sommer. Endlich sprang nicht mehr der Anrufbeantworter an. Der Kommissar ging hörbar gereizt ans Telefon: »Dembski, sind Sie verrückt? Wissen Sie, wie spät es ist?«

»Es ist kurz vor vier Uhr morgens. Und wissen Sie, wen ich hier habe?«

»Mensch, hören Sie auf, mich mit irgendwelchen Ratespielen zu nerven. Was wollen Sie?«

»Ich hab die Mörderin der beiden Frauen aus Kopenhagen, sie sitzt hier vor mir.«

Es entstand eine Pause, der Kommissar schien überrascht. »Sagen Sie mir, wo Sie sind. Ich schicke umgehend eine Streife.«

»Nein, kommen Sie allein«, war die kurze Antwort des Detektivs.

»Ich liege noch im Bett. Meine Kollegen sind schneller bei Ihnen.«

»Das ist mir egal. Ich muss mit Ihnen unter vier Augen sprechen. Kommen Sie alleine, dann sage ich Ihnen, wo ich bin.«

»Jetzt lassen Sie die Geheimniskrämerei. Wo stecken Sie?«

»Sie kommen alleine?«

Unwillig sagte der Polizist: »Wenn Sie darauf bestehen.«

»Ich bin in Winterhude, in der Wohnung von Frau Dr. Goldner.«

»Geben Sie mir eine halbe Stunde, schneller schaffe ich es nicht.«

Widerstrebend versorgte Verena die Wunden der Mörderin. Es gelang ihr, die Blutung am Fingerstumpfen mit einer Kompresse aus Mullbinden zu stoppen. Doch gegen die Schmerzen der Russin half es nicht. Sie flehte Verena an: »Hast du ein Schmerzmittel? Irgendein Opiat? Es tut höllisch weh, mir wird fast schlecht. Mein Kopf dröhnt, als ob er gleich platzt.«

»Ich habe Paracetamol oder willst du lieber eine Ibuprofen? Es ist eine Achthunderter. Was Stärkeres habe ich nicht.«

»Egal, gib mir beides.«

Schulterzuckend sah Verena zu Alexander.

»Gib ihr die verdammten Tabletten; lass sie nehmen, was sie will. Vielleicht helfen sie. Aber binde die Frau nicht los.«

Unvermittelt stand der Kommissar in der Küchentür. Niemand hatte ihn kommen hören.

»Die Türen im Haus stehen alle sperrangelweit auf«, entschuldigte er sein plötzliches Erscheinen. Er sah zu der am Stuhl gefesselten Russin. »Demnach ist das die angebliche Mörderin?«

»Was heißt angebliche Mörderin? Das ist sie. Aber kommen Sie bitte kurz mit nach nebenan ins Wohnzimmer. Ich muss mit Ihnen unter vier Augen sprechen«, bat der Detektiv.

»Gleich. Die Frau ist verletzt. Was ist passiert?«

Es war Milana, die Sommers Frage beantwortete: »Ich bin gestolpert und hab im Fallen reflexartig versucht, mich mit meinem Messer abzustützen. Ich spürte nur den tierischen Schmerz, als die Klinge meinen Finger durchtrennte.«

»Ich meinte die Wunde am Kopf. Ihre Hand kann ich von hier nicht sehen.« Ungläubig sah der Kommissar einen nach dem anderen an, behielt aber seine Gedanken für sich und ging hinter den Stuhl, auf dem die Russin gefesselt war. Er schaute sich die verbundene Hand an. »So, so. Sie haben sich den Finger also selber abgeschnitten?«, fragte er und schüttelte den Kopf.

Alexander unterstrich Milanas Aussage indem er hinzufügte: »Ja, es war ein Unfall. Den Finger haben wir vorsorglich auf Eis gelegt, damit er wieder angenäht werden kann.« Er forderte Verena auf: »Zeig ihm den Beutel.« Wortlos holte sie die weiße Plastikschüssel aus dem Kühlschrank. Sie versuchte nicht hinzusehen, als sie den Gefrierbeutel mit dem blutverschmierten Fingerstumpen aus dem Wasser zog.

»Und woher stammt die Kopfverletzung? Haben Sie sich die auch selbst zugefügt?«, wollte Sommer von Milana wissen.

»Nein, das war ich«, sagte Alexander. »Ich habe ihr mit dem Bügeleisen eins übergezogen. Nur leider hab ich sie nicht richtig erwischt.« Zur Sicherheit ergänzte er: »Das war aber Notwehr.«

Der Kommissar sah Alexander tief in die Augen. Er wirkte skeptisch. »Das klären wir später.« Dann wandte der Polizist sich Verena zu: »Sie rufen umgehend einen Krankenwagen.« Er blickte wieder zur gefesselten Motorradfahrerin und fragte laut und deutlich: »Sie verstehen, was ich sage?«

»Ja«, war ihre Antwort.

»Gut, dann beantworten Sie mir jetzt bitte die folgende Frage. Stimmt es, was Herr Dembski sagt? Sind sie diejenige, die in Kopenhagen die beiden Frauen umgebracht hat?«

Schweigen erfüllte den Raum. Verena und Alexander standen regungslos an der Anrichte und beobachteten Milana, während der Kommissar geduldig auf die Beantwortung seiner Frage zu warten schien.

»Ja«, gab sie schließlich ihre Tat zu.

Die Augen des Kommissars fixierten einen Moment lang die Russin, bevor sie sich wieder auf Alexander richteten. »Herr Dembski, dann lassen Sie uns ins Nebenzimmer gehen. Ich bin gespannt, was Sie mir zu erzählen haben.«

Wenige Minuten nachdem Verena den Notruf gewählt hatte, waren die Sirenen des Krankenwagens zu hören. Das Blaulicht flackerte schwach durch das Küchenfenster, als der Wagen vor dem Haus vorfuhr. Zwei Rettungssanitäter eilten in die

Wohnung und liefen direkt in die Küche – der einzige Raum, in dem Licht brannte. Sie erblickten die am Stuhl gefesselte, verwundete Frau. Ohne Verena Beachtung zu schenken, ging der ältere der beiden Sanitäter zu Milana und begann, sich um sie zu kümmern.

»Was ist passiert«, fragte der Jüngere und sah dabei zu Verena.

»Sie wollte mich umbringen. Mein Freund hat ihr mit einem Bügeleisen auf den Kopf geschlagen und sie dann hier festgebunden.«

»Ruf sofort die Polizei«, forderte der ältere der beiden Männer seinen Kollegen auf und reichte ihm ein Mobiltelefon, »drück den Notruf.«

»Die Polizei ist nebenan.« Verena spreizte ihre Finger und hob ihre Hände leicht an. Sie machte eine Kopfbewegung in Richtung Küchentür. »Gegenüber im Wohnzimmer.«

Um die Situation nicht unnötig anzuheizen ging sie rüber, öffnete vorsichtig die Wohnzimmertür und bat: »Herr Sommer, können Sie kurz kommen, die Rettungssanitäter wollen mit Ihnen sprechen.«

Der Kommissar schaute zu Alexander. »Wir sind jetzt auch fertig oder gibt es noch was zu klären?«

»Nein, wir sind durch. Ich komme dann heute Nachmittag aufs Revier.«

In der Küche zeigte Sommer den Sanitätern seine Dienstmarke und stellte sich als Beamter des LKA vor. »Die Frau ist gefährlich. Sie ist nicht ohne Grund gefesselt. Ich begleite sie ins Krankenhaus. Von unterwegs rufen wir Verstärkung. Die Frau wird rund um die Uhr bewacht«, ordnete er an.

Die Sanitäter fühlten sich offenkundig überrumpelt, ließen den Kommissar aber gewähren. Derartige Einsätze gehörten vermutlich nicht zu ihrem Alltag. Bevor sie Milana, unter der Aufsicht von Sommer, vom Stuhl losbanden, gab Verena dem jüngeren Sanitäter den im Kühlschrank liegenden Gefrierbeutel.

»Den Finger kann man im Krankenhaus bestimmt wieder annähen«, sagte sie und wirkte erkennbar entspannt, als der ältere Sanitäter sich den Beutelinhalt ansah und meinte:

»Wenn es ein glatter Schnitt ist und das Amputat nicht länger als zehn Stunden abgetrennt ist, sollte das kein Problem sein.«

Als sein jüngerer Kollege erschrocken auf den Inhalt des Beutels blickte, wies er ihn an: »Leg den unten in die Kühlbox.« Danach wandte er sich an Milana: »Wann wurde der Finger abgetrennt?«

Verena kam der Mörderin zuvor: »Das ist noch keine zwei Stunden her. Ich hab ihn direkt auf Eis gelegt.«

Beim Hinausgehen stützte der ältere Sanitäter die Russin, während der andere die aus dem Krankenwagen mitgebrachten Utensilien wieder nach unten trug.

Als Sommer sich verabschiedete sagte er: »Ich mach die Türen hinter mir zu«, und mit ernstem Blick zum Detektiv, »wir sehen uns heute Nachmittag in meinem Büro.«

Alexander und Verena waren wieder alleine. Sie saßen sich erschöpft am Küchentisch gegenüber, vor ihnen die Becher mit dem mittlerweile kalt gewordenen Kaffee. Alexander schob die Becher zur Seite, streckte seine Arme aus und umschloss behutsam Verenas Hände. »Weißt du, ich musste heute Nacht auf die Toilette und als ich wieder im Bett lag, konnte ich nicht einschlafen. Die ganze Zeit lag ich wach und versuchte, die vielen kleinen Mosaiksteinchen des Erlebten der vergangenen Wochen zu einem Gesamtbild zusammenzusetzen. All meine Gedankenstränge schienen sich langsam, wie aus dem Nebel heraus, zusammenzufügen. Ich war kurz davor, alles zu verstehen, als ich plötzlich ein Geräusch in der Wohnung hörte und merkte, dass irgendetwas hier nicht stimmte. Dann ging alles ganz schnell.« Er schaute seiner Freundin tief in die müden, geröteten Augen. »Und als ich dich später in der Küche beobachtete und mitbekam, wie du sofort die Polizei rufen wolltest, ließ ich alles vor meinem geistigen Inneren Revue passieren. Der Nebel lüftete sich. Das letzte Steinchen rückte an seinen Platz.«

Verena fing leise an zu weinen, wobei sie ihren Kopf nach unten senkte. Tränen sammelten sich an ihrem Kinn.

»Und glaub mir, meinem Herzen gefiel es nicht, was ich sah.«

»Was hast du denn gesehen?«, schluchzte sie.

»Dich, liebe Verena. Ich sah dich. Ich sah dein hübsches Gesicht inmitten des Mosaiks. Du bist die Spinne im Netz, die die ganze Zeit alle Fäden gezogen hat.« Er sagte es weder mit Wut noch mit Zorn, er war enttäuscht, traurig und verletzt. »Du bist die letzte Mitwissende, die der Mann oder die Frau oder wer auch immer im Hintergrund agiert, aus dem Weg räumen will.«

Verena blieb stumm. Einzig die kleinen Bewegungen ihrer Nasenflügel, die durch das Ein- und Ausatmen entstanden, wiesen darauf hin, dass sie konzentriert zuhörte.

Behutsam sagte Alexander: »Ich kann es nicht beweisen, aber alles deutete darauf hin, dass du sehr tief in der Sache drinhängst. Du bist die Einzige, die immer genau wusste, was ich vorhatte und was ich tat.«

Verena zog ihre Hände zurück und sagte ohne erkennbaren Widerspruch: »Was soll ich denn gewusst haben, was sonst niemand wusste? Vanessa und Dr. Eismann waren doch auch in alles eingeweiht und vermutlich gab es noch weitere Personen, die informiert waren.«

»Du kanntest, seit wir am ersten Abend in Hamburg ausgegangen waren, jeden meiner Schritte. Ich bin so unbedacht gewesen, dich stets über sämtliche Planungen in Kenntnis zu setzen. In den Unterlagen von der Northus Versicherung taucht dein Name mit am häufigsten auf. In Poulsens Notizbüchern wirst du mehr als einmal erwähnt. Du wusstest von Böhms Reise nach Genf zu Frau Williams. Du warst die Erste, die von den Notizbüchern erfuhr. Böhm konnte nichts verraten, er lag im Koma. Dr. Eismann erzählte ich erst davon, nachdem mein Büro nur noch eine Brandhalde war. Das sind doch alles keine Zufälle. Meine letzten Zweifel an deiner Mittäterschaft hat

Milana zerstreut als sie erzählte, wann sie den Auftrag erhielt, Frau Poulsen zu töten. Niemand außer dir sowie den beiden Opfern kannten das Datum und die genaue Uhrzeit, zu der ich in Klampenborg verabredet war.«

»Was willst du denn von mir hören? Ich kann doch sagen, was ich will, du würdest mir ohnehin nicht glauben«, brach es weinend aus ihr heraus.

»Dann erzähl mir doch einfach die ganze Geschichte. Das wird dir viel Last von deinen Schultern nehmen. Wir zwei sitzen hier ganz alleine in deiner Küche und ich höre dir in aller Ruhe zu«, sprach Alexander ihr Mut zu.

»Die bringen mich um, wenn ich was erzähle.«

»Falsch, die versuchen dich umzubringen, weil du etwas weißt, was ihnen gefährlich werden könnte. Oder hast du vergessen, was Milana für einen Auftrag hatte? Sie sollte dich töten. Die sind schon hinter dir her. Wenn du mir alles erzählst, ist das Wissen raus und dein Tod nützt ihnen nichts mehr. Allerdings weiß ich nicht, ob Sie dich dann aus Rache umbringen, weil du in ihren Augen eine Verräterin bist. Ich bin in der ganzen Geschichte wahrscheinlich der Einzige, der immer noch ein Stück weit zu dir hält. Mir bist du wichtig. Ich will nicht, dass du stirbst. Also fang an zu reden.«

»Du kannst mich nicht beschützen und wenn ich dich einweihe, bringen sie auch dich um.«

»Das lass mal meine Sorge sein. Wenn du mir alles von Anfang an erzählst, verspreche ich dir, dass ich dich, so gut ich kann, beschütze. Ich habe da auch eine Idee.«

Sie sackte in sich zusammen. »Erzähl mir zuerst, was du vorhast.«

»Nein, Verena, du hast die ganze Zeit mein Vertrauen missbraucht. Jetzt gehst du in Vorleistung.«

****

Verena konnte und wollte ihr Lügengebilde nicht weiter aufrechterhalten. Zu nah war ihr der Tod gekommen. Sie wusste um ihr Glück, das Attentat überlebt zu haben. Nie hätte sie gedacht, selbst in Gefahr zu geraten, geschweige denn, ein Opfer der Organisation zu werden. Ihrer Einschätzung nach hatte zwar die gesamte Zeit über das Risiko bestanden, von der Polizei entdeckt zu werden. Hierzu hätte es aber eines Fehlers in den Planungen bedurft. Diese schienen jedoch perfekt gewesen zu sein, bis Dembski auf den schlampig vorgetäuschten Selbstmord von Dr. Engeli stieß und Poulsen sich als altersschwacher Däne herausstellte, der entgegen allen Abmachungen schriftliche Notizen angefertigt hatte – was für ein Idiot. Es war ein Fehler zu viel gewesen. Letztlich reißt die Kette am schwächsten Glied. So hohl sich das Sprichwort anhörte, in diesem Fall traf es haargenau zu. Sie selbst machte sich keinen Vorwurf, vielleicht nur einen winzig kleinen, und zwar den, sich in Alexander verliebt zu haben. Aber konnte Liebe falsch sein? Natürlich war es nicht Liebe auf den ersten Blick gewesen, selbst wenn sie den Detektiv mit seiner manchmal etwas simplen Art, Themen anzugehen, schon beim ersten Treffen ausgesprochen attraktiv und sympathisch gefunden hatte. So war es anfangs vermutlich nur die Lust und die Chance gewesen, unbemerkt über alle Ermittlungstätigkeiten auf dem Laufenden gehalten zu werden. Warum auch hätte sie nicht das Vergnügen mit dem Nützlichen verbinden sollen? Es hatte zu diesem Zeitpunkt keinen Grund gegeben, Alexander zu meiden. Und dann …, kurze Zeit später war Liebe daraus geworden.

Aber wie dachte Alexander in diesem Moment darüber? Ja, sie hatte sein Vertrauen missbraucht und das tat ihr tief im Herzen weh. Nur was war es für eine Idee, von der er sprach? Er saß ihr direkt gegenüber und hielt wieder ihre Hände, doch war er zugleich so fern. Was sollte sie ihm erzählen, würde er ihr überhaupt glauben? Sie wusste ja noch nicht einmal, ob sie ihrer eigenen Geschichte Glauben schenken würde. Von den Anfängen vor ein paar Jahren bis jetzt war sie immer tiefer hineingeschlittert und dabei immer wichtiger für das Ganze geworden. Warum hatte sie sich überhaupt darauf eingelassen? Oder war sie ab einem bestimmten Zeitpunkt einfach so weit involviert gewesen, dass es keine Umkehr mehr gab? Welches Motiv hatte sie? Geld? Macht? Einfluss? Eitelkeit? Wollte sie dazugehören, wollte sie wichtig sein? Vermutlich war es eine Mischung aus allem. Sie wusste es nicht. Und wer könnte verlangen, dass man jede Entscheidung im Leben im Nachhinein begründen kann? Überlegte man sich jeden Schritt, bevor man ihn ging? Wer würde heute noch sagen können, warum er vor mehreren Jahren an einer Kreuzung nach rechts statt nach links abgebogen war oder weshalb man sich für eine Fahrt mit der Bahn entschieden hatte, statt das Auto zu nehmen? Waren es nicht die unüberlegten Entschlüsse, die dem Leben die Spannung verliehen? Nur, und das gestand sie sich ein, es sollte eigentlich fern jeder Kriminalität ablaufen. Und das war ihr nicht gelungen. Sie hielt sich nicht für eine Verbrecherin, aber sie war Teil eines verbrecherischen Systems geworden.

Sie fühlte sich nicht in einer ausweglosen Situation. Sie saß in ihrer Küche, dem Mann, den sie liebte, gegenüber. Sie hätte aufstehen und sich anziehen, die Koffer packen und verschwinden können. Geld hatte sie genug und Bekannte auf nahezu allen Kontinenten. Alexander hätte sie nicht aufgehalten, da war sie sich sicher. Aber wollte sie weglaufen und sich verstecken? Wie lange hätte sie untertauchen müssen? Sie war nie ein Feigling gewesen. Schon zu Schulzeiten hatte sie lieber vorlaut die Klappe aufgerissen und Ärger mit ihren Schulkameraden oder Lehrern riskiert. Sie war kein Duckmäuschen, das sich in der Ecke versteckte und ängstlich abwartete, was andere beschlossen. Sie war Verena Goldner. Sie war die Person, die vorne im

Führerhaus stand und entschied, in welche Richtung es weitergeht!

»Einverstanden, ich erzähle dir die ganze Geschichte von Anfang an«, sagte sie entschlossen, wischte sich eine Träne von der Wange und sah ihrem Alexander tief in die Augen.

»Vor etwas über zehn Jahren wurde ich Vorstandsassistentin und lernte kurz darauf, am Rande einer Hauptversammlung, Herrn Poulsen kennen. Wir saßen zufällig beim Mittagessen nebeneinander. Das heißt, er hatte sich neben mich gesetzt. Die meisten Plätze waren schon belegt. Vermutlich gefiel es ihm auch, neben einer jüngeren Frau zu sitzen. Soweit ich mich erinnere, war unser Gespräch belanglos. Er fragte höflichkeitshalber nach meinem Werdegang, wie es mir bei der Versicherung gefiel, ob die Arbeit interessant sei und all solche Banalitäten. Ein Jahr später, auf der nächsten Hauptversammlung, ich arbeitete etwas mehr als ein Jahr für den Versicherer, erinnerte er sich an mich. Er kam direkt auf mich zu und begrüßte mich. Ich war ein wenig überrascht. Ein Aufsichtsratsmitglied konnte sich den Namen einer Vorstandsassistentin merken, das hätte ich nie erwartet. Er wusste sogar noch, worüber wir ein Jahr zuvor gesprochen hatten. Aber auch dieses Treffen hatte keinen bedeutenden Inhalt. Im darauffolgenden Jahr sahen wir uns erneut auf der Hauptversammlung. Ich war immer noch die Assistentin des damaligen Vorstandsvorsitzenden und musste im Hintergrund ständig Kontakt zur Presseabteilung, den Leitern der Stabstellen sowie den Bereichsleitern halten. Meine Aufgabe war es, dafür Sorge zu tragen, dass unerwartete Fragen der Aktionäre unverzüglich und mit bestmöglichem Know-how aus den Fachbereichen beantwortet werden konnten. Die Arbeit war stressig, da die Fehlertoleranz bei maximal null lag und die Antworten schnell kommen mussten. Den Worst Case, eine falsche oder zögerliche Antwort, wollte sich kein Vorstandsvorsitzender antun. Im schlimmsten Fall konnte es ihn den Kopf kosten. Wie dem auch sei. Ich traf erneut Poulsen. Das war sogar ein Treffen, auf das ich mich gefreut hatte. Er war nett und hörte zu. Inmitten der ganzen Wirtschaftsbosse, Manager und Entscheider war das Treffen mit ihm für mich sowas wie ein Ruhepol, der in der Hektik für kleine Momente der Entspannung sorgte.

Kurz nach diesem dritten Treffen wurde ich im August Abteilungsleiterin für die Kapitalanlagen Ausland. Nach zweieinhalb Jahren Assistenztätigkeit kam dieser Schritt etwas früh, aber ich kam mit der Aufgabe ganz gut zurecht. Bis heute weiß ich nicht, ob Poulsen dabei seine Finger im Spiel hatte. So richtig kann ich mir das aber nicht vorstellen. Ein Aufsichtsratsmitglied wird sich kaum in die Besetzung einer Abteilungsleiterstelle einbringen. Jedenfalls hielt er den Kontakt zu mir aufrecht. Er reiste im nächsten Jahr bereits einen Tag vor der Hauptversammlung nach Hamburg und lud mich abends zum Essen ein. Auf der Hauptversammlung hätten wir uns nicht gesehen, denn zu diesem Zeitpunkt hatte ein neuer Vorstandsassistent meine Arbeit aus den letzten Jahren übernommen. Als Abteilungsleiterin war ich da raus. Zugegeben, ich war mehr als überrascht über Poulsens Einladung, fühlte mich aber zugleich geschmeichelt. Schließlich ist es nicht alltäglich, von einem Aufsichtsratsmitglied zum Essen eingeladen zu werden. Ich war ja eine nahezu unbekannte Person im Konzern. Denk aber jetzt nichts Falsches. Er ist niemals anzüglich geworden oder hat sich gar wie ein Sugar-Daddy aufgeführt. Er war eher wie eine väterliche Vertrauensperson. Sonst hätte ich mich in seiner Gegenwart nicht wohl gefühlt. Beim Essen erzählte ich ihm von meinem neuen Job und er über seine Tätigkeit in Genf und seinen baldigen Ruhestand. Irgendwie kamen wir auf das Thema Immobilien, vielleicht weil er überlegte, eine Villa im Norden von Kopenhagen zu kaufen. Wobei er berichtete, dass verschiedene Unternehmen, mit denen er in Kontakt stand, während und nach der Finanzkrise den Anteil ihrer Investments in Immobilien hochgefahren hatten und dies nicht nur im Inland, sondern vor allem in den USA. In groben Zügen war mir das natürlich bekannt, obwohl wir uns zu diesem Zeitpunkt bei der Northus mit derartigen Investments schwertaten. Der Großteil unserer Gelder wird heute immer noch in Europa angelegt. Das hat verschiedene Gründe, wie Ratings, die auf der Bonität der Schuldner beruhen und unterschiedlich mit Eigenkapital hinterlegt werden müssen. Das tut jetzt aber nichts weiter zur Sache.

Im Nachgang schickte Poulsen mir die Infobroschüre einer auf Kapitalanlagen spezialisierten Firma in Flagstaff. Im beiliegenden Schreiben bat er um einen Anruf, sofern ich mich für ein Investment in US-Amerikanische Immobilien interessiere. Das tat ich und während unseres Telefonats schlug er dann vor, dass ich mit ihm nach Flagstaff fliegen sollte. Das lehnte ich allerdings ab. Wie hätte ich meinem damaligen Chef klarmachen sollen, für ein Gespräch nach Flagstaff zu reisen? New York oder Chicago wären vielleicht gegangen, notfalls auch Boston oder San Francisco. Die Städte haben große Börsen und sind Treffpunkt vieler Kapitalanleger; aber doch nicht Flagstaff, dieses verschlafene Tor zum Grand Canyon. Poulsen lud mich dann nach Dänemark ein. Ein Bekannter von ihm wollte angeblich einen größeren Betrag investieren und war diesbezüglich mit den Vertretern der Gesellschaft aus Flagstaff verabredet. Er sagte mir, dass sie bereit wären, einen Tag dranzuhängen, um mit mir zu sprechen.

Ich stimmte die Modalitäten mit meinem Bereichsleiter ab und fuhr nach Kopenhagen. Das Treffen fand in einem großen Gartenrestaurant im Tivoli, einem Vergnügungspark mitten in der City, statt. Ich glaube, es hieß Grøften. Die beiden Experten, es waren eine Frau und ein Mann, boten an, einen geschlossenen Immobilienfonds, ganz individuell nach den Vorstellungen und dem Bedarf der Northus Versicherung aufzulegen. Wir besprachen mehrere Alternativen, von Wohn- bis Gewerbeimmobilien und zum Schluss ein Konzept, welches beides abdeckte und auf Neubauten fokussiert sein sollte. Das war der New Construction New Area Fonds. Die beiden Vertreter der Kapitalanlagefirma übten keinerlei Verkaufsdruck aus und hatten Verständnis dafür, dass ich das Vorhaben mit meinem Bereichsleiter abstimmen wollte. Ein paar Tage später erhielt ich eine größere Mappe mit dem erforderlichen Informationsmaterial. Ich bat zwei meiner Mitarbeiter, die Unterlagen zu bewerten und kam auch selbst zu der Überzeugung, dass ein Investment in den Fonds zu einer sinnvollen Diversifikation unserer Kapitalanlagen beitragen könnte. Mein Vorgesetzter sah das ebenso. Etwas unerwartet hatte sich auch Frau Zielke mit dem Fonds befasst. Sie hatte keine Einwände, meinte aber, dass wir für den Anfang einen eher überschaubaren Betrag anlegen sollten.

Und was soll ich sagen, das Investment wurde zu einem vollen Erfolg, zumindest auf dem Papier. Die angelegten fünf Millionen Euro warfen bereits im ersten Jahr über vier Prozent Ertrag ab und das unter Berücksichtigung der Anlaufkosten. Meine Mitarbeiter schätzten, dass ein signifikant höheres Anlagevolumen zu einer Rendite von knapp über sechs Prozent führen könnte wobei das Währungsrisiko, die Kursschwankungen des Dollars, bereits eingepreist waren. So lud Poulsen zu einem weiteren Treffen ein, bei dem über eine Erhöhung des Anlagevolumens auf einhundert Millionen Euro verhandelt werden sollte. Es wurden nur zwanzig Millionen. Bis heute ist allerdings wesentlich mehr Geld in den Fonds gesteckt worden.« Verena stoppte ihren Bericht, stand auf und holte sich ein Glas Mineralwasser.

Alexander schluckte. Auch wenn Verena während ihres ersten abendlichen Treffens beim Portugiesen die Größenordnung skizziert hatte, in der ein Versicherer wie die Northus Geld anlegte: Das waren Beträge, die nicht in seine Vorstellungswelt passten. Er konnte ihren Ausführungen folgen und die Geschichte schien ihm schlüssig, dennoch fragte er sie: »Aber was ist an dieser Summe so verkehrt, wenn das Geld doch eine gute Rendite abwirft? Und wie hängt das alles mit den Morden zusammen? Ich hab zwar so eine Vorahnung, aber die geht nicht auf, solange die Immobilienanlage sich rentiert.«

»Ach, Alexander …«, begann sie, »… das ist doch erst ein Teil der ganzen Geschichte. Die Zusammenhänge erkennst du, sobald ich dir den Rest erzähle. Lass uns aber bitte erst einmal eine Pause machen. Ich bin fix und fertig.« Sie stellte das leere Wasserglas neben die Spüle und bat: »Ist es okay für dich, wenn ich erstmal ins Badezimmer gehe und mich frisch mache?«

Alexander durchstöberte die Küche und fand im Kühlschrank alles, was er für einen kleinen Imbiss brauchte. Als Verena zurückkam, standen ein Teller mit belegten Broten und eine Kanne frisch gebrühten Kaffees auf dem Tisch.

Verena hatte sich leger gekleidet. Sie wirkte erleichtert, so wie jemand, der aus einer dunklen Höhle ins Freie tritt und bei jedem Atemzug die frische Luft und das wiedergewonnene Sonnenlicht durch Mund und Augen in großen Zügen inhalierte. Mit jedem Detail ihres Geständnisses fiel ein Teil der einengenden Schuld von ihr ab. Die Gefahr, die sie eben noch umgeben hatte, wirkte wie weggeblasen, fast, als hätte es sie nie gegeben. Sie fand die innere Zuversicht, die es ihr ermöglichte, sich Alexander gegenüber zu offenbaren und das Verbrechen hinter sich zu lassen. Sie wollte jetzt und hier einen Schlusspunkt setzen. Sie war mit sich im Reinen und wusste, was sie tat.

Alexander hörte ihr aufmerksam zu. Sie hatte sich wieder hingesetzt, eine Brötchenhälfte genommen und ihn gebeten, ihr etwas Kaffee einzuschenken. Sie fuhr fort: »Anfangs merkte ich nicht, wie ich in ein Betrugskomplott hineingeschlittert war. Die Kapitalanlage warf die erwarteten Erträge ab und es gab keinen Grund, misstrauisch zu werden. Immerhin hatten mehrere Kollegen der Investition zugestimmt, auch mein Vorgesetzter; und niemandem fiel etwas Ungewöhnliches auf. Selbst auf Vorstandsebene fanden die Investitionen ihren Segen, was bei den immer größer werdenden Beträgen auch erforderlich war. Dann stolperte ich ein wenig unerwartet die Karriereleiter hoch und wurde Bereichsleiterin. Alles war in bester Ordnung. Hätte Frau Zielke, die damalige Vorständin, nicht wie aus heiterem Himmel eine Sonderuntersuchung in die Wege geleitet, wäre wohl nie etwas passiert. Die ganzen Irritationen durch die Finanzmarktkrise und die Niedrigzinspolitik der Europäischen Zentralbank hatten sie zu einer internen Revision der Kapitalanlagen veranlasst. Es sollten nur die Anlagen einer Untersuchung unterzogen werden, die wir außerhalb Europas hatten. Der Hintergrund war aufsichtsrechtlicher Natur. Sie wollte für eine mögliche Prüfung durch die Aufsichtsbehörde gewappnet sein und beauftragte Frau Jacobi-Meyer, die erforderlichen Arbeiten in die Wege zu leiten. Ich erzählte Poulsen, mit dem ich mittlerweile regelmäßig telefonierte, von diesem Vorhaben. Kurz darauf starb Frau Zielke. Das war natürlich für alle ein Schock. Einen Zusammenhang zur angekündigten Revision schloss ich damals kategorisch aus, denn die hatte noch gar nicht begonnen und sie beruhte ausschließlich auf Zielkes eigenem Wunsch.

Es verging keine Woche, bis ich zu einem Treffen nach Kopenhagen bestellt wurde. Ja, ich muss es so ausdrücken, es war diesmal keine höfliche Einladung, wie zuvor, sondern kam eher einer Anweisung gleich. Da stellte ich zum ersten Mal fest, dass Poulsen auch ganz anders als ein netter väterlicher Ratgeber sein konnte.

Als wir uns kurz nach meiner Ankunft in der Lobby eines Hotels trafen, wirkte er sehr gereizt und offenbarte mir, ohne langes Zögern oder ausschweifende Erklärungen, dass die Northus Geld in einen nicht existierenden NCNA-Fonds angelegt hatte. Zu diesem Zeitpunkt waren es bei Weitem noch keine vierhundert Millionen, aber immerhin ein hoher zweistelliger Millionenbetrag. Ich war entsetzt. Erst in diesem Moment dämmerte es mir: Ich war für ein Verbrechen missbraucht worden und begann, den immensen organisatorischen Aufwand zu erahnen, der hinter dem Ganzen steckte – es hatte System. Mir war vollkommen klar, würde der Betrug auffallen, würde man ihn mir anheften, ob man mir nun eine Schuld nachweisen konnte oder nicht, das wäre egal, ein Schuldiger musste her. Im besten Fall hätte es nur meine Karriere ruiniert.

Poulsen räumte ein, selbst tief mit drin zu hängen. Seiner Einschätzung nach war der Selbstmord von Frau Zielke kein Zufall, sondern Mord und hatte mit der Revision zu tun.

Ich fühlte mich als Opfer. Als jemand, der vollkommen unschuldig in eine Sache reingeraten war. Hätte ich mich damals an die Polizei gewandt oder wäre zu Dr. Junghans gegangen, dann säße ich wohl heute nicht hier. Denn eins wurde mir sonnenklar, die ganze Sache beruhte nicht auf dem Mist von Poulsen – internationaler Millionenbetrug, Mord und wer weiß, was noch alles. Er war nur ein Rädchen im System. Die Hintermänner hätten mich umgebracht, so wie sie es wahrscheinlich auch mit Frau Zielke getan hatten.

Ich bekam Angst. Denn ich steckte viel zu tief in der ganzen Geschichte drin. Poulsens Plan erschien mir wie eine Rettung. Er schlug vor, mich zur Vorständin zu machen, als Nachfolgerin von Frau Zielke. Im Aufsichtsrat, so seine Annahme, fände er genug Zustimmung, mir den Posten zuzuschanzen. Danach sollte ich die Revision stoppen und dafür Sorge tragen, dass sämtliche Unterlagen über die Immobiliengeschichte in den Keller wanderten, um über viele Jahre hinweg zu verstauben und so langsam in Vergessenheit zu geraten.

Warum hätte ich dem nicht zustimmen sollen? Ich würde mir die Finger nicht schmutziger machen, als sie ohnehin schon waren und hatte gleichzeitig die Chance, mit heiler Haut aus der ganzen Sache rauszukommen. So hielt ich es für folgerichtig, auf seinen Vorschlag einzugehen. Ab diesem Moment war ich nicht nur aus seiner Perspektive eine Wissende, sondern auch aus der Sicht der Hintermänner, die ich bis zu diesem Zeitpunkt nicht kannte.

Nachdem ich Poulsens Plan zugestimmt hatte, stand am Nebentisch ein Mann auf und setzte sich zu uns. Es war ein eher unauffälliger, recht junger Mann. Er stellte sich als Flemming vor und hieß mich im Team willkommen. Meine Fragen, welches Team er meinte und wer alles Mitglied dieses Teams war, beantwortete er nicht. Nur so viel gab er mir zu verstehen, ich würde jede Menge Geld verdienen. Dann reichte er mir einen Zettel mit einer Handynummer und sagte, ich solle mir die Nummer gut einprägen, weil ich über diese demnächst regelmäßig kontaktiert werden würde. Er stand auf und verließ das Hotel.

Die ganze Sache wurde immer verworrener. Ich fühlte mich wie in einem Sumpf; jede rettende Bewegung die du machst, lässt dich nur noch tiefer sinken.

Schließlich bat ich Poulsen, mir das ganze Konstrukt zu offenbaren. Wenn ich ehrlich bin, so glaube ich ihm, dass er genauso unbedacht und unschuldig da hineingeraten war wie ich. Aber das führt jetzt zu weit.«

Alexander hörte genau zu. Irgendwie fehlte in der bisherigen Geschichte ein Name. Es war klar, dass Zielke unfreiwillig ins Mündungsfeuer geraten war, aber was war mit dem dritten Opfer? »Du hast den Namen Engeli bisher nicht erwähnt. Was hatte er mit der ganzen Sache zu tun?«, unterbrach er ihre Ausführungen und sah sie fragend an.

»Da komme ich jetzt zu. Bevor Poulsen mit der Immobilien-Story auf mich zukam, hatte er bereits Engeli kontaktiert. Poulsen bot ihm vermutlich eine Provision, falls die Versicherungsgesellschaft über eine bestimmte US-Fondsgesellschaft einen größeren Betrag investieren würde. Engeli war zwar nur zuständig für das ausländische Versicherungsgeschäft und hatte mit den Kapitalanlagen nichts am Hut, aber auf Vorstandsebene reicht manchmal ein Stichwort, um ein Thema in Gang zu setzen. Nachdem es sich jedoch für Poulsen abzeichnete, dass ich die bessere Lösung sein würde, legte er Engeli an die kurze Leine. Genaues hat er mir nie erzählt.«

»Wie?«, fragte Alexander und überlegte einen Moment. »Dr. Engeli kassierte also Geld, ohne etwas dafür zu tun?«

Verena rückte den Küchenstuhl ein Stück nach vorne und setzte sich aufrecht hin. Sie wirkte müde und wich seiner Suche nach Augenkontakt aus. »Ja, so war es, Poulsen und Engeli sind im wahrsten Sinne des Wortes gekauft worden.« Und nach einer kleinen Pause räumte sie ein: »Und ich später auch.«

Alexander nahm sich eines der mit Käse belegten Brote, biss ein Stück ab und fragte mit vollem Mund: »Ihr wurdet demnach nicht erpresst oder anderweitig unter Druck gesetzt? Wie genau hat man euch denn dann gekauft?«

Sie saß da und drehte ihren halbvollen Kaffeebecher in der Hand. »Natürlich wurden wir unter Druck gesetzt. Aber der springende Punkt war, dass das System auf Provisionszahlungen basierte. Wer gut arbeitete, verdiente viel. Ein lupenreines und effektives Vertriebskonzept. Wir wurden prozentual am Umsatz beteiligt. Ich nehme an, Poulsen bekam zum damaligen Zeitpunkt sieben Prozent und Engeli drei.«

»Entschuldige …«, unterbrach sie Alexander ungeduldig, »… aber was meinst du mit *zum damaligen Zeitpunkt* und wie hoch war dein Anteil?«

Diesmal war es Verena, die ihre Arme über den Tisch streckte, seine Hände ergriff und ihn vollkommen ruhig ansah. »Langsam, Alexander. Ich werde dir alles erzählen, aber eines nach dem anderen. Und wenn du dann noch Fragen hast, beantworte ich sie dir gern.« Sie rang sich ein Lächeln ab und drückte für einen kurzen Augenblick seine Hände etwas fester. »Lass mich weitererzählen«, bat sie. »Bedauerlicherweise ging Poulsens Plan nicht mal im Ansatz auf. Seine Idee, alle Aktivitäten einzustellen und die Unterlagen im Keller vergammeln zu lassen, entsprach nicht dem Vorhaben derjenigen Person, die mich seit meiner Berufung in den Vorstand regelmäßig anrief. Bei der ersten Kontaktaufnahme wurde ich aufgefordert, einen recht unscheinbaren Betrag in Höhe von dreitausendachthundert Euro nach Flagstaff zu überweisen. Wissend, dass das Geld verloren sein würde, tat ich es. Wenige Tage später wurde ich erneut über die Nummer kontaktiert und gebeten, noch am selben Abend den Inhalt meines Briefkastens zu prüfen. Ich hatte nicht den leisesten Schimmer, was ich finden würde. Es waren zwei Briefsendungen ohne Adresse und Absender. Im kleineren waren Kontoauszüge zweier Banken, eine auf den Cayman Islands und eine auf den Seychellen. Bei jeder Bank war ein Konto auf einen mir unbekannten Namen eingerichtet und jedes Konto wies einen Guthabenstand von fünfundneunzig Euro aus. Die zweite Sendung war ein etwas größeres, weißes DIN-A4-Kuvert, in dem sich drei verschlossene Umschläge befanden. Im Ersten lagen zwei Reisepässe, ein US-amerikanischer und ein neuseeländischer sowie wie für jedes dieser Länder ein Führerschein, eine Krankenversicherungskarte und eine Geburtsurkunde. Die Dokumente waren auf eben diesen mir unbekannten Namen ausgestellt. Und jetzt rate mal, wessen Foto sich darin befand?« Sie sah zu Alexander, der ihrer Geschichte mit offenem Mund folgte.

»Deins«, war seine kurze Antwort.

»Genau. Als ich in jedem Reisepass ein Foto von mir sah, verstand ich recht schnell, um was es sich handelte. Im zweiten Umschlag steckten die üblichen Unterlagen, die es bei der Neueröffnung eines Kontos gibt, das heißt Bankkarte, Kreditkarte, ein wenig Papierkram und die PIN-Nummern fürs Onlinebanking. Ich hätte problemlos von jedem Ort der Welt auf die Konten zugreifen können. Last but not least befand sich im dritten ein Blatt in dessen Mitte in fettem Schwarz eines Tintenstrahldruckers, *fünf Prozent* stand. Man musste keine Mathematikerin sein, um es zu verstehen: Die zweimal erhaltenen fünfundneunzig Euro entsprachen exakt fünf Prozent von dreitausendachthundert Euro. Ich hatte meine erste Provision erhalten.

Du hast mich eben gefragt, was ich mit *zum damaligen Zeitpunkt* meinte. Ich hatte die ganze Zeit das Gefühl, dass insgesamt zehn Prozent Provision gezahlt wurden. Nachdem ich neu im Team war, wie Flemming sagte, und mit fünf Prozent beteiligt wurde, müssen Poulsens und Engelis Sätze gekürzt worden sein. Vermutlich auf vier und ein Prozent. Aber genau weiß ich das nicht.

Jedenfalls ging ab diesem Zeitpunkt das Spiel erst richtig los. Ich entschied mich, mit einzusteigen. Aus meiner Sicht war es eine sichere Masche. Sollten wir erwischt werden, wäre ich ohne Zweifel zur Verantwortung gezogen worden. Aber viel mehr als eine Bewährungsstrafe zog ich nicht in Erwägung. Warum auch? Die allererste Zahlung wurde von Frau Zielke freigegeben. Eine Handvoll Mitarbeiter und mein damaliger Vorgesetzter waren – unwissend – mit im Boot. Ich hätte mich darauf berufen, in eine Kapitalanlage zu investieren, die wir schon seit Jahren im Portfolio hatten. Bestenfalls hätte man mir Unachtsamkeit unterstellen können. Eine persönliche Beteiligung oder gar kriminelle Machenschaften wären für einen Außenstehenden nicht erkennbar gewesen, war ich mir sicher. Eine Verbindung zu meinen Konten wird niemand herstellen können. Die laufen auf einen fremden Namen und ich habe sie nie genutzt. Jeder einzelne Cent liegt da immer noch vollkommen unberührt. Insofern bin ich mir sicher, was das betrifft, vollkommen safe zu sein.«

Alexander schüttelte ungläubig den Kopf. »Das kann doch gar nicht angehen. Über was für Beträge reden wir hier?«

Verena, die mit der Frage gerechnet hatte, lehnte sich zurück und streckte ihre Beine unter dem Küchentisch aus, vermied es jedoch, ihr Gegenüber mit den Füßen zu berühren. »Bis zum Tod von Poulsen flossen über zweihundertfünfzig Millionen in den Immobilienfonds. Die Marke von vierhundert Millionen knackten wir Ende Januar. Als Engeli anfing, Stress zu machen, wurden keine weiteren Überweisungen in die Wege geleitet, lediglich die bereits in Auftrag gegebenen Zahlungen wurden noch abgewickelt. Und als du dann auf der Bildfläche aufgetaucht bist, wurde alles gestoppt.«

Alexander fing an nachzurechnen: »Und davon hast du fünf Prozent erhalten? Dann hast du in den letzten Jahren zwanzig Millionen kassiert!«

»Nicht ganz, an den ersten Zahlungen war ich nicht beteiligt. Aber im Großen und Ganzen dürfte mein Anteil in einer Größenordnung von knapp über fünfzehn Millionen liegen.«

»Im Großen und Ganzen? Du weißt es nicht genau?«

»Nein, wie ich schon sagte, die Konten sind unberührt. Ich habe noch nicht mal einen Blick auf den Kontostand geworfen.«

Die beiden sahen sich für einen längeren Augenblick wortlos an. Es war Alexander, der als Erster die Sprache wiederfand: »Wie hat das denn alles die ganzen Jahre funktioniert? Es muss doch aufgefallen sein. Ich meine, so ein Betrag kann doch nicht einfach verschwinden? Ihr müsst doch Dividende, Zinsen oder Miete oder so was Ähnliches bekommen haben?«

»Hast du eine Ahnung. Das lief eigentlich ganz unkompliziert. Wir haben Geld in Immobilien angelegt, die es nicht gab.«

»Wie soll das gehen? Wenn ich mir ein Haus oder eine Wohnung kaufe, sehe ich doch, ob es das Haus oder die Wohnung gibt. Und was ist mit dem Makler, dem Grundbuch und all das?«

»Ja schon. Aber nicht, wenn du in einen Immobilienfonds investierst. Dann willst du schließlich nicht selber in den Immobilien wohnen, sondern du willst, dass sie vermietet oder mit Gewinn verkauft werden. Hier wird nur das Geld transferiert. Alles andere erledigt die Fondsgesellschaft für dich.«

»Das ist schon klar. Aber du sagtest doch, dass die Anlagen rentierlich waren und ihr im ersten Jahr einen Ertrag erhalten habt, der höher als erwartet war.«

»Richtig«, stimmte Verena zu, »der Trick war, dass das alles nur auf dem Papier stattfand. Wir bekamen regelmäßig Kontoauszüge und Ertragsberichte, halt alles, was man von einem Immobilienfonds an laufenden Unterlagen erwartet. Diese Unterlagen wiesen stets gute, aber nie übertrieben auffällige Erträge aus.«

Alexander war verblüfft. »Wie habt ihr denn Geld an Immobilien verdient, die es gar nicht gab?«

Sie sah ihn an und dachte kurz nach. »Am besten erkläre ich es dir wie folgt: Stell dir vor, du hast ein Sparbuch. Jedes Jahr bekommst du ein paar Euro Zinsen gutgeschrieben. Gehst du dann zur Bank und lässt dir das gesamte Guthaben vom Sparbuch auszahlen, nur um zu sehen, ob das Geld samt Zinsen tatsächlich da ist, und zahlst es anschließend wieder ein?«

»Nein, natürlich nicht«, antwortete Alexander, der ihrem Gedankengang nicht wirklich folgen konnte. »Mein Guthaben kenne ich doch; der Betrag steht im Sparbuch.«

Verena neigte ihren Kopf zur Seite, zog ihre Schultern leicht hoch. »Siehst du, genau so wurde es gemacht. Die im Rechenschaftsbericht und in den Ertragsgutschriften ausgewiesenen Gewinne haben wir in unsere Bilanz eingebracht und sogar Steuern darauf gezahlt. Wir haben uns nie Geld auszahlen lassen. Es existierte alles nur auf dem Papier.«

Alexander war vollkommen baff. Er fasste sich mit beiden Händen an den Kopf und schluckte. Einen so trivialen Schwindel hätte er sich niemals vorstellen können.

»Ich hätte auch nicht gedacht, dass so etwas funktioniert. Selbst das Vieraugenprinzip bei uns in der Firma half nichts. Es waren bei jeder Überweisung mindestens zwei Mitarbeiter eingebunden, die alles prüften und anfangs obendrein Frau Zielke, die persönlich die Zahlungen freigab.« Verena hob ihren Blick und sah in seine braunen Augen. »Ich selbst hab doch auch nichts gemerkt. Wir waren blauäugig. Der ursprüngliche Tipp mit Flagstaff kam von Herrn Poulsen und die Fondsgesellschaft wurde sogar auf einer Folie in einer Aufsichtsratssitzung vorgestellt …«, sie hob ihre Schultern, »… und wer hinterfragt schon die Zuverlässigkeit eines Aufsichtsratsmitgliedes?«

»Scheinbar niemand«, stimmte er ihr zu. »Apropos Poulsen, das war dann doch auch kein Selbstmord? Warum musste er denn sterben. Euer Geschäftsmodell lief doch wie geschmiert?«

»Nein, er hat sich nicht selbst erschossen. Den ausschlaggebenden Grund für seinen Tod kenne ich aber nicht«, räumte Verena ein. »In eine solche Entscheidung bin ich niemals eingebunden gewesen, das musst du mir glauben. Dadurch, dass die Organisation mich mittlerweile persönlich kontaktierte, war Poulsen überflüssig geworden; ich zog in der Hierarchie an ihm vorbei. Sein Job bestand doch einzig und allein darin, einen Mitarbeiter aus dem Versicherungskonzern zu akquirieren, der die Millionenzahlungen veranlassen konnte. Ich denke, dass er irgendwie aufgemuckt haben muss. Er war mehr oder weniger bedeutungslos geworden. Man überging ihn bei den Entscheidungen und reduzierte folglich sein Salär, womit er vermutlich nicht einverstanden war. Anzunehmen ist, dass er ihnen angedroht hatte, alles auffliegen zu lassen. Ich habe keine Ahnung, was wirklich der Grund war.«

»Und Engeli?«, Alexander sah sie fragend an, »der war doch auch bedeutungslos geworden?«

»Bei Engeli bin ich mir ziemlich sicher. Nach Poulsens Tod bekam er kalte Füße und wollte aussteigen. Das hat er mir selbst gesagt. Was er nicht verstand, war, dass es Organisationen gibt, die man lebend nicht verlässt. Er hätte stillhalten sollen, dann wäre er jetzt noch am Leben«, war sich Verena sicher.

Alexander war skeptisch. »Aber hätten die euch nicht alle irgendwann umgebracht?«

»Anfangs war genau das meine größte Angst. Deswegen bin ich dabeigeblieben. Später verstand ich, dass jeder der nur im Entferntesten dazugehörte, unter dem Schutz der Organisation stand. Die Befehle kamen von oben und solange du ein linientreuer Soldat warst, der bedingungslos gehorchte, hattest du nichts zu befürchten. Loyalität wird mit dem Leben belohnt. Auf alles andere folgt der Tod. Einfach und simpel, so war unser Codex.«

Alexander verschluckte sich fast. »Unser? Fühlst du dich als Bestandteil der Organisation?«

»Irgendwann kam der Zeitpunkt, zu dem ich es nicht nur fühlte, sondern es war. Ich fing an, eine aktivere Rolle zu übernehmen. Ich wartete nicht nur auf Anrufe, sondern entwickelte Vorschläge, um häufigere Geldtransfers zu ermöglichen. Für jede Tranche, die ich nach Flagstaff überwies, stieg ich ein stückweit innerhalb der Hierarchie auf. Flemming wurde abgelöst und ich bekam neue Ansprechpartner. Man lud mich nach St. Petersburg ein. Ich lernte einen Zirkel Geschäftsmänner und Geschäftsfrauen kennen, die, ebenso wie ich, ihre Geschicke für die Organisation einsetzten. Du musst es dir wie ein Seminar vorstellen, bei dem man Kollegen aus anderen Niederlassungen trifft. Einziger Grund des Treffens war Networking. Wir sollten uns vernetzen. Kreative, internationale Netzwerke, so war man der Überzeugung, würden dazu beitragen, bestehende Geschäftsmodelle zu verbessern oder neue zu kreieren. Ich gewann Einblicke in die Funktionsweise des Apparats, traf viele Entscheidungsträger, aber den Chef oder den Paten, wie man ihn vielleicht nennen könnte, lernte ich nie persönlich kennen. Zumindest hat sich mir niemand als solcher vorgestellt. Wenn es denn überhaupt einen Chef im klassischen Sinne gibt. Vielleicht ist es auch eine Gruppe gleichberechtigter Partner, die alles entscheidet.« Verena war sich selbst nicht sicher. Die Organisation hatte sie – was die genauen Strukturen an der Spitze betraf – offenkundig im Dunkeln gelassen.

Alexander stand auf, stellte sich hinter den Küchenstuhl und stützte sich auf die Rückenlehne: »Was ist mit den ganzen Unglücken aus der letzten Zeit, das waren doch keine Zufälle? Da steckst du doch dahinter?«

Im Tonfall ihrer Stimme schwang Bedauern mit. »Ja, aber nur indirekt. Ich bin in derartige Vorkommnisse nie eingebunden gewesen und kann dir auch nicht sagen, wer darüber entschied. Ich informierte meine Kontaktperson über alles, was ich in Verbindung mit deinen laufenden Ermittlungen erfuhr. Sie wussten von deiner Verabredung mit Mona Poulsen, von Böhms Fahrt nach Genf und, dass du die Notizbücher vermutlich in deinem Büro liegen hattest.«

»Und warum wollten sie dich heute umbringen?«, fragte Alexander.

»Ich nehme an, weil das Geschäftsmodell endgültig aufzufliegen drohte und ich mehrmals sehr resolut darauf bestand, dass sie dir nichts antun. Auch wenn du es mir nicht glaubst, ich habe mich in dich verliebt und deine Unversehrtheit war mir wichtig. Ich habe sie immer wieder gebeten, besser gesagt, verlangt, dir auf keinen Fall etwas anzutun.«

»Hast du denn damit gegen euren Codex verstoßen?«

»Das muss ich wohl. Denn die Befehlskette ist eine Einbahnstraße. Durch meine mehrmals sehr deutlich vorgetragene Bitte, dich am Leben zu lassen, müssen sie gemerkt haben, wie meine Gefühle für dich sind. Das wurde für die Organisation zum Risiko. Emotionen haben in deren Geschäftswelt nichts zu suchen.«

Sie war fertig. Sie hatte dem Detektiv alles, aus ihrer Sicht Wichtige, erzählt. Für Kummer und Reue war es zu früh. Das würde erst später kommen, wenn sie sich mit ihrem Anteil am Verbrechen auseinandergesetzt und ihre Mitschuld an den Morden aufgearbeitet hatte. Mit ruhiger Stimme, in der ein finaler Hoffnungsschimmer mitschwang, fragte sie ihn: »Du sprachst anfangs von einer Idee, wie du mich schützen könntest.«

Alexander sah ihr in die Augen und nickte vorsichtig: »Vorhin, als ich mit Sommer alleine war, erzählte ich ihm von meiner Vermutung, dass du auf irgendeine Art in die ganze Sache involviert seiest. Zunächst hatte er erhebliche Zweifel. Erst nachdem ich ihm aufzeigte, dass du als einzige Person ständig auf dem Laufenden warst und auch im Vorfeld über das Treffen mit Mona Poulsen, der Verabredung von Böhm mit Frau Williams und den Notizbüchern in meinem Büro Bescheid wusstest, schwanden seine Zweifel. Er sagte zwar, es wäre kein robuster Beweis, der für eine Verhaftung ausreicht, aber ein Indiz, dem er nachgehen würde. Wir verabredeten, dass ich mit dir sprechen würde. Falls mein Verdacht sich bestätigt, sollte ich versuchen, dich zu einem Geständnis gegenüber den Ermittlungsbehörden zu bewegen. Im Gegenzug würde er prüfen, ob er dich in einem Zeugenschutzprogramm unterbringen kann. Denn eins war uns klar, du schwebst in Lebensgefahr. Wir wussten zwar nicht, warum du sterben solltest, aber wer einen Profikiller anheuert, belässt es nicht bei einem Versuch.«

Sie wirkte zögerlich. »Kein Richter wird mich ungeschoren davonkommen lassen. Beihilfe zum Mord, Betrug und was weiß ich noch alles. Die stecken mich ins Gefängnis«, war sich Verena sicher.

»Da gehörst du auch hin«, bezog Alexander eine klare Position. »Lebenslänglich wird es schon nicht werden, wenn du dann noch vollumfänglich gestehst und mit guter Führung …«, er wurde selbst traurig. »Egal, was ich für dich empfinde, du bist eine Straftäterin.« Er wischte mit seiner Hand einmal weit über den Küchentisch, als ob er einen unliebsamen Gedanken beiseiteschieben wollte und kam zurück zur Idee des LKA-Beamten: »Wie das mit dem Zeugenschutzprogramm im Detail vonstattengeht und ob Sommer überhaupt eine solche Regelung für dich durchsetzen kann, weiß ich nicht. Aber hast du eine andere Chance? Für die Polizei dürftest du nach meinem Gespräch mit dem Kommissar zum Kreis der potenziellen Täter gehören. Selbst, wenn ich denen nichts erzähle, die werden dich durchleuchten und etwas finden. Und ob ein zweiter Auftragskiller mehr Erfolg als Milana hat, daran möchte ich gar nicht denken.«

Verena wusste, dass es keinen anderen Weg als den von Alexander skizzierten geben würde. »Was machen wir denn jetzt?«

»Wir fahren heute Nachmittag zum LKA. Du stellst dich der Polizei und ab dann übernehmen die Ermittlungsbehörden die Regie.«

Sie willigte ein, auch weil sie Alexander vertraute. Selbst auf die Gefahr hin, dass es Sommer nicht gelingen würde, sie in einem Zeugenschutzprogramm unterzubringen. Was sonst hätte sie machen sollen. Weglaufen? Und wenn ja, wohin? Wo würde sie sich für den Rest ihres Lebens verstecken können, selbst wenn sie über Freunde und Geld in vielen Ecken der Erde verfügte? Es war nicht die Polizei oder das Gefängnis, das sie fürchtete. Die Organisation würde nie aufhören, sie zu jagen. Hinter jeder Ecke, in jedem Raum und jederzeit könnte es sie erwischen, davon war sie jetzt überzeugt und sackte in sich zusammen.

Alexander wusste in diesem Moment, dass er den Fall nahezu gelöst hatte, aber seine Gefühle befanden sich auf einer Irrfahrt.

Der Kopf war klar, das Herz war wirr. All die Enttäuschung, die in ihm steckte, konnten seine Zuneigung und Liebe, die er für Verena empfand, nicht zunichtemachen.

Die beiden verbrachten die Zeit bis zum frühen Nachmittag in Verenas Wohnung. Etwa eine Stunde bevor sie losfuhren, fing Verena an, einige Sachen zusammenzupacken. Mehr oder weniger ordentlich füllte sie einen kleinen Koffer und steckte noch ein paar Utensilien in ihre Handtasche. Sie ging nicht davon aus, in der nächsten Zeit in ihre vier Wände zurückzukehren. Um drei Uhr nachmittags fuhren sie zum LKA. Alexander ging zum Empfang der Polizeibehörde und bat darum, Kommissar Sommer zu sprechen. Es dauerte nicht lange, bis dieser mit zwei Kollegen erschien. Er sah zu Alexander, der ihm mit einem traurigen Blick und einem leichten Kopfnicken bestätigte, dass Verena bereit wäre, auszusagen. Als einer der beiden Kollegen Verena Handschellen anlegen wollte, meinte Sommer nur: »Das wird nicht nötig sein«, und mit Blick zu Alexander, »wenn Sie morgen noch in Hamburg sind, dann melden Sie sich bei mir. Ich werde den ganzen Tag im Büro sein.«

Verena fiel Alexander um den Hals. Sie zog ihn fest an sich. Er spürte ihr leises Weinen und wusste im ersten Moment nicht, wie er sich verhalten sollte. Sie griff in ihre Handtasche und reichte ihm einen dicken Umschlag. »Der ist für dich, lies es, wenn alles überstanden ist. Ich liebe dich.« Beide standen sich traurig gegenüber. Er nahm sie fest in seine Arme, schaute tief in ihre mit Tränen gefüllten Augen und gab ihr einen liebevollen Abschiedskuss.

****

Auch wenn Alexander den Beamten an der Eingangskontrolle des LKA kannte und sogar mit Namen begrüßt wurde, musste er sich ausweisen. Ein schlichtes: »Herr Sommer erwartet mich«, reichte nicht. Den Vorschriften einer Amtsstube ist Folge zu leisten. Heute war ihm in keiner Weise nach deutscher Ordnung. Seine Stimmung war auf einem Tiefpunkt. Er hatte den Fall gelöst, aber das Ergebnis machte ihn traurig.

Aus der Innentasche seiner Jacke zog er das Portemonnaie heraus, indem sich sein Personalausweis befand. Nachdem der Beamte die Stammdaten aus dem Ausweis in einem Besucherformular erfasst hatte, rief er Sommer an, der darum gebeten hatte, den Besucher direkt zu ihm auf die vierte Etage zu schicken. Im Büro des Kommissars angekommen, war es erneut die offene Keksdose, die Alexander ins Auge fiel. Sie stand da ebenso unberührt, wie bei seinem ersten Besuch. Kein einziger Keks fehlte. Er nahm sich fest vor, eine neue Dose mitzubringen, sofern er nochmal das Vergnügen haben sollte, den Kommissar in dessen Arbeitszimmer aufzusuchen. Sommer, der mitbekommen hatte, wie Dembski die offene Dose anstarrte, lud ihn abermals ein: »Bedienen Sie sich.« Der Gedanke, eins dieser alten Dinger zu essen, schreckte Alexander ab, selbst, wenn die mittlerweile deutlich erkennbare Staubschicht eine konservierende Wirkung auf das Gebäck zu haben schien.

»Herr Dembski …«, drang es zu ihm durch.

Er schüttelte kurz seinen Kopf. »Oh ja, Entschuldigung, ich war in Gedanken …«

»Hat das was mit dem aktuellen Fall zu tun?«

Alexander ging auf die Frage des Kommissars nicht näher ein. Er wollte lediglich wissen, wie es Verena ging.

Sommer setzte sich zu seinem Besucher an den Tisch. »Um ehrlich zu sein, ich glaube es geht ihr den Umständen entsprechend gut. Für jemanden, der eine Gefängniszelle bisher nie von innen gesehen hat, schlägt sie sich sehr tapfer. Sie wirkt zumindest recht stabil. Es dauert etwas, bis man sich an die Haft gewöhnt. Die erste Woche ist immer die schlimmste, vor allem für die Psyche – es zieht einem den Boden weg. Sie ist isoliert, ohne Radio oder Fernseher, nur ein Justizvollzugsbeamter schaut stündlich nach ihr.«

»Wie geht es denn jetzt weiter? Was passiert mit ihr?«, fragte Alexander.

»So, wie ich es sehe, wird man Frau Dr. Goldner in ein Zeugenschutzprogramm aufnehmen. Bis das geklärt ist, gibt es keine offizielle Stellungnahme seitens der Polizei zu diesem Fall. Sie zeigt sich bisher kooperativ und kann uns eine ganze Menge Details zur Struktur und Funktionsweise der kriminellen Vereinigung liefern. Nach den Oberhäuptern dieser russischen Organisation wird schon seit Jahren international gefahndet und das nicht nur von Interpol. Die Bande spielt mit Sicherheit in der Champions League der organisierten Kriminalität. Und es würde mich nicht wundern, wenn die Nachrichtendienste einiger Länder auf die eine oder andere Weise involviert sind. Wir hoffen, durch ihre Aussage, unser Lagebild komplettieren zu können. Falls sie das Ganze bis zum Schluss durchzieht, wird ihr vermutlich eine neue Identität angeboten werden. Ins Gefängnis wird man sie dann wohl kaum stecken. Dort überlebt sie keinen Monat. Der Arm der Russen reicht weit.«

»Kann ich mit ihr sprechen?«

»Nein, ich darf Ihnen nicht einmal sagen, ob sie sich hier im Gebäude befindet.« Der Kommissar rückte ein Stück näher an den Besuchertisch und sah zu Alexander. »Ich weiß, zwischen Ihnen beiden bestand ein besonderes Verhältnis. Es ist sowohl zum Schutz Ihrer Freundin als auch zu Ihrem eigenen. Es bleibt Ihnen nichts anderes übrig, als sich damit abzufinden, selbst wenn es schwerfällt.«

»Weshalb ist es denn zu meinem Schutz? Ich hab doch nichts zu befürchten?«, fragte Alexander erstaunt.

»Ganz einfach, wenn Sie über Informationen verfügen, die die russische Mafia gerne hätte …«, Sommer zog seine Augenbrauen hoch, »… wird die russische Mafia diese Informationen auch von Ihnen bekommen.«

Alexander holte tief Luft und ließ seinen Kopf traurig zur Seite hängen. »Aber was sollte ich denen erzählen?«

»Mensch Herr Dembski, je weniger Kontakt Sie zu Frau Dr. Goldner haben, desto besser für Sie. Glauben Sie mir, das, was die mit einem anstellen, haben sie nicht mal in einem Horrorfilm gesehen. Das Abschneiden der Gliedmaßen ist noch das Netteste, was denen einfällt.« Sommer blinzelte und sagte in einem durchaus verständlichen Ton: »Und die benutzen nicht nur Kneifzangen.«

Alexander versuchte keine Regung zu zeigen und blieb still.

»In Belgien wurden kürzlich zwei bestialisch zugerichtete Leichen entdeckt.« Sommer verzog das Gesicht. »Und zu deren Bedauern wurden sie nicht nach ihrem Tod misshandelt. Das eine Opfer wurde bei lebendigem Leibe gehäutet. Die haben mit den Fußsohlen angefangen und sich Tag für Tag ein paar Quadratzentimeter Haut weiter nach oben gearbeitet. Er starb, als sie beim Bauchnabel angekommen sind. Jedenfalls haben sie da aufgehört. Vom Bauch an abwärts war der Körper komplett gehäutet und die Genitalien fehlten. Ein Kollege der belgischen Mordkommission erzählte, dass er bei einer Leiche noch nie ein so von Schmerzen zerfressenes Gesicht gesehen hatte, wie bei diesem armen Schwein. Den anderen Kerl hatten sie auf einem Metalltisch mit Industriekleber fixiert. Er wurde auf dem Rücken liegend festgeklebt. Stellen Sie sich vor, Sie liegen nackt auf einer Stahlplatte und ihr Kopf und ihr Rücken, Arme, Finger und Beine sind wie angeschweißt, sodass Sie sich keinen Millimeter bewegen können. Alleine das ist schon Folter genug. Irgendwann kommen die Krämpfe. Allerdings gaben die sich damit nicht zufrieden. Ihm wurde in jeden Finger und in jede Zehe ein rasiermesserscharfer Eisennagel reingehämmert. Durch diese jagten sie, genau festgelegt mit einer Zeitschaltuhr, alle paar Minuten immer stärker werdende Stromschläge. Und der Mann starb nicht am ersten Tag. Wir wissen noch nicht, ob es Bestrafungen waren oder nur Methoden informativer Gesprächsführung.«

»Das will ich mir alles lieber nicht vorstellen …«, sagte Alexander, »…, dass Menschen so etwas tun«, und schüttelte angewidert den Kopf. »Kommen Sie, lassen Sie uns bitte das Thema wechseln. Sie hatten mich gestern gebeten, heute nochmal vorbeizukommen.«

»Richtig. Wir sollten uns gegenseitig über den aktuellen Stand unserer Ermittlungen informieren. Wollen Sie beginnen?«

»Ja, mache ich gern. Soweit ich es sehe, haben wir es mit drei vorgetäuschten Selbstmorden zu tun, sowie mit Morden in Dänemark, einem Attentat in der Schweiz, der Brandstiftung in meinem Büro und mit dem Mordversuch an Verena. Hintergrund ist der Kapitalanlagebetrug mit dem amerikanischen Immobilienfonds. Aber das wissen Sie wahrscheinlich bereits von Verena. Interessant könnte noch ein Adressbuch werden, welches sich im Besitz der ehemaligen Sekretärin von Herrn Poulsen befindet. Ich werde die Dame in den nächsten Tagen aufsuchen. Sie hat zugesagt, mir das Buch zu geben. Vermutlich kommen dann weitere Namen ans Licht.«

»Das hört sich gut an. Würden Sie mir das Buch zukommen lassen?«

»Kann ich machen, mir reicht eine Kopie.«

»Frau Dr. Goldner erwähnte zwei Notizbücher.«

»Die sind leider beim Brand in meiner Detektei verloren gegangen. Die Brandstifter dürften sie gestohlen haben. Ich hab sie jedenfalls nicht mehr gefunden.«

Sommer presste seine Lippen zusammen und wirkte verärgert. Bevor er etwas sagen konnte, meinte Alexander: »Es gibt Kopien, die kann ich Ihnen zur Verfügung stellen. Mehr hab ich nicht. Haben Sie noch Neuigkeiten?«

»Nicht besonders viele. Ihre kleine Russin fährt zwar gut Motorrad und bringt Leute um, aber die weiß nichts. Wir versuchen gerade, eine Verbindung zwischen ihr und weiteren Morden, die in verschiedenen Ländern mit Messern begangen wurden, herzustellen.«

»Was geschieht mit ihr?«

»Zurzeit ist sie im Krankenhaus. Der Finger wurde angenäht. Wir prüfen, wo man sie vor Gericht stellt. Die Dänen würden sie gerne lebenslang einsperren. Aber auch die Spanier und Franzosen sind hinter ihr her. Sie scheint in bestimmten Kreisen sehr gefragt gewesen zu sein. Frau Dr. Goldner kann von Glück reden, dass Sie bei ihr waren.«

»Lebenslänglich, richtig so!«

»Ja, was das auch immer bei guter Führung heißt. Zehn Jahre wird sie mindestens aus dem Verkehr gezogen. Ob es für Sicherheitsverwahrung reicht, bezweifle ich.«

»Haben Sie Neues zu den Selbstmorden?«

»Nicht wirklich. Der Tod von Frau Zielke lässt sich nicht mehr rekonstruieren. Ihr Fahrzeug, welches an den Bahngleisen stand, wurde verschrottet und die Leichenteile eines Menschen, der von einem Regionalzug erwischt wird, brauchen Sie nicht zu obduzieren. Gut, ein paar Barbiturate hat man in den an den Gleisen abgekratzten Überresten gefunden. Aber die Tabletten kann sie auch selbst genommen haben. Hatte ich Ihnen das nicht schon erzählt?«, Sommer dachte kurz nach und fuhr dann fort: »Ähnlich ist es mit Poulsen. Die Schweizer Kollegen machen uns nicht viel Hoffnung, noch etwas zu finden. Die werden die Akte nochmal durchgehen, aber viel mehr wird da voraussichtlich nicht passieren. Bei Dr. Engeli sieht es auch nicht gerade prickelnd aus. Der wurde zwar definitiv ermordet, aber wir haben nicht den Hauch einer Spur, geschweige denn einen Verdächtigen. Wir werden unsere Ermittlungen ausweiten, auch auf das Ausland, allerdings bin ich skeptisch. Da waren vermutlich auch Profis am Werk. Die reisen unauffällig nach Hamburg und verschwinden dann wieder, nutzen falsche Namen und so weiter. Insofern wird er bedauerlicherweise als unaufgeklärter Mordfall in die polizeiliche Kriminalstatistik des LKA in Hamburg eingehen. Kein Ruhmesblatt für die hiesige Kripo, aber wir können damit leben.«

Das Pressegespräch

Wie die Male zuvor war es Frau Moll, die den Detektiv begrüßte und ihn mit einem warmen Lächeln in Empfang nahm. Sie bat ihn, bei ihr im Vorzimmer zu warten. »Ich musste für Ihren Besuch die Termine in seinem Kalender …«, sie sah zur Tür von Eismanns Büro, »… ein wenig verschieben. Er hat gleich Zeit für Sie.« Sie zeigte auf einen Stuhl gegenüber ihrem Schreibtisch und bot Alexander an, sich zu setzen. »Ihr Besuch kam überraschend. Wir hatten nicht so schnell mit Ihnen gerechnet. Aber Ihre Ermittlungen sind ihm ausgesprochen wichtig. Nichtsdestotrotz, ich freue mich, Sie zu sehen.« Sie warf ihm einen Blick zu. »Es war doch Kaffee, schwarz?«

Das kleine rote Lämpchen auf ihrem Telefon erlosch. Der Hörer im Nebenzimmer war aufgelegt worden. Sie steckte ihren Kopf durch die Tür, »Karl, er ist da.«

Dembski stand dem Finanzmogul zum vierten Mal in dessen Büro gegenüber und fühlte sich genauso angespannt wie bei seinem ersten Besuch: »Guten Tag, Herr Dr. Eismann.« Der Detektiv wählte denselben Platz, wie bei den vorherigen Treffen. Und auch diesmal folgte kein Wort der Begrüßung, einzig der neugierige Blick hinter dem Schreibtisch ließ ihn erahnen, dass er willkommen war.

Dr. Eismann setzte sich zu seinem Gast: »Frau Moll sagte, Sie wollten mich zeitnah sprechen.«

»Ja …« stieß Alexander hervor, rückte ein Stück nach vorne und überlegte, womit er anfangen sollte: »… der von Ihnen vermutete Zusammenhang zwischen den drei Selbstmorden, oder sagen wir besser Morden, und der Northus Versicherung existiert.«

Eismann senkte den Kopf und fasste sich ans Kinn. Nach einem kurzen Augenblick stand er auf, ging ins Vorzimmer und bat Frau Moll: »Sag die restlichen Termine für heute ab. Bring mir einen Tee …«, und mit Blick auf Alexander: »… und unser Gast hätte möglicherweise gerne noch einen Kaffee?«

Nachdem Eismann sich wieder gesetzt hatte, gewann seine Gestik an Vitalität, er wirkte hellhöriger. »Das überrascht mich nicht. Im Gegenteil, gäbe es keinen Zusammenhang, dann wäre ich jetzt erstaunt. Aber fahren Sie fort.«

Alexander sortierte seine Gedanken und fasste seine Erkenntnisse der letzten Wochen in vier Sätzen zusammen: »Die Versicherung hat etliche hundert Millionen Euro in nicht existierende Anlagen des New Construction New Area Fonds in Flagstaff investiert. Das Geld ist auf den Konten einer kriminellen Organisation gelandet. Poulsen, Dr. Engeli und Dr. Goldner waren die aktiv handelnden Personen. Der Tod von Frau Zielke war dem bedauerlichen Umstand geschuldet, dass sie um eine Revision gebeten hatte und der Betrug hierdurch aufzufliegen drohte.«

Eismanns Mine blieb regungslos. »Gibt es sonstige involvierte Akteure im Versicherungskonzern?«

»Nein, andere Personen konnten nicht ermittelt werden. Ich treffe mich jedoch in den nächsten Tagen mit Frau Williams. Sie hat noch ein Adressbuch, in dem weitere Namen genannt sein könnten. Angeblich hat sie zusätzliche Informationen über Poulsen.«

»Um wie viel Geld geht es genau?«

»Das steht nicht exakt fest. Dazu müssten die Bücher bei der Versicherung geprüft werden. Nach meinen bisherigen Erkenntnissen sind es mehr als vierhundert Millionen Euro.«

Eismann schluckte und wiederholte: »Vierhundert Millionen Euro!« Er stand auf, stellte sich vor die Fensterfront seines

Büros, verschränkte seine Arme vor der Brust und sah hinunter in die Gassen der Mainmetropole: »Da sind sie sich absolut sicher?«

»Um sicher zu sein, müsste ich Einblick in die Bücher des Versicherers haben.«

»Wer weiß noch davon?«

»Bisher wir beide, Frau Dr. Goldner und die Hamburger Kripo.«

»Sonst niemand?«

»Nein, außer der kriminellen Vereinigung. Die anderen beiden Beteiligten sind bekanntlich tot.«

»Demnach hat die Presse davon noch keinen Wind bekommen?«

»Nein, sofern die Polizei sich bedeckt gehalten hat, nicht. Und wahrscheinlich wird in den nächsten Tagen auch nichts kommen, denn die wollen Frau Dr. Goldner als Kronzeugin und bieten ihr im Gegenzug aller Voraussicht nach die Aufnahme in ein Zeugenschutzprogramm an. Bis das in trockenen Tüchern ist, wird die Polizei sich nicht äußern. Allerdings ist jede Behörde auch von Eigeninteressen durchzogen. Es wird vermutlich nicht allzu lange dauern, bis der eine oder andere versucht, politisches Kapital daraus zu schlagen und an die Öffentlichkeit geht.«

»Das wird unweigerlich früher oder später passieren«, stimmte Eismann zu. »Wir müssen unbedingt vor die Welle kommen. Wie schnell können Sie ihre Erkenntnisse zu Papier bringen?«

»In ein paar Stunden. Wieso? Den schriftlichen Bericht habe ich noch nicht angefertigt. Ich wollte Sie direkt informieren. Ich dachte, der Papierkram kann warten.«

»Okay, wir brauchen eine Zusammenfassung. Können Sie von hier aus arbeiten? Frau Moll wird ihnen ein freies Büro zuweisen. Wenn Sie etwas benötigen, geben Sie ihr Bescheid. Sie wird sich kümmern.«

»Ja klar, das geht. Was haben Sie vor?«

»Wir werden jetzt Junghans anrufen. Der wird nicht erfreut sein. Er soll sich schnellstmöglich der Presse stellen und eine Konferenz einberufen. Es ist zwingend geboten, dass die Northus vor Bekanntgabe der polizeilichen Ermittlungen mit dem Thema an die Öffentlichkeit geht. Um Streitereien mit den Behörden zu vermeiden, kann meinetwegen Kommissar Sommer oder ein Vertreter des LKA teilnehmen. Gehen Sie auf Herrn Sommer zu?«

»Ja, mache ich. Was genau soll denn mitgeteilt werden?«

»Alles, was Sie herausgefunden haben. Drei ermordete Manager, die toten Frauen in Kopenhagen, das Attentat auf Böhm, der Brand in Ihrer Detektei, die vierhundert Millionen Euro, die russische Mafia bis hin zum offenkundigen Versagen sämtlicher Kontrollfunktionen bei der Versicherungsgesellschaft. Der Presse gegenüber darf keine einzige Frage offenbleiben. Wir müssen etwaigen nachgelagerten Spekulationen jeglichen Nährboden entziehen. Herr Dembski, wenn die Polizei vor uns eine Presseerklärung gibt oder ein übereifriger Reporter mit dem Thema um die Ecke kommt, sind wir in der Defensive. Egal was wir dann sagen, man würde uns immer unterstellen, nur die Teile der Wahrheit offenzulegen, die ohnehin schon durch die Nachrichten verbreitet wurden. Glauben Sie mir eines, Sie wollen nicht gegen die Presse arbeiten. Also müssen wir das Thema besetzen und damit als Erste durch die Tür kommen.«

Dr. Eismann ging erneut ins Vorzimmer: »Sonja, hol mir Junghans an den Apparat. Wenn er nicht gerade in einem Flieger über den Atlantik sitzt oder in einer OP im Krankenhaus liegt, soll er sofort zum Hörer greifen. Mach ihm notfalls Druck.«

Wenige Minuten später stellte Frau Moll den Rückruf eines ziemlich säuerlichen Vorstandsvorsitzenden auf das Telefon ihres Chefs um. Eismann ging zum Schreibtisch, nahm aber nicht den Hörer ab, sondern drückte auf den Knopf der Freisprechanlage.

»Eismann hier, Herr Dembski hört mit. Können Sie frei sprechen? Sind Sie alleine?«

»Herr Eismann, ich hoffe, Sie haben einen triftigen Grund, mich aus meinem Meeting zu holen«, dröhnte es ungehaltenen aus dem Lautsprecher. »Mit Ihrem Detektiv haben Sie schon für genug Unruhe gesorgt, jetzt mischen Sie sich auch noch persönlich ein.«

»Was ich mache, lassen Sie meine Sorge sein und blenden Sie für ein paar Minuten Ihre Emotionen aus. Ich gebe Ihnen jetzt eine To-do-Liste, der Sie alles andere unterordnen. Die wird Sie in der nächsten Zeit umfänglich beschäftigen.«

Dr. Junghans Laune verwandelte sich in Wut. »Was bilden Sie sich ein? Das Unternehmen leite immer noch ich«, klang es zornig und der Mann fuhr fort: »Herr Eismann, mir ist es egal, was Sie von mir wollen. Das bringe ich in der nächsten Aufsichtsratssitzung zur Sprache. Wo kommen wir hin, wenn jeder aus dem Kontrollgremium meint, sich laufend in die operative Unternehmensführung einmischen zu können?«

Eismanns Stimme gewann an Schärfe. »Wollen Sie mit Ihren Unmutsäußerungen weiter Zeit verschwenden? Wenn Sie mir nicht auf der Stelle zuhören, wird kein Mitglied des Aufsichtsrats Ihnen künftig auch nur fünf Minuten seiner Zeit widmen.«

Vom anderen Ende der Leitung drang ein unterdrücktes Schnaufen durch die Freisprechanlage.

»Dann kommen wir zum Thema. Herr Junghans, Sie prüfen, welchen Betrag die Northus in den New Construction New Area Fonds investiert hat. Es dürften einige hundert Millionen Euro sein. Um Ihnen die Brisanz zu verdeutlichen, der Fonds ist leer. Damit meine ich, die Immobilien, in die der Fonds anlegt, gibt es nicht. Das Geld haben sich Kriminelle unter den Nagel gerissen.«

Das Schnaufen verwandelte sich in Schnappatmung: »Das lasse ich umgehend die Goldner prüfen. Wenn das stimmt …«

»Nochmal Herr Junghans …«, fuhr ihm Eismann dazwischen, »… vielleicht habe ich mich nicht präzise ausgedrückt. Sie persönlich prüfen das. Ihre Vorstandskollegin sitzt bereits in Untersuchungshaft. Und damit wir uns nicht falsch verstehen:

Sie sind der Vorstandsvorsitzende, Sie halten Ihren Kopf hin und, wenn jemand von uns beiden Ihrer Vorstandskollegin im Gefängnis Gesellschaft leisten wird, dann werde nicht ich das sein.« Eismann hielt kurz inne. »Sind Sie jetzt in der Lage und bereit zuzuhören?«

Die Schnappatmung verlangsamte sich und der Tonfall wurde sachlich. Offenkundig war Dr. Junghans im Stande, einen Schalter in seinem Kopf umzulegen: »Ich verstehe Herr Eismann. Wir haben ein Problem und Sie haben einen Informationsvorsprung. Was schlagen Sie vor?«

»Gut, jetzt können wir reden. Die Versicherung ist Opfer eines massiven Anlagebetruges geworden. Der monetäre Schaden ist nicht mehr rückgängig zu machen. Nun gilt es, den Reputationsschaden so gering wie möglich zu halten. Sie gehen damit an die Öffentlichkeit. Falls die Presse das Thema woanders aufgreift, wird der Vorgang wochenlang die Schlagzeilen beherrschen. Ich muss Ihnen nicht sagen, was das für Sie persönlich bedeutet. Ein solches mediales Fegefeuer würde sich bis in ihr Privatleben auswirken. Was meinen Sie, wie viele Ihrer Golffreunde mit Ihnen noch ein Bier trinken oder wie viele Ihrer angeblichen Freunde dann noch zu den Charity-Partys Ihrer Frau kommen werden? Uns bleibt nur eine Chance, wir müssen in die Offensive gehen. Am Montag, Punkt zehn Uhr laden Sie zu einer Pressekonferenz ein. Fünf Minuten vorher setzen Sie den gesamten Aufsichtsrat sowie die Aufsichtsbehörde in Kenntnis.«

»Warum wird der Aufsichtsrat nicht umgehend informiert?«, wollte Junghans wissen.

»Weil Sie derjenige sein müssen, der sich als erster an die Medien wendet. Zu viele meiner Kollegen im Gremium gehen regelmäßig mit Journalisten einen Wein trinken. Es geht aber noch weiter. Hören Sie mir zu: Vorher prüfen Sie die exakte Summe, die im Fonds steckt. Notfalls ziehen Sie den zuständigen Bereichsleiter hinzu. Den Grund braucht er nicht zu erfahren. Anschließend weisen Sie den Chefsyndikus der Rechtsabteilung an, eine Strafanzeige wegen Betruges gegen unbekannt zu verfassen. Die Anzeige muss kurz nach Beginn der Pressekonferenz den Ermittlungsbehörden zugestellt werden. Sie persönlich legen gegenüber den Medien sämtliche Informationen offen. Vollumfängliche Transparenz ist zwingend erforderlich. Herr Dembski wird Sie instruieren. Binden Sie meinetwegen die Pressesprecherin und die Leiterin der Revision mit ein. Es darf kein Zweifel daran aufkommen, dass alles Erdenkliche getan wird, um den Vorfall lückenlos aufzudecken. Im Nachgang installieren Sie ein Team aus externen Beratern, Anwälten und Wirtschaftsprüfern zur üblichen Schadensbegrenzung. Und noch was: Vermeiden Sie jede Kritik an den Ermittlungsbehörden. Wir müssen mit denen an einem Strang ziehen. Es darf keine Vorwürfe wegen der unentdeckt gebliebenen Morde geben.«

Dr. Eismann schaltete die Freisprechanlage aus und beendete das Telefonat.

»Sagen Sie …«, Alexander überlegte, wie er es formulieren sollte, »… werden Sie Dr. Junghans jetzt feuern?«

»Erstmal nicht.« Eismann sah zu Dembski. »Wenn ein Frachter droht unterzugehen, dann braucht es den Kapitän an Bord. Selbst wenn der ein lallender Alkoholiker ist, kennt er sein Schiff doch hundertmal besser als jeder Matrose, der frisch von der Seefahrtsschule kommt. Und solange der Kapitän selbst Angst vor dem Ertrinken hat, wird er alles dransetzen, das Schiff zu retten. Und wenn die ganze Sache gut überstanden und der Kapitän mit seiner Aufgabe gewachsen ist …«, Eismann drehte an seinem Ehering, »… dann würde ich ihn zurück auf die Brücke schicken. Wir alle können Fehler machen. Schönschwätzer und Schnelldenker finden Sie an jeder Ecke. Aber Problemlöser, die unter immensem Druck die richtige Entscheidung treffen, die finden Sie nur im wahren Leben. Da hilft auch kein Assessment Center oder ein noch so ausgeklügeltes Bewerbungsverfahren.« Er ließ seinen Ehering wieder los. »Aber jetzt sagen Sie mir doch mal, wie sind Sie Frau Goldner auf die Schliche gekommen?«

»Eigentlich waren es Zufall und Intuition zugleich. Ab einem bestimmten Zeitpunkt gab es zwei Personen, auf die ich meine Ermittlungen fokussierte oder besser gesagt, die ich in Verdacht hatte. Die beiden waren stets über alle meine Schritte informiert. Das waren Sie und Frau Dr. Goldner. Hätte man nicht versucht, Frau Dr. Goldner umzubringen ...«

»Sie haben mich verdächtigt?«, zum ersten Mal sah Alexander den Finanzmogul herzhaft lachen.

Alexander ärgerte sich, seinen früheren Vermutungen überhaupt geäußert zu haben. Es brachte die Sache nicht voran und lenkte vom Eigentlichen ab. Aber nun hatte er sein vorlautes Mundwerk nicht halten können, rutschte verlegen auf dem Sofa hin und her und fing an, die Innenfläche seiner Hände zu reiben. »Verschonen Sie mich mit Ihrer Körpersprache und lassen Sie mich an Ihren Überlegungen teilhaben. Wie kamen Sie auf mich? Was hat mich verdächtig gemacht? Und was hätte ich Ihrer Meinung nach für ein Motiv gehabt, Sie zu engagieren?«

»Das Motiv wäre einfach zu erklären gewesen. Entweder wollten Sie von sich selbst als Täter ablenken oder herausfinden, ob Ihr Vorgehen wasserdicht gewesen wäre. Wer anders als ein Detektiv hätte das prüfen können. Falls Sie der Täter gewesen wären, hätten Sie sich schlecht an die Polizei wenden können.«

»Ihren Gedankengang finde ich zwar befremdlich, aber ich kann ihn nachvollziehen. Und folgerichtig müssen Sie in alle Richtungen ermitteln. Was haben Sie denn unternommen und an welche Informationen über mich sind Sie gelangt?«

Die Frage war Alexander mehr als unangenehm. Wie sollte er seinem Auftraggeber erklären, fünftausend Euro Spesen für fragwürdige Internetrecherchen an eine Gruppe illegal arbeitender Hacker gezahlt zu haben?

»Ich hab ein paar Computerexperten gebeten, Sie zu durchleuchten.«

»Wie bitte, Sie meinen wohl Hacker. Wer sind die?«

»Ich kenne die nicht. Sie wurden über einen Mittelsmann beauftragt.«

»Die Adresse Ihres Mittelsmanns hätte ich gerne. Aber erzählen Sie mir zunächst, was Sie so alles rausgefunden haben. Da bin ich gespannt.«

Alexander fing stotternd an: »Zunächst einmal hatten Sie beziehungsweise Ihr Unternehmen keinerlei Kenntnis vom NCNA Fonds, abgesehen von den Unterlagen für eine Aufsichtsratssitzung. Ein Schwerpunkt Ihrer Anlagen sind Immobilien. Darüber hinaus sind Sie einer der reichsten Menschen hier im Land, wenn nicht sogar in Europa. Sie haben Macht und Einfluss. Der Ursprung Ihres immensen Vermögens stammt vermutlich aus Kriegszeiten. Gleichzeitig haben Sie eine lupenreine Weste. Ich konnte absolut nichts Strafbares über Sie oder Ihrer Familie in Erfahrung bringen, kein Knöllchen, kein Steuervergehen, einfach nichts. Das machte mich skeptisch. Ebenso der Umstand, dass es, bis auf Ihre Aufsichtsratsfunktion, keinerlei Überschneidungen mit dem Versicherer gibt. Kein Vorstandsmitglied, kein Aufsichtsratskollege legt sein Geld über Ihre Firma an. Und auch die Northus nutzt nicht die Eismann-Capital GmbH für Investments. Und schließlich das verschachtelte Firmengeflecht mit Niederlassungen in allen möglichen Steueroasen. Herr Dr. Eismann, darf ich ehrlich sein?«

»Ich hoffe, Sie sind es die ganze Zeit!«

»Mein größtes Störgefühl hatte ich, als ich erfuhr, wo Ihr Vermögen herkommt.«

»Sie meinen von meinem Großvater?«

»Ja. Es stammt doch aus der Nazizeit?«

»Richtig, es stammt aus dieser Zeit.«

»Das machte mich stutzig. Profite aus der Nazizeit …«

Eismann legte beide Hände hörbar auf die Lehnen seines Schreibtischstuhls und unterbrach den Detektiv. »Wissen Sie Herr Dembski, es mag Dinge geben, die frei von juristischer Schuld sind und die einen zugleich mit der enormen Last des eigenen Gewissens erdrücken. Ich will nicht darüber urteilen, was vor weit über einem halben Jahrhundert richtig oder falsch war. Niemandem wurde von meinem Großvater etwas gegen seinen Willen genommen und niemand bekam weniger als er haben wollte. Herr Dembski, ich werde über die Taten meines Großvaters nicht urteilen. Es stimmt, er hat vom Krieg profitiert. Waren es ab Mitte der dreißiger Jahre zunächst einzelne Freunde und Bekannte, die ihm ihre Häuser und Wohnungen anboten, so waren es ab der Reichskristallnacht Hunderte. Sie alle wollten ihre Ziegelsteine in Geld umwandeln. Viele von ihnen hatten nichts anderes als ein beschauliches Dach über dem Kopf, welches sie ihr Eigen nannten und vielleicht noch ein Fleckchen Land sowie ein Einkommen, was sie sättigte. Was blieb ihnen anderes übrig, als ihr weniges Eigentum zu verkaufen, um mit etwas Geld in der Tasche den einzig hoffnungsverheißenden Weg ins Exil zu suchen? Er konnte nicht allen helfen. Herr Dembski, weder Sie noch ich waren damals geboren und weder Sie noch ich haben auch nur den Hauch einer Vorstellung davon, wie sehr die zu Unrecht Gejagten zugleich lebensbejahend und von schierer Todesangst getrieben auf einen kleinen Sack voller Geld hofften, der ihnen die Tür zu einer sichereren Welt öffnete. Keiner von uns beiden weiß, in welcher Absicht mein Großvater handelte. Was hätten Sie an seiner Stelle getan? Die Hilfesuchenden abgewiesen und somit in die sicheren Hände der teuflischen Erschießungskommandos getrieben, die wie räudige Bestien über das ganze Land herfielen? Er gab ihnen, um was sie baten. Er hat vor seinem Ableben sämtliche Briefe und Dokumente aus dieser Zeit vernichtet. Geblieben sind lediglich die Auszüge aus den Grundbüchern, die ihn als den rechtmäßigen Eigentümer einer Vielzahl von Immobilien auswiesen. Ich weiß nicht, warum er sich aller Dokumente aus der damaligen Zeit entledigt hatte. Vielleicht hatte er es als eine Last empfunden, von der er sich und seine Nachkommen befreien wollte oder vielleicht hatte er versucht, seine Erinnerungen an dieses dunkle Kapitel zu löschen. Auch, wenn es sich anders anhören mag, es ist fernab einer Entschuldigung: Der Erinnerung meines Vaters zufolge hatte mein Großvater bis kurz vor seinem Tod Briefkontakt mit einigen der damaligen

Verkäufer. In all den Jahren, in denen ich seine Hinterlassenschaft gehütet habe, hat es keine einzige Rückforderung gegeben. Weder einer der ins Exil Getriebenen noch einer ihrer Nachfahren hat jemals Ansprüche erhoben. Wissen Sie, Wahrheiten ändern sich. Was heute Recht ist, wird morgen angeprangert. So war es immer und so wird es bleiben. Es liegt nicht an den Richtern in ihren samtbesetzten Roben, sie führen nur aus, was andere in Form von Gesetzen beschlossen haben. Wenn es nicht gelingt, einen inneren, stabilen Wertekompass zu entwickeln, dann wird man von der öffentlichen Meinung getrieben. Doch horcht man in sich hinein, dann hat man ein sehr feines Gespür dafür, was Recht und was Unrecht ist. Sie mögen mich verurteilen oder zumindest verdächtigen wegen der Taten meines Großvaters. Doch was würden Sie an meiner Stelle tun?«

Alexander hatte keine Antwort auf die Frage. Er wusste noch nicht einmal, ob es überhaupt eine Antwort darauf gab und schon gar nicht, wie er sich an Eismanns Stelle verhalten hätte. Dennoch empfand er bei allem, was mit dem Zweiten Weltkrieg zusammenhing, ein undefiniertes Schuldgefühl, das er auch trotz seines jungen Alters nicht ablegen konnte.

Nachdem Alexander den Gesamtbericht seiner Ermittlungsergebnisse schriftlich fixiert hatte, bat er Frau Moll, ihm einen Flug zu buchen und ein Hotel in Genf zu reservieren. »Es wäre prima, wenn Sie auch Frau Williams anrufen und fragen könnten, ob ich sie morgen oder am Samstag besuchen darf.«

Es dauerte nicht lange, bis Frau Moll alles erledigt hatte: »Samstag, kurz nach Mittag wäre ihr recht. Frau Williams freut sich auf Ihren Besuch.«

****

Alexander schlenderte die Genfer Promenade entlang, die parallel zum Quai du Mont-Blanc verlief. Diese Uferstraße, mit all ihren unverwechselbaren Häusern, bei denen es sich zum Teil um die nobelsten Hotels handelte – gediegen und vornehm –, versprühte ein Flair, das charakteristisch für diesen Teil der Stadt war.

Die abendliche Frühlingssonne wärmte die vielen Spaziergänger und ließ den Jet d'Eau, die große Wasserfontäne, das Wahrzeichen Genfs, inmitten des Sees hell erleuchten. In aller Seelenruhe schien das Wasser an die in der kleinen Marina liegenden Boote zu plätschern. Durch die winzigen Wellen spiegelten sich die Sonnenstrahlen an den Schiffswänden, wodurch ein munteres Lichtspiel entstand. Hinter dem kleinen Hafen führte eine Mole, die Jetée des Paquis, hinaus aufs Wasser, an ihrem Ende schien ein achteckiger Leuchtturm, über das Treiben der Freizeitkapitäne auf ihren Segelbooten und Yachten zu wachen. Alexander fühlte sich wie der Bestandteil eines Postkartenmotivs. Er ging raus auf die Mole, wo er sich auf halbem Weg zum Leuchtturm, kurz hinter der Badeanstalt, eine freie Bank suchte, von der aus er einen guten Blick auf den gegenüberliegenden Stadtteil hatte. Er ließ seine Gedanken schweifen und blickte über das glitzernde Wasser hinweg auf die Fontäne. Dahinter befand sich ein weiterer kleiner Hafen und hinter diesem, am Ufer, lag eine Häuserreihe, in deren Fenstern sich die Abendsonne spiegelte. Die Bauten wirkten nicht ganz so edel wie die in der Quai du Mont-Blanc, aber immer noch ganz beachtlich. An einigen dieser Häuser waren Leuchtreklamen der nobelsten Uhrenhersteller angebraucht. Die Namen der meisten dieser Manufakturen kannte er seit seiner Jugend, nur hatte er bisher nicht das nötige Kleingeld gehabt, sich einen solchen Chronographen leisten zu können – jedenfalls nicht vor seiner Begegnung mit Dr. Eismann.

Ein etwa vierzigjähriger, adrett gekleideter Mann fragte ihn höflich, ob auf der Bank noch ein Platz frei wäre. Alexander sah freundlich zu ihm hoch. »Ja, selbstverständlich. Ist alles noch frei. Setzen Sie sich.«

Der sportlich wirkende Mann schien ebenfalls das Wasserspiel der Fontäne zu beobachten und dem Tosen des Wasserstrahls zu lauschen. Nach einer Weile neigte er sich ein Stückchen zu Alexander und fragte leise mit osteuropäischem Akzent: »Wussten Sie, dass die Pumpen in jeder Sekunde fünfhundert Liter Wasser in die Höhe jagen und das künstlich Luft zugeführt wird?«

Alexander, der sich bisher keine Gedanken über die Funktionsweise der Fontäne gemacht hatte, blickte den Fremden verwundert an. »Nein. Und warum wird Luft zugeführt?«

»Sie erzeugt kleine Blasen, durch die der Wasserstrahl bis in die Spitze in einhundertvierzig Metern Höhe weiß aussieht.«

Bis auf ein anerkennendes Lächeln und ein *Interessant* fiel Alexander nichts ein, was er hätte sagen können. Außerdem war ihm nicht nach Smalltalk zumute. Er wollte diesen herrlichen Frühlingsabend in Ruhe genießen. Und die Wassermenge, die der Jet d'Eau mit oder ohne zugefügtem Sauerstoff, wie hoch auch immer, jede Sekunde in die Luft spie, war ihm im Moment ziemlich egal.

Nach einer kurzen Pause ergriff der Mann erneut das Wort und sah dabei zum Detektiv. »Sie sind Alexander Dembski.«

Mehr als verdutzt schaute Alexander den Mann an. Woher kannte ihn der Fremde und wer war er? Er konnte sich nicht erinnern, ihn jemals zuvor gesehen zu haben. Er kannte so gut wie niemanden mit einem solchen, vermutlich, russischen Akzent. In seinem ganzen Bekanntenkreis fiel ihm kein einziger Russe ein.

Offensichtlich gut gelaunt fuhr der Fremde fort: »Stört es Sie, wenn ich Sie Alexander nenne?«

»Kennen wir uns?«, fragte Alexander, der sich nicht sicher war, ob die Situation seine Neugierde weckte oder er sich verunsichert fühlen sollte. »Ich kann mich nicht erinnern, Sie schon mal getroffen zu haben.«

»Entschuldigen Sie bitte. Ich bin unhöflich. Mein Name ist Vladimir Sergejev Olenko, aber nennen Sie mich einfach Vladimir.«

Die Verunsicherung überwog und die Neugierde schwand. Unbewusst verschränkte Alexander seine Arme. Seine Gesichtsmuskeln spannten sich an und unwillkürlich rutschte er ein paar Zentimeter weiter an den Rand der Bank, was dem Fremden nicht entging.

»Nein, wir kennen uns nicht. Oder lassen Sie es mich so formulieren, wir sind uns bisher nicht begegnet. Und nun wurde es langsam Zeit, dass ich Sie persönlich kennenlerne.« Der Mann sah wieder hinaus auf das Wasser.

Der Detektiv konnte den Fremden überhaupt nicht einschätzen, geschweige denn dessen Gedanken erahnen. Vladimir wirkte entspannt, als er wieder anfing, Alexander genau zu beobachten. Weder die vielen Spaziergänger noch das Geschehen auf dem See schienen ihn abzulenken. Alexander fühlte sich zunehmend unwohl. Leicht stotternd kamen ihm nur die Worte, »woher wissen Sie, dass ich in Genf bin?«, über die Lippen.

Durchaus höflich, aber ohne eine erkennbare Regung, beantwortete Vladimir die ihm gestellte Frage: »Ich beobachte Sie seit Wochen.«

Alexanders Verunsicherung spitzte sich zu: »Sie beobachten mich? Was wollen Sie von mir?«

»Wie ich erfahren habe, wohnen Sie im Beau-Rivage. Sie scheinen die Ironie zu lieben?« Vladimir hoffte offenkundig, dem Detektiv mit dem Hinweis auf das Hotel einen zielführenden Denkanstoß gegeben zu haben.

Alexander war jetzt nicht nur verunsichert, sondern zusehends verwirrt. Er wusste nicht im Geringsten, auf was der Mann anspielte. Als der Politiker Uwe Barschel vor mehr als dreißig Jahren unter rätselhaften und bis heute ungeklärten Umständen im Beau-Rivage starb, offiziell sprach man von Selbstmord, war Alexander gerade mal vier Jahre alt und viel zu jung, um den Berichterstattungen und Schlagzeilen in den Medien zu folgen. »Vladimir, ich weiß nicht, worauf Sie hinauswollen.«

Vladimir merkte es ihm an. Alexander wusste nichts über die Geheimnisse im Zimmer dreihundertsiebzehn. »Sie ermitteln in drei vermeintlichen Fällen von Selbsttötung und wohnen in dem Hotel, in dem einer der spektakulärsten Selbstmorde der Nachkriegszeit stattgefunden hat. Klingelt es da langsam bei Ihnen?«

Plötzlich machte es Klick. Der Groschen war gefallen. Im Nu wurde Alexander klar, wer da neben ihm saß. Schlagartig konnte er die Stimme, den Blick und die Gestik des Fremden deuten. Es war die Körpersprache eines Raubtieres, welches sich der sicheren Beute bewusst war und jeden Atemzug der Jagd auskostete. Alexanders Puls erhöhte sich und die Innenflächen seiner Hände wurden feucht. »Sie sind der Kopf der russischen Mafia, die die angeblichen Selbstmorde und den Kapitalbetrug zu verantworten haben.«

Vladimir nickte. »So ist es. Mein Lieber, lassen Sie mich Ihre unausgesprochenen Fragen beantworten. Vielleicht mindert das Ihre Furcht.«

Umringt von umherspazierenden Menschen, auf einer Mole mitten im Genfer See war es pure Angst, die Alexander empfand. Er rutschte ein weiteres Stück weg von dem Fremden, sagte kein Wort, sondern hörte nur zu.

»Mit Ihrer Annahme haben Sie im Wesentlichen recht. Meine Organisation geht verschiedenen Interessen nach. Aber Mafia hört sich so negativ und italienisch an, finden Sie nicht? Ich bin Russe und kein Italiener. Ich leite ein weltweit tätiges Unternehmen und muss gestehen, dass Sie mir in den letzten Wochen erhebliches Kopfzerbrechen bereitet haben.« Vladimir holte tief Luft, lehnte sich zurück und breitete seine Arme auf der Rückenlehne der Bank aus. Beinahe so, als wollte er mit seinem linken Arm Alexander umfassen. »Aber lassen Sie mich raten, weshalb Sie in Genf sind.«

»Ich glaube nicht, dass Sie das müssen«, sagte Alexander, dessen Gesichtsfarbe zunehmend fahler wurde. »Sie werden es bereits wissen.«

»Stimmt«, gab ihm Olenko recht. »Sie suchen Frau Williams, nicht wahr? Deswegen sind Sie hier.«

Angespannt schaute Alexander den Russen an. »Woher haben Sie diese Information?«

»Ach Alexander, seien Sie doch nicht so sorgenvoll. Ich weiß es eben. Aber was Sie nicht wissen …«, sagte der Russe leise und flüsterte dem Detektiv dabei ins Ohr: »… Frau Williams wohnt nicht mehr in Genf. Sie hat die Stadt für immer verlassen.«

»Ist sie tot?«, fragte Alexander mit entsetzter Stimme. »Haben Sie sie umgebracht?«

»Nein, nein, keine Sorge, wo denken Sie hin. Sie ist wohlauf. Ihr ist nichts zugestoßen. Und das wird auch so bleiben, wenn sie sich an gewisse Spielregeln hält.«

»Was für Spielregeln, wovon reden Sie überhaupt?« Alexander versuchte erneut, ein Stück von seinem mittlerweile ungebetenen Sitznachbarn wegzurutschen, merkte aber, dass er bereits am Ende der Bank angekommen war. Er hätte aufstehen müssen, wenn er der Nähe des Fremden hätte entfliehen wollen.

Freundlich und zugleich sehr bestimmt meinte Vladimir: »Kommen Sie. Beleidigen Sie nicht meine Intelligenz. Den Tod sehe ich nur in seltenen Fällen als Ultima Ratio. Wussten Sie, dass die Tochter von Frau Williams eine hübsche, frühreife Göre hat. Das Mädchen dürfte so um die vierzehn, fünfzehn Jahre alt sein.«

Unweigerlich musste Alexander an Kai denken und wiederholte zögerlich seine Frage: »Von was für Spielregeln sprechen Sie?«

»Nun ja, lassen Sie mich ein wenig ausholen«, bat Vladimir mit ruhiger Stimme, wobei er seinen Kopf langsam in den Nacken legte und die Augen schloss. »Frau Williams wusste bis vor

Kurzem nichts von den großen Bergbaukolonien in Sibirien. Dort leben tapfere und fleißige Männer, die hart arbeiten und sich für das russische Volk aufopfern.«

Vladimir sah für einen kurzen Moment zu Alexander, nur um sich an dessen fahlem Gesicht und ängstlicher Körperhaltung zu laben. Ganz offensichtlich genoss er seine dominante Rolle und die spürbar wachsende Ungewissheit des Detektivs. »Sie haben sicherlich schon von diesen Kolonien gehört?« Ohne auf eine Antwort zu warten, sprach er weiter, »… zumindest gibt es alle paar Jahre Pressemeldungen, wenn etwa ein Bergmannstrupp durch eine Methangasexplosion oder einen Tunneleinsturz unter Tage in einem Stollen eingeschlossen wird. In diesen Fällen bemüht man sich selbstverständlich, die Kumpel zu retten. Dann kommt sogar das Militär und natürlich dürfen internationale Bergungsexperten einreisen und helfen. Es werden Versorgungsschächte und Zugänge zu den Bergleuten gebohrt und wochenlange Rettungsaktionen beginnen. In allen Nachrichten wird dann täglich über das Schicksal der Eingeschlossenen berichtet, an deren Überlebenswillen appelliert und spekuliert, wie viele Tage sie ohne Wasser und Essen unter der Erde aushalten. Wildgewordene Reporter suchen die armen Familien der Verunglückten auf, nur um tränenreiche Interviews für die weltweit vor den Fernsehern sitzenden Voyeure zu führen. Und wozu das Ganze?« Olenko rückte so nah an seinen Sitznachbarn heran, dass die Oberschenkel der beiden sich berührten, umfasste mit seiner immer noch ausgestreckten linken Hand Alexanders Schulter und beantwortete die selbstgestellte Frage mit einer Prise Zynismus: »Nach zwei, drei oder vier Wochen sind die Bergleute gerettet oder, und das ist meistens der Fall, ihre toten Körper bleiben für ewig verschüttet. Ein paar Tage später berichten dann dieselben Reporter über irgendeine Hollywoodschauspielerin, die ein gesundes Baby zur Welt gebracht hat oder dass an irgendeinem Strand auf der Welt ein toter Wal an Land gespült wurde. Und kein Schwein interessiert sich mehr für die Tragödie im entfernten Sibirien.«

Immer noch umfasste der Russe Dembskis Schulter. Mit seiner freien Hand fuhr er sich durch sein volles dunkles Haar und setzte seine Ausführungen fort: »Wissen Sie Alexander, über die meisten derartigen Unglücke in den Bergbaukolonien erfährt glücklicherweise kein Journalist etwas und kluge Journalisten stellen in Russland keine Fragen. In diesen, von der Medienmeute unentdeckten Fällen, bleiben die armseligen Kreaturen hunderte Meter tief in der Erde eingeschlossen. Und zu allem Übel reißt bei so einem Unglück meistens die Verbindung zu den Männern sofort ab. Nichts dringt von da unten ans Tageslicht oder findet den Weg zu den Verschlossenen in die tiefe Dunkelheit. Die sitzen dann mit ein paar Litern Wasser und vielleicht ein wenig Proviant unerreichbar im Inneren der Erde fest. Mit etwas Glück flackern ihre batteriebetriebenen Lampen noch eine Zeit lang. Das gedämpfte Licht der Bergbauleuchten wird das Letzte sein, was über ihre Pupillen auf die Netzhaut ihrer Augen dringt und dabei werden sie nichts anderes sehen als das Innere ihres baldigen Grabes. Früher oder später wird es dunkel. Stockdunkel. Der letzte Lichtstrahl ist erlischt. Wenn die Männer nicht schon gestorben sind, gieren sie irgendwann nach dem letzten Sauerstoff und bringen sich für einen lebensverlängernden Atemzug sogar gegenseitig um oder sie liegen nahezu bewegungslos, eingeklemmt zwischen Felsbrocken und Geröll und jeder hört dem anderen beim Krepieren zu und hofft, es möge schnell zu Ende gehen. Aber wer weiß das schon so genau? Die ewige Dunkelheit verschlingt die Antworten auf so viele Fragen. Zum Glück frieren die Begrabenen nicht, denn selbst im eisigsten sibirischen Winter ist es angenehm warm im Stollen. Nicht, dass man nicht bemüht wäre, die armen Gestalten zu retten, aber wie es manchmal im Leben so ist, die erforderlichen Sicherheits- und Notfallvorkehrungen sind nicht vorhanden. Sowas kostet Geld und schmälert den Gewinn der Bergbauunternehmen.« Der Russe rieb seinen Daumen und Zeigefinger gegeneinander und sagte, um seine Geste zu verdeutlichen: »Money, money, money«, und kehrte dann zu seinem eigentlichen Bericht zurück:

»Das Wesen des Untertagebergbaus beruht auf Optimismus und Heldentum und ist ein Job für harte Männer, für wirklich harte Männer, Freiwillige, die gut entlohnt werden …«, Vladimir hob seinen Kopf und sah wieder auf den See. Er schien nachzudenken, »… oder Unfreiwillige, die von einem unabhängigen Richter in ein sibirisches Straflager geschickt werden. Da blendet man das Risiko aus und lebt mit dem Los, welches einem vorbestimmt ist. Es heißt, dass die oben Gebliebenen nach so einem Grubenunglück eine Flasche Wodka kreisen lassen. Jeder nimmt einen Schluck, wobei er den im Leib der Erde Verschollenen einen schnellen Tod wünscht. Mir sagte mal ein alter Mann, der Sibirien überlebte, das Kohlenmonoxid in solchen Fällen das ersehnte Gas ist. Es ist ein lautloser Killer, der tötet, bevor seine Opfer etwas davon merken.«

Lebendig begraben zu werden, war für Alexander eine Horrorvorstellung, sei es in einem Sarg auf einem Friedhof, in der Grabkammer eines Mausoleums oder hunderte Meter unter der Erde in einem Bergbaustollen – was machte das für einen Unterschied? Er versuchte, seine Anspannung zu verdrängen und sich von diesem Russen keine Angst mehr einjagen zu lassen. »Hören Sie mit diesen Geschichten auf, Vladimir. Den Bergleuten in Ihrer Heimat geht es genauso schlecht, wie denen in Afrika oder Südamerika. Überall, wo ein paar Dollars wichtiger sind als Menschenleben, wird der Tod billigend in Kauf genommen.«

»Geld regiert die Welt, mein Lieber. Sei es Macht, Einfluss, Ruhm oder was weiß ich, was für Gründe es noch gibt.« Vladimir sah den Detektiv an, als ob es das Selbstverständlichste auf der Welt wäre.

»Und das finden Sie richtig?«

»Schonen Sie mich mit einer solch philosophischen Frage. Solange ich die Wahl habe, entweder als Bergbauarbeiter von der Erde verschluckt zu werden oder ein angenehmes Leben im Wohlstand zu führen …«

»Kommen Sie mir nicht mit so einem Blödsinn«, unterbrach ihn Alexander barsch und erschrak zugleich über seine Worte. Olenko war gefährlich, darüber war er sich im Klaren. Er wusste aber nicht, wie weit er den Russen reizen durfte. »Entschuldigung, Sie wollten mir von den Spielregeln erzählen.«

»Seien Sie nicht so ungeduldig, mein Lieber. Ich sagte doch, ich muss ein wenig ausholen. Gönnen Sie mir noch ein bisschen für die Pointe.« Wieder lehnte der Russe seinen Kopf zurück und schloss die Augen. Ein genussvoller Hauch von Macht legte sich auf seine Gesichtszüge und seine Stimme klang selbstgefällig, als er seinem unfreiwilligen Zuhörer vom grauenhaften Alltagsleben in den Bergbauregionen Sibiriens erzählte. »Stellen Sie sich mal vor, was ein Leben aus Männern macht, die fünf oder zehn Jahre in solch einer Kolonie vor sich hinvegetieren und weder rechtzeitig unter Tage umkommen noch ihr Seelenleid mit Alkohol ertränken können. Für diese Männer gibt es Bordelle. Und von so einem Bordell zeigte ich Frau Williams Fotos. Sie verstand sofort, dass dort junge Mädchen stets willkommen sind. Genauso ein Mädchen wie ihre Enkelin. Selbstverständlich würde ich das junge Ding nicht ohne ihre Mutter auf Reisen schicken. Das wäre doch viel zu gefährlich, so jung und so ganz alleine in einem fremden Land.« Wieder machte der Russe eine kurze Pause und wirkte, als ob er alles um sich herum genoss und sagte danach: »Frau Williams hörte sehr genau zu, als ich ihr anbot, ihr Fotos von ihrer Tochter und Enkelin zu zeigen, auf denen die beiden sich lustvoll den Männern hingeben und deren perverseste Wünsche erfüllen. Sie stand meinem Vorschlag, Genf sofort zu verlassen und den Rest ihres Lebens kein Wort mehr über ihre Tätigkeit für Poulsen zu verlieren, äußerst aufgeschlossen gegenüber«. Ein grässliches Lachen rann aus seiner Kehle, »und glauben Sie mir, Sie werden Frau Williams nicht finden. Meine Mitarbeiter haben sich um ihr neues Zuhause gekümmert. Es ist wirklich nett eingerichtet.«

Alexander wurde bleich. Er wusste nicht, ob er dem Russen Glauben schenken konnte oder ob Frau Williams bereits tot war. »Warum erzählen Sie mir das, Vladimir?«

»Weil ich will, dass Sie das wissen. Und im Gegenzug will ich von Ihnen auch etwas wissen, mein Freund. Freunde sollten keine Geheimnisse voreinander haben oder sehen Sie das anders?«

Vladimir sah Alexander ernst an. Weder im Tonfall noch in der Mimik Olenkos war noch etwas von der russischen Herzlichkeit oder Wärme zu erkennen – nicht die geringste Spur. Nur eiskalte Berechnung. Der angenehmere Teil des Gesprächs war vorbei. Das Machtverhältnis war eindeutig. Auf der einen Seite das Oberhaupt eines weltweit agierenden, vor nichts zurückschreckenden kriminellen Syndikats und auf der anderen Seite ein Detektiv aus der Kölner Südstadt, der für gewöhnlich Ehebetrügern oder blaumachenden Arbeitnehmern hinterherstellte. Alexander musste verdammt gut aufpassen, was er sagte und was er tat. »Was wollen Sie denn von mir wissen? Sie sind doch bereits umfassend informiert.«

Ohne irgendeinen Schnörkel und sehr präzise stellte der Russe zwei Fragen: »Wo ist Verena? Und was für einen Grund hatte Dr. Eismann, Sie zu beauftragen?«

Eingeschüchtert konnte Alexander nichts anderes als die Wahrheit sagen. Seine Angst verdrängte jeden Gedanken an eine Lüge oder Scheingeschichte: »Ich weiß nicht, wo Verena ist«, fing er an und wartete auf eine Reaktion von Vladimir. Aber der blieb regungslos. So fuhr er fort und berichtete vom Posten des Aufsichtsratsvorsitzenden, den man Dr. Eismann angeboten hatte und dass er diesen nur annehmen würde, wenn es keinen Zusammenhang zwischen den Selbstmorden und der Northus Versicherung gäbe.

Unerwartet fing der Russe lauthals zu lachen an. »Wie naiv sind Sie denn, Sie Träumer?«

Mit dieser Reaktion hatte Alexander nicht gerechnet. Seine Verunsicherung nahm zu. Hatte er doch beide Fragen wahrheitsgemäß beantwortet. Zweifelte Olenko an der Richtigkeit seiner Antworten oder noch schlimmer, glaubte er, angelogen worden zu sein?

»Ja klar…«, machte sich Olenko immer noch über Alexander lustig, »… der Milliardär macht sich Gedanken über den Vorsitz des Aufsichtsrats. Wenn Sie das denken, mir soll es egal sein.«

Alexander hatte zwar selbst eine Zeitlang am Motiv seines Auftraggebers gezweifelt. Aber seit Verenas Geständnis sah er keinen Grund, dessen Aufrichtigkeit in Frage zu stellen. Alles passte zusammen.

»Kommen wir zurück zur ersten Frage. Und diese Frage stelle ich Ihnen noch ein Mal. Wo ist Verena?«

Was sollte Alexander sagen, er hatte dem Russen bereits alles erzählt, was er wusste. So beschloss er, seine Antwort zumindest ausführlicher zu formulieren, und hoffte, dass Vladimir ihm dann Glauben schenken würde. »Ich weiß es wirklich nicht. Verena hat sich der Hamburger Polizei gestellt, das heißt, Kommissar Sommer hat sie verhaftet und anschließend in ein Zeugenschutzprogramm aufgenommen. Das ist alles, was ich Ihnen sagen kann.«

Mit versteinerter Miene und einem Blick, kälter als der sibirische Winter sagte Olenko: »Es gibt jetzt drei Möglichkeiten, mein Freund. Erstens, ich glaube Ihnen. Zweitens ich glaube Ihnen nicht und Sie haben ein allerletztes Mal die Möglichkeit, mir die Wahrheit zu sagen. Und drittens, das wird Ihnen nicht gefallen, ich stecke Sie in den Rumpf eines alten Frachters auf der Ostsee und werde Sie so lange verhören lassen, bis ich überzeugt bin, dass Sie mir die Wahrheit sagen. Und glauben Sie mir, ich habe Mitarbeiter, die wissen, wie man Verhöre führt. Anschließend lasse ich Sie in kleine Stücke zerhacken und verfüttere Sie an die Fische.«

Olenkos kalter Blick klebte förmlich auf Alexander. Es bestand kein Zweifel, die Drohung war ernst gemeint. Er wurde kreidebleich. Er atmete hastig und dachte unweigerlich an die beiden in Belgien gefundenen Leichen. Was hätte er anderes sagen sollen, es war ja die Wahrheit. Er merkte, dass es jetzt der Russe war, der seine Zukunft in den Händen hielt. Olenkos Blick wurde zentnerschwer. Kein Blinzeln erlöste ihn von der Last, nicht mal für den Bruchteil einer Sekunde. Kein Zucken eines Muskels im Gesicht von Vladimir verriet ihm, was der Russe dachte und wie er sich entscheiden würde. War sein Tod bereits beschlossene Sache? Hätte er eine Chance abzuhauen? Würde er sich für den Rest seines Lebens verstecken müssen? Nur zu gut konnte er sich die Folter auf so einem Frachter vorstellen. Zu oft hatte er Filme gesehen, in denen Menschen auf diese Weise umgebracht wurden. Meistens, so hatte er den Eindruck, ging es den Peinigern nicht um das Verhör, sondern um die abartige Freude und den Sadismus, andere Menschen Höllenqualen erleiden zu lassen. Die Angst höhlte Alexander aus.

Es war genau das, was der Russe sehen wollte. Ein unbedeutender, innerlich winselnder Detektiv, aus dem Angst und Panik nur so herausströmten. »Wie ich sehe, haben Sie mir die Wahrheit gesagt. Ich glaube Ihnen.«

»Und jetzt, wo Ihre Fragen beantwortet sind, wollen Sie mich umbringen?«, äußerte Alexander die für ihn naheliegende und zugleich beängstigende Vermutung.

»Nein, wo denken Sie denn hin? Ich sagte doch, den Tod sehe ich nur in seltenen Fällen als Ultima Ratio. Seien Sie beruhigt. Hätte ich Sie umbringen wollen, dann säßen Sie jetzt nicht hier.« Der Russe überlegte einen Augenblick. »Ohne Ihnen nahetreten zu wollen, mein lieber Freund, Sie sind ersetzbar. Was brächte Ihr Tod mir für Vorteile? Dr. Eismanns Verdacht hätte sich verstärkt und er hätte den nächsten Detektiv angeheuert. Das Wissen aus Ihren Ermittlungen haben Sie an die Polizei und Ihren Auftraggeber weitergegeben. Sollte ich die etwa alle umbringen lassen?« Auch die restliche Erklärung von Olenko war schlüssig: Das Geld befand sich längst auf seinen Konten. Die Operation, wenn man es so nennen konnte, hätte gerne noch ein paar Jahre fortgesetzt werden können, sie war alles in allem jedoch ein Erfolg. Alle involvierten Personen, bis auf

Verena, waren tot. Alexander wusste zwar, was passiert war, aber er kannte weder Details noch Strukturen der Organisation, geschweige denn irgendwelche Namen aus den oberen Hierarchiestufen, womit er keine Gefahr für Olenko darstellte. Die Freundlichkeit war in Vladimirs Tonfall zurückgekehrt.

Dembski holte tief Luft und versuchte sich innerlich zu beruhigen, dennoch blieb er nervös. Alles, was er sich vorstellen konnte, war: Flucht! Er überlegte, wie er am schnellsten aufstehen und verschwinden könnte.

»Wollen Sie weglaufen?«, erahnte der Verbrecher jedoch den Gedanken des Detektivs. »Seien Sie nicht albern. Glauben Sie etwa, ich bin alleine hier? Mehrere meiner Mitarbeiter befinden sich in unmittelbarer Nähe.«

Alexander drehte sich um und blickte entlang der Mole bis hin zum Ufer. Nirgends waren verdächtige Personen zu sehen.

»Machen Sie sich nicht lächerlich, Alexander, bitte. Ich bin kein Politiker oder billiges Filmsternchen, das hier mit zweitklassigen Personenschützern und Söldnern in billigen Anzügen von der Stange, dunklen Sonnenbrillen und Walkie-Talkies auftaucht. Sie werden meine Mitarbeiter nicht erkennen.«

Alexander spürte die Aussichtslosigkeit. »Aber was wollen Sie noch von mir?«

Jetzt war es Vladimir, der verwundert klang. Alexander hatte ihn offensichtlich mit seiner Frage überrascht. »Wissen Sie, Sie sind sowas wie ein Unternehmensberater, der Fehler und Unstimmigkeiten in den betriebswirtschaftlichen Ablaufprozessen eines Unternehmens findet.«

»Wie, ein Unternehmensberater?«, fragte Alexander, ohne im Entferntesten zu verstehen, was Olenko damit meinte.

»Sie verstehen zu wenig von einer Organisation wie der meinen. Unser Tätigkeitsgebiet umfasst unterschiedliche Geschäftsfelder, Sie würden sie Abteilungen nennen. So haben wir zum Beispiel Abteilungen, die sich um Immobilien und Kapitalanlagen kümmern. Sie haben ungebeten Schwachstellen in den Prozessen einer dieser Abteilungen aufgedeckt. Wissen Sie, das

Fundament der organisierten Kriminalität besteht aus betriebswirtschaftlichen Strukturen. Darin unterscheiden wir uns von keinem anderen Unternehmen auf dieser Welt. Wir richten unsere Firmen darauf aus, die Einnahmen in Form von Geld, Macht, Einfluss und Ruhm zu erhöhen. Das sind die vier Drogen, denen jeder Tycoon, Unternehmenslenker bis hin zum kleinsten Aktionär verfallen ist. Mit diesen Drogen füttern wir die Gier unserer animalischsten Bedürfnisse, die seit Urzeiten in uns stecken und nur von einem Kokon aus antrainierten sozialen Benimmregeln umhüllt sind. Je mehr wir von den Drogen zu uns nehmen, desto dünner wird dieser Kokon und desto größer wird die Sucht. Ethik und Moral sind nichts anderes als heuchlerische Masken eines jeden multinationalen Konzerns, egal ob er mit Medikamenten, Lebensmitteln, Waffen, Drogen oder Prostitution handelt. Und alle großen Organisationen halten ihre Hände auf, seien es Politiker, die ihre Nasen tief in den Dreck der Korruption stecken oder die Ordensträger und Richter mit ihren Talaren, unter denen jede Moral stirbt.«

Alexander erschrak über diese Sichtweise. »Gut, dass ich nicht in Ihrer Welt lebe, Vladimir. Sie versinken förmlich in Ihrem Sumpf aus Selbstgefälligkeit, Arroganz und Verbrechen.« Er wunderte sich über seine forsch formulierten Worte. Er konnte nicht anders. Alles in seinem Inneren stand im krassen Widerspruch zum gestörten Weltbild Olenkos. »Geld, Macht Einfluss und Ruhm – als ob es keine anderen Werte gibt, die Keim unseres Handelns sind; Liebe, Freude, Erfüllung und ich kann Ihnen noch eine ganze Menge mehr nennen. Aus was für einer düsteren Welt sind Sie denn gekrochen? Gier und Mord sind ihr Antrieb, nichts anderes. Sie tun mir leid.« Alexander wurde wütend.

»Kommen Sie, Sie haben doch selber an der Droge Geld geschnüffelt und sind ihr erlegen. Sie sitzen doch nicht hier, weil Liebe oder Freude Sie getrieben haben.« Vladimir wurde laut. »Sie sitzen einzig und alleine hier, weil Sie dem Geld Ihres Auftraggebers erlegen sind. Wie viel hat er Ihnen bezahlt? Geben

Sie es zu, Sie haben von diesem Nektar gekostet und werden seinen süßen, verführerischen Geschmack nie vergessen. Die Droge hat ihre Saat gelegt. Sie sind ihr erlegen.«

Alexander war es egal, was der Russe dachte und sagte. Dessen verqueres Weltbild interessierte ihn nicht. Er hielt es für sinnlos, den grausamen Ansichten von Vladimir Argumente entgegenzusetzen. Er ging zunehmend davon aus, dass Olenko nur wissen wollte, wo Verena war und welches Motiv Eismann gehabt hatte. Und beides wusste er jetzt.

Vladimir merkte, dass Alexander geistig aus dem Gespräch ausgestiegen war und fand zurück zu seinem ruhigen Ton: »Alexander, lassen Sie uns unsere unterschiedlichen Standpunkte beiseiteschieben und den herrlichen Abend genießen. Wollen wir ein paar Schritte spazieren gehen?«

Die beiden Männer standen auf und gingen in Richtung der mit Menschen gefüllten Promenade. Alexander konnte immer noch keine Personenschützer oder Söldner erkennen. Er war sich aber sicher, dass sie ständig in der Nähe waren, sie permanent beobachteten und auf Befehle von ihrem Boss warteten. Jedenfalls war die Angst verflogen, eines der vielen Opfer zu werden, die der Russe hatte umbringen lassen.

»Etwas wüsste ich noch gerne, Alexander. Aber es ist Ihnen freigestellt, es mir zu erzählen. Keine Sorge, für die Richtigkeit dieser Antwort würde ich Sie nicht foltern lassen.«

Und wieder kam die hässliche Fratze des Russen zum Vorschein. Das Wort Folter tat seine Wirkung. Alexanders Puls erhöhte sich erneut. »Was wollen Sie denn noch? Sie wissen doch ohnehin schon alles.«

»Leider nicht, mein Lieber. Es wäre nett, wenn Sie mir sagen, welches der entscheidende Fingerzeig war, der Sie überzeugt hat, einem Verbrechen auf der Spur zu sein. Und was brachte letztendlich das Geschäftsmodell zum Auffliegen?«

Zum einen wollte Alexander sich nicht vorstellen, was passieren würde, wenn er die Fragen nicht beantwortete, zum anderen hielt er sie für bedeutungslos. Was sollte die wahrheitsgemäße Beantwortung für Konsequenzen haben? Der Fall war aufgeklärt, Dr. Eismann war umfassend informiert, eine Pressekonferenz war anberaumt und Verena war in Sicherheit. Alexander bekäme sein Geld und am allerwichtigsten, er würde am Leben bleiben. »Ich verstehe zwar nicht den Hintergrund Ihrer Frage, aber …«, er blieb stehen und wandte sich dem Russen zu, »… das entscheidende Indiz war der Genickbruch von Dr. Engeli. Damit fing alles an.«

Olenko wurde stutzig. »Was war denn an dem Genickbruch auffällig?«

»Wissen Sie, ein Genickbruch ist bei einem Selbstmord durch Erhängen absolut unüblich. Die Schlinge drückt dem Opfer entweder die Kehle zu und es kommt zum Tod durch Ersticken, oder sie unterbindet die Blutzufuhr ins Gehirn. Zu einer solchen Fraktur kommt es nur, wenn jemand mit dem Strick um den Hals über einen Meter in die Tiefe fällt, so wie früher an einem Galgen. Der Genickbruch von Dr. Engeli war der Fingerzeig, der Anlass für die weiteren Ermittlungen gab, er hing nämlich nur an der niedrigen Decke seiner Garage. Und dies wurde durch das Fehlen jeglicher Spuren am Tatort bekräftigt. Sie müssen zugeben, ein Selbstmord, bei dem sich weder Fingerabdrücke noch DNA-Spuren des Opfers am benutzten Seil oder am Hocker finden lassen, ist schon auffällig. Und das Geschäftsmodell hat Frau Dr. Goldner mit ihrem Geständnis zum Auffliegen gebracht. Sie bekam Angst nach dem missglückten Mordversuch und wusste, dass Sie es bei dem Versuch nicht belassen würden. Genau genommen waren das die ausschlaggebenden Fehler Ihrer Organisation.«

»Danke Alexander, Sie haben gute Arbeit geleistet und ich habe soeben etwas hinzugelernt. Sie wissen ja, man lernt nie aus.«

Bevor die Männer getrennte Wege gingen, fasste Alexander seinen ganzen Mut für eine letzte Frage zusammen: »Nur noch eins, Vladimir, was macht Sie denn so sicher, dass ich jetzt nicht zur Genfer Polizei gehe und von unserem Treffen und Ihren Drohungen berichte?«

Der Russe blieb stehen und schaute Alexander tief in die Augen. Lachfalten durchzogen sein Gesicht. »Sie haben Humor, das mag ich. Ich wünsche Ihnen einen schönen Abend, ein paar angenehme Tage in Genf und bestellen Sie bitte ihrem Sohn Kai unbekannterweise einen lieben Gruß von mir. Vielleicht haben Sie mal Interesse, für mich zu arbeiten? Sie sind ein fähiger Detektiv. Wir hören bestimmt wieder voneinander.«

Es waren keine weiteren Worte nötig, um Alexander einen letzten Eindruck von den mörderischen Windungen der satanischen Seele Olenkos und dessen Macht zu geben. Vladimir drehte sich wortlos um, sah ihm noch einmal tief in die Augen und verschwand dann im Menschengetümmel auf der Seepromenade. Er hinterließ einen mehr als irritiert dreinblickenden Detektiv.

Alexander fing an, sich wieder sicherer zu fühlen. Die Gewissheit, dass keiner von Olenkos Killern den Auftrag hatte, ihn zu eliminieren war zwar noch schwach, aber sie wuchs. Seine Atemfrequenz normalisierte sich, Anspannung und Angst schwanden. Sein Puls beruhigte sich. Die unerwartete Begegnung mit dem Schwerkriminellen hatte ihm zugesetzt. Die Lust auf einen geruhsamen Abend war verflogen, er wollte weg von all den ausgelassenen Menschen, die am See entlang flanierten und scheinbar sorgenfrei durchs Leben wandelten. Eine Kleinigkeit essen, ein Bier an der Hotelbar, vielleicht auch zwei oder drei, und dann alleine auf seinem Zimmer sein. Nach etwas anderem war ihm nicht zumute. Er würde das Handy beiseitelegen, den Fernseher einschalten und hoffen, dass ein paar deutsche Sender angeboten würden. Irgendeinen Film oder eine belanglose Talkshow würde er schon finden.

Eine Sache hielt ihn vom Einschlafen ab. Es war nicht die Frage, woher Vladimir von seinem Aufenthalt in Genf wusste, diesen Hinweis konnte er nur von Verena bekommen haben. Er hatte ihr mehrmals vom geplanten Besuch bei Frau Williams erzählt. Aber woher wusste der Russe, dass er ausgerechnet heute Abend hier sein würde und in welchem Hotel er wohnte?

Egal wie groß Verenas Nutzen für die Organisation war, Alexander hatte nicht den geringsten Zweifel, Olenko wollte die Mitwisserin beseitigen. Weshalb hätte er sonst so viel Wert darauf gelegt zu erfahren, wo sie sich aufhielt? War sie nicht die letzte Überlebende, die vollumfänglich in die Planungen des Verbrechens eingeweiht war? Sommer hatte wohl Recht, je weniger er über ihren Aufenthaltsort wusste, desto besser für alle Beteiligten.

Am nächsten Tag versuchte Alexander erst gar nicht, Frau Williams zu kontaktieren. Er war sich sicher, sie weder telefonisch noch persönlich an ihrer bisherigen Adresse anzutreffen. Was das betraf, zweifelte er keineswegs an Vladimirs Worten. Allerdings war er sich nicht sicher, ob er dem Russen Glauben schenken durfte, was die Unversehrtheit von Poulsens ehemaliger Sekretärin betraf und ob sie noch am Leben war. Er konnte an all dem nichts ändern, es war, wie es war. Sich an die Genfer Polizei zu wenden, schien ihm nicht ratsam zu sein. Was hätte er denn erzählen sollen? Er hatte keine Beweise und wusste nicht mal, ob der Russe ihm seinen richtigen Namen genannt hatte. Das Vorhaben, mit Hilfe des Adressbuchs die Kontaktdaten der in den Notizbüchern genannten Personen herauszufinden, war nicht mehr realisierbar. Das würde die grundsätzliche Aufklärung des Falls nicht in Frage stellen. Aber viele der am Rande involvierten Profiteure würden ungestraft davonkommen. Da war er sich sicher.

Sein Vormittagstermin in Genf war also hinfällig und so beschloss er, stattdessen ins Spital zu fahren und seinen geplanten Besuch bei Böhm vorzuziehen.

****

Böhm lag bereits über drei Wochen im Krankenhaus. Allerdings hatte man ihn vor einigen Tagen von der Intensivstation verlegt. Zu Dembskis großer Freude war der Patient bei Bewusstsein, ziemlich vernebelt, aber immerhin ansprechbar. Die hohe Schmerzmitteldosis machte sich bemerkbar. Wo vor wenigen Tagen Schläuche und Maschinen seinen Körper am Sterben gehindert hatten, waren jetzt Verbände, Gips und ein Metallgestänge am Bein, mit denen die gebrochenen Knochenteile fixiert und zusammengefügt worden waren. Bei Alexanders erstem Besuch sah Böhm äußerlich unverletzt aus. Jetzt hatten sich die meisten der sichtbaren Hautstellen verfärbt. Dunkles Grün, Blautöne, die sich ins Violett verwischten sowie verschiedene Varianten von Braun und Rot wechselten sich ab. OP-Narben oder Schürfungen unterbrachen das dunkle Farbenspiel. Da lag er, gerade nochmal dem Sensenmann von der Schippe gesprungen.

Als Böhm seinen Besucher erkannte, versuchte er sich im Bett aufzurichten und zu lächeln. Entweder tat ihm beides weh oder er strengte sich zu sehr an. Jedenfalls sackte er sofort wieder in sein Kissen und seine Gesichtsmuskulatur erschlaffte.

»Bleiben Sie bloß liegen. Ich kann mir nicht vorstellen, dass die Ärzte Ihnen Bettgymnastik verschrieben haben«, sagte Alexander, der am Fußende des Bettes stand und eine Handbewegung machte, um anzudeuten, dass der Patient sich nicht zu sehr bewegen sollte. »So schön sehe ich nicht aus, also starren Sie ruhig weiter Richtung Decke und erholen Sie sich.«

»Da starre ich den ganzen Tag hin. Ich kenne schon jedes erdenkliche Schattenspiel, das sich dort am Tage abzeichnet. Es ist so langweilig hier«, klang es röchelnd aus dem Bett. »Der Arzt kommt vormittags zur Visite, die Krankenschwester oder ein Pfleger lassen sich zwei bis dreimal am Tag blicken. Jede

Bewegung fühlt sich an, als ob ich auf einem Nagelbrett liege. Ich weiß nicht, wie die Fakire das hinkriegen. Und zu essen gibt es nur Brei mit den abartigsten Geschmacksrichtungen. Dass die bisher nicht auf die Idee gekommen sind, eingelegten Hering zu pürieren ist auch alles. Schön, dass Sie hier sind, Dembski.« Es fehlten Böhm die Kräfte, aber die Lebensfreude hatte ihn nicht verlassen.

»Das ist ja das Mindeste. Schließlich lägen sie nicht hier, wenn Sie mir nicht bei den Ermittlungen geholfen hätten.« Alexander fühlte sich verantwortlich. Auch wenn ihn für das Attentat selbst keine Schuld traf.

Böhm versuchte erneut sich ein wenig aufzurichten. Es schmerzte ihn, aber es gelang. »Ich weiß, aber Ihnen trifft keine Schuld. Die Polizei war hier. Allerdings konnte ich denen nichts erzählen. Ich erinnere mich nur vage. Mir schlug plötzlich der Lenker aus der Hand. Sowas habe ich noch nie erlebt. Ich dachte, ich sei gegen einen Stein oder Ähnliches gefahren. Und dann hat es mich zerlegt. Im Krankenhaus wurde ich umgehend ins Koma versetzt. Außer der Erinnerung an ein paar Träume und entfernte Stimmen ist nichts geblieben. Das sind alles einzelne Fetzen, die ich nicht mehr zusammen bekomme.«

»Sie leben, seien Sie froh.«

»Das bin ich auch. Darüber denke ich nach, seitdem die Ärzte mich aus dem Koma geholt haben und ich hier auf der Station bin. Im Augenblick des Unfalls versuchte ich nur so schadlos wie möglich von der Maschine abzusteigen.« Böhm holte unter Anstrengungen langsam Luft. »Und so wie meine Knochen sich anfühlen, ist mir das nicht wirklich gelungen.«

»Kommen Sie«, versuchte Dembski ihn aufzumuntern, »Sie haben echt Schwein gehabt. Als ich Sie das erste Mal besuchte, waren die Ärzte sich nicht sicher, dass Sie überleben würden. Das sieht doch jetzt schon viel besser aus.«

»Stimmt. Wie sagt man in solchen Fällen, Glück im Unglück. Trotzdem überflüssig, das Ganze.«

»Sie sprachen eben von Unfall?« Alexander legte die Zeitschrift auf dem Besucherstuhl zur Seite und setzte sich.

»Ja. Warum?«

»Ich bin mir nicht sicher. Vielleicht sollte ich es nicht sagen, aber es könnte ein Attentat gewesen sein. Hat die Polizei nichts erzählt?«

»Nein, wovon reden Sie?«

»Wir haben Ihr Motorrad untersucht. Es sieht so aus, als ob auf das Vorderrad geschossen wurde. Ich bin mir da ziemlich sicher. Der Täter wollte es wie einen Unfall aussehen lassen.«

Böhm wirkte irritiert und ließ seinen Blick in Richtung Fenster wandern. »Dann war es kein Unfall?«

»Nein, sieht jedenfalls nicht danach aus.« Alexander zupfte an seiner Jacke. »Sorry, hätte ich vielleicht nicht sagen sollen. Aber irgendwann hätten Sie es ohnehin erfahren.«

Böhm sah Alexander an. »Ich zermartere mir, seit ich wieder wach bin, das Gehirn. Das ging alles so verdammt schnell. Und ich war mir zu keiner Sekunde bewusst, einen Fehler begangen zu haben. Wenn ich meinen Fahrfähigkeiten und meiner Reaktion nicht mehr traue, würde ich mich nie wieder auf ein Motorrad setzen. Aber wenn es kein Unfall war …«, Böhm brach den Satz ab.

»Was wollen Sie damit sagen?«

»Wenn es kein Unfall war, dann habe ich keinen Fehler gemacht. Ich bin kein leichtsinniger Mensch. Wenn ich eines Tages feststelle, nicht mehr Motorradfahren zu können, dann verkaufe ich das Bike. Wenn es aber kein Fahrfehler war, dann gibt es keinen Grund, mit dem Motorradfahren aufzuhören«, Böhm machte eine Pause. »Wissen Sie, Herr Dr. Eismann hat mir ein neues Motorrad versprochen. Ich kann mir eine neue Maschine aussuchen. Bis eben war ich mir nicht sicher, ob ich überhaupt noch Motorrad fahren will. Aber jetzt werde ich wohl den aktuellen Ducati-Katalog eingehend studieren.« Böhm hob seinen Kopf ein paar Zentimeter. Er lächelte und legte sich dann wieder hin. »Herr Dembski, erzählen Sie mir, was es sonst noch Neues im Fall gibt.«

Während Alexander dem Bettlägerigen über die wesentlichen Erkenntnisse aus den letzten Tagen erzählte, schlief dieser erschöpft ein.

Auf dem Weg zum Ausgang klingelte Alexanders Telefon. Dr. Junghans rief an. Dieser hatte die Zusammenfassung vom Ermittlungsbericht gelesen. »Herr Dembski, ich hätte Sie gerne im Backoffice-Team für die Pressekonferenz. Ferner erstellen wir eine Pressemappe für die Journalisten. Die würden wir gerne vorab mit Ihnen abstimmen. Können Sie am Sonntag nach Hamburg kommen?«

»Das müsste klappen. Ich kann mittags da sein.«

»Herzlichen Dank. Unsere Pressesprecherin wird sich bei Ihnen melden. Sie ist informiert und bereitet alles für Montag vor.«

Am frühen Sonntagnachmittag ließ Frau Kyster den Detektiv durch einen Seiteneingang der Versicherung ins Gebäude und führte ihn direkt in ihr Büro. »Wir haben gestern Abend noch die regionalen Zeitungen, Medienanstalten sowie einzelne Nachrichtenagenturen für Montag eingeladen. Ich denke nicht, dass mehr als zehn Journalisten kommen werden. Dafür ist das alles zu kurzfristig. Was wir aber unbedingt noch benötigen, sind ein Handout für die Teilnehmer sowie eine Pressemitteilung, die wir auf unserer Homepage einstellen. Wir haben Entwürfe, die ich gerne mit Ihnen abstimmen möchte.«

Nach zwei Stunden Arbeit waren die Unterlagen so weit fertig, dass Dembski sein Einverständnis gab. Ihm war wichtig, dass der Ablauf des Geschehens nur auf Personen und Handlungen einging, die direkt mit dem Versicherer zu tun hatten. Das hieß, dass weder die Morde in Kopenhagen noch das Attentat auf Böhm oder die Brandstiftung in seinem Büro Erwähnung fanden. Auf Nachfragen würde man ein paar Sätze dazu sagen können, aber die Informationen sollten nicht in die Pressemappe.

Der Fokus war klar: Kapitalanlagebetrug über mehrere hundert Millionen Euro. Ein Vorstandsmitglied befindet sich in Untersuchungshaft. Drei tote Manager, die mutmaßlich durch vorgetäuschte Selbstmorde ums Leben kamen.

Frau Kyster wollte, gegen Dembskis Rat, den Namen Zielke nicht weglassen. Schließlich war sie eine Vorständin des Unternehmens gewesen. »Herr Dr. Junghans besteht auf eine vollumfängliche Offenlegung sämtlicher Informationen«, begründete sie ihre Entscheidung.

In Abstimmung mit Frau Kyster lud Dembski Kommissar Sommer für Montag ein. Zuvor musste dieser versprechen, dass er die Kenntnis über die Pressekonferenz nicht nutzen würde, um dafür zu sorgen, dass die Polizei der Northus Versicherung mit einer Veröffentlichung der Ermittlungsergebnisse zuvorkommt.

Am Montag gegen Viertel nach neun erschienen die ersten Journalisten. Sie hatten auf ein reichhaltiges Buffet gehofft an dem sie sich vor dem offiziellen Teil den Bauch hätten vollschlagen können. Umso enttäuschter waren sie, dass ihnen nur die Wahl zwischen Tee, Kaffee und Mineralwasser blieb. Es war die am kurzfristigsten anberaumte Pressekonferenz in der bisherigen Geschichte des Versicherers. Es war keine Zeit geblieben, sich ausführlich um die Rahmenbedingungen zu kümmern. Außerdem war entgegen den sonstigen Gepflogenheiten kein großes Team mit der Veranstaltung betraut, sondern Frau Kyster war auf sich alleine gestellt gewesen.

Alexander gab sich den Journalisten gegenüber als externer Berater aus – was er genau genommen auch war. Er wollte, sofern es sich vermeiden ließ, seine wahre Funktion verheimlichen und hatte wenig Interesse daran, seinen Namen in den Zeitungsartikeln zu lesen.

Keiner der Journalisten, kannte den Grund für das Pressegespräch. Interessanterweise spekulierten sie auf den Rücktritt von Dr. Junghans. Aus persönlichen Gründen, wie sie sagten. Eine weitere These war, dass die Übernahme eines anderen Versicherers bevorstand. Allerdings gab es dazu keine Gerüchte an den Börsen, weswegen dieses Thema nicht ganz so plausibel klang.

Kurz vor zehn Uhr erschien Sommer zeitgleich mit einer Handvoll Medienvertreter. Der Kommissar schien zwei von ihnen persönlich zu kennen. Die Anwesenheit eines Polizisten ließ merklich die Spannung steigen. Rücktritt aus persönlichen Gründen blieb zwar das höchstgehandelte Thema, aber es mischte sich mit der Vermutung, dass irgendetwas Kriminelles vorgefallen sein musste. Komisch war nur, dass niemand den Selbstmord von Dr. Engeli zur Sprache brachte.

Pünktlich, um zehn Uhr, kamen Frau Dr. Jacobi-Meyer und Herr Dr. Junghans, der sich direkt zum Rednerpult begab und das Mikrofon einschaltete. Er schnippte ein paarmal mit dem Finger dagegen, um zu hören, ob es funktionierte. Ein dumpfes *Plopp*, *Plopp* kam aus den Lautsprechern.

Acht gelangweilt dreinblickende Medienvertreter lümmelten sich auf den stoffbezogenen Stühlen des Tagungsraums. Frau Kyster, Frau Dr. Jacobi-Meyer, Sommer und Dembski hatten in der ersten Reihe Platz genommen.

Während Dr. Junghans einen dünnen Ordner vor sich aufs Pult legte und diesen öffnete, begrüßte er die Anwesenden. »Meine Damen und Herren, entschuldigen Sie bitte die kurzfristige Einladung. Danke, dass Sie dennoch gekommen sind. Die Aufsichtsbehörde und der Aufsichtsrat sind soeben informiert worden.« Er sah in den Raum, blickte dann wieder auf das vor ihm liegende Blatt und las den ersten Satz ab: »Die Northus Versicherung ist Opfer eines Kapitalanlagebetrugs in Höhe von über vierhundert Millionen Euro geworden.« Den genauen Betrag nannte er nicht, der stand in der Pressemitteilung. Dann machte er eine längere Pause. Er hätte auch nicht mehr sagen können. Die Journalisten packten zeitgleich ihre Handys aus und fingen hektisch an, zu telefonieren.

Es war der Vertreter einer Hamburger Tageszeitung, der als erster das Wort ergriff: »Können Sie den Betrag wiederholen?«

Dr. Junghans nannte jetzt die exakte Zahl und führte dann weiter aus. »Wir sind bereits auf die Ermittlungsbehörden zugegangen und haben zunächst Anzeige gegen unbekannt erstattet. Ich begrüßte auch Herrn Sommer vom LKA.« Er sah zum Polizisten und nickte ihm kurz zu. »Wie Sie wissen, hat sich vor einigen Wochen ein trauriger Zwischenfall ereignet. Herr Dr. Engeli hat sich angeblich das Leben genommen. Soweit wir mittlerweile informiert sind, handelte es sich aller Wahrscheinlichkeit nach um Mord.«

Ein Raunen ging durch den Konferenzraum. Die Journalisten wähnten sich in einer exklusiven Runde, in der ihnen die schlagzeilenträchtigste Nachricht angeboten wurde, die Hamburg seit langem zu bieten hatte.

»Meine Damen und Herren«, Dr. Junghans versuchte wieder die Aufmerksamkeit auf sich zu lenken. »Wie Sie vielleicht auch wissen, hatte die Northus Versicherung in den letzten beiden Jahren zwei weitere tragische Todesfälle zu beklagen. Zum einen, meine ehemalige Vorstandskollegin Frau Zielke, die nach dem jetzigen Stand der Ermittlungen nichts mit dem Betrug zu tun hatte und zum anderen Herrn Poulsen, ein ehemaliges Aufsichtsratsmitglied. Inwieweit er in die Vorgänge verstrickt war, gilt es jetzt herauszufinden. Ferner ist vermutlich Frau Dr. Goldner involviert. Sie wurde bis auf Weiteres von ihren Aufgaben entbunden und befindet sich momentan in Untersuchungshaft.« Er machte eine Pause und sah in Richtung der jetzt angespannt und konzentriert wirkenden Pressevertreter. »Meine Damen und Herren, haben Sie Fragen?«

Eine Reporterin hob die Hand und Junghans nickte ihr zu. »Seit wann wissen Sie von den Morden und dem Betrug?«

»Der Verdacht hat sich erst jetzt am Wochenende erhärtet. Den genauen Betrag, um den wir betrogen wurden, kennen wir erst seit wenigen Stunden.«

Eine weitere Reporterin bat ums Wort. Dr. Junghans gab ihr ein Zeichen, ihre Frage zu stellen.

»Wissen Sie, wer die weiteren Täter sind?«

»Nein, das werden die nachfolgenden Ermittlungen ergeben.« Dr. Junghans sah wieder zu Sommer.

Der Reporter einer Medienagentur wollte wissen, was man jetzt seitens der Versicherung zu tun gedächte.

»Bezüglich des internen Schadens werden wir ein Team externer Berater, Rechtsanwälte und Wirtschaftsprüfer beauftragen, die werden sämtliche Vorgänge durchleuchten. Unsere Revisionsleiterin Frau Dr. Jacobi-Meyer wird diesen Experten zur Seite stehen. Darüber hinaus werden wir ein Team zusammenstellen, welches der Polizei rund um die Uhr zur Verfügung steht. Beide Teams werde ich persönlich eng begleiten. Sie und Ihre Kollegen werden durch regelmäßige Pressemitteilungen auf dem Laufenden gehalten. Darüber hinaus wird in unserer Kommunikationsabteilung ein Mitarbeiter benannt, der sich ausschließlich um die Berichterstattung zu diesem Fall kümmert. Details hierzu finden Sie in der Pressemappe, die Frau Kyster Ihnen gleich aushändigen wird.« Herr Dr. Junghans klappte den vor ihm liegenden Ordner zu, sah in Richtung der Journalisten und sagte: »Wenn Sie keine weiteren Fragen haben, dann beende ich jetzt das Meeting.«

»Eine Frage hätte ich noch«, rief ein Pressevertreter, der in der vorletzten Reihe saß. »Können Sie etwas zum Tathergang sagen? Wissen Sie, wie der Betrug vonstattenging?«

»Nein, bisher leider nicht. Der genaue Tathergang wird sich hoffentlich durch die jetzt anstehenden Arbeiten, in Kooperation mit den Ermittlungsbehörden, feststellen lassen.«

Die Reinigungskräfte hatten den Tagungsraum noch nicht wiederhergerichtet, da liefen schon die ersten Meldungen über die

Ticker der Medienanstalten. Eine große Hamburger Zeitung titelte in ihrer Onlineausgabe: »Finanzskandal bei der Northus. Hamburger Versicherer bald pleite!« So unsachlich derartige Schlagzeilen waren, sie hatten ihre Wirkung. Der Aktienkurs der Northus fiel ins Bodenlose und zog die Notierungen anderer Finanzinstitute mit sich. Nicht nur Privatanleger bekamen kalte Füße, sondern auch institutionelle Investoren trennten sich, so schnell es ging von ihren Papieren. Sage und schreibe siebenundvierzig Prozent schoss der Kurs in den Keller und schloss auf dem Tagestiefstand bei einundfünfzig Euro neunzig. Erst im Laufe des nächsten Tages kam es zu einer leichten Gegenbewegung und die Aktie pendelte sich zwischen dreiundfünfzig und vierundfünfzig Euro ein. Das Papier war eines der am meisten gehandelten Werte an den Börsen. Es vergingen mehrere Tage, bis der Kurs wieder anstieg und bei knapp unter siebzig Euro eine Pause einlegte. Auf dem Börsenparkett ging das Gerücht um, dass zwei Investoren größere Aktienpakte aufkauften.

Unmittelbar nach dem Pressegespräch fuhr Alexander nach Köln. Sommer hatte ihm während des Treffens im Konferenzraum unmissverständlich zu verstehen gegeben, dass ein Wiedersehen – auch nur für ein kurzes Gespräch – mit Verena nicht möglich sein würde.

In Köln war er mit Vanessa verabredet, die er seit Tagen nicht mehr über die laufenden Entwicklungen in Kenntnis gesetzt hatte. Sie trafen sich bei ihrem Mittagsitaliener. Er informierte sie über die Geschehnisse in Hamburg, den nächtlichen Besuch der Mörderin sowie Verenas Geständnis und berichtete stolz vom erfolgreichen Abschluss der Ermittlungen, doch Vanessas Reaktion fiel ganz und gar nicht wie erwartet aus. Sie pfefferte ihre Serviette auf den Teller, rückte soweit sie konnte mit ihrem Stuhl an den Tisch heran und sah ihn mürrisch an. Dann hob sie einen Arm und fing, wild zu gestikulieren an. Leise aber durchaus empört platzte es aus ihr heraus: »Sag mal, du

Spinner, du düst in der Weltgeschichte rum, spielst den heldenhaften Detektiv, wohnst in irgendwelchen Luxushotels und lässt mich weiter an den blöden Kopien der Kalender und Reisepläne sowie der Notizbücher arbeiten. Hättest du nicht ein einziges Mal, nur ein einziges Mal zum Telefon greifen können, um mir zu sagen, dass ich mit dem stupiden Zeug aufhören kann? Nein, der Herr Detektiv denkt nur an sich. Weißt du, wie viele Stunden ich an dem Mist herumgehangen habe? Und wozu das Ganze? Für die Tonne.«

Er wagte es nicht, sich ihr gegenüber zu erklären. Ihm war klar, jedes Wort könnte wie ein Zünder wirken und er beabsichtigte nicht, die Explosionskraft seiner Mitarbeiterin herauszufordern. Er wusste, dass sie Recht hatte. Natürlich wäre es ein Leichtes gewesen, sie anzurufen. Trotzdem fand er ihre Kritik unfair, denn hatte er nicht stets die Belange der Detektei in den Vordergrund gestellt und den Fall erfolgreich abgeschlossen? Aber zugegeben, sie hatte einen erheblichen Anteil daran.

»Entschuldigung, ich hätte dich anrufen müssen«, kam es kaum hörbar, aber mit Bedauern aus ihm heraus. Zur Stimmungsförderung und um das Thema zu wechseln, bestellte er einen Rotwein und bat den Kellner, die beste Flasche aus dem Keller zu holen.

Vanessa hob erstaunt die Augenbrauen. »Weißt du, was der kostet?«

»Nö, ist auch egal. Der Fall ist abgeschlossen und den haben wir uns verdient.« Nachdem das erste Glas geleert war, erzählte er von der beängstigenden Begegnung mit dem Paten der russischen Mafia und schlussendlich von der Pressekonferenz. Seine Ausführungen beendete er schließlich mit dem Satz: »Ich habe selten die ganze Zeit über so hart an einem Fall gearbeitet, wie an diesem. Puh, das waren anstrengende Wochen.«

»Wie, du hast die ganze Zeit hart gearbeitet?«, Vanessa hielt sich fast den Bauch vor Lachen. »Okay, zugegeben, ein bisschen gefährlich scheinen deine letzten Tage gewesen zu sein. Aber ein Fünkchen Selbstreflexion würde dem Herrn Detektiv nicht schaden. Alex, ich kenne Fälle, bei denen du tagelang im Auto gelebt und Personen observiert hast. Oder damals, als du einem Mann beim Fremdgehen hinterherspioniert hast, um ihn in flagranti zu erwischen. Du hast sogar unter einem Strauch in seinem Vorgarten geschlafen. Das war Arbeit. Jetzt sei mal ehrlich, du bist doch in den letzten Wochen von Luxushotel zu Luxushotel getingelt, hast dir schöne Stunden mit Frau Dr. Zuckerschnecke gegönnt und warst andauernd lecker essen. Das, was du harte Arbeit nennst, war nichts anderes, als hier und da Gespräche zu führen und einen auf wichtig zu machen. Komm, gib es zu, der Fall lief doch wie geschnitten Brot.«

»Hm …«, war sein Kommentar. Wie sollte man seiner Angestellten die Anstrengungen verdeutlichen, die die Ausführung des Jobs an vorderster Front so mit sich brachten?

Sie ließ nicht locker: »Ohne die Notizbücher und ohne meine Auswertungen, wärst du heute kein Stück weiter.«

»Hm …«, war wieder alles, was ihm einfiel.

»Hör mal, wo wir gerade den erfolgreichen Abschluss und deine Heldentaten feiern, ich bräuchte ein Firmenhandy.«

Was außer »Ja«, hätte er jetzt sagen können?

Bei der zweiten Flasche Wein war die Welt wieder in Ordnung. Vanessa erkundigte sich nach Frau Dr. Zuckerschnecke und wurde sogar etwas traurig, als er ihr erklärte, dass es unwahrscheinlich sei, sie jemals wiederzusehen: »Wer im Zeugenschutzprogramm ist und anschließend eine neue Identität erhält, der kehrt nicht mehr in sein altes Leben zurück.«

Um das Thema zu wechseln, fragte er: »Sag mal, wenn ich den Brief der Versicherung richtig verstanden habe, dann kommen die für den Brandschaden im Büro auf. Hättest du nicht Lust, dich darum zu kümmern? Da schwang doch oft unterschwellig Kritik in deiner Stimme mit, wenn du über unsere Einrichtung gesprochen hast. Und neue Computer wolltest du auch haben. Das könntest du dann mit Jorgos klären.«

»Und du gibst mir freie Hand bei der Einrichtung?«

»Solange du keine rosafarbene Tapete an die Wände klatschst, ich mein Büro behalte und wir den besten Kaffeeautomaten bekommen, den es in Köln gibt, kannst du tun und lassen, was du willst.«

Nach dem Grappa, der wie immer aufs Haus ging, bugsierte Alexander seine leicht angetrunkene Mitarbeiterin in ein Taxi, drückte dem Fahrer zwanzig Euro in die Hand und bat ihn, sie nach Hause zu fahren. Er selber machte sich auch auf den Heimweg.

Alexander schloss die Wohnungstür hinter sich. Er holte sich eine Flasche Bier aus dem Kühlschrank und setzte sich aufs Sofa. Was würde er die nächsten Tage tun? Eine Philosophie-Vorlesung an der Uni zu besuchen, war die Idee, von der er am meisten überzeugt war. Er konnte sich zwar nicht mehr an jedes Wort des Gesprächs mit Ivonne, oder doch lieber Frau Professorin Münch, erinnern, aber irgendwie hatte er das Gefühl, sich mit ihr zu einem unbestimmten Zeitpunkt verabredet zu haben. Und wäre nicht morgen oder übermorgen genau dieser unbestimmte Zeitpunkt?

Er trank sein Bier aus und ging ins Bett, wo er noch eine ganze Weile wach lag. Während er an Verena dachte, hielt er den Umschlag in seinen Händen, den sie ihm auf der Polizeiwache zugesteckt hatte. Irgendwann legte er ihn auf seinen Nachtisch, schaltete das Licht aus und schlief endlich ein.

Epilog

Dr. Eismann nutzte den Kursrutsch der Northus-Aktie und kaufte für über dreihundert Millionen Euro Papiere des Versicherers. Er handelte nach der alten Börsenweisheit: *Buy on bad news, sell on good news.* Selektiv erwarb er auch Aktien anderer europäischer Finanzinstitute, deren Kurswerte in den letzten Tagen besonders stark unter die Räder gekommen waren.

Wie so oft, neigten die Börsen auch diesmal zu Übertreibungen. Die mutigen Investoren nutzten dies. In einem späteren Gespräch begründete Eismann seine Kaufentscheidung mit dem Umstand, dass der Kapitalanlagebestand der Northus Versicherung nahezu einhundertfünfzig Milliarden Euro betrug. Der erlittene Verlust von etwas über vierhundert Millionen falle da kaum ins Gewicht. Der Jahresgewinn würde nicht so üppig ausfallen. Die Aktionäre bekämen eine geringere Dividende und ein Kostensenkungsprogramm würde die Wettbewerbsfähigkeit des Versicherers für die Zukunft weiter verbessern. Spätestens in zwei Jahren würde niemand mehr vom Immobiliengeschäft in Flagstaff sprechen. Und ehrlich gesagt, wenn es gelang, eine Aktie für weniger als fünfundfünfzig Euro zu kaufen, die kurze Zeit später knapp unter siebzig Euro notierte, dann war das doch kein so schlechtes Geschäft. Zumal, wie Börsenexperten meinten, das Papier weiterhin Potenzial hatte.

Im März des folgenden Jahres wurde Dr. Eismann zum Vorsitzenden des Aufsichtsrats gewählt. Die Aktionäre sprachen sich mit großer Mehrheit für ihn aus. Er übernahm die Spitze des Kontrollgremiums. Sein Vorgänger hatte die Monate zuvor den Konzern durch widriges Fahrwasser geführt. Letztendlich erlitt der Versicherer keinen nachhaltigen Reputationsschaden. Die andauernde Berichterstattung in der Öffentlichkeit wusste die Marketingabteilung geschickt zu nutzen, sodass es dem Vertrieb gelang, die Kundenbestände sowohl im Privat- als auch im Firmengeschäft signifikant auszubauen. Das Neugeschäft florierte. Das eingeleitete Strategieprojekt und das Kostensenkungsprogramm entwickelten sich vielversprechend. Das Unternehmen war kerngesund und performte besser als die Konkurrenz – *überdurchschnittlich*, wie es so gern in den Geschäftsberichten genannt wird.

Der Vertrag von Dr. Junghans wurde vorzeitig verlängert. Der Aufsichtsrat sprach ihm sein volles Vertrauen für eine weitere Amtszeit aus. Seine harte Hand und sein beherztes Eingreifen zur rechten Zeit, waren dafür maßgebend.

Natürlich war es nicht nur Eismann, der mit größeren Summen Finanzwerte an den europäischen Börsen kaufte. Auch in Moskau wurden verstärkte Aktivitäten registriert. Ein russisches Unternehmen wurde mit einem dreiprozentigen Anteil Aktionär der Northus Versicherung.

Wenige Tage nach der Pressekonferenz berichteten Hamburger Zeitungen über den tragischen Tod zweier Studenten. Zwei volltrunkene Russen waren mit einem Ruderboot in einem Seitenarm der Alster gekentert. Ihr Alkoholpegel war dermaßen hoch, dass sie es nicht bis ans wenige Meter entfernte Ufer schafften. Eine Joggerin fand sie bei ihrem morgendlichen Fitnesslauf, tot auf dem Wasser treibend. Weil selbst die russische Botschaft sich nicht um den Vorfall kümmerte, wurden die Leichen der Männer eingeäschert und anonym auf einem Friedhof im Hamburger Süden bestattet.

Zur selben Zeit absolvierte ein Scharfschütze einer französischen Eliteeinheit Trainingsstunden auf einem Militärgelände nordwestlich von Lyon. Er testete ein eigens für ihn angepasstes

Mehrladegewehr. Er war der beste Schütze seiner Kompanie, galt jedoch als introvertiert und eigenbrötlerisch. Er hatte keinem seiner Kameraden von seinen Kurzurlaub nach Genf erzählt.

Der Brandstifter in Köln wurde nie ausfindig gemacht. Die Polizei ging bis zuletzt von einem Drogensüchtigen aus.

Milana Kamarow saß wochenlang in Untersuchungshaft, bis klar wurde, dass sie nach Dänemark ausgeliefert werden würde. Dort erwartete sie eine lebenslange Haftstrafe. Frühestens in zwölf Jahren würde sie ihre Entlassung beantragen können. Wenn die Menschheit Glück hatte, würden die Dänen sie länger wegsperren.

Es dauerte etwas mehr als einen Monat, bis die Reparaturarbeiten in der abgebrannten Detektei soweit fortgeschritten waren, dass Vanessa mit der Neueinrichtung beginnen konnte. Die Trocknungsarbeiten hatten länger gedauert, als zunächst erwartet, aber als es endlich losging, mutierte sie zu einer veritablen Innenarchitektin. Sie verbrachte einen Großteil ihrer Zeit in den Schauräumen der Kölner Möbelhändler. Schränke, Regale, Stühle, Lampen, eine kleine Küche, es musste alles besorgt werden.

Jorgos, den alten Griechen, beauftragte sie mit der Installation der besten Hard- und Software, die er besorgen konnte. Sie wusste zu genau, wenn erst einmal alles eingerichtet wäre, würde ihr Chef frühestens zur nächsten Meisterschaft der Geißböcke wieder Modernisierungsmaßnahmen in Erwägung ziehen. Und ob der Verein jemals wieder Meister werden würde … Daran hatte sie erhebliche Zweifel. Jedenfalls mussten die Computer so lange funktionieren.

Zum Schluss kümmerte sie sich um den besten Kaffeevollautomaten, den es in Köln jemals gegeben hatte. Giovanni, der Inhaber ihres Mittagsitalieners, hatte den Tipp gegeben. Ein Cousin von ihm, der in Catania auf Sizilien wohnte, hatte familiäre Beziehungen zu einem der edlen Hersteller für italienische

Kaffeevollautomaten. Für schlappe fünfeinhalb tausend Euro konnte er ihr das Top-Modell unter der Hand besorgen. Es wurde pünktlich geliefert, fachmännisch eingebaut und versorgte beim einmal jährlich stattfindenden Straßenfest die halbe Kölner Südstadt mit dem besten Espresso, den es jemals in der Stadt gegeben hatte. Die laufenden Wartungskosten für das Gerät hatte sie Alexander verschwiegen.

Verena kooperierte vollumfänglich mit der Polizei. Wie erhofft wurde sie als Kronzeugin in das Zeugenschutzprogramm aufgenommen, um anschließend für immer von der Bildfläche zu verschwinden. Es kam nie zu einem Prozess.

Sommer hatte sich ein paarmal um Informationen über ihren Aufenthaltsort bemüht. Er wollte dem Kölner Detektiv einen Gefallen tun. Aber trotz seiner guten Beziehungen im Hamburger LKA konnte er nichts in Erfahrung bringen. Das war auch gut so, denn letztendlich hing ihr Leben an der Verschwiegenheit aller Wissenden.

Alexander hatte seinerseits lange versucht, herauszufinden, wo die Frau, in die er sich verliebt hatte, ihr neues Leben begonnen hatte. Seine Suche blieb ergebnislos. Auch die Idee von Jorgos, mit Hilfe eines Fotos von ihr nach ähnlichen Gesichtsprofielen im Internet zu suchen, blieb erfolglos. Für einen Moment kam Alexander das Hackernetzwerk seines griechischen Freundes in den Sinn. Ein Gedanke, den er sogleich wieder verwarf. Sie war zu ihrer eigenen Sicherheit verschwunden, damit musste er jetzt klarkommen. So wie das Medieninteresse am Northus-Fall langsam abebbte, tauchte auch der Name Verena immer seltener in seiner Gedankenwelt auf. Doch die Erinnerung blieb. Im März bekam er eine Postkarte aus Frankreich. Es stand nur ein Satz darauf: »Ich vermisse Dich.«

Danksagung

Ohne die Hilfe, den Beistand oder die Unterstützung von:

Andreas, Anette, Astrid, Birgit, Birthe, Elvis, Erik, Frank, Jörg, Jürgen, Markus, Ole, Ralf, Silke, Simone, Tanja, Wolfgang

wäre das Buch in der hier vorliegenden Form nicht entstanden.

Printed in Poland
by Amazon Fulfillment
Poland Sp. z o.o., Wrocław

81400531R00226